제1부 한국 아동문학과 『조선어독본』

일제 강점기 교과서『조선어독본』에 수록된 단형 서사물의 변화 양상과 그 특징

1. 들어가며

교과서는 교육 사회의 개발을 위해 필요로 하는 관습적인 교수 · 학습
용 도서이며, 제도적 교육 수단으로서 대표적인 유형[1]으로 인식되고 있
다. 교수와 학습을 매개하는 일차적 수단으로 교육 현장과 연계된다는
점에서, 교과서는 주로 교육적인 관점에 의해 연구되어 왔으며 어떤 측
면에서 문학은 그 외곽에 머문 듯한 느낌도 없잖아 있다. 그러나 그 시
대에 공통된 문화적 양상을 반영하고 있는 검정이라는 국정 교과서의
위상은 교육 이외에 문학, 문화, 정치, 사회 등 복합적이고 다면적인 층
위를 보여주고 있다.

최근 식민주의를 극복하고자 하는 탈식민주의 담론의 일환으로 일제
강점기 교과서는 중요한 텍스트로 거론되고 있을 뿐만 아니라 학문의
통섭적 측면에서 문학 연구의 새로운 방법으로 주목되고 있다. 그 동안
이루어져 온 일제 강점기 교과서 및 교육 정책에 대한 연구사를 간략히

---

1 이종국,「검정 교과서 제도의 흐름과 발전적 모색」,『한국의 교과서상』, 일진사, 2005, 47쪽.

검토해 보면, 1960년대 오천석, 1980~90년대 박붕배·이종국, 2000년 이후의 강진호·허재영의 연구를 대표적으로 들 수 있다. 오천석[2]은 식민치하 교육정책과 교과서의 선행 연구를 열었다고 할 수 있으며, 박붕배·이종국[3]의 연구에서는 일제의 교육 정책과 교과서의 발간의 서지 내용을 상당 부분 정리하고 제1차, 3차, 4차 교육령기의 교과서 자료집을 내는 연구 성과를 보여 주었다. 강진호·허재영[4]에 의한 최근 연구에서는 조선어과 교과서의 총체적 발굴·정리 및 실증적 자료로 보다 진전된 성과를 보여 주었다. 강진호는 일제 식민주의, 식민과 탈식민 등 이데올로기의 관점으로 조선어과 교과서 내용 연구의 중요성을 환기하였으며, 허재영은 약 62종의 교과서(서지 54종 발굴)가 개발된 출판 실태를 조사하고, 조선어과 교과서의 편찬에 적용된 일제 식민주의 교육 정책의 본질을 규명하였다.

본고는 일제 강점기 조선어 교과서 『보통학교 조선어독본』(이하 『조선어독본』)에 수록되어 있는 아동 대상의 서사물이 각 교육령기에 따라 어떻게 달라지는지 그 변화 과정과 특성에 대해 살펴보고자 하는 연구이다. 살펴본 바와 같이 지금까지의 연구를 통해 일제 강점기 교과서의 전체상 및 교육 정책의 본질적인 측면에 대해서는 어느 정도 규명되었다. 그러나 그 내부에 산재하는 세부의 서사 텍스트 분석에 대한 연구에서는 미흡했다고 할 수 있다. 『조선어독본』에 수록되어 있는 서사물은 교육 대상이 아동이었다는 특성으로 대부분 단형의 성격을 띠게 되는데, 본고는 논지를 전개함에 있어 근대 소설의 이행 과정의 한 변곡점으로 논

---

2 오천석, 『한국신교육사 상하』, 광명출판사, 1964.
3 박붕배, 『한국국어교육전사』, 대한교과서 주식회사, 1997.
  이종국, 『한국의 교과서 출판 변천 연구』, 일지사, 2001;
  _____, 『한국의 교과서』, 대한교과서주식회사, 1991.
4 강진호 외, 『국어 교과서와 국가 이데올로기』, 글누림, 2007.
  허재영, 『일제 강점기 교과서 정책과 조선어과 교과서』, 경진, 2009.

의된 바 있는 '단형 서사' 개념을 원용하고자 한다.

'단형 서사'는 문학으로 정의하기는 어렵지만 중심 서사가 성립되어 있다는 점에서 문학 자장 내에서 배제할 수 없는 특이한 지점에 놓여 있는 서사 유형을 뜻한다.[5] 앞서 언급한 바와 같이, 교과서 자체가 아동을 대상으로 함으로써 자연스럽게 '단형'을 띠게 되는 일차적 이유 외에도, 우화(寓話), 민담(民譚), 아동 생활, 신화와 전설류를 다룬 내용이 많기 때문에 이것이 단형을 띠면서도 아동을 주 독자로 하는 아동문학 형태로의 발전 가능성을 내포하고 있기 때문이라고 할 수 있다.

일제 강점기에 편찬된 『조선어독본』 교과서는 1차 · 3차 · 4차 · 7차 조선교육령기에 이루어졌는데, 그 발행 내용은 다음과 같다.

〔표〕 일제 강점기 보통학교 조선어과 교과서 발행[6]

교과서명	발행 연도	교육령기
『보통학교 학도용조선어독본』	1911~1913	식민 초기
『보통학교 조선어급한문독본』	1913~1920	제1차 조선교육령기
『보통학교 조선어독본』	1923~1925	제3차 조선교육령기
『보통학교 조선어독본』	1933~1935	제4차 조선교육령기
『초등조선어독본』	1939	제7차 조선교육령기
『간이학교초등조선어독본』	1939	제7차 조선교육령기

---

5 문학사적으로 신소설을 근대문학의 효시로 둘 경우 발생하는 구소설과의 단절을 극복하기 위해 그 단절된 간격을 합리적으로 연결할 수 있는 이행의 양식으로 그 가능성이 주목 받은 바 있다. 이에 대한 대표적 연구자로 김영민은 근대계몽기 단형 서사자료를 크게 보아 '논설'류와 '소설'류로 나누고 있다. 김영민은 개화기 단형 서사문학의 문학사적 의의를 "소설사적 공백기 혹은 단절기로 보아온 것에 대한 구체적 반론의 증거"로 보고 있다.
연세대 근대한국학 연구소, 『근대 계몽기 단형 서사문학 연구』, 소명출판, 2005. 13~34쪽.

6 분석 자료는 강진호 · 허재영 편 『조선어독본』(제이앤씨, 2010)에 수록된 교과서 영인본집이다.

일제 강점기 때의 조선어과
교과서 『조선어독본』

    이상의 자료는 27종의 보통학교 조선어과 교과서로, 미발굴된 자료
를 제외하면 사실상 보통학교 조선어독본의 전체에 해당한다. 본고가
보통학교 조선어과 교과서의 전체상을 살피고자 하는 주된 이유는 특정
시기의 텍스트에 한정하기보다 단형 서사물의 이입과 변화 과정을 추적
함으로써 그와 상동하여 작동되는 일제의 식민 지배 이데올로기 전략을
구체적인 근거로 확인해 보기 위함에 있다.

2. 본론

1) 식민 초기『보통학교 학도용 조선어독본』

(1) 구한국 정체성 말소의 첫 교과서 출현

　식민 초기에 이루어진 자구정정본『조선어독본』은 구한국 정체성 말소의 첫 교과서이다. 일제는 1910년 8월 조선을 병탄한 직후 대한제국기에 편찬된 교과서 가운데 식민 상황에 맞지 않는 내용을 삭제하거나 자구를 정정하여 임시용 교과서로 시급히 배포했다. 이와 함께 구한국 학부에서 편찬한『국어독본』은 일개의 지방어 교과서와 같은『보통학교 학도용 조선어독본』으로 개명되었다. 이런 점에서 볼 때,『보통학교 학도용 조선어독본』이 대한제국기의『국어독본』을 근간으로 하고 있다는 점을 들어 교과서 편찬의 연속성을 거론할 수 있겠으나, 그 내용과 자구 수정을 통해 완전히 식민지 교과서로 재편시킴으로써 구한국 정체성을 말소시켰다는 점에서 엄격하게는 교육의 목표를 달리하는 전혀 이질적인 교과서라는 사실을 분명히 할 필요가 있겠다.

　대한제국기에 편찬된 우리나라 최초의 관찬 교과서인『국민소학독본』[7]의 일부 단원 내용을 보자.

　　우리 大朝鮮은 亞細亞州 중의 一王國이라.…世界各國 중에 독립국이 허다하니 우리 大朝鮮國도 그 중의 일국이다. …吾等(우리는) 여차한 나라에 生하여

---

[7]『국민소학독본』은 1895년 3월 25일 전반적인 교육 행정을 관장하기 위해 학부 관제가 공포된 지 약 5개월 만에 발행되었다. 소학교를 설치할 목적으로 공포된 소학교령(1895. 7. 19) 이후 약 1개월 뒤에 나온 교과서이다. 모두 41과로 되어 있고 국한문 혼용 체제의 전통적인 구판본 양식이다. 특히 근대 교과용 도서 중 '국민(國民)'이라는 말을 처음 사용하고 있으며, 책 이름에도 일국의 통치 대상으로서 '국민' 개념이 간취되고 있음

금일에 와서 세계 만국과 수호 통상하여 부강을 다투는 때에 當하였으니…

근대적 독립 국가 체제를 견고히 하고 세계와의 통상을 통해 근대화 의지가 드러난다. 국가의 정체성을 확고히 하려는 이 같은 내용은 "주권 교육 수단으로서의 국민적 자존심을 널리 내보이고자 한 진보적인 개혁 이념 제시와 시대적 극복을 위한 새로운 교육 매체"[8]라는 평가를 설득력 있게 뒷받침한다. 그러나 일제가 이 시기 교과서에서 실시한 자구 정정 내용을 보면, 예컨대, 1권 31과 내용에 대해 '우리나라 국기는 태극과 팔괘를 그렸더라'를 삭제하고 '우리나라 국기는 해를 그렸더라'로 정정하는가 하면, 「개국기원절」(3권 제21과)에서는 기원절을 일본의 최초 천황인 '신무천황의 어즉위(御卽位) 기념의 축일'이라고 규정하여 단군에 의한 조선 개국을 전면 부정하고 있다. 즉, 일제는 병탄 직후부터 교과서 편찬을 통해 식민 지배 상황을 명시화하고 구한국의 정체성을 소멸시키기 위해 정교한 자구 정정을 시작했음을 알 수 있다.

(2) '욕심 많은 개' 서사 유입의 의미

이에 따라, 구한국의 민족 정체성을 담은 서사물이 완전 배제되는 것이 이 시기 『조선어독본』의 중요한 특징으로 분석된다. 인물이 직접 등장하는 서사로는 종두법을 발명한 영국의 제너를 다룬 「제너」와 옥희라는 여자 아이가 신문의 기사를 보고 그 주인공에게 자선한다는 「옥희의 자선」 2편에 불과하다. 이 가운데 영국 인물을 다룬 「제너」는 이후 교과서에서 사라지고, 옥희의 자선을 다룬 서사는 제1차 교육령기의 교과서로 지속된다. 민담의 성격으로 유일하게 다루어지고 있는 「엽부(獵夫)와

---

8 이종국, 『한국의 교과서 출판 변천 연구』, 일진사, 2001, 88쪽.

원숭이」(2권 26)는 원숭이
새끼와 그 어미의 육친적
인 정을 다루고 있다. 추
이 과정을 살펴보면 제3
차 교육령기의 교과서까
지 수록되는데, 원숭이
사냥이라든지 원숭이 생
태를 세밀히 다루고 있다
는 점에서 일본 민담이
아닐까 추정된다.

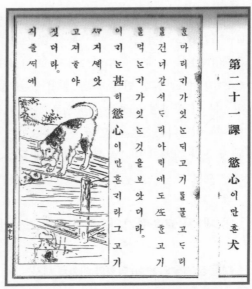

「욕심 많은 개」의 교과서 수록 형태.

『조선어독본』은 전반
적으로 아동을 대상으로
하는 교과서의 특성상 우
화 양식을 빌어 교육 내
용을 전달하는 서사물이 주종을 이룬다. 총8권으로 구성되어 있는 이
시기의『보통학교 학도용 조선어독본』에는 얕은 꾀를 경계하는 「말(馬)」
(2권 12), 욕심 많은 개가 물고 있던 고기를 떨어뜨리는 내용의 「욕심이
만흔 개(犬)」(2권 21), 황새와 조개의 싸움에 어부가 이익을 취하는 「방휼
지쟁(蚌鷸之爭)」(3권 17과), 우물 안의 개구리를 다룬 「정와(井蛙)의 소견(所
見)」(5권 19과) 등이 실려 있다. 우화 계열의 단형 서사는 대체로 인간의
보편적인 윤리 덕목을 강조하고 있는 편이다.

이 가운데 '욕심 많은 개'의 서사는 7차 교육령기까지 나타나고 있다
는 점에서 일제가 특별히 '욕심 많은 개' 서사를 지속시켰음을 유의해
살필 필요가 있겠다. 먼저, '욕심 많은 개' 서사가 교과서에 수록된 연
원을 추적해 보면 흥미로운 점이 발견된다. 우선 갑오개혁 이후 최초로
편찬된 대한제국기의『국민소학독본』(1985)에서는 이 서사가 등장하지

않는다. 1896년 학부에서 편찬한 『심상소학독본』에서 「탐심 잇ᄂᆞᆫ 개라」(1권 제20과)로 처음 수록된다. '욕심 많은 개' 서사는 1906년 편찬 『초등소학』(국민교육회)에는 「개의 그림자」로, 1908년 편찬 『최신초등소학』(정인호 발행)에도 「탐심 만흔 개」로 실려 있는 것을 볼 수 있는데, 욕심 경계의 서사가 구한말 아동을 대상으로 하는 교육서에 등장하는 일반적 훈계 내용이었다는 점을 확인할 수 있다. 이는 유교적 전통 속에서 내면화된 금욕의 경계가 일제의 식민지 지배 논리와 습합되어 교과서에 반영된 것으로 볼 수 있다.

2) 제1차 교육령기의 『보통학교 조선어급한문독본』

(1) 문장 기술의 변화: 담화와 대화체 서사

이 시기에 편찬된 『보통학교 조선어급한문독본』은 편집 체계상 자구정정본 조선어과 교과서와 달리, 한문과 통합되어 구성되어 있는 것이 특징적이다. 조선어와 한문이 병렬적 구성으로 배치되어 있는데, 이 같은 배치는 우선적으로 조선어와 한문을 차별화시키고, 조선어로 구성된 텍스트의 내용을 보다 쉽게 풀어쓸 수 있도록 유도하는 기능적 장치가 되고 있다. 국한문 혼용체라는 점에서는 이전 교과서와 동일하지만 문장 기술 방법에서는 현격히 달라진 면모를 보여 준다.

> 某時에 床上에 잇ᄂᆞᆫ 小刀ㅣ 굴ᄋᆞ딕.
> 나도 根本砂鐵이더니 最初에 生鐵이 되엿다가 打擊과 鍛鍊과 淬숨等의 百般 辛苦를 備嘗ᄒᆞᆫ後에 此身이 되엿노라. 我等은 鋼鐵이라 稱ᄒᆞ야 諸鐵中에 ᄀᆞ장 堅剛ᄒᆞᆫ 者인 故로 自昔으로…(띄어쓰기 표기; 인용자)
>
> —「철의 담화」, 자구 정정본 『조선어독본』 6권 11과

해가 더듸고 더듸여, 기동 우에 걸닌 時計가 겨우 子正을 치고, 집안이 　 젹
막한대, 어듸서 말하는 소리가 낫소.

「오날은 多幸히 집안이 고요하니, 彼此來歷을 이약이하는 것이 엇더하냐.」
한즉,

「그것 참 조흔 말이다.」

하는 對答소리가 四面에서 나더니, 조곰 잇다가,

「내가 몬저 말하겟다.」

하고, 나오는 것을 본즉 솟이오. 솟이 말하기를,

「나는 本來岩石 속에서 석겨서 數千年前부터 엇던 鑛山에 잇다가, 十餘年前
에 엇던 사람에게 파낸 바이되여, 製鐵所로 가서, 岩石과 서로 갈닌 후에, 鑄鐵
이 되엿더니 빙렬한 불긔운에 녹고…」(띄어쓰기 표기; 인용자)

—「철의 담화」, 제1차 교육령기 『보통학교 조선어급한문독본』 3권 19과

우선 두 텍스트를 보면 아직 띄어쓰기가 이루어지지 않고 있다. '아
래아(·)' 용례는 거의 사라지고 나타나지 않지만 겹모음의 경우에서는
유지되고 있음도 확인된다. 그러나 전 시기의 교과서와 비교해 볼 때,
동일한 과목을 다루고 있음에도 서사를 전개하는 구성 방법에 있어서는
상당히 다른 측면을 보여 주고 있다. 위 텍스트에서는 "기시(基時)에 상
상(床上)에 잇는 소도(小刀)- 글ᄋ덕." 하고 서사의 배경 묘사가 생략되어
있지만, 아래 텍스트에서는 "해가 더듸고 더듸여, 기동 우에 걸닌 시계
(時計)가 겨우 자정(子正)을 치고, 집안이 젹막한대, 어듸서 말하는 소리
가 낫소."라고 서술하며 상황의 구체적 설정을 통해 서사의 긴장감을
더하고 있음을 볼 수 있다. '글ᄋ덕'와 같은 문어적 어투도 '말하기를'과
같이 보다 구어적인 태도로 바뀌고 있다.

교과서 전체로 본다면 여전히 본문 내용에서 한자의 비율이 높은 편
이긴 하지만, 서사물 내에서 구체적인 장소 설정, 인물 묘사, 대화체 도

입 등의 입체성이 서서히 부각되기 시작한다. 대화체를 살린 서사물로
는 「철의 담화」, 「노수(老樹)의 담화」가 수록되어 있다. 이후 제3·4차 교
육령기에 편찬된 교과서에서도 「노인의 이약이」, 「유아의 소견」, 「시화
(詩話) 2편」 등에서 대화체가 주로 사용되는데, 공통적으로 '담화' '소화
(小話)' '이약이' '소견' 등과 같이 대화의 특징을 제목으로 노출시켜 양
식화하는 경향을 보여 준다.

「철의 담화」와 같이, 자구 정정본에 수록되었던 단형 서사물이 이 시
기 교과서에 계속 나타나고 있는데, 전체 단형 서사 18편 가운데 지속
된 서사가 7편으로 30% 이상으로 조사되었다. 신출된 단형 서사는 11
편 정도로 조사되었다. 「혹 잇는 노인」(2권 24), 「흥부전」(3권 48과), 「중강
등수(中江藤樹)」(2권 61과), 「신정백석(新井白石)」(3권 5과), 「과생암(瓜生岩)」(3
권 37과), 「나이진께-루」(5권 20과), 「타인의 명예」(5권 39과), 「방휼지쟁(蚌鷸
之爭)」(2권 41과)과 「백토(白兎)」(6권 6·7과) 등이다. 거론한 신출 단형 서사
물 가운데 「혹 잇는 노인」과 「흥부전」은 한국 설화에 바탕을 둔 것이지
만, 「중강등수」, 「신정백석」, 「과생암」에서는 일본의 인물이나 역사적
소재가 등장하고 있다. 우화 계열의 「백토」에서는 '대국주명(大國主命)'
이라는 일본의 풍요의 신이자 토지신의 일원인 '오오쿠니누스'가 등장
한다. 이렇듯이 전반적으로 한·일 서사를 혼합 구성하는 방식으로 교
과서가 편찬된 것을 볼 수 있다.

(2) 일제의 식민지 동화 정책과 '혹부리 영감' 서사

일제는 1910년 '조선 병합에 관한 조약'의 체결 이후 '일시동인(一視同
仁)'이라는 미명 하에 식민지 조선을 일본화하기 위한 동화정책을 실시
해 나가게 된다. 이 같은 한·일 동화를 꾀하는 식민지 동화 정책을 잘
반영시키고 있는 대표적 서사물이 '혹부리 영감'이다.

'혹부리 영감'은 일제 강점기 때 고등학교 학감의 신분으로 있던 일본인 다까하시 도오루(高橋亨)의 『조선물어집(朝鮮物語集)』(1910)에 처음 수록되었다. 이후 그가 교과서 편찬에 참여하여 제1차 조선교육령기의 『보통학교 조선어급한문본』(1913~20)에 실린 뒤, 이후 제3·4차 교육령기의 『보통학교 조선어독본』(1923~1939)에 지속되었으며 일제 강점 25여 년 동안 국민 교육 제도를 통해 유포되기 시작했다.[9] 당시 일본의 민담 연구자들은 '혹부리 영감' 서사가 조선에도 존재하고 있다는 사실을 매우 특별하게 받아들이고 있었다. 『조선물어집』 외에도 일본인이 편찬한 민담 자료집에는 공통적으로 '혹부리 영감' 서사가 실려 있는 점에 그 반증이다.

모국에 혹부리 영감(瘤取) 이야기라는 민담이 전해지고 있다. 宇治拾遺物語에 「이것도 이제는 옛날 이야기이지만 얼굴 오른쪽에 커다란 혹이 달린 노인이 있었다 (…) 그런데 조선에도 혹부리 영감이 전해지고 있다.[10]

과연 '혹부리 영감' 설화가 조선의 것인가, 그 진위의 여부에 대해서는 좀 더 논의가 필요하다. 다만, '혹부리 영감' 서사가 어떤 경위로 『조선어독본』에 유입되고 강점 기간 동안 지속될 수 있었는지, 여기에 어떠한 이데올로기가 배면의 논리로 작동하였는지 중요한 검토 대상이 된다. 먼저, '혹부리 영감' 서사는 대한제국기 학부에서 편찬한 『국민소학독본』(1895), 『신정심상소학』(1896), 『국어독본』(1906) 등 일체의 교과

---

9 '혹부리 영감'이 처음 실리는 수록 과정을 정리하면 다음과 같다.
　① 1차 교육령기 『보통학교 조선어급한문독본』(1913~20) ; 「혹 잇는 老人」(2권 24, 25)
　② 3차 교육령기 『보통학교 조선어독본』 ; 「혹 뗀 이약이」(2권 16, 17)
　③ 4차 교육령기 『보통학교 조선어독본』 ; 「혹 뗀 이약이」(4권 제8)
10 산기일성(山崎日城)의 『朝鮮奇談と傳說』, 1920. p.210; 김용의, 「민담의 이데올로기적 성격」, 『일본연구』14호, 1999. 315쪽. 재인용.

서에 수록된 바가 없다. 살펴본 바에 의하면, 민간에서 편찬된 『초등소학』(1906), 『최신초등소학』(1908)에서도 확인할 수 없다.

흥미로운 것은 '혹부리 영감'이 일제가 조선교육령을 반포하면서 기획하고 부각시킨 대표적인 서사라는 점이다. 이 시기 교과서에 실린 소위 조선 설화에 모태를 둔 서사물은 「혹 잇는 노인」(2권 24·25)과 「흥부전」(3권 48·49) 2편으로 나타난다. 이 가운데 '흥부와 놀부' 서사는 1차 교육령기를 끝으로 교과서에서 사라졌지만 '혹부리 영감' 서사는 4차 교육령기(1933~1935)까지 계속 수록되고 있음이 확인된다. 일제가 '혹부리 영감' 서사를 지속시킨 것은, 이 설화가 한·일 간의 뿌리 깊은 깊은 유대감을 확인시켜 줄 구체적인 모습이 될 수 있었기 때문이라고 볼 수 있다.

3) 제3·4차 교육령기의 『보통학교 조선어독본』

(1) 아래아(·)의 소멸과 띄어쓰기 등장

제3차 교육령기의 『조선어독본』부터는 띄어쓰기가 적용되기 시작한다. "오날 배운 것 을 복습하겟소." "국어 와 산슐 과 데조 시간이 잇소" 등과 같이 조사는 띄어 쓰고 어미는 붙여 쓰는 방식을 취하고 있다는 점인데, 3권까지 적용되고 있는 점이 이색적이다. 띄어쓰기 규정이 확립된 것은 1933년 '한글맞춤법통일안'에 이르러서인데, 조사를 띄어 쓰는 실험적 선례가 추진된 점이 특이하다. 허재영은 이 교과서의 편찬 과정이 1920년 9월 설치된 '교과서조사위원회' 및 '언문철자법조사회'의 활동과 깊은 관련을 맺고 있었을 것이라고 추정하고 있다.[11]

---

11 허재영, 『일제 강점기 교과서 정책과 조선어과 교과서』, 경진, p94: 조선총독부(1925), 『조선총독부시정연보 대정15년도(大正十二年度)』, 조선인쇄주식회사, 153~154쪽.

이 시기 『조선어독본』부터는 '아래아(·)' 용례가 보이지 않게 된다. 한글 고문자체가 소멸된 점은 이 시기 교과서 표기체계의 면에서 특기할 만한 사항으로 언급할 수 있다. 첫째 병서, 둘째 종성 통용, 셋째 표음식 등 세 가지의 중요한 개정이 이루어지는데, 이는 조선어학회에서 발표한 '한글 맞춤법 통일안'(1933. 10. 29)의 결과가 반영된 것이다.[12] 이로써 종래의 'ㅺ, ㅼ, ㅽ, ㅾ'와 같이 합용 병서로 조합된 글자들은 'ㄲ, ㅃ, ㄸ, ㅉ'과 같은 표기로 바뀐다. 특히, 학습자의 부담을 줄이기 위해 한자를 제한하고 한글 토를 달아 읽기 쉽도록 편찬되고 있다.

가령, 제3차 교육령기의 「수(水)의 여행(旅行)」과 제4차 교육령기의 「우리는 물이올시다」의 서사를 비교해 보면 그 변화가 뚜렷이 감지된다. 제목에서부터 '우리는 물이올시다'로 순한글로 순화되고 있을 뿐만 아니라, 물방울이 바다에 이르게 되는 지식적인 내용을 아동의 흥미와 발달 단계를 고려해서 의인화 기법을 활용하고 전달하고 있음을 알 수 있다. 순국문(조선어)을 취했을 경우 서사의 양상이 어떻게 달라지게 되는지 살펴보자.

나는 水의 一適이오. 처음에는 地中에 깁히 隱居하얏섯스나, 오래동안 世上 求景을 못함애, 하도 鬱寂하기로, 出世하고 십흔 生覺을 禁치 못하야, 同伴들과 相議하고, 이 地上으로 나왓소.

最初에 우리는 사람에게 泉이라 하는 名稱을 엇는 同時에 山中行人의 손에 움킨배 되어, 그의 口渴을 풀어주어, 汲水功德에 盡力하다가…(띄어쓰기 표기; 인용자)

— 「水의 旅行」, 6권 5과, 3차 교육령기

---

12 한글학회 30돌 기념사업회 엮음, 『한글학회 50년사』(서울; 한글학회), 1971, 170~171쪽.

우리는 물이올시다. 우리들이 모여서 흘러가면, 사람들은 江이라고 합니다. 높은 데서 떨어지면, 폭포라고 합니다. 방울이 저서 空中에 떨어지면, 비라고 합니다.

훨씬 잘고 가벼워서 空中으로 떠오르면, 구름이라고 합니다. 해는 그구 름을, 붉은빛과 보랏빛으로 물들여 놋습니다.(띄어쓰기 표기; 인용자)

—「우리는 물이올시다」, 3권 8, 4차 교육령기

「수(水)의 여행(旅行)」이 잦은 한자의 노출과 개념적 어휘 사용으로 인해 관념적 진술에 머물고 있다. 그러나 「우리는 물이올시다」에서는 "훨씬 잘고 가벼워서" "붉은빛과 보랏빛으로 물들여" 등과 같이 물의 성질 변화가 감각적으로 묘사되고 있음을 볼 수 있다. 또, '—습니다'체의 진술에 의해 다감하고 정서적인 분위기를 발산시킨다. 특히 개정의 취지[13]에 따라 아동의 적합한 심리를 고려한 점, 분리된 계층으로서 독자적인 아동을 인식한 점은 이 시기 교과서의 긍정적인 면으로 평가할 수 있는 부분이다.

내용적인 면을 살펴보면 민담으로 분류할 수 있는 대표적인 서사는 '혹부리 영감'류[14], 「말하는 남생이」, 「삼년고개」, 「의좋은 형제」, '나무꾼과 원숭이'류[15], 「귀신의 눈물」 등이다. 「혹 쩬 노인」, 「말하는 남생이」는 장형의 서사로 2~3회 분재되어 있다. 일반적으로 민담은 대개 민담의 유형에서는 선과 악의 대립과 이원적 반복 구도에 의해 서사가

---

13 "종래의 교과서들은 아동심리에 적합하다고 할 수 업는. 너머 건조무미한 감이 업지 안헛고 또 그 중에서도 수신교과서 가튼 것들은 전문학생이나 대학생 등에 잇서서 적당하다고 할 만한 것도 잇섯슴으로 이번에는 교재 일체를 개정하야 만든 것이다."
『매일신보』, 1930. 2. 5.
14 여기서 '류'라고 표현함은 같은 내용을 다루되 제목의 변화가 있는 것을 일컫기 위한 것이다. 「혹 잇는 노인」(1차)→「혹 쩬 이약이」(3차, 4차). 이것은 해방 뒤 군정청학무국에서 발행한 조선어학회의 『초등국어교본 중』에 「혹 달린 노인」으로 재수록 된다.
15 식민 초기 자구 정정본 『조선어독본』에서 「엽부와 원숭이」로 실렸던 같은 내용의 서사는 제1차 · 3차 교육령기 『조선어독본』에서는 「애친」으로 실린다.

완결되는데, 「말하는 남생이」, 「의좋은 형제」와 같이 형제 서사가 강조되는 것 또한 특징적이다.

한편, 일본인이 등장하는 서사물로는 참혹한 지옥변 병풍을 그린 일본의 불화가로 유명한 요시히데 이야기를 다룬 「화공량수(畵工良秀)」(4권 16, 3차)이 처음 수록되는데, 개인의 예술혼과 고뇌를 다루고 있다. 일본 양명학의 시조로 일컬어지는 나카에 토오슈를 다룬 「중강등수」는 1차 교육령기 교과서(1913~20)에 수록되었다가 제4차 교육령기 교과서에 다시 나타나는데, 제목만 같을 뿐 서사를 구성하는 방식은 전혀 다르다.[16] 1차 교육령기 『조선어독본』에서는 한문 학습 단원으로 구성되었으나 4차 교육령기 교과서 4권 26과에서는 "山을 넘고, 바다를 건너, 천신만고하야, 여러 날만에, 그립든 고향에 당도한 때는, 날이 환하게 밝은 일은 아침이엿다."와 같이 한문투를 완전히 탈피한 순국문체를 구사하고 있다.

우화 계열 서사에서 중요하게 거론될 수 있는 서사물은 제3차 교육령기에 처음 실리는 「매암이와 개미」이다. 4차 교육령기의 교과서에는 「개미와 벳장이」로 제목이 바뀌어 수록되는데,[17] '개미와 베짱이' 서사는 일제의 식민 통치 말기까지 교과서에 지속된다. 이밖에, 까마귀를 속여 여우가 먹이를 뺏는 「여호와 가마귀」, 보은의 주제를 담은 「사자와 산쥐(山鼠)」, 「분수를 모르는 토끼」, 「쥐의 의논」 등의 서사가 새로 실리고 있다.

---

16 1차 교육령기 교과서 3권 60과에서 다루는 중강등수 이야기는 한문 단원으로, "中江藤樹는 近江人也ㅣ學識德行이 爲一世師表하야 有近江聖人之稱이라 鄕黨이 皆黨其德하야…"와 같이 한문을 숙독하기 위한 내용으로 이루어져 있다. 연습문제의 질문에서도 "웨 中江藤樹를 近江聖人이라 하느냐?" 하고 제시되어, 위인 中江藤樹가 남긴 업적을 습득하도록 하는 데 학습 목표가 맞춰져 있음을 알 수 있다. 반면, 4차 교육령기 교과서 4권 26과에서 다루는 中江藤樹의 서사 양상은 달라진 각도를 보여준다. "山을넘고,바다를건너,천신만고하야,여러날만에,그립든 故鄕에당도한때는,날이환하게밝은일은아침이엿다."와 같은 문장 기술 형태라든가 인물의 심리 묘사, 대화체의 활용 등, 아동의 수용적 입장을 한층 고려하였다는 것을 알 수 있다.

17 원래 이솝 우화의 내용인 '매미와 개미'의 제목이 '개미와 베짱이'로 바뀌게 된 데는 조선시대 임금의 관모인 익선관(翼蟬冠)이 매미의 날개 형상을 하고 있다는 점이 고려되어 조선 왕족의 예우 차원에서 이루어진 것으로 보인다.

(2) '조선적인 것'의 서사 지향과 왜곡

제3·4차 교육령기의 『조선어독본』에서 가장 특기할 만한 특징은 '조선적인 것'을 지향하는 단원이 증가한 점이다. 신라 시조 박혁거세와 4대왕 석탈해왕을 다룬 「박혁거세」, 「입에 붙은 표주박」 등 한국의 신화가 처음 수록되어 나타나며 신라 지향성을 보여 준다. 이밖에, 김정호·솔거·한석봉·안향·서경덕·윤회·황희 등 조선 인물을 다룬 서사들이 대폭 늘어나게 되는데, 이는 일제가 1919년 3·1독립 운동 이후 조선인의 반일 감정을 완화하기 위한 문화 통치가 교과서 편찬에 반영된 것이다.

먼저, '조선적인 것'을 지향하고 있는 제3·4차 교육령기의 단형 서사물을 살펴보면 다음과 같다.

〔표〕제3·4차 교육령기 『조선어독본』 수록 '조선적인 것' 지향 서사물

서사 유형	교과서 수록 내용
민담	혹 뗀 이약이(3차, 2권 16·17/ 4차, 4권 8), 말하는 남생이(3차, 3권 18·19·20), 삼년고개(4차, 4권 10), 의좋은 형제(4차, 5권 14)
판소리계	심청(3차, 4권 19·20·21/ 4차, 5권 21))
사화	솔거(3차, 3권 6) 영재와 도적(3차, 4권 5), 한석봉(3차, 5권 6) 안향의 금무(禁巫)(3차, 5권 20), 서경덕(3차, 6권 3)윤회(4차, 3권 14), 김정호(4차, 5권 4), 공후인(4차 6권 9), 망친정시(望親庭詩)(4차, 6권 9), 황희의 일화(4차, 6권 12)
신화	박혁거세(4차, 3권 17/4차, 3권 5), 입에 붙은 표주박(4차, 2권 15)
전설	의구(義狗)(3차, 4권 18), 명관(名官)(4차, 4권 23), 지혜겨름(4차, 5권 17)

이들 '조선적인 것'을 지향하는 서사물들은 대체로 역사적 기록이나 사실에 근거를 두고 있거나 민중의 토착적 구전설화에 모태를 두고 있다. 이들 서사 유형은 일제 강점기 교과서 내에서 제한적이나마 '조선적인 것'을 표현할 수 있는 민족 서사를 표방하고 있다. 그러나 그 실상은

보다 근본적으로 민족적 저항을 봉쇄하기 위해 서사물을 왜곡하여 '조선적인 것'의 의미를 유린하기 위한 교묘한 책략에 지나지 않는 것이었다. 더욱 교묘한 방법으로 통제되고 식민지 지배 논리에 부합되도록 의미 왜곡되고 있는 것을 볼 수 있다.

「삼년고개」[18]는 민담의 의미 변질을 보여 주는 사례에 해당한다.

「이 굴르는 수효대로만 살게 하야 주십시오.」

하고 빌엇드니, 어듸선지

「걱정할것 업다. 東方朔이도 이 고개에서 六萬번이나굴럿다.」

하는 소리가 들립니다. 이것은, 勿論 그 少年이, 附近에 숨어서 한 말이나, 老人은 그런 줄도 모르고,

「네, 네, 그 東方朔이가, 三千甲子東方朔이가.」

하고, 깃버 못견듸여 하며, 그저 작구 굴르다가 집으로 돌아왓는데, 그 後 三年이 무엇입닛가, 매우 오래도록 살앗다고 합니다.

여러분은 이런 이야기를 들을 때에, 이 世上에서 예로부터 傳하야 나려오는 말中에는, 믿지 못할 것이 만은 줄 알겟지오. 믿을 수 엇는 것을 믿는 것이 迷信이올시다. 鬼神이나 독가비가 世上에 잇다고 생각하는 것도 迷信입니다.

鬼神이나 독가비는, 사람들이 지여낸 이야기 가운데에 잇슬지라도, 實地로

---

18 「삼년고개」는 일제 강점기 『조선어독본』에 처음 수록된 이후, 해방 이후 군정청 『국어독본』, 현대 초등학교 『읽기』 교과서에 이르기까지 줄기차게 실리고 있는 유일한 민담 서사이다. 그런데, 「삼년고개」가 우리나라의 설화가 아니고 일제가 일본의 전설을 고쳐서 소개한 것이라는 주장이 최근에 제기되고 있다. 우리나라와 연변에서 세 편의 이본밖에 채록되지 않은 사실과 그 채록 연도가 1980년대 이후라는 점, 교토의 청수사라는 절에 '삼년언덕'이란 계단이 있고, 도쿄에도 넘어지면 삼 년밖에 못 사는 언덕이 있다는 증황을 들고 있는데, 설득력이 없지 않다. 「삼년고개」는 본디 일본에서 유입된 설화인데, 거꾸로 일본으로 역수입되어 우리 옛이야기로 소개되고 있는데, 일본 소학교에서는 1989년부터 「삼년고개」가 우리 민담으로 알려지고 잇다고 한다. 이에 대한 논의는 향후 더 전개되어야 할 것이며, 이 논문에서는 서사 주제의 왜곡을 다루고 있기 때문에 한일 원류에 대한 검토는 차후의 논문에서 다루고자 한다.
심은정, 「'삼년고개'와 '산넨도게(三年とうげ' 비교 연구」, 『일본학보』(55권 2호), 2003.
천혜숙, 「韓日 '삼년고개' 설화의 비교로 본 설화 원류의 문제」, 『비교민속학』 33집, 2007.

는 업는 것이올시다. 도통 迷信에 빠지는 것은 文明人으로서는 더할 수업는 수
치올시다.(띄어쓰기 표기; 인용자)

—「三年고개」, 4권 10, 4차 교육령기

「삼년고개」은 한 노인이 장에 갔다 오면서 한 번 넘어지면 3년밖에
못 산다는 삼년 고개에서 그만 넘어져 곧 죽을 생각에 시름시름 앓다가
이웃에 사는 한 소년이 꾀를 내어 몇 번씩 구르면 동방삭처럼 오래 살게
된다고 하여 그렇게 한 뒤 오래오래 살게 되었다는 내용을 담고 있다.[19]
이 내용의 주제는 노인의 병을 고치게 한 '소년의 지혜', 또는 생각을 바
꾸면 절망을 이길 수 있다는 '긍정적 삶의 자세' 등 다양하게 도출될 수
있다. 그러나 일제는 「삼년고개」의 말미에 서술자의 직접 진술을 통해
노인의 존재를 미신에나 빠져 있는 타파 대상으로 부각시키고 있다. 그
리하여 '미신 타파'라는 통치 이데올로기를 무리하게 교과서 텍스트에
적용하여 서사의 참된 의미를 왜곡시키고 있음을 볼 수 있다. 또, "문명
인으로서는 더할 수업는 수치"라고 표현하면서 '미신=비문명인'으로
도식화 하여 미신 풍습을 믿는 조선인을 열등하게 취급하려는 저의를
드러낸다.

『조선어 독본』이 수록하고 있는 우리 신화의 경우에는 신이한 행적이
나 건국 업적에 대해 다루지 않고 신화 주인공을 희화화시키거나 단편
적 일화의 소개로 그쳐버린다. 「박혁거세」에서는 "박 갓흔 알에서 나왓
다 하야, 성을 박이라 하고, 일흠을 혁거세라 하얏소"라고 하여 성씨의

---

19 오늘날 제7차 교육과정에 의한 『읽기 4-1』에도 '삼년고개' 서사가 실려 있는데, "할아버지, 한
번 넘어지면 삼 년은 사시니까, 두 번 넘어지면 육 년, 세 번 넘어지면 구 년은 사실 게 아니에
요?" 하고 위로하는 것으로 끝나버린다. 일제 강점기 교과서에서는 소년이 숨어서 신령 흉내
를 내는 장면이 추가되어 있다. 현대 교과서에서는 윤리적 측면에서 소년의 행동을 삭제함으
로써 징계했다고 할 수 있다. 할아버지가 고개에서 마구 구르는 설정은 인습과 고정관념에 얽
매여 있는 할아버지의 무지를 해학적으로 드러냄으로써 서사의 결말을 전복시키는 중요한 역
할을 한다고 할 수 있다.

유래에 대한 언급으로 종결짓고 있다. 석탈해 신화를 다룬 「입에 붙은 표주박」에서는 신화 주인공의 건국 서사는 배제되고, 표주박이 입에 붙어버리는 사건만을 부각시켜 희화시키고 있다. 내용인즉슨, 석탈해가 토함산에서 아랫사람에게 물을 떠오라 시켰는데 젊은 사람이 어른보다 먼저 입에 물을 대자 표주박이 입에 붙었다가 사죄를 하자 표주박이 떨어졌다는 이야기이다.[20] 이와 같은 서사는 흥미 본위의 재미성에만 치중하여 신화의 존엄성을 격추시킬 뿐만 아니라, 윗사람과 아랫사람 사이에는 엄연히 구별된 질서가 있다는 상명하복의 이데올로기를 은연중에 주입시킨다.

제4차 교육령기의 『조선어독본』에 실린 「김정호」(5권 제4과)는 조선 지도를 만든 김정호의 한국사적 위업을 보다 철저하게 훼손한 경우에 해당한다.

아아, 悲痛한지고, 때 맛나지 못한 正鎬……, 그 辛苦와 功勞의 큼에 反하야, 生前의 報酬가 그같치도 慘酷할 것인가.

비록 그러타하나, 玉이 엇지 永永 진흙에 무쳐 버리고 말 것이랴. 明治三十七八年, 日露戰爭이 시작되자, 大東興地圖는, 우리 軍士에게 至大한 貢獻이 되엿슬뿐 아니라, 그 後 總督府에서, 土地調査事業에 着手할 때에도, 無二의 好資料로, 그 詳細하고도 正確함은, 보는 사람으로하야금 敬歎케 하얏다한다. 아, 正鎬의 艱苦는, 비로소 이에, 赫赫한 빛을 나타내엿다 하리로다.(띄어쓰기 표기; 인용자)

---

20 한편, 『삼국유사』의 기록에 따르면, BC 1자9년(박혁거세 39)에 신라 아진포(阿珍浦:迎日)의 노파가 물에 표류해서 떠오는 상자를 건져 보니 옥동자가 있어서 데려다 길렀다. 아이는 날로 지용(智勇)이 뛰어났는데, 궤짝을 건질 때 까치가 울었다 하여 까치 작(鵲)의 한 쪽 변을 떼어 석(昔)으로 성을 삼고, 알에서 나왔다 하여 탈해라고 이름지었다. 남해왕(南解王)의 사위가 되었는데, 뒤에 선왕(先王)인 남해왕의 유언에 따라 신라의 임금이 되었으며, 곧 석씨 왕조(昔氏王朝)의 시조이다.

일제는 지도 제작에 혼신을 바친 김정호의 생애를 매우 자세하게 기술하고 있다. 그러면서 그 결론에 가서는 20여 년에 걸친 김정호의 지도 작업이 조선의 왕으로부터는 배척되고 오히려 일제의 노일전쟁과 총독부 토지조사사업에 "지대한 공헌"을 했다고 찬양하고 있다. 이러한 굴욕적인 묘사는 강진호가 지적한 것처럼, 조선인으로서 조선어를 학습하고 있음에도 불구하고 자기 문화에 대한 어떤 자긍심과 특성도 배우지 못하는 현실을 초래하여 일본 문화에 대한 선망의식마저 내면화하게 되는 결과에 이르게 된다.[21] 이처럼 일제는 교과서라는 수단을 통해 '조선적인 것'을 표방하면서도, 철저하게 식민지 이데올로기를 침투시켜 오히려 '조선적인 것'에 대한 유린과 포기를 유도하고 있음을 실증적 자료로써 확인할 수 있다.[22]

(3) '김재호' 식민지 모델의 허구와 조선의 현실

제4차 교육령기의 『조선어독본』에 실린 「更生」(6권 15)은 '김재호'라는 식민지 모델을 주조하기 위해 배치한 미담 계열의 서사이다. 이 「更生」 단원은 "교과서 전체의 결론이자 모범적 인물이 구체적 사례"[23]로 제시되어 있으며, 일제 강점기 『조선어독본』이 지향하는 식민지 교육 정책

---

21 강진호, 「근대 교육의 정착과 피식민지 주체」, 『상허학보』16호, 2006, 20쪽.
22 이는 단형 서사물 이외의 「조선의지리」, 「백두산」, 「개성」, 「조선의 행정관청」, 「조선지방명」, 「조선에서 제일 가는것」 등 '조선'을 표면화시키는 일반 단원에서는 더욱 노골적으로 드러난다. 그 내용의 단편적 일부를 보면, 일제의 간계한 속셈을 보다 분명하게 간파할 수 있다.
"조선은 대일본제국의 일부니, 조선총독이 천황의 명을 봉하야 차(此)를 통치하나니라."(「조선의 행정관청」, 6권 11, 3차) "조선에서 산이라하면 누구든지 강원도 금강산을 이르리니, 금강산은, 참으로 조선에서 제일가는 명산이니라.…내지의 후지산(富士山)과 같지, 세계에 그 이름이 높으니라.…그 중에도 조선서 제일이라 할 것은, 경성에 잇는 조선총독부이니…"(「조선 제일의 것」, 4권 21, 4차) 등과 같이 일제는 조선의 위상을 일제의 일부라고 천명함으로써 국가적 정체성을 말살하고 있을 뿐만 아니라, 금강산을 조선 제일이라고 언급하면서도 최종적으로 조선 제일의 것이 조선총독부라는 궤변적 논리를 펼치고 있다.
23 강진호, 「'조선어독본'과 일제의 문화정치」, 『상허학보』 제29호, 2010. 6. 132쪽.

의 본질을 드러내고 있다. 이 단원은 김재호라는 인물을 "실로 우리들의 모범적 인물"로 극찬하고 있다. 부친의 사업 실패 이후 무너진 가사를 일으켜 세우고 재기에 성공하여 단 한 번의 실패도 겪지 않는 승승장구의 일로만을 보여 준다.

김재호가 재기에 성공할 수 있었던 중요 원인에 대해서는 오직 "재호의 열성과 노력의 결정"이라고 서술하고 있는데, "당대 사회의 문제를 게으름과 자립심의 부족으로 치부하는 일제의 통치 이데올로기"[24]가 배면에 놓여 있음을 간파하지 않으면 안 된다. 특히 6학년 졸업 무렵에 배우게 되는 이 단원은 곧 사회 활동을 하게 될 학생들의 미래 모델이 되어 주고 있다는 점에서 '김재호' 모델이 내포한 허구성을 보다 면밀하게 검토할 필요가 있다. 김재호가 어떤 과정을 거쳐 '갱생'에 성공하게 되는지 그 과정을 살펴보자.

① 나무도 하고 짚신도 삼고 새끼도 꼰다. 남의 논밭도 갈아주고, 삯일도 다닌다.
② 졸업하던 해 가을, 헌 가마니틀로 짠 가마니를 8킬로 밖의 장에 내다 판다.
③ 같은 해 11월까지 85닢을 짜서, 15원이란 돈을 벌게 된다.
④ 다음 해 5월 3칸 집 한 채를 산다.
⑤ 소화 6년(1931)에는 풍속이 해이한 빈촌이 김재호로 인해 지도부락으로 지정된다.
⑥ 모교의 추천으로 지도생이 되어 204아루[25]를 小作하게 된다.

---

24 강진호, 위의 책, 133쪽.
25 100 아르(are)는 1헥타르, 1만㎡에 해당하는 면적 단위이다. 이 용어의 어원은 라틴어로 아레아(area)인데, 백(百)이라는 뜻의 그리스어 불규칙 단축형인 헥트(hect-)와 합성되어 헥타르가 되며, 아르가 미터법의 토지측량 기본단위이지만 실제로는 ha 가 보다 일반적으로 사용된다. 100아르는 약 3025평에 해당하며, 204아르라면 약 6,000평 남짓한 땅 넓이이다.

⑦ 이듬 해, 소작지 66 아루를 더 얻게 되고, 돼지 2마리와 닭 20마리를 치게 된다.

⑧ 소화 8년(1932) 정월에는 20아루의 논을 사다.

⑨ 같은 해 4월에 집 2칸을 증축, 5월에 60원짜리 소 한필을 산다.

⑩ 같은 해, 감자 2,400킬로그램, 보리 974릿톨, 벼 2,890리톨, 조 722릿톨, 가마니는 600닢을 수확하다.

김재호가 갱생에 성공하게 된 계기는 ②에서 교장의 조언으로 이웃의 헌 가마니를 구하면서이다. 기술한 대로라면, 졸업하던 해부터 가마니를 짜서 이듬 해 5월까지, 열심히 일하면 채 1년도 안 된 기간에 집을 마련할 수 있다는 논리가 된다. 그러나 가마니를 8킬로 밖에 있는 장에 내다팔았다고 되어 있을 뿐, 많은 분량의 가마니를 어떻게 운송했는지에 대해서는 언급이 되지 않는다. ⑤에서 느닷없이 연호가 나타나는 것 또한 의아스럽다. 왜냐하면 김재호가 보통학교를 졸업한 시기가 밝혀져 있지 않기 때문에 김재호의 나이는 종적을 감추게 된다. 이 해에, 김재호는 모교의 추천으로 땅을 얻어 소작을 부치게 되는데, 김재호를 왜 1년도 채 되지 않아 집 한 채 구입할 수 있었던 가마니를 그만두고 '소작농'을 택하는지 의문이다.

이는 일제가 1920~30년대 실시한 산미증산계획과 관련지어 분석해 볼 수 있다. 즉, 일제의 쌀 증산 및 수출 증대를 위해, 장차 졸업할 학생들에게 소작농에 대한 긍정적 인식과 그를 통해 부를 축척할 수 있다는 전형적인 모델을 창조해서 보여줄 필요가 있었던 것이다. 그러나 일제의 산미증산계획은 식민지 지주제를 더욱 강화시켜 줌으로써 실제의 조선 농민의 수탈은 갈수록 심해졌을 따름이었다. 「갱생」에서는 김재호의 부단한 노력에 의한 생산 수확량만 강조하고 있을 뿐 일제에 바쳐야 할 조세에 대해서는 전혀 언급되지 않고 있다.[26] 기실, 식민지 상황에서 순

수 소작농으로서 갱생에 성공할 수 있었던 조선의 '김재호'는 현실적으로 전무했다고 볼 수 있다.

4) 제7차 교육령기의 『초등 조선어독본』

(1) 황국 신민화와 서사의 파탄

이 시기의 제7차 조선교육령은 일제의 병참기지화 정책이 본격화되던 시기의 교육령으로 일제는 내선일체에 따른 황국신민화가 소학교 교육의 목표임을 분명히 하였다. 1938년 개정 교육령에 의한 소학교 규정(1938. 3. 15) 제1조에는 "소학교는 아동 신체의 건전한 발달에 유의하여 국민 도덕을 함양하고, 국민 생활에 필수적인 보통의 지식·기능을 획득함으로써 충량한 황국 신민을 육성하는 데 힘쓰도록 한다."고 명시하였다. 그리고 제16조의 내용 곳곳에 "직원 및 아동은 천황 폐하, 황후 폐하의 어영(御影)을 모시고 최경계를 한다" 등과 같은 구체적 조항을 배치하고 있다.[27]

이 시기의 『초등 조선어독본』은 "황국 신민의 도를 강조한 군국주의 이데올로기의 교육 매체"[28]로서의 교과서 성격을 더욱 적나라하게 드러내게 된다. 또, 이 시기에 조선어과는 필수과목에서 수의과목으로 전락해 버리고 만다. 이에 따라 교과서 역시 매우 간결한 형태로 편찬되었는데 초등용 권1·2의 단 2권에 지나지 않을 뿐이다.[29] 수의과목으로 전락

---

26 이 당시 일반적인 소작비가 5:5 비율로 되어 있었지만, 일본인 지주는 8:2로 조선 농민을 착취하는 일이 빈번했다.

27 한국교육개발원, 『한국 근대학교교육 100년사 연구』, 1994. pp.153~154.

28 허재영, 위의 책, 118~122쪽.

29 마치 교과서를 만들다가 중단된 것이 아닌가, 의문이 들 만큼 체계적이지 못하다. 권1은 60쪽에 32과, 권2는 75쪽에 19과, 간이학교용 교과서는 79쪽에 28단원으로 구성되어 있다. 오늘날 소논문 별책본 정도의 두께밖에 되지 않는 그야말로 소략한 교과서였다.

한 조선어과 수업 시수는 감소하고 실제 4학년 이상에서의 조선어과 교수는 전혀 이루어지지 않는 형편이었다.

이전 시기에 편찬된 교과서의 구성 방식과 비교해 볼 때, 한글의 자모 구성과 글자를 익히기 위한 저학년 중심의 교과서처럼 글씨도 큼직하고 문장도 아주 쉽게 구사되고 있다. 1권으로 된 『간이 학교용 초등 조선어독본』(초)은 전 학년이 공통적으로 사용할 수 있는 교과서로 편찬되었던 것이며, 『초등 조선어독본』(권1·2) 역시 저학년의 한글 학습과 초보적 문장 훈련에 집중되어 있어서, 이를 통해 지식 전달이나 심신의 발달을 돕는 학습은 사실상 이루어졌다고 보기 어렵다.

『초등 조선어독본』에 수록된 일장기

교과의 내용 역시 아동의 심리 교양 따위는 일체 고려되지 않은 군국주의 일색으로 구성된다. 1권, 2권 모두 단원명은 나타나지 않는다. 그리고 일제의 황국 신민화의 삽화들이 노골화된다. 『초등 조선어독본』의 2권 1과에서는 첫 장면부터 높이 게양된 일장기 삽화가 나타나고, 이어지는 2과에서는 동경의 천황 앞으로 궁성요배(宮城遙拜)하는 삽화와 서사로 긴밀하게 배치된다. 8과에서는 천황의 은혜에 감사하는 내용을, 9과에서는 애국일을 맞아 황국신민의 서사를 소리 높여 읽는 장면을 연출한다. 일제는 1937년에는 '황국신민서사'[30]를 제정하여 각 학교에서

---

30 초등학생용 황국신민의 서사 내용은 1. 나는 대일본제국의 신민입니다. 1. 나는 마음을 합해 천황 폐하께 충의를 다합니다. 1. 나는 인고 단련하여 훌륭하고 강한 국민이 됩니다.

는 조·종례와 수
업 시작 전에 반
드시 낭송하도록
했는데, 이것을
즉각 교과서에
반영시킨 것이
다. 14과에서는
명치절을 맞아
신사에 가서 참

2권 19과 삽화

배하고 명치천황에 대해 소개하는 내용을 담고 있다. 이 시기 교과서의
최종 단원은 중일 전쟁을 반영한 서사와 지원병의 참여를 권장하는 서
사로 마무리된다.

나는, 훌륭한 軍人이 되어서, 나라를 위하야, 몸을 바치기로, 굳게 굳게 결심
하얏다. 이것이 天皇陛下의 은혜를 갚고, 父母의 마음을 편안케 하고, 동네 사
람들의 은혜를 갚는 것이라고, 생각한다.⋯너도 커서, 훌륭한 軍人이 되어야
한다. 戰爭에 나가서 몸을 잊어버리고, 싸우고 잇는 우리 軍人들을 생각하면,
네 兄도 빨리 戰爭에 나가서, 그들과 함께, 싸우기를 바란다.

―『초등 조선어독본』2권 19과, 7차 교육령기

「지나 비행기는, 우리나라 비행기를 , 도저히 당할 수가 업다지오.」

「그럿습니다. 우리나라 비행기가, 십배나 되는 지나 비행기와 싸워서, 다 떨
어트린 일이, 자조 잇섯습니다. 우리나라에서 만든 비행기는, 기게가 썩 훌륭
할 뿐아니라, 기게를 쓰는 사람의 재조가 퍽 발달되여서, 어느 나라와 전쟁을
하든지, 조곰도 걱정이 업다고 합니다.⋯」

⋯저 비행기들 중에는, 우리들이 바친 돈으로, 만든 것도 잇스리라고 생각하

니, 끝업시 반갑습니다. 나는 마음 속으로, 그 비행기들이, 맡은 일을 잘 마쳐,
큰 공을 세우기를, 정성껏 빌엇습니다.

—간이학교용 『초등 조선어독본』, 全 28과, 7차 교육령기

위 내용에서 살펴보듯, 천황을 위해 전쟁터에 나가 몸을 잊어버리고
싸우는 "훌륭한 군인"의 형상화라든가, 어느 나라와 전쟁을 하든지 끄
덕도 없다는 "비행기"의 묘사를 통해 일제 군국주의를 교과서에 내면화
시키고 있음을 볼 수 있다. 또, 지금까지의 교과서에 수록되었던 일체의
'조선적인 것'의 서사가 배제되고, 우화 계열의 단형 서사 2편 정도가
수록되어 있음을 볼 수 있다. 특기할 만한 사실은 식민 초기의 『보통학
교 학도용 조선어독본』에 실린 '욕심 많은 개' 서사와 제3차 교육령기
의 『조선어독본』에 실린 '개미와 베짱이' 서사가 일제 강점기 최후의 조
선어과 교과서에 수록되었다는 점이다. 일제가 이 두 서사 유형을 각별
하게 챙긴 데에는 일제의 식민지
통치 전략과 유효하게 맞닿아 있
는 지점이 있기 때문이다. 즉, 이
두 유형의 서사는 욕심을 부리면
오히려 손해를 본다는 철저한 금
욕적 인간형, 쉬지 않고 부지런히
일하는 개미 인간형을 집요하게
표상화시켰던 것이다.

28과 교과서 삽화

이상으로 살펴본 바와 같이 일
제 말기에 해당하는 이 시기의
『초등 조선어독본』을 보면, 노골
화된 일제의 황국 신민화의 정책
에 따라 이에 수록된 교과서의 서

사물 역시 파탄 지경에 이르렀음을 다시 확인할 수 있다.

3. 맺음말

이상으로 본고는 일제 강점기 조선어과 교과서『조선어독본』에 수록된 단형 서사물의 양상과 특징에 대해 살펴보았다. 교과서가 편찬되는 제1·3·4·7차 교육령기를 중심으로 일제의 식민지 교육 정책에 따라 교과서 내 서사물의 이입, 수록, 배제되어 가는 과정을 추적함으로써 일제 강점기 식민지 교육의 본질을 밝히고자 했다. 연구 대상으로 삼은 일제 강점 기간에 편찬된 보통학교 조선어과 교과서는 총 27종이었으며, 이를 통해 본고가 분석한 단형 서사물의 변화 양상과 그 특징을 요약하면 다음과 같다.

먼저 식민초기의『보통학교 학도용 조선어독본』에서는, '조선적인 것'의 서사물이 배제되고 있는 특징과 더불어, '욕심 없는 개' 서사가 유입되어 유교적 전통 속에서 내면화된 금욕의 경계가 일제의 식민지 지배 논리와 습합되어 교과서에 반영되었다고 보았다. 제1차 조선교육령기의『보통학교 조선어급한문독본』에서는, 전반적으로 한·일 서사물이 혼합된 형태로 단원을 구성하는 있는 특징을 보이는데, '혹부리 영감' 서사는 한·일 간의 뿌리 깊은 깊은 유대감을 확인시키고 내선일체로 나아가기 위한 일제의 기획된 서사물로서 그 중요성을 언급하였다.

제3·4차 조선교육령기의『보통학교 조선어독본』에서는 편찬 방향이 순국문(조선어)을 지향함으로써 단형 서사물의 내용에 큰 변화를 가져오는데, 수록 서사물의 내용적 특징으로는 '조선적인 것'의 지향성을 뚜렷이 보이는 점을 단형 서사물을 통해서 확인할 수 있었다. 그러나 식민지 지배 논리에 부합되도록 '조선적인 것'의 서사는 철저하게 왜곡되고

훼절되었는데, 「삼년고개」, 「입에 붙은 표주박」, 「김정호」의 예를 통해 구체적으로 밝혔다. 또, 일제 강점기 조선어과 교과서의 최종적인 결말에 해당하는 「갱생」이 내포한 서사의 모순된 이면을 분석함으로써 일제가 식민지 모델로서 창조한 '김재호' 모델의 허구성을 비판하였다.

마지막으로 본고는 제7차 조선교육령기의 『초등 조선어독본』에 대해서는 '황국 신민화와 서사의 파탄'으로 규정하였다. 수록된 2편의 우화적 서사물인 '욕심 없는 개'와 '개미와 베짱이'는 식민초기부터 일제가 지속시켜 온 것으로, 식민지 전 교육 과정에 걸쳐 양산하고자 한 인간형의 표상화라고 보았다. 그리고 일제의 병참기지화 정책이 본격화되던 1930년대 중반 이후 황국 신민의 도를 강조한 군국주의 이데올로기가 조선어과 교과서에 어떻게 점철되어 나타나는지 예증하였다.

이 논문은 일제 강점기 『조선어독본』의 단형 서사물의 그 전반적인 변화 양상과 특징을 분석한 것이지만, 향후 미시적 접근에 의한 『조선어독본』의 서사 연구로 발전되어야 할 것으로 본다. 가령, 학교 제도의 발생과 함께 『조선어독본』이 근대 아동의 문예적 독물과 어떠한 상관성이 있는지 사료적으로 검토될 필요가 있으며, 한·일 설화의 기원에 대해 논쟁이 되고 있는 『조선어독본』 수록 '혹부리 영감' 설화와 아동문학의 영향 관계에 대해서도 연구될 필요가 있다. 관련된 일례로, 우리나라 근대 아동문학의 창시자인 소파 방정환은 1923년 『어린이』지의 창간호 '혹부리 영감'을 극화하여 「노래 주머니」라는 동화극을 발표한다. 이 때 방정환의 「노래 주머니」와 『조선어독본』의 '혹부리 영감' 사이에 어떤 영향 관계는 없었는지 보다 면밀하게 밝힐 필요도 있다. 이에 대한 논의는 차후의 논문에서 구체적으로 전개해 나갈 수 있을 것으로 기대한다.

(『아시아문화연구』 21집, 경원대 아시아문화연구소, 2011)

참고문헌

1. 기본 자료

『보통학교 학도용조선어독본』(1911~1913, 식민 초기) 권2, 4, 5, 6, 7, 8.

『보통학교 조선어급한문독본』(1913~1920, 제1차) 권1, 2, 3, 4, 5, 6.

『보통학교 조선어독본』(1923~1925, 제3차) 권1, 2, 3, 4, 5, 6.

『보통학교 조선어독본』(1933~1935, 제4차) 권1, 2, 3, 4, 5, 6.

『초등 조선어독본』(1939, 제7차) 권1, 2.

『간이학교 초등 조선어독본』(1939, 제7차) 全.

2. 논문 및 평론

강진호, 「'조선어독본'과 일제의 문화정치」, 『상허학보』 29호, 2010.

_____, 「근대 교육의 정착과 피식민지 주체」, 『상허학보』 16호, 2006.

강진호 외, 『국어 교과서와 국가 이데올로기』, 글누림, 2007.

김용의, 「민담의 이데올로기적 성격」, 『일본연구』 14호, 1999.

박붕배, 『한국국어교육전사』, 대한교과서 주식회사, 1997.

심은정, 「'삼년고개'와 '산넨도게(三年とうげ)' 비교 연구」, 『일본학보』 55권 2
　　　호, 2003.

연세대 근대한국학 연구소, 『근대 계몽기 단형 서사문학 연구』, 소명출판, 2005.

오천석, 『한국신교육사 상하』, 광명출판사, 1964.

이종국, 『한국의 교과서상』, 일진사, 2005

_____, 『한국의 교과서』, 대한교과서주식회사, 1991.

_____, 『한국의 교과서 출판 변천 연구』, 일지사, 2001.

천혜숙, 「한일 '삼년고개' 설화의 비교로 본 설화 원류의 문제」, 『비교민속학』 33
　　　집, 2007.

허재영, 『일제 강점기 교과서 정책과 조선어과 교과서』, 경진, 2009.

한국교육개발원, 『한국 근대 학교교육 100년사 연구―일제시대의 학교교육』, 한
　　　국교육개발원, 1994.

한글학회 30돌 기념사업회 엮음, 『한글학회 50년사』(서울; 한글학회), 1971.

『조선어독본』의 '혹부리 영감' 설화와
근대 아동문학의 영향 관계 고찰

1. 문제 제기

'혹부리 영감' 설화 유형[1]은 우리에게 익히 알려진 '혹 떼기/혹 붙이기'의 대표적 모방담(模倣譚)이다. 혹이 달린 한 노인이 산속에서 노래를 부르다가 도깨비에게 혹을 떼이고, 이를 흉내 낸 이웃의 혹 달린 노인은 망신만 당하고 혹 하나를 더 붙이고 돌아온다는 것이 그 주된 내용을 이룬다.

우리나라에서 이 '혹부리 영감' 설화는 다카하시 도오루(高橋亨)의 『朝鮮物語集』(1910)에 의해 처음 기록되었다. 그는 일제 강점기에 고등학교 학감의 신분으로 있으면서 이후 교과서 편찬에도 참여했다.[2] 일본인에

---

[1] 유형(類型, type)은 '독립적으로 존재하는 전승적인 이야기'를 말한다. 이야기가 아무리 복잡하거나 단순하더라도 다른 이야기에 의존하지 않는 독립적인 이야기라면 하나의 설화 유형이 될 수 있다. '혹부리 영감'의 성격에 대해 '민담' 또는 '이야기'(譚)으로 규정되기도 하나 본고에서는 보다 포괄적인 '설화' 개념으로 수용하여 논의하고자 한다.
최운식, 『한국 서사의 전통과 설화문학』, 민속원, 2002. 19쪽.
[2] 『朝鮮の物語集』의 저자인 高橋亨는 1932년 『朝鮮』에 「朝鮮の民謠」(201호)라는 글을 발표하고, 1910년 데라우치(寺內) 총독에게 조선의 문헌을 수집할 것을 진언하며, 1940년에는 조선총독부로부터 〈조선문화공로장〉을 받은 인물이다. 설화의 한·일 기원의 여부를 떠나서 『조선어독본』에 '혹부리 영감' 설화가 수록된 것에 대해서는 高橋亨이 교과서 편찬에 관여한 점이 다소간 작용했을 것으로 판단된다.

의해 처음 채록된 이 설화는 제1차 조선교육령기의 『보통학교 조선어급
한문독본』(1913~20)에 처음 수록된 이후 20년 이상 보통학교 조선어과
교과서에 수록되어 국민 교육을 통해 널리 유포되었다.[3] 또, 이 설화는
해방 후 발행된 『초등국어교본』(1946)에 「혹 달린 노인」으로 실리면서
우리 설화로서의 정당성을 부여받으며 교육 현장으로 들어왔다.

기록사적인 측면에서만 보더라도 '혹부리 영감' 설화는 1910년 『朝
鮮物語集』에 처음 실린 이후 100년이라는 시간을 지나온 셈이다. 그러
나 그만큼 오랜 시간 민간에 유포되어 왔음에도 불구하고 이 '혹부리 영
감' 설화는 우리의 설화가 아닌 일본으로부터 유입된 '일본 설화'라는 설
이 심심찮게 제기되었다. 무엇보다 근본적인 이의 제기는 이 설화가 일
제 강점기라는 특수한 시대에 일본인에 의해 처음 채취되었다는 점인데,
식민지 이데올로기와 관련된 모종의 의도가 깔려 있지 않은가 하는 여기
에 대한 의심은 당연히 지적될 만한 것이었다. 또, 동계(同系) 설화가 한·
일 간에 공존한다는 점은 이 문제를 더욱 복잡하게 둘러싸고 있다.

본고가 '혹부리 영감'에 주목하는 이유는 이 설화가 우리 근대 아동문
학의 정체성을 묻는 매우 중요한 위치에 놓여 있기 때문이다. 우리나라
근대 아동문학의 창시자인 소파 방정환이 1923년 『어린이』지 창간호에
발표한 동화극 「노래 주머니」가 바로 이 '혹부리 영감'을 모티프로 한
것이다. 방정환이 '혹부리 영감' 설화를 어떻게 인식하고 있었는지, 어

---

3 일제 강점기 보통학교 조선어과 교과서 발행 내용은 다음과 같다.

교과서명	발행연도	교육령기	혹부리 수록
『보통학교 학도용조선어독본』	1911~13	식민 초기	
『보통학교 조선어급한문독본』	1913~20	제1차	제24과 '혹 잇는 노인'(一) 제25과 '혹 잇는 노인'(二)
『보통학교 조선어독본』	1923~25	제3차	16과 '혹 뗀 이야기'(一) 17과 '혹 뗀 이야기'(二)
『보통학교 조선어독본』	1933~35	제4차	제8 '혹 뗀 이야기'
『초등조선어독본』	1939	제7차	
『간이학교초등조선어독본』	1939	제7차	

떤 배경으로 이 설화를 소재로 하여 극화시킨 것인지, 나아가 방정환의 「노래 주머니」가 일본인에 의해 소개된 '혹부리 영감'과 변별되는 지점은 없는지 보다 구체적인 분석이 요구된다.

특히, 제4차 조선교육령기 『조선어독본』에 실린 '혹부리 영감'은 이전 교과서에서 전혀 서술방법을 달리하는 대폭적 개작을 보여 주는데, 방정환의 「노래 주머니」와 여러 점에서 그 유사성이 포착된다. 노래 가사의 삽입이라는 형식적 요소 외에도, '노래가 혹에서 나온다고 하는 설명이 도깨비의 자의적 판단으로 이루어진다'는 내용적 요소가 그 대표적 양상이다. 이전의 교과서에서는 노인의 거짓말에 도깨비가 속아 넘어가는 기만 모티프가 주를 이루었다. 그렇기 때문에 '혹부리 영감' 설화에 대한 아동문학 차원의 해명이 이루어질 필요가 있다. 이는 근대 아동문학은 물론이요 미래 아동문학의 정체성을 담보하는 중요한 과제가 될 것이다.

그동안 '혹부리 영감' 관련 설화에 대한 논의는 한·일 영향의 수수(授受) 관계에 치중된 측면이 많았다. 김환희의 최근 논의[4]를 제외하면 이 설화에 대한 아동문학 차원의 연구는 극히 희박한 정도이며, 『조선어독본』과 「노래 주머니」의 영향 관계는 물론이거니와 '혹부리 영감' 설화의 근대 아동문학 수용 양상에 대한 연구는 이루어지지 못했다. 본고는 이러한 문제의식을 바탕으로 긍정과 부정의 시각을 넘어 '혹부리 영감' 설화를 객관적으로 검토함으로써 근대 아동문학의 중요한 한 지점에 접근해 보고자 한다.

먼저, '혹부리 영감' 설화를 둘러싼 한·일 기원의 문제를 검토해 보는 것으로 하여 이 설화의 성격을 해명해 보고자 한다. 그런 뒤 『조선어독본』에 수록된 '혹부리 영감' 설화와 방정환의 동화극 「노래 주머니」사이에 놓인 영향을 텍스트 분석을 통해 살펴볼 것이다. 그리고 이후

---

4 김환희, 「'혹부리 영감'의 일그러진 얼굴」, 『열린어린이』 52호, 2007. 3.

'혹부리 영감'의 설화적 모티프가 우리나라 근대 아동문학에 어떤 양상
으로 수용되었는지 추적·비교해 봄으로써 우리 혹부리 설화의 전승 계
보를 확인해 본다.

2. '혹부리 영감' 설화의 기원과 한·일간의 모티프 비교

1) '혹부리 영감' 설화의 일본 유입설 재론

'혹부리 영감' 설화가 근대 아동문학 형성의 정체성에 깊이 연관되는
만큼, 우선 이 설화를 둘러싼 한·일 기원설에 대한 검토가 선행되어야
한다. '혹부리 영감'의 대표적 선행 연구자인 김용의와 일본 설화 유입
설을 제기한 김종대의 견해를 견주어 봄으로써 타당한 지점을 이끌어내
는 한편, 두 논의에서 미진했던 논점을 부가하는 방법으로 본고의 논의
를 전개하고자 한다.

김용의[5]는 '혹부리 영감'이라는 개별 민담의 한·일 비교 연구를 하였
으며, 일제 식민지 시대 교과서에 수록된 민담의 이데올로기의 성격을
밝혔다. 그리고 그는 '혹부리 영감' 설화가 종국적으로는 일제가 식민
지 조선을 통치하기 위해 고안한 '내선일체'라는 이데올로기와의 관련
성을 밝히고자 하는 결론으로 나아간다. 그는 이 방면에서 가장 지속적
이며 독보적인 성과를 보여 준 연구자이다. 그의 일관된 논의는 高橋亨

---

5 김용의, 「한일 요괴설화 비교 연구의 과제」, 『일본어문학』 2집, 한국일본어문학회, 1996.
    _____, 「일본 '혹부리 영감' 담의 유형과 분포」, 『일본어문학』 5집, 한국일본어문학회, 1998.
    _____, 「민담의 이데올로기적 성격」, 『일본 연구』 14호, 중앙대학교 일본연구소, 1999.
    _____, 「한국과 일본의 '혹부리 영감' 담—교과서 수록과정에서 행해진 개정을 중심으로」, 『일본어문학』 6집, 한국일본어문학회, 1999.
    _____, 「일제시대 한국 민담의 개작과 수용 양상」, 『남도민속연구』, 남도민속학회, 2000.
    _____, 『혹부리 영감과 내선일체』, 전남대학교 출판부, 2010.

의 『朝鮮物語集』에 처음 실린 '혹부리 영감'이 우리 설화라는 전제위에 이루어진다. 그러나 김종대[6]는 한국 도깨비 연구의 포괄적 연구를 통해 '혹부리 영감'이 우리나라 '도깨비 방망이 얻기'와 유사하지만 본질적으로는 다른 이야기라는 점, 한국에 널리 알려진 '혹부리 영감'이 일제 시대 때 일본에서 유입되어 인위적으로 교육된 것이라는 문제를 제기했다.

두 연구자는 공통적으로 '혹부리 영감' 설화가 결과적으로는 일제의 식민지 통치 차원으로 활용되었다는 크게 다르지 않은 지점을 공유하고 있다. 다만, '혹부리 영감' 설화가 일본으로부터 유입되었다고 보는 김종대는 '문화적 침략'이라는 용어를 사용하고 있다. 특히 그는 '혹부리 영감'이 최초로 기록되었다고 하는 『朝鮮物語集』에 「瘤取」가 제일 앞에 실려 있는 점을 지적하며 기록성 자체를 순수한 목적에 의한 수집이 아닌 식민지 상황과 결부된 의도적으로 편성으로 바라보고 있다.

김종대의 지적은 지금까지 의문시 되지 않았던 '혹부리 영감' 설화의 많은 문제적 소지를 환기시켜 주었다는 점에서 의의를 발견할 수 있다. 그러나 그의 주장을 따라가다 보면 『朝鮮物語集』의 채록 이전 한국에서는 '혹부리 영감' 설화가 전승되지 않았다는 논리가 성립된다. 무엇보다 '혹부리 영감' 설화의 우리 설화로서의 가능성이 부정되고 있기 때문에, 그의 논점은 때에 따라 매우 민감하게 받아들여질 수 있다. 그는 몇 가지 근거 가운데, 『조선어독본』의 '혹부리 영감' 삽화가 일본의 소학 교과서 『尋常小學讀本』[7]에서 그대로 베껴온 것이라는 사실을 지적하고 있다. 비록 외형적 형태로 보아서는 같은 그림틀이라는 것을 한눈에

---

6 김종대, 『한국 도깨비 연구』, 국학 자료원, 1994.
7 『尋常小學讀本』이라는 제목을 가진 일본어 교과서는 총 3종류가 있다. 첫 번째는 1887년 5월에 발간된 총 7권으로 구성된 검정 교과서인 『尋常小學讀本』, 두 번째서는 최초의 국정 교과서로 전8권으로 구성된 국정1기 교과서 『尋常小學讀本』, 세 번째는 전12권으로 구성된 국정2기 교과서 『尋常小學讀本』이다.
김혜림, 「『日語讀本』에 대한 연구: 일본의 국정1기 교과서 『尋常小學讀本』과의 비교를 중심으로」, 고려대학교 교육대학원, 2009, 19~20쪽.

확인할 수 있다. 그러나 텍스트의 내부를 들여다보면, 한·일 '혹부리 영감'의 본질적 차이로 파악되는 점들이 발견되고 있다.

2) 한·일 '혹부리 영감'의 모티프 비교

(1) 춤(日) : 노래(韓)

일본 메이지 시대부터 편찬되기 시작한 『심상소학독본』에는 '혹부리 영감'이 모두 세 차례 실렸다.[8] 이 가운데 『심상소학독본』(1909) 권1에 실린 삽화 내용이 '혹부리 영감'이 처음 수록된 『보통학교 조선어급한 문독본』(1913~20)의 「혹 잇는 老人」(2권 제24, 25)에 그대로 유입되었다.

혹을 잡고 있는 노인의 자세, 혹이 달린 모양, 삽화의 구성 등 모든 면에서 그림의 일치를 보여 준다. 일본 교과서에 실린 삽화를 그대로 가져와서 갓, 바지저고리, 짚신, 수염 등을 재구성했음이 명백하다. 그러나 삽화를 그대로 가져와도 문제가 되지 않았던 이유는 무엇이었을까? 그것은 이 두 설화의 내용이 동일

『심상소학독본』 권1

---

8 '혹부리 영감'이 실려 있는 일본 교과서는 ①『심상소학독본』(1887) 권4 제7,8과 「こぶ取」(1, 2) ②『심상소학독본』(1909) 권1(과의 구분 없음) ③『심상소학독본』(1933) 권2 제12과 「ユブト リ」이다. 이 논문에 소개하는 『심상소학독본』의 삽화는 김용의 논문 「한국과 일본의 '혹부리 영감'(瘤取り爺)譚」(『일본어문학』 6집, 한국일본어문학회, 1999, 376쪽)에서 재인용.

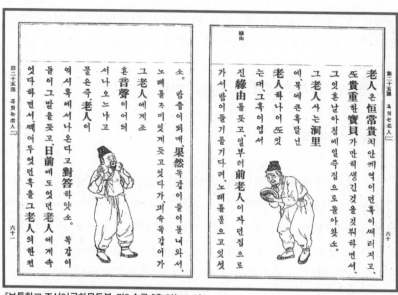

『보통학교 조선어급한문독본』, 권2 수록 「혹 잇는 노인」

해서가 아니라, '혹 떼기/혹 붙이기'라는 이원적 대립 구조가 동일했기 때문이었던 것이다.

　그러면 양국의 교과서의 내용에서 발견되는 중요한 차이를 짚어보기로 하자.

　일본 소학 교과서에 '혹부리 영감'이 처음 실린 것은 『심상소학독본』(1887) 권4의 제7, 8과 「ぶこ取」(혹떼기)이다. 이 내용을 보면, 혹이 달린 나무꾼이 날이 저물어 삼나무 속에서 밤을 새우게 된다. 나무 앞에 몰려와서 술잔치를 벌이는 요괴들의 춤을 보던 나무꾼은 참지 못하여 뛰쳐나가 자기도 모르게 춤을 추게 된다. 나무꾼의 춤에 반한 요괴들은 다음에도 꼭 오라는 약속의 증표로 혹을 떼 내어 사라져 버린다. 이웃에 사는 혹 달린 노인도 이를 흉내 내려다가 오히려 혹 하나를 더 붙이게 된다.

　그러나 高橋亨의 『朝鮮物語集』에 바탕을 두고 있으며 『조선어급한문

독본』에 처음 수록된 '혹부리 영감'은 이와는 매우 내용이 다르다. 옛날 어느 산촌에 혹 달린 노인이 산에 나무를 하러 갔다가 늦어져 빈 집에 들어가게 된다. 밤이 깊어져 노래를 부르자 도깨비들이 몰려온다. 노인의 노래에 감동되어 고요하게 듣고 있던 도깨비들은 노인의 좋은 음성이 어디서 나오는가 묻는다. 노인이 혹 속에서 나온다고 대답하자 보물을 주고 혹을 떼어 간다. 같은 동리에 사는 마찬가지로 혹 있는 노인이 이를 흉내 내려다가 혹 하나를 더 붙여 돌아온다.

전자의 일본 '혹부리 영감'에서는 노인이 요괴의 춤 연희에 가담하여 '춤'을 추는 것으로 나타나지만, 우리의 설화에서는 노인이 무서움을 이기기 위해 '노래'를 부르는 행위로 나타난다. 혹을 떼이는 이유도 '춤'을 잘 추어서가 아니라 '노래'를 잘 불러서라는 결정적 차이를 보여 준다. 매우 미세한 듯하지만 이 차이는 한·일 양국의 뚜렷한 원형을 상징적으로 보여준다고 할 수 있다. 일본의 경우, 나무꾼이 추는 '춤의 행위'는 '혹'의 존재와 그다지 상관성이 없다. '혹'은 단지 신체의 일부일 뿐이며 '춤의 행위'와 분리된 공간에 있다. 그러나 우리의 경우, 도깨비를 탄복시킨 노인의 '노래'는 그 근원이 '혹'으로 오인될 만큼 매우 밀접하게 그려진다. '노래'가 '혹'과 분리되어 있지 않으므로 '혹' 자체에 신비성이 부여된다.

따라서 한국의 도깨비들은 노인의 '노래'에 감동하는 한편 노인의 '혹' 자체에도 깊은 관심을 보이게 된다. 또 '혹'만 있으면 언제든지 '노래'를 들을 수 있기 때문에 굳이 노인과의 재회를 약속할 필요가 없다. 그러나 일본의 경우, 노인이 다시 와서 춤을 추도록 하려면 훗날의 재회를 보증할 수 있는 약속의 담보물이 필요하게 된다. 이렇듯, 한·일 간의 '혹부리 영감' 설화는 '혹 떼기/혹 붙이기'라는 큰 범주의 유사성을 공유하고 있지만 '노래'(韓)와 '춤'(日)이라는 매우 변별적인 핵심 화소(話素)를 양국의 고유한 원형으로 발전시켜 온 것을 확인할 수 있다.

일본 '혹부리 영감'류의 이야기는 대부분 일본 중세의 설화집『宇治拾遺物語』에 뿌리 깊은 연원을 두고 있다. 이 기록에서도 역시 '춤' 모티프가 전반을 지배하고 있다.

　… 동자 오니(鬼)가 한 바탕 춤을 추고는 물러나니, 차례대로 하나하나 춤을 춘다. 서툴게 추는 녀석도 있고 조금 잘 추는 녀석도 있다. 영감님이 시답잖게 생각하며 보고 있으니, 정면에 앉아 있는 우두머리가 입을 열어,
　"오늘밤의 놀이는 여늬 때보다도 훌륭했다. 다만 아주 진기한 춤을 보고 싶구나."
　하고 말하니, 영감님은 귀신에라도 홀린 듯, 아니면 신불(神佛)이 그리 시키신 것인가, 무턱대로 달려나가 춤을 추고 싶어졌다. 처음에는 겨우 참았으나, 아무리 참으려 해도 어쩐지, 오니가 치는 박자(拍子) 소리를 듣자,
　'그래 좋아, 그냥 달려 나가 춤을 추자, 죽으면 죽지.'
　하는 결심이 서서, 나무통 안에서 두건을 코끝에 건 채, 허리춤에 도끼를 끼어 차고 우두머리 오니 앞으로 뛰어나오고 말았다.[9]

'귀신에라도 홀린 듯', '신불(神佛)이 그리 시킨 것인 듯' 무턱대로 달려 나가 춤을 추고 싶어하는 노인의 모습은 우리 혹부리 영감과 매우 대조적이다. 노인의 춤이 강하게 드러나는 고대 중세 일본 '혹부리 영감'의 특징은 일본 아동문학의 선구자 이와야 사자나미(巖谷小波)에게로 이어지게 된다. 그가 1927년에 낸『日本お伽噺集』에는「瘤取り」라는 작품이 실려 있다. 이 작품을 해석한 화가의 삽화는 한·일 '혹부리 영감'의 차이를 한눈에 집약시켜 보여준다. 여기서 보면, 연희자(노인) 대 오니(도깨비)의 관계가 매우 대조적으로 설정되어 있음을 보게 된다.

---

9 전대석은 원문의 '鬼'를 '도깨비'로 번역하였으나, 본고에서 인용할 때 '오니'로 수정하였다.
　田大錫 역주,『한반도 관련 日本說話選』, 경서원, 2000, 264~265쪽.

◀『日本お伽噺集』| ▲『조선어독본』4권

　두 삽화의 비교에서 드러나듯, 일본 '혹부리 영감'에서는 혹 달린 노인이 오니들의 잔치에 가담하여 그 일부가 되어, '오니⊃노인'의 포함 관계를 보여 준다. 반면, 『조선어독본』에 표현된 우리 '혹부리 영감'에서는, 도깨비들이 혹부리 노인의 노래에 이끌려 흥을 돋우고 있다. '도깨비⊂노인'의 포함 관계를 보여 준다. 노인의 태도에 있어서도 『日本お伽噺集』에서는 춤에 대한 노인의 과시 의욕이 오니들의 춤을 위축시키고 있지만, 『조선어독본』의 노인은 도깨비들의 춤과 분리된 공간에서 자신의 노랫가락에 자족할 뿐이다.

(2) 한·일 '혹부리 영감'의 도깨비 성격 비교

　'춤(日) : 노래(韓)' 모티프 이상으로 중요한 변별점은 한·일 '혹부리 영감' 설화에 나타나는 도깨비의 성격이다. 양국 '혹부리 영감'의 최초 기록지인 『宇治拾遺物語』(日)와 『朝鮮物語集』(韓)의 내용 비교를 통해 검토해 보기로 한다.

① 일본 '혹부리 영감'；『宇治拾遺物語』

안쪽 세 번째 자리에 앉아 있던 오니가 "이 노인이 말은 그렇게 하지만 오지 않을지도 모릅니다. 무언가 증표로 저당을 잡아두어야 하지 않겠습니까?"라고 말했다. 상좌의 오니가 "당연하지. 당연하지." 하면서, "무엇을 맡아두면 좋을까?" 하고 의논을 하게 했다. 상좌의 오니는 "그 노인 얼굴에 달린 혹을 맡아두는 것이 좋지 않을까? 혹은 복 있는 물건이니까. 아마 그 혹을 아깝게 생각할 것이다."라고 말했다. … 오니들이 노인에게 다가와서 "그럼 혹을 떼겠다."하고서 혹을 비틀어 당겼다. 전혀 아프지가 않았다. 그런 후에 오니가 "다음 번에도 꼭 오도록 하여라."라고 말했다. 이윽고 새벽이 되어 닭이 울자 오니들이 사라졌다."(한국어 번역; 김용의)[10]

② 한국 '혹부리 영감'；『朝鮮物語集』(1910)

그 노랫소리를 듣고서 요괴(도깨비)들이 모여들었다. 요괴들은 조용히 노인의 노래를 듣고 있었다. 돌아갈 무렵이 되자, 두목으로 보이는 요괴가 "그 아름다운 노래는 어디서 나오는가?" 하고 물었다. 노인은 "이 혹 속에 노래가 들어있다."고 대답했다. 요괴는 "그 혹을 나한테 팔아라!" 하고서 여러 가지 보물을 건네주고 혹을 떼어 갔다. 노인은 장작도 내던지고 기뻐하며 집으로 돌아갔다.(한국어 번역; 김용의)[11]

위의 두 텍스트를 비교해 볼 때, 인간에게 보이는 태도 면에서 일본의 오니와 한국의 도깨비는 매우 큰 차이를 보인다.

먼저, 일본의 오니가 인간에게 '속지 않으려는' 의심의 태도를 보여준다면, 한국의 도깨비는 인간에게 '속아 넘어가는' 모습을 보여준다.

---

10 김용의, 『'혹부리 영감'과 내선일체』, 전남대학교출판부, 2010. 229쪽.
11 高亮亨, 『朝鮮物語集』, 1910; 김용의, 『'혹부리 영감'과 내선일체』, 전남대학교출판부, 2010. 74쪽.

일본의 오니는 혹시 속게 될 가능성을 예측하며, 혹을 증표로 저당을 삼기로 한다. 일종의 부동산 '담보' 개념을 끌어들여 계약을 성사시키고 있는 일본 오니의 행동은 동양적 사고만으로는 설명이 불충분하다. 섬 지역의 특성상 일찍부터 해외 문명을 보다 개방적으로 받아들일 수 있었던 일본은 근대적 사고에 의해 그들 나름대로 '혹부리 영감'을 해석하고 발전시켜 나갔다.

한국의 도깨비는 혹 속에서 노래가 나온다는 인간의 거짓말을 의심 없이 믿어버린다. 어떤 경우에는 인간 쪽에서 그 사실을 부인하더라도 오히려 억측을 부리면서 믿으려는 태도를 보인다. 어떤 측면에서 볼 때, 계산이 서투르고 의심할 줄 모르는 한국형 '혹부리 영감'의 도깨비는 보다 원형적인 도깨비상을 보여 준다. 이들 도깨비는 인간과는 매우 다른 이해 타산의 세계관을 갖고 있다. 따라서 그들은 혹과 보물을 쉽사리 바꿔버리는 매우 해학적인 모습을 보여 주게 된다. 대상의 본질을 인식하는 두 개의 서로 다른 시선은 아이러니에는 필수적이다. 우리의 '혹부리 영감'은 일본과 달리 '해학과 아이러니'를 강화하는 방향으로 설화를 발전시켜 온 것이다.

또, 일본의 오니는 혹만 떼어낼 뿐이지만, 한국 '혹부리 영감'의 도깨비는 예외 없이 혹부리 노인에게 보물을 주는 것으로 나타난다. 이러한 미세한 지점의 차이는 우리 '혹부리 영감'의 가능성을 새롭게 제기하는 측면이기 때문에 주목되어야 할 것으로 본다. 도깨비 덕에 부자가 되는 이야기 유형은 '금방망이 은방망이' '방이설화' 등에서도 찾아볼 수 있는 우리나라 도깨비담의 대표적 형태이기 때문이다.

본고는 한·일 '혹부리 영감' 설화의 비교 검토를 통해 우리 설화로서의 가능성을 보다 강화하는 방향으로 나아가고자 한다. '혹부리 영감' 설화를 채록하거나 이를 연구한 많은 일본인은 흥미롭게도 '혹부리 영감'의 뿌리가 조선에 있거나 조선을 거쳐 대륙에서 건너온 것이라는 관

점을 보여 주었다.

① 타카키 카즈오(高木敏雄)[12]

「혹부리 영감」(瘤取) 설화는 韓日說話이다. 그 직접적인 本源地는 조선반도이다. 자신은 오랫동안 이 가설만으로 만족할 수밖에 없었으나, 露日전쟁의 덕택에 일본제국의 세력이 가담하여, 동아시아 대륙의 문헌학적 연구에 있어 큰 편의를 얻기에 이른 결과로, 조선의 민간설화에서 두 가지의 혹부리 영감 설화를 발견할 수 있었다. 그 하나는 조금 완전한 형태로, 요괴(鬼)의 酒宴과 노인의 춤이 빠져, 단지 평소 정직한 노인이 산중에서 어두운 밤에 요괴에서 혹을 떼어받고, 이웃집 노인이 나중에 그 혹을 붙이게 되는 내용에 불과하다. 두 번째의 예는 미세한 점까지 완전히 『宇治拾遺物語』의 이야기와 일치하고 있다.(한국어 역; 김용의)[13]

② 마쯔무라 타케오(松村武雄)[14]

조선동화의 「瘤取(혹부리 영감)」은 墨齋의 『笑府』가 가르키듯이 支那의 이야기이며, 『宇治拾遺物語』가 가리키듯이 일본의 이야기이다. … 조선은 또한 자국의 동화를 일본에 제공함으로써, 우리나라의 동화계를 다채롭고 풍부하게 하는 역할을 했다. 『慵齋叢話』에 실렸던 『物眞似騷ぎ(흉내내기 소동)」, 「赤豆物語(콩쥐팥쥐)」나 민간에 유포된 「片目と曲鼻(외눈박이와 비뚤어진 코)」, 「足折燕(다리 부러진 제비)」 등의 조선동화가 각각 일본의 「お芋ころころ」,

---

12 高木敏雄은 1904년에 『比較神話學』을 펴내고 1912년에 「日韓共通의 民間說話 1」(『東亞之光 7 -11』, 東亞協會, 1912)라는 논문을 東京에서 발표한 바 있다. 그리고 이 논문은 1943년에 펴낸 그의 저서 『日本神話伝説の研究』(荻原星文館, 1943)에 포함되었다.
13 高木敏雄, 『日本神話伝説の研究』, 荻原星文館, 1943, 417~418쪽; 김용의, 「민담의 이데올로기적 성격」, 『일본연구』14집, 중앙대학교 일본연구소, 314~315쪽. 재인용.
14 松村武雄은 동화와 교육에 관한 일본 최초의 연구서인 『童話及び兒童の研究』(東京, 培風館, 1922. 8)을 냈는데, 500쪽에 걸친 방대한 연구서로, 방정환 역시 이 책을 구해서 읽었을 것으로 판단된다.

「和尚ちがひ」,「住吉明神と白樂天」,「腰折雀」의 원형이다.(한국어 역; 大竹聖美)[15]

高木敏雄은 '혹부리 영감' 설화를 '한일설화'로 규정하며, "그 직접적인 본원지는 조선반도"라고 밝히고 있다. 또, 松村武雄은 "자국의 동화를 일본에 제공함으로써, 우리나라의 동화계를 다채롭고 풍부하게 하는 역할을 했다"며 일본 설화에 미친 조선의 영향을 명백하게 시인하고 있다. 매우 의아하지만 솔직하게 인정하는 松村武雄의 서술 관점을 보면, '혹부리 영감' 설화에 대해 "무엇인가 조작된 것이 아닌가 하는 의문"[16]의 태도와는 다소 멀게 느껴진다. 왜냐하면 그의 서술이 '혹부리 영감'을 비롯하여 다수의 일본 설화를 두루 거론하고 있기 때문이다. 특히, 高木敏雄이 설화를 조사하는 과정에서 "요괴(鬼)의 주연(酒宴)과 노인의 춤이 빠져" 있는 한국 '혹부리 영감'의 내용에 대해 언급해 놓은 것은 중요한 단서가 된다.

松村武雄이 강조하고 있는 것은 설화 전파의 매개자로서 한국의 위치이다. 그는 "조선동화의 「瘤取(혹부리 영감)」은 墨齋의 『笑府』가 가리키듯이 支那의 이야기이며, 『宇治拾遺物語』가 가리키듯이 일본의 이야기"라고 쓰고 있다. 일본의 신화학자인 시부사와 세이카(澁澤青花) 역시 그의 『朝鮮民話集』[17]에서 일본의 「瘤取り」(혹부리 영감)이 조선에도 있고, 티벳에도 있으며, 일본의 「海月と猿」(토끼의 간)이 조선에서는 '토끼와 거북

---

15 『世界童話体系』제16권, 일본편, 『日本童話集』(일본, 조선, 아이누), 松村武雄 역, 세계동화체계간행회, 1924. 9; 大竹聖美, 『한·일 근대 아동문화와 문학 관계사 1895~1945』, 청운, 2005. 90~91쪽.

16 김종대, 「'혹부리영감譚'의 형성과정에 대한 試考」, 『우리문학연구』 20호, 우리문학연구회, 2006. 31쪽.

17 이 책은 1980년 발행이지만, 실은 1927년 5월에 완성된 원고로 1920년대 중반에 『東洋童話叢書』시리즈로 출판될 예정으로 쓰여진 것이지만 출판사의 도산으로 출판되지 못했다고 한다. 澁澤青花, 『朝鮮民話集』, 東京, 社會思想社, 1980. p.9.
大竹聖美, 『근대 한·일 아동문화와 문학 관계사 1895~1945』, 청운, 2005. 95쪽.

이'로 되어 있으나 실상은 완전히 동일한 줄거리라는 지적을 하며 일본의 이야기가 옛날 조선에서 전래된 것이라고 쓴 바 있다.[18]

이상의 논의를 통해 본고는 오늘날 국내에 널리 유포되어 있는 '혹부리 영감' 설화가 일본으로부터 유입되어 전파된 것이 아니라는 점을 분명히 해 두고자 한다. 이 설화는 오히려 이미 세계 각처에 유포되어 있는 '광포설화'의 성격에 근접한 것으로 보는 것이 더 타당하다. 비록 일본인에 의해 처음 채록되었다는 한계를 지녔지만, 그러한 이유로 우리 설화로서의 가능성이 제거될 수는 없는 것이다. 이 설화는 우리 민족의 원형을 담으며 민간에 오랫동안 전승되어 온 대표 설화 가운데 하나라고 볼 수밖에 없다. 보다 원형에 가까운 대륙의 '혹부리 영감'을 받아들이면서 일본은 그들 나름의 해석을 거쳐 그들만의 독자적 '혹부리 영감'을 발전시켜 나갔을 것으로 추정된다.

3. 『조선어독본』의 '혹부리 영감'과 방정환의 「노래 주머니」

1) 혹 팔기; '혹쟁이 이야기'의 숨겨진 서사 하나

논의의 연장선상에서, 우리나라 근대 아동문학의 창시자인 방정환이 「새로 開拓되는 童話에 관하야」라는 평문에서 이 '혹부리 영감'을 언급한 것은 매우 이채롭고 흥미로운 일이 아닐 수 없다.

日本童話라고 歐羅巴 各國에 飜譯되어 잇는 「猿의 生膽」이라는 有名한 童話

---
18 大竹聖美, 『근대 한·일 아동문화와 문학 관계사 1895~1945』, 청운, 2005. 97쪽.

는 其實 日本 固有한 것이 아니고 朝鮮童話로서 飜譯된 것인데 朝鮮 縣主簿의 톡기를 원숭이로 고첫슬쑨이다.(東國通史에 보면 朝鮮 固有의 것 가트나 或時 印度에서 온 것이 아닌가 생각도 되는바 아즉 分明히는 알 수 업다) 그밧게 「혹쟁이」(혹쟁이가 독갑이에게 혹을 팔앗는데 쬪日에 싼 혹쟁이가 쏘 팔라갓다 가 혹 두 個를 부쳐가지고 오는 이약이)도 朝鮮서 日本으로 간 것이다. 그런데 이 혹쟁이 이약이는 獨逸, 伊太利, 佛蘭西 等 여러 나라에 잇다 하는데, 西洋의 이 혹쟁이 이약이는 그 혹이 顔面에 잇지안코 등(背)에 잇다하니 쑵추의 이약 이로 變한 것도 興味잇는 일이다. 이 外에 日本古書(宇治拾遺物語)라는 冊에 잇는 「허리 부러진 새」라는 童話도 朝鮮의 「흥부놀부」의 譯이 分明하다.(띄어 쓰기: 인용자)[19]

방정환은 '혹부리' 대신 '혹쟁이'라는 표현을 사용하고 있다. 당시 방 정환은 이 설화가 "조선서 일본으로 간 것"이라는 인식을 갖고 있었다. 그는 독일·이탈리아·프랑스 등지에서도 있다 하는 '서양의 혹쟁이 이 야기'에 대해서도 퍽 관심을 보인다. 위의 내용을 보건대, 많은 일본인 연구자들이 언급했던 『宇治拾遺物語』를 방정환 역시 알고 있었던 것으 로 확인된다. 그는 "「허리 부러진 새」라는 동화도 조선의 「흥부놀부」의 역이 분명"하다는 견해를 피력하고 있다. 이는 高木敏雄이 『宇治拾遺物 語』에 수록된 「雀恩を報ゆること」(은혜 갚은 참새)의 기원이 한국의 「흥부 전」에 있다고 지적한 내용과 일치하는 것이다.[20]

그런데 이 글에서 매우 흥미를 끄는 지점은 '혹쟁이 이야기'에 대해 방정환이 알고 있는 이야기의 줄거리를 괄호 속에 간단히 소개한 대목 이다.

---

19 소파, 「새로 開拓되는 童話에 關하야—특히 소년이외의 일반 큰이에게」, 『개벽』 31호, 1923. 1, 25쪽.
20 高木敏雄, 앞의 논문, 420~421쪽.

「혹쟁이」(혹쟁이가 독갑이에게 혹을 팔앗는데 翌日에 싼 혹쟁이가 쏘 팔라 갓다가 혹 두 個를 부쳐가지고 오는 이약이)

한국에서 '혹부리 영감'을 처음 접한 일본인들은 혹 자체의 '떼기/붙이기'의 구조에 초점을 맞추고 이 설화를 채록했다. 그래서 이 설화를 기록하는 일본인의 방식은 「혹 뗀 이야기」 등속의 제목으로 나타났던 것이다. 방정환의 '혹쟁이 이야기' 역시 '혹 떼기/혹 붙이기'의 구조에는 변함이 없다. 그러나 방정환이 알고 있는 이야기에는 이러한 대립적 결과가 가능하게 된 계기로서 '혹 팔기'라는 숨겨진 서사구조가 포함되어 있다.

　□ 高亮亨, 『朝鮮物語集』, 1910
　두목으로 보이는 요괴가 「그 아름다운 노래는 어디서 나오는가?」 하고 물었다. 노인은 「이 혹속에 노래가 들어있다」고 대답했다. 요괴는 「그 혹을 나한테 팔아라!」 하고서 여러 가지 보물을 건네 주고 혹을 떼어갔다.

　□ 山崎日城, 『朝鮮の奇談と傳説』, 1920
　노인은 적당히 "내 얼굴에 붙은 커다란 혹에서 아름다운 소리가 나온다."라고 둘러댔다. 요괴는 "그렇다면 제발 그 혹을 팔아 주었으면 좋겠다."라고 말하고 많은 보물을 꺼내주고 노인의 얼굴에서 억지로 혹을 떼어갔다.

　□ 『조선어급한문독본』(1913~20), 「혹 잇는 노인」
　노인의 대답이 「이 목에 달려 있는 혹 속에서 나온다」하였소. 괴슈 도깨비는 이 마을 듣고 「그러면 그 혹을 나를 주시오.」하면서 여러 가지 寶貝를 내여 주고 그 혹을 떼여 갔소.

□『조선어독본』(1923～25, 「혹 뗸 이야기」

노인이 천연스럽게 내 목에 달린 혹에서 나온다고 답하였소. 독갑이가 그러
면 그 혹을 내게 팔으시오 하며, 보패를 만이 주고, 그 혹은 그만 감쪽같이 떼
어갔소.

일일이 열거할 수 없어 비교적 시기가 이른 자료를 중심으로 소개해
본 것이다. 방정환이 '혹쟁이 이야기'로 소개하고 있는 '혹 팔기' 서사
가 동일하게 나타나고 있는 점을 주목할 필요가 있다. 우리의 '혹부리
영감'에서 해학적 골계미가 두드러지는 구조적 요인은 이 '혹 팔기' 서
사가 개입되어 있기 때문이다. 더욱이 이 '혹 팔기' 서사는 일본 '혹부
리 영감'에는 나타나지 않고 있는 설화소이기 때문에, 우리 설화의 고유
성을 회복시킬 수 있는 중요한 열쇠가 될 것으로 판단된다.

2)『조선어독본』'혹부리 영감'과「노래 주머니」의 내용적 차이

그런데 일제 강점기 교과서『조선어독본』에 '혹부리 영감'이 실린 사
실과 비슷한 시기에 방정환이 우리나라에 전래되어 오던 '혹쟁이 이야
기'를 각색한 동화극「노래주머니」를 발표한 것은 우연한 일치에 지나
지 않는 것일까?

방정환은 1923년『어린이』지 창간호에 '혹부리 영감' 설화를 소재로
한 동화극「노래주머니」를 발표했다. 이것은 우리나라 동화극 장르의 시
초를 열어 준 작품으로, "한국 근대 동화극의 초석"[21]으로 고평되고 있다.
이에, 『조선어독본』에 실린 '혹부리 영감'과 방정환의「노래 주머니」의
상호 비교를 통해 그 영향 관계를 살펴 보고자 한다. 특히 형식과 내용면

---

21 염희경, 「한국 근대 동화극의 초석─방정환의 동화극 두 편」, 『어린이문학』 34호, 한국어린이
문학협의회, 2002. 8.

방정환의 「노래주머니」

에서 크게 개작이 이루어지는 제4차 조선교육령기 『조선어독본』(1923~
35)에 실려 있는 「혹 떼인 이야기」의 경우, 여러 정황에서 「노래 주머니」
와 영향 관계가 포착되고 있어서 이에 대한 구체적인 검토가 필요하다.

먼저, 여러 설화 가운데서도 특히 방정환이 '혹쟁이 이야기'를 첫 동
화극으로 각색했던 의도를 고려해 보아야 한다. 염희경은 「혹떼기(瘤取
り)」가 실려 있는 일본의 『兒童劇 脚本』(1922. 3)을 방정환이 일본에서 유
학 당시 보았을 가능성이 크다고 보며, 이 책을 참고하여 동화극 「노래
주머니」를 꾸몄을 것으로 추정하고 있다.[22]

그러나 '혹쟁이'가 한국에서 일본으로 건너간 것이라는 인식을 갖고
있던 방정환이 굳이 일본의 아동극본집을 참고해서 「노래 주머니」를 썼

---

22 염희경, 위의 책.

을 가능성은 희박하다. 게다가 일본 아동극 「혹떼기(瘤取り)」의 내용은 혹부리 할아버지가 춤을 추며 도깨비들의 연희에 가담하는 일본 『宇治拾遺物語』에 뿌리를 두고 있으며, 등장하는 장치들―여우, 메뚜기, 머루잎, 방울―역시 방정환의 「노래 주머니」와 무관한 것들로 이루어져 있다.

그보다는 이 당시 학교 현장에서 사용하던 교과서 『보통학교 조선어급한문독본』에 이 설화가 실려 있어 학생들이 배우고 있었던 사실과 관련 있을 가능성이 크다. 왜냐하면 방정환이 첫 동화극 「노래 주머니」를 발표하면서 그 서두에 "學校 少年會 아모나 하기 쉬운 동화극"이라고 소개하고 있기 때문이다. 즉, 학교에서 이루어지는 학예회 발표나 전국 각지의 소년회 활동을 염두에 두고 썼다는 얘기다.[23] 학교에서 쉽게 연극할 수 있으려면 교과서에 수록되어 익히 숙지된 내용이면 훨씬 효과를 발휘하게 된다.[24] 더욱이 '조선동화극'을 표방함으로써 초기 동화극 운동을 끌어내고자 한 방정환의 기획과도 맞아떨어졌다고 할 수 있다.

그런데 그 내용을 비교해 보면 방정환의 동화극 「노래 주머니」는 당시 학교에서 가르치던 『조선어독본』과 약간 차이가 있다. 크게 대비되는 내용적 차이는 도깨비에 대한 혹부리 노인의 거짓말 여부이다.

모두 세 차례 수록된 것 가운데 제1차, 3차 조선교육령기 『조선어독본』에서는 '어디서 그런 좋은 음성이 나오는가?' 하는 도깨비의 물음

---

23 1921년 《독립신문》 기사를 보면, 이 당시 인성학교(仁成學校)에서 제2회 학예회를 개최한 사실이 확인된다. "…萬象이 方暢한 今四月九日 下午七時에 三一里 三一堂에서는 仁成學校의 第二回學藝會가 滿場의 歡喜 속에서 열니엿다./희맑숙한 場內에 燦爛히 꿈여잇는 萬國旗는 電光에 飄飄하며 壁上에 놉히 걸닌 太極旗는 산들산들 숨여 드러오는 져녁 봄바람에 날니여 깃븜의 춤을 출 때 一同은 起立하야 愛國歌를 和唱하엿다.…"(《독립신문》, 1921. 4. 21)
  1923년 《매일신보》에 실린 『어린이』창간 광고에도 보면 "「노래주머니」(조선동화극) 조선동화로 유명한 이야기를 아무나 하기 쉽게 연극 극본으로 꾸며놓은 것입니다. 학교, 소년회, 동창회 등에서 하기 쉬운 것입니다."라고 쓰고 있다.(《매일신보》, 1923. 3. 25)
24 당시 교과서에 수록된 조선의 이야기라고는 총 373과(1권 84과, 2권 60과, 3권 51과, 4권 58과, 5권 56과, 6권 64과) 가운데, 「흥부전」, 「혹 잇는 노인」의 2편에 겨우 4과가 배당되었을 뿐이었다.

에, 노인은 '목에 달려 있는 혹에서 나온다.'고 거짓을 말하고 있다. 그러나 방정환의 「노래 주머니」에서 노인은 '소리는 목구멍에서 나오는 것'이라고 정직하게 대답해 준다. 거꾸로 노인의 혹을 '노래 주머니'라고 생각하는 것은 도깨비 쪽이다. 아무리 노인이 그렇지 않다고 몇 번이고 사실을 말해 주어도 도깨비들은 도리어 노인이 자신들을 속이고 있다고 생각하며 보물은 얼마든지 줄 것이니 바꾸자로 한다. 이 과정에서 발생하는 상황적 아이러니로 인해 방정환의 「노래 주머니」는 골계미가 강한 우리 설화의 특징을 유감없이 발휘하게 된다.

우직스럽도록 정직하기만 한 노인의 모습은 잇속만 챙기기 위해 도깨비를 속이는 이웃의 혹 달린 노인과 뚜렷하게 대조된다. 이때 설화의 고전적 특징인 권선징악의 문제에서 보상과 징벌의 문제가 보다 명쾌하게 해결되게 된다. 『조선어독본』의 경우, 결과적으로 노인이 거짓말을 해서 보물을 얻게 되기 때문에, 똑 같은 수법으로 혹을 떼고 보물까지 얻고자 한 이웃 노인에 대한 징벌은 그만큼 타당성을 얻기 어렵게 되기 때문이다.

앞 절에서 본고는 방정환이 이해하고 있던 '혹쟁이 이야기'에 '혹 팔기' 서사 구조가 숨어 있음을 지적한 바 있다. 방정환은 그의 「노래 주머니」에서 이 점을 매우 부각시켜, "어서 속히 저 노래 주머니와 보물을 바꾸게 하여라" "그러지 말고 얼른 내어 놓게. 보물은 얼마든지 줄 것이니" 하고 도깨비들이 노인의 '혹'을 얻기 위해 흥정하는 장면을 매우 생동감 있게 극화시키고 있다. 「노래 주머니」와 비교해 볼 때, 『조선어독본』에 수록된 '혹부리 영감'에서는 '혹 팔기' 서사가 언급되는 정도의 미약한 수준에 그치고 있다.

3)『조선어독본』개작에 미친 방정환의「노래 주머니」영향

모두 세 차례 수록된 『조선어독본』의 '혹부리 영감' 가운데 제4차 조선교육령기에 편찬된 『조선어독본』(1933~1935)은 전혀 새로운 개작 양상을 보여준다. 크게 보아 이야기의 후반부가 생략된 점, 아름다운 목소리가 혹에서 나온다는 것을 노인이 말하지 않고 도깨비가 말하게 한 점, 노인이 부른 노래로 시조 및 동요가 삽입된 세 가지의 점이다.[25] 김용의는 이야기의 후반부가 생략된 체제상의 개작이 일본의 소학교과서 『小學國語讀本』(1933) 편찬 때 후반부가 생략된 것의 영향을 받은 것이라는 연구를 내놓았다.[26] 그러나 그 나머지 두 가지 면에 대해서는 조선총독부가 편찬취의로 밝히고 있는 "교육적 견지"[27]의 범위 내에서 주로 해명되고 있을 뿐이다.

그렇다면 노래 가사와 동요의 삽입 같은 형식적 변화와 아름다운 음성이 혹에서 나온다는 것을 노인이 아닌 도깨비가 말하도록 한 내용의 변화는 어디서 온 것일까? 후반부가 생략된 점에서는 어느 정도 일본 『소학국어독본』의 영향을 인정할 수 있다. 그러나 개작 내용에 있어서는 두 교과서 사이에 크게 친연성을 발견할 수 없다. 한·일 '혹부리 영감'의 주요 변별 요소인 '춤(日) : 노래(韓)' 모티프가 두 교과서에 마찬

---

25 "본 과는 조선의 전래동화에서 채택한 것이다. 단 교육적 견지에서 고려하여 전래동화에 약간의 개작을 가하였다. 예를 들면 이야기의 후반부를 생략한 점, 아름다운 목소리가 혹에서 나온다는 것을 노인이 말하지 않고 오바케(お化け)가 말하게 한 점, 노인이 부른 노래로 시조 및 동요를 집어넣은 점 등이 그것이다."
조선총독부 편, 『普通學校 朝鮮語讀本卷四編纂趣意書』, 1933. 6~7쪽.
26 김용의, 「한국과 일본의 '혹부리 영감(瘤取り爺)' 譚」, 『일본어문학』 6집, 한국일본어문학회, 1999, 383~387쪽.
27 "본 과는 조선의 전래동화에서 채택한 것이다. 단 교육적 견지에서 고려하여 전래동화에 약간의 개작을 가하였다. 예를 들면 이야기의 후반부를 생략한 점, 아름다운 목소리가 혹에서 나온다는 것을 노인이 말하지 않고 오바케(お化け)가 말하게 한 점, 노인이 부른 노래로 시조 및 동요를 집어넣은 점 등이 그것이다."
조선총독부 편, 『普通學校 朝鮮語讀本卷四編纂趣意書』, 1933.

가지로 반영되어 있기 때문이다.

그런데 『조선어독본』의 개작 요소가 방정환의 동화극 「노래 주머니」에 공통적으로 나타나고 있어 주목할 필요가 있다.

①『조선어독본』(1933~35) 권4 「혹 뗴인 이야기」

옛날 어느 곳에, 목에 커다란 혹이 달린 老人이 잇섯습니다. 하로는 깊은 山中으로 나무를 하러 갓다가, 어느덧 날이 저물엇습니다. 四方은 점점 어두어가고, 山길은 험하야, 方向을 잡을 수가 업서서, 이리저리 헤매는 中, 마침 외딴 빈 집을 맛낫습니다.(…)

「아, 달도 밝다. 노래나 한 마듸 불러볼가.」

老人은, 이러케 혼자 중얼거리며, 뒤편 기둥에 기대여서, 가만이 눈을 감고, 노래를 부르기 시작하얏습니다. 그 소리는, 마치 류리반에 玉을 굴리는 듯하야, 老人의 목청이라고 할 수 업슬만치, 청청하얏습니다.

말 없는 靑山이오, 태업는 流水로다.

값 업는 淸風이오, 임자업는 明月이라.

이 中에 病 업는 몸이, 분별업시 늙으리라.

마침 그 때엿습니다. 별안간, 뚜벅뚜벅 발자국 소리가 나며, 無數한 독가비들이 몰려 왓습니다. 老人은 깜짝 놀라, 달아나랴 한즉, 괴수되는 독가비가 老人의 소매를 잡으며, 말하얏습니다.

「령감, 놀랄 것 업습니다. 우리들은 령감의 노래를 들으러 왓스니, 노래 한마듸 더 들려 주십시오.」

이 말을 들은 老人은, 그제야 安心하고, 다시 자리에 앉어서, 노래를 불럿습니다.(…)

「령감, 고맙습니다. 참 자미 잇습니다. 이와 같치, 마음이 爽快하야본 적은 업섯습니다. 대체 그런 고은 소리가 어듸서 나옵닛가.」

하고 물엇습니다.

「목에서 나오는 것일세.」

하고 老人이 對答한 즉,

「령감, 거짓말슴 마시오, 普通 소리 같으면, 목에서 나온다고 하겟지마는, 그
런 조은 소리는, 決코 목에서 나오지 안을 것이오. 령감의 그 커다란 혹에서 나
오는 것이 아닙닛가.」

「이 혹에서………… 그럴가.」

「네, 꼭 그러타고 생각합니다. 령감, 어렵슴니다만, 그 혹을 우리들에게 주지
안으시 ㄹ랴ㅂ닛가. 주신다면, 저이들도, 禮物을 만이 드리겟슴니다.」

「이 혹을………….」

「네.」

「글세, 나도 항상 귀치 안케 여기는 것이닛가, 주어도 相關업지만, 아퍼서 엇
더케 떼여 주나.」

「아니올시다. 그것은 조곰도 걱정 마십시오. 우리들이 뗄 것 같으면, 조곰도
아프지 안슴니다.」

「정말 그러켓나.」

「그러코 말고요.」

하며, 독가비들은, 老人의 혹을 감쩍간치 떼여 가지고, 어듸론지 몰려가 버
렷슴니다.

②방정환의 「노래 주머니」(『어린이』창간호, 1923. 3)

괴수「자아 어서 하나 불러라」

노인「네 네」하고 굽실굽실하면서 일어나서 二三步 나서서

독창 박아지가 흘러간다/금박아지 은박아지/은박아지 금박아지/둥둥써서
　　　흘러간다

　　　금박아지 잡아내서/구슬샘을 길어내고/은박아지 잡아내고/은하수를
　　　길어놉시다.

하면서 춤을 덩실덩실 춘다. 독갑이 一同은 손벽을 치며 조하한다.
(…)

독三「좋은 수가 잇습니다.」

괴수「조흔 수랏케 무슨 수가 잇단 말이냐」

독三「이 늙은이의 노래는 이 쌤에 달린 노래주머니에서 나오는 것이랍니
　　다. 그러니 그 노래주머니를 보물을 주고 쌔어서 두면 그 주머니에서
　　무슨 노래든지 자꾸 나올 것입니다.」

　　老人은 두눈을 크게 쓰고 두 손으로 혹을 가린다.

괴수「허허- 그것 생각 잘 하엿다 그럼 어서 속히 저 노래주머니와 보물을
　　밧구게 하여라.」

一同「어-이」 하고 우-달겨든다.

老人「아니올시다. 이것은 노래주머니가 아니라 혹이올시다. 소리는 목구멍
　　으로 나오는 것입니다.」

독三「허허, 내가 쌘히 아는데, 아니라고 속이면 될 말인가.」

老人「아니올시다, 정말 혹이란 것이올시다.」

독三「앗다 그러케 속힐 것 무엇잇나 그까진 노래는 자네는 다 외이는 것이
　　니 그 주머니야 못 밧굴것 이 무엇잇나, 그러지 말고 얼른 내어노케 보
　　물은 얼마던지 줄 것이니.」

독二「실타면 될 말인가 큰일 나려구 그러지.」

　　한놈은 벌서 무거운 보물 케ㅅ작을 갓다가 老人의 압헤 놋는다.

老人「여러분이 그러케까지 하시면 내가 밧군다고 하더래도 이것은 쎄여 내
　　지를 못하는 것입니다. 억지로 쎄랴도 안 됩니다.」

독二「그것은 넘려말게, 압흐지도 안코 자죽도 업시 우리가 감쪽가티 쎄어
　　낼 터이니」

　　하고 와락와락 달려들어 쌩 둘러싸고 덤비더니 혹을 쎄어 내었다. 老人
　　은 보물케작 우에 쓸어져 잠이 들고 닭이 쏘 한 번 운다.

①의 개작된 『조선어독본』을 보면 이야기 후반부가 완전히 생략되고 있다. 전반적으로 개작 전에 비해서 구체적인 상황 설정과 묘사가 배려되고 있다. 노래가사나 동요는 개작 전에는 전무한 상황이다가 시조 3수와 동요 1편이 삽입되었다. 계몽적이며 교훈성을 띤 교과서의 특징으로 시조 장르를 택하고 있는 것이 특징이다. ②방정환의 「노래 주머니」에서는 노인의 독창으로 4·4조 운율의 창작적 동요가 삽입되는데, 노랫말이 삽입되는 점에서는 일치한다고 할 수 있지만 그 노랫말의 성격 면에서는 매우 대조적이라 할 수 있다. 이 같은 노랫말의 삽입은 독자의 흥미를 유발시키고 교과 내용을 생동감 있게 살려 주는 효과가 있기 때문에 교과서 개작에 긍정적으로 반영시킨 하나의 요소가 되었을 것으로 보인다.

이제 '아름다운 목소리가 혹에서 나온다는 것을 노인이 말하지 않고 도깨비가 말하게 한' 개작의 측면을 보기로 하자. ①『조선어독본』 개작 후와 ②「노래 주머니」를 비교해 보면, ㉠노인의 노래가 혹에서 나올 것이라고 도깨비 쪽에서 자의적으로 판단하는 점, ㉡노인이 도깨비를 속이지 않는 점, ㉢노래가 혹이 아니라 목구멍에서 나오는 것이라고 노인이 말하는 점, ㉣혹을 어떻게 떼어줄까 노인이 걱정하는 점, ㉤조금도 아프지 않게 혹을 떼어낼 수 있다며 도깨비들이 위로하는 점 등, 매우 미세한 부분까지 두 텍스트가 일치되고 있음을 볼 수 있다. 그 구체적 정황은 아래와 같다.

■「목에서 나오는 것일세.」(조선어독본)/ 老人「아니올시다. 이것은 노래주머니가 아니라 혹이올시다. 소리는 목구멍으로 나오는 것입니다.」(노래 주머니)

■「목에서 나오는 것일세.」하고 老人이 對答한 즉, 「령감, 거짓말슴 마시오, 普通 소리 같으면, 목에서 나온다고 하겟지마는, 그런 조은 소리는, 決코 목에

서 나오지 안을 것이오. 령감의 그 커다란 혹에서 나오는 것이 아닙닛가.」(조
선어독본)/ 독 三「허허, 내가 쩐히 아는데, 아니라고 속이면 될 말인가.」老人
「아니올시다, 정말 혹이란 것이올시다.」(노래 주머니)

　■「아니올시다. 그것은 조곰도 걱정 마십시오. 우리들이 뗄 것 같으면, 조곰
도 아프지 안습니다.」(조선어독본)/「그것은 넘려말게, 압흐지도 안코 자죽도
업시 우리가 감쪽가티 쩨어낼 터이니」(노래 주머니)

　물론, 조선총독부가 『조선어독본』의 개작 때 방정환의 「노래 주머니」
를 직접 참조했을 가능성은 없다. 더구나 방정환은 일경의 요시찰 대상
이었다. 그러나 당시 일반인에게 이와 유사한 형태의 '혹부리 영감'이
회자되고 있었을 가능성은 충분히 제고해 볼 수 있다. 당시 신문지상에
는 보통학교의 아동극 준비와 공연 성황을 알리는 보도 내용을 심심찮
게 확인할 수 있다.[28]
　「노래 주머니」는 그 대표적인 공연물 가운데 하나였다. 『어린이』 1권
8호(1923. 9)를 보면, 9월 22일 경운동 천도교당에서 소년 18명이 출연
하여 상연된 기록이 있다. 방정환의 「노래 주머니」가 발표 직후부터 곧
상연의 대본으로 활용되었음을 잘 보여 주는 대목이기도 하다. 그밖에
1923년 8월에는 〈진주 제2학회〉가 개최한 〈少年歌劇大會〉에서 「노래
주머니」를 상연했다.[29] 1924년 8월에는 개성의 샛별사에서 수해 구제를
목적으로 〈동화극과 무도대회〉를 개최하였는데, 이때 「노래주머니」가
상연된 기록도 나타난다. 샛별사는 이 공연의 인기를 몰아 21일 경성으
로 옮겨 이틀에 걸쳐 재연하기도 했다.[30]

---

28 수원공립보통학교 학예회 동극, 《동아일보》, 1929. 2. 20.
　광주사립보통학교 아동극 개최 준비, 《동아일보》, 1925. 1. 7.
29 《조선일보》, 1923. 8. 9.
30 《동아일보》, 1924. 8. 17.

'학교 소년회에서 아무나 하기 쉬운 동화극'으로 발표했던 방정환의 「노래 주머니」는 발표 직후부터 곧 상연의 대본으로 활용되어 '혹부리 영감'에 대한 일반인의 인식 변화에 큰 역할을 했을 것으로 판단된다. 방정환의 「노래 주머니」가 발표되기 이전에 편찬된 제1차, 3차 조선교육령기의 교과서에서는 위의 개작 요소가 발견되지 않다는 점도 판단의 한 근거가 되고 있다.

4. '혹부리 영감' 설화의 근대 아동문학 수용 양상

1) '혹부리 영감/노래 주머니'의 전승 양상

이 시점에서 우리가 간과할 수 없는 것은, 『조선어 독본』 '혹부리 영감'과 방정환의 「노래 주머니」가 이후 근대 아동문학에 어떻게 수용되어 왔는지 그 양상을 살피는 일이 될 것이다.

미군정청학무국 발행의 『초등국어교본』(1946)에는 「혹 달린 노인」이 실려 있다. 해방 후 첫 국어교과서였다는 점에서, 이 텍스트는 이후에 편찬되는 초등 국어교과서와 일반 아동 출판물에 적잖은 영향을 끼치게 된다. 그 내용을 살펴보면, 서두의 배경 설정과 인물 묘사에서는 1926년 심의린의 『조선동화대집』을 전거로 삼고 있는 것을 볼 수 있다. 그러나 노인이 혹에서 노래가 나온다고 도깨비를 속이는 내용은 『조선동화대집』의 것을 취하지 않고 있다. 노인의 혹에서 노래가 나온다는 말을 노인이 아닌 도깨비가 하고 있다.

이 같은 개정 내용은 현대 초등학교 국어 교과서로 그대로 이어져 오고 있다. 매우 짧은 형태이긴 하지만, 제7차 교육과정 『2-1 말하기 듣기』에 수록된 '혹부리 영감' 이야기에서도 그 내용을 확인할 수 있다.

45

二十一 혹 달린 노인

옛적 어느 곳에 정직하고 착한 노인이 있었습니다. 이 노인은 턱 밑에 큰 혹이 달려서, 뒤웅박 같이 뒤룽뒤룽하므로, 항상 괴롭기도 하고, 길에를 나가면 오고가는 사람들이 유심히 치어다보기때문에 부끄럽기도 하였습니다.

하루는 볼 일이 있어서 먼 곳에 갔다 오다가, 종로에서 날이 저물었습니다. 그러나 근처에는 인가도 없고, 사방은 캄

49

캄하여 고생을 하는데, 마침 산 시킁에 빈 집 하나가 있었습니다. 여기서 잘 작정으로 들어갔습니다. 빈 집에 들어가서 혼자 앉으니, 무섭기도 하고 적적하기도 하고 심심하기도 하여, 목소리를 가다듬어 노래를 듣기 좋게 자꾸 하였습니다.

본디 이 집은 도깨비가 어찌 많은지, 아무도 드는 사람이 없고, 늘 비어 있는 집입니다. 여러 도깨비들은, 별안간 듣기 좋은 소리가 나니까, 귀를 기울이어 듣다가 고만 흥

해방 후 미군정청 학무국에서 발행한 『초등국어교본』(조선어학회 지음, 1946)에 수록된 「혹 달린 노인」

그러나 시중에 유통되고 있는 아동용 전래동화집을 조사해 보면, 그 텍스트가 매우 혼종적인 양상으로 드러나고 있어서 문제가 간단치 않다. 한·일 '혹부리 영감' 설화의 구분이 어렵게 된 동화도 있으며, 출처의 구분도 없고, 전대의 내용이 무비판적으로 재생산되고 있음이 확인되었다.

지금까지 출판된 많은 아동용 전래동화집을 시대별로 표본 추출하여 중심 화소를 중심으로 도표화해 보면 다음과 같다.

〔표〕 '혹부리 영감/노래 주머니'의 근대 아동문학 수용 양상

제목(작가)	발행 사항	노랫말 삽입	대립 구조	노인 거짓말	노래 주머니 표현자	노인 성격 서술	마을과의 관계
노래주머니(방정환)	1923 어린이	바가지가 흘러간다…	○	×	도깨비	×	놀림대상 (혹고민×)
혹 있는 노인	1913~15 조선어독본	×	○	○	×	×	×
혹 떼인 이야기	1915~23 조선어독본	×	○	○	×	×	×
혹 떼인 이야기	1933~35 조선어독본	태산이 높다하되	×	×	×	×	×

혹 달린 노옹 (심의린)	1926 한성도서	×	○	○	×	○	×
조선전래동화집 (박영만)	1940 학운사	태산이 높다하되	×	×	×	×	×
노래주머니 (이원수)	1963 현대사	달이 돋네 달이 돋네…	○	○	노인	×	놀림대상 (혹고민)
혹부리영감님〈노래 주머니〉(김문서)	1968 문예서림	×	○	○	노인	×	놀림대상 (혹고민)
혹부리 영감 (조대현)	1979 한영출판	하늘엔 별도 많고 동 산위엔 달이뜨네	○	○	노인	×	원만 (혹고민×)
노래주머니 (이원수,손동인)	1980 창작과비평	달이 돋네 달이 돋네…	○	○	노인	×	놀림대상 (혹고민)
세계민화선집-한국 혹부리 영감 (석용원)	1981 보이스사	바가지가 흘러간다…	○	×	도깨비	×	× (혹고민×)
노래주머니 (박홍근)	1984 금성출판	×	○	○	노인	×	놀림대상 (혹고민)
노래주머니 (박경용)	1986 지경사	세상에서 제일 좋은 친구는…	○	○	도깨비	○	원만 (혹고민)
혹부리 영감 (어효선)	1987 교학사	×	○	×	×	×	× (혹고민)
혹부리 영감 (박화목)	1992 삼성미디어	푸른산 위에 보름달 이 떴네…	○	○	노인	×	원만 (혹고민)
혹부리 영감과 노래 주머니(초당글방)	2005 꼬네상스	달달달 달이 뜨네 앞 산위에 달이 드네	○	○	도깨비	×	놀림대상 (혹고민)
혹부리 할아버지 (이효성)	2007 지경사	×	○	○	도깨비	○	원만 (혹고민×)

이 도표는 『조선어독본』의 '혹부리 영감'과 방정환의 「노래 주머니」
가 근대 아동문학에 어떻게 수용되고 변용되어 왔는지 그 추이 과정을
잘 보여 준다. 가장 먼저, 제목의 측면에서 보면, '혹부리 영감'이 우세
하지만, '노래 주머니' 역시 간헐적으로 명명되어 온 것이 확인된다.
1940년 박영만의 『전래동화집』을 제외하면 대부분 '혹 떼기/혹 붙이기'
의 이원 대립적 구조를 취하고 있다. 박영만의 것이 유독 단일 구조를
띤 것은 후반부가 생략된 『조선어독본』의 내용을 거의 전재하다시피 수
록하고 있기 때문이다. "태산이 높다 하되…" "까마귀 싸우는 곳에…"

『이원수 쓴 전래동화집』(현대사, 1963)에 실린 「노래주머니」 삽화

등 『조선어독본』과 동일한 시조 역시 두 편이 포함되었다.

방정환 이후 '노래 주머니'를 제목에 처음 사용한 이는 이원수이다. 그는 『이원수 쓴 전래동화집』(1963)에서 "도깨비 이야기 중에서 가장 대표적인 것"[31]이라고 소개하고 있는데, 특기할 점은 이 책이 이후 우리나라 아동문학의 전래동화 수용에 절대적인 영향을 미치고 있다는 사실이다. 도표에서 확인할 수 있듯이, 이원수가 노인의 노랫말로 삽입한 "달이 돋네 달이 돋네…"가 이후의 전래동화집에 그대로 또는 변용된 형태로 지속되고 있다. 이원수는 노인이 짐짓 도깨비를 속이는 것으로 묘사하며 '노래 주머니'라는 말도 노인이 하도록 하고 있다. 다시 말하면, 『조선어독본』과 방정환의 「노래 주머니」가 혼합된 형태를 보여 주고 있다.

1960년대 이후 우리나라 아동용 전래동화집에 실린 '혹부리 영감'의 대부분은 방정환이 아닌, 이원수의 영향 아래 놓여 있다고 할 수 있다. 이러한 사실은 방정환의 「노래 주머니」가 전래동화가 아닌 동화극 양식으로 발표된 데에도 하나의 원인이 있을 것이다. 방정환의 「노래 주머니」에서 사용된 주요 모티프들은 1981년 석용원의 『세계민화선집—한국편』에서 대부분 재편되어 수록된다. "바가지가 흘러간다…"의 노랫말

---

31 이원수, 『이원수 쓴 전래동화집』, 현대사, 1963. 480쪽.

삽입이라든가, 노인이 거짓말로 도깨비를 속이지 않고, '노래 주머니'의 표현자도 도깨비로 나타나는 점은 방정환의 「노래 주머니」와 정확하게 일치한다. 그러나 결정적으로 석용원의 「혹부리 영감」에는 일본 '혹부리 영감'의 특징적 요소가 있다. 일본 설화집 『宇治拾遺物語』에서처럼 노인이 참을 수 없어 도깨비들이 춤 잔치에 끼어들어 함께 어울리는 장면이 매우 구체적으로 묘사되고 있는 것이다.[32] 결국 우리나라 근대 아동문학의 '혹부리 영감' 수용 과정에서 일본 '혹부리 영감'이 침투되어 왔음을 확인할 수 있는 것이다.

일제는 식민지 말기의 『조선어독본』(1933~35, 제4차 교육령기)을 마지막으로 제7차 교육령기 조선어과 교과서에는 더 이상 '혹부리 영감'을 수록하지 않고, 그 대신 『초등국어(일본어)독본』(1939~1941) 2권 11에는 「コブトリ」(혹떼기)라는 제목의 일본형 '혹부리 영감'을 수록하게 된다. 이전 교과서에서는 한 번도 일본형 '혹부리 영감'이 실리지 않았기 때문에 거개의 조선 학생들은 이를 우리 설화로서 받아들였을 가능성이 적지 않다. 『초등국어(일본어)독본』(1939~1941) 2권 11에는 「コブトリ」(혹떼기)는 이른 바 일본형 '혹부리 영감'으로 1933년 편찬된 일본의 소학 교과서 『小學國語讀本』(1933년) 권2 12과 「コブトリ」와 동일한 것이다. 일본 '혹부리 영감'의 전형적 특징인 '춤' 모티프가 전체 서사를 장악하는 점, 노인이 도깨비들의 춤 잔치에 뛰어들어 함께 어울리는 점, 후반부가 생략된 점 등 여러 면에서 일치한다.[33] 1938년 일제의 파멸적 교육령이 시행되면서 각급 학교의 조선어과 폐지, 이어 조선어 사용 금지,

---

32 "…혹부리 영감님은 도깨비들이 신나게 노는 것을 보니까 자기도 어느새 어깨가 으쓱으쓱해지더니 흥에 겨워 견딜 수가 없었습니다. 참다 못한 영감님은 그만 방에서 뛰어 나와 춤추는 도깨비들과 함께 어울렸습니다. 혹부리 영감도 도깨비들과 함께 춤을 추면서 한 곡조 뽑았습니다. (…) 혹부리 영감님의 노래가 끝나자 도깨비들은 아름다운 노래를 들려주어 고맙다고 하면서 혹부리 영감에게 술을 부어 주고 고기를 떼어 주고 바치고 했습니다.…" 석용원, 『세계민화집-한국편』, 1981, 보이스사, 232~240쪽.

일본어 상용을 강요하고 1940년에는 굴욕적인 창씨 개명까지 요구하였으니, 노골적인 황국 신민화 교육을 통해 일제는 아예 한국형 '혹부리 영감'마저 삭제하고 조선 식민지의 완전한 일본화를 위해 일본판 '혹부리 영감'을 주입시키기 시작했던 것이다. 석용원의 '혹부리 영감'은 아동용 전래동화집에서는 이례적인 성격으로, 책의 보급상의 문제였는지 확산되지 않고 제한된 사례로 남아 있다.

2) 제언; 우리 고유의 설화소 회복

지금까지 살펴본 '혹부리 영감/노래 주머니'의 아동문학 수용 양상은 곧 우리 고유의 설화소를 찾고 회복하는 하나의 도정이 될 수 있다. 일본판 '혹부리 영감'이 침투한 설화소는 지양되어야 할 것이고, 방정환을 위시한 개화기의 '혹부리 영감' 설화 자료를 발굴하여 비교 검토함

---

33 '혹부리 영감'의 한국판과 일본판의 분석은 박영기의 도표 내용을 활용한 것이다.(박영기, 『한국 근대 아동문학 교육사』, 2009, 한국문화사, 120쪽.)

	「혹 잇는 노인」	「コブトリ」(혹떼기)
1	혹이 있는 한 노인이 산에 나무를 하러 갔다 날이 저물어 빈집에 머물렀다.	오른쪽에 혹이 있는 한 노인이 나무를 하다가 비를 피해 나무구멍에 머물렀다.
2	잠이 오지 않아 노래를 부르자 도깨비들이 몰려와서 노래가 어디서 나오는지 물었다.	신나게 춤을 추다가 도깨비를 보았지만, 춤이 추고 싶어서 무서움도 잊고 도깨비 앞에서 춤을 추었다.
3	노인이 혹 속에서 나온다고 하자 과연 혹 속에서 노래가 나오는 줄 안 도깨비는 보물을 주고 혹을 떼어갔다.	도깨비들은 다음에 올 때까지 혹을 맡아 가지고 있겠다고 하고는 혹을 떼어갔다.
4	같은 동리에 사는 노인이 보물을 탐내서 같은 집에 머물며 노래를 불렀다.	날이 밝자 할아버지는 꿈을 꾸는 듯 자신의 얼굴을 만져 보았지만 오른쪽 왼쪽 어디에도 혹은 없었다.
5	도깨비들은 전 노인에게 속았다고 하면서 혹 하나를·더 붙여 주고 웃으면서 가 버렸다.	〈후반부 생략〉

『초등국어독본』에 수록된 「コブトリ」(혹떼기)는 이야기의 후반부가 생략되어 있는데, 이는 일본 소학교과서 『심상소학독본』의 개작 때 후반부가 생략된 것의 영향이다.

으로써 우리 설화의 고유성을 회복시키는 노력 또한 병행되어야 할 것이다.

먼저, 제기되어야 할 문제는 관습적으로 편의적으로 '혹부리 영감'으로 불러온 것에 대한 반성이다. 우리나라는 '혹=노래'라는 밀접한 관련성에 의해 '혹'의 존재를 담보물로서가 아닌 '노래 주머니'라는 독특한 미적인 장치로 형상화하였다. 이 설화는 일본인의 채록에 의해 '혹떼기' '혹 뗀 이야기' 등속으로 명명되면서 속칭 '혹부리 영감'으로 널리 전파되었을 가능성이 적지 않다. 이미 100년 이상 '혹부리 영감'으로 고착되어 왔기 때문에 이것을 억지로 '노래 주머니'로 돌려야 한다는 주장 또한 매우 부자연스럽다. 그러나 아동의 정서를 보다 미적으로 고양시키는 '노래 주머니'의 선취 노력은 적극적으로 이루어져야 한다.

또, 앞서 언급한 바와 같이 방정환이 '혹쟁이 이야기'에서 언급한 '혹 팔기' 모티프는 일본판 '혹부리 영감'에는 없는 우리 설화 고유의 특징이다. 이 설화소를 충분히 살릴 수 있을 때 '혹=노래 주머니'의 해학적 아이러니의 구조는 한층 배가될 수 있다. 이 '혹 팔기' 모티프는 단순히 '혹 떼기/혹 붙이기'로 재편되어 온 우리 '혹부리 영감' 설화를 보다 풍성하게 가꾸어 줄 하나의 요소가 될 수 있다고 본다.

4. 맺음말

이상으로 본고는 『조선어독본』에 수록된 '혹부리 영감' 설화와 우리 근대 아동문학의 영향 관계를 고찰하였다. '혹부리 영감' 설화가 일본으로부터 들어와 국내에 전파되었다는 일본 유입설이 설득력을 얻는 와중에, 본고는 이 설화가 근대 아동문학의 정체성 문제에 심대한 영향을 미치고 있음을 확인하고 여기에 대한 고찰을 시도했다.

본고는 크게 세 방향으로 연구를 진행시켜 나갔는데, 그 주요한 내용을 요약하면 다음과 같다.

먼저, 본고는 '혹부리 영감' 설화의 일본 유입설을 부정하고, 마쯔무라 타케오(松村武雄), 타카키 카즈오(高木敏雄), 방정환 등의 견해와 한·일 간의 '혹부리 영감' 설화 분석을 통해 이 설화가 세계적 광포설화의 성격을 지닌 것임을 분명히 했다. 한·일 '혹부리 영감'의 모티프를 비교해 보면 '혹 떼기/혹 붙이기'라는 깊은 유사성 지니는 한편, '춤(日):노래(韓)'라는 매우 변별적인 설화소를 발전시키며 고유한 설화로 전승되어 왔다. 그리고 일본의 오니는 인간에게 속지 않으려고 담보 거래를 고안해 내지만, 한국의 도깨비는 인간의 거짓말에 그대로 속아 넘어갈 뿐 아니라 혹을 떼는 대신으로 보물을 준다. 이 과정에서 발생하는 상황적 아이러니 위에 우리 '혹부리 영감'이 지닌 해학적 골계미가 유감없이 발휘된다고 보았다.

다음으로 『조선어독본』에 수록된 '혹부리 영감'과 방정환의 동화극 「노래 주머니」의 영향 관계를 논의했다. 방정환이 첫 동화극의 소재를 '혹부리 영감'에서 취한 것은 당시 학교 교과서였던 『조선어독본』에 이 설화가 대표적 조선 설화로 수록되었다는 사실과의 관련성을 언급했다. 나아가 방정환의 「노래 주머니」가 제4차 조선교육령기 『조선어독본』(1933~35)의 '혹부리 영감' 개작에 미친 영향에 대해 논의했다. 두 텍스트를 비교·분석한 결과, '아름다운 목소리가 혹에서 나온다는 것을 노인이 말하지 않고 도깨비가 말하게 한 점', '노인이 부르는 노랫가사'가 삽입되는 등, 매우 미세한 부분에까지 유사한 일치가 나타남을 발견할 수 있었다.

마지막으로 본고는 1920년대부터 2000년대까지 나온 대표적 전래동화집을 표본으로 하여 '혹부리 영감/노래 주머니' 설화가 우리 아동문학에 어떻게 수용되고 전승되어 왔는지 그 추이 과정을 살폈다. 방정환

이후 '노래 주머니'라는 제목을 사용한 이는 이원수이며, 그는 1960년 대 이후 아동문학의 '혹부리 영감'의 전승에 절대적 영향을 끼쳤다. 의외로 방정환의 「노래 주머니」는 우리 근대 아동문학에 거의 수용되지 못했음을 확인할 수 있었다.

일제 강점기라는 특수성을 바탕으로 하는 『조선어독본』은 무엇보다 아동을 대상으로 했던 교과서였다는 점에서 아동문학과의 친연성을 거부할 수 없다. 『조선어독본』에는 본고가 고찰 대상으로 삼은 '혹부리 영감'류 외에도 「남생이」, 「심청」, 「흥부전」, 「삼년 고개」 등, 여러 설화·민담이 실려 있다. 아동문학의 한 영역이 되는 우화도 상당수이다. 이와 같은 텍스트가 근대 아동문학의 형성 과정에 어떤 의미가 될 수 있는지, 여기에 대해서는 향후의 연구에 기대를 걸어 본다.

(『한국아동문학연구』 20호, 한국아동문학학회, 2011)

참고문헌

1. 기본 자료

『조선어독본』,《독립신문》,《매일신보》,《동아일보》,《조선일보》

2. 단행본 및 논문

김문서, 『혹부리영감님(노래주머니)』, 문예서림, 1968.

김용의, 「한일 요괴설화 비교 연구의 과제」, 『일본어문학』 2집, 한국일본어문학회, 1996.

_____, 「일본 '혹부리 영감' 담의 유형과 분포」, 『일본어문학』 5집, 한국일본어문학회, 1998.

_____, 「한국과 일본의 '혹부리 영감'담-교과서 수록과정에서 행해진 개정을 중심으로」, 『일본어문학』 6집, 한국일본어문학회, 1999.

_____, 「민담의 이데올로기적 성격」, 『일본연구』 14집, 중앙대학교 일본연구소.

_____, 『혹부리 영감과 내선일체』, 전남대학교 출판부, 2010.

김종대, 「'혹부리영감譚'의 형성과정에 대한 試考」, 『우리문학연구』 20호, 우리문학연구회, 2006.

김혜림, 「『日語讀本』에 대한 연구: 일본의 국정1기 교과서 『尋常小學讀本』과의 비교를 중심으로」, 고려대학교 교육대학원, 2009.

김환희, 「'혹부리 영감'의 일그러진 얼굴」, 『열린어린이』 52호, 2007. 3.

박경용, 『노래주머니』, 지경사, 1986.

박영기, 『한국 근대 아동문학 교육사』, 한국문화사, 2009.

박영만, 『조선전래동화집』, 학운사, 1940.

박홍근, 『노래주머니』, 금성출판, 1984.

박화목, 『혹부리 영감』, 삼성미디어, 1992.

소 파, 「새로 開拓되는 童話에 關하야-특히 소년이외의 일반 큰이에게」, 『개벽』 31호, 1923. 1.

석용원, 『세계민화선집―한국』, 보이스사, 1981.

심의린, 『조선동화대집』, 한성도서주식회사, 1926.

어효선, 『혹부리 영감』, 교학사, 1987.

염희경, 「한국 근대 동화극의 초석—방정환의 동화극 두 편」, 『어린이문학』 34
  호, 한국어린이문학협의회, 2002. 8.

전대석 역주, 『한반도 관련 日本說話選』, 경서원, 2000.

조선총독부 편, 『普通學校 朝鮮語讀本卷四編纂趣意書』, 1933.

초당글방, 『혹부리 영감과 노래주머니』, 꼬네상스, 2005.

이원수, 『이원수 쓴 전래동화집』, 현대사, 1963.

이원수·손동인, 『전래동화집』, 창작과 비평, 1980.

이효성, 『혹부리 할아버지』, 지경사, 2007.

조대현, 『한국전래동화-해님문고』, 한영출판, 1979.

최운식, 『한국 서사의 전통과 설화문학』, 민속원, 2002.

高木敏雄, 『日本神話伝説の研究』, 荻原星文館, 1943.

大竹聖美, 『한·일 근대 아동문화와 문학 관계사 1895~1945』, 청운, 2005.

澁澤青花, 『朝鮮民話集』, 東京, 社會思想社, 1980.

「혹부리 영감」譚의 한·일 간의 설화소 비교와 원형 분석

1. 들어가며

인류의 소일거리와 유희의 한 일부로서 인류와 가장 오랫동안 함께 해 온 '이야기'는 민중의 입담과 구전으로 내용의 첨가와 윤색, 삭제, 또는 구조적 변용을 겪으면서 그 민족의 독자적인 문화적 원형이 담긴 고유 설화로 정착되어 왔다. 1920년대 최남선은 「外國으로서 歸化한 朝鮮古談」이라는 글에서 "설화의 전파성"을 언급하며 인류사에서 '이야기'가 떠돌아다니는 자취에 대해 쓰면서, '이야기'의 속성이 근본적으로 국경에 예속될 수 없는 "본대부터 세계적"이라는 점을 지적하고 있다.[1] "어대서 생겻달 것도 업고, 언제부터 시작하얏다고 할 것도 업시" 조선에 와서는 조선 사람에게 긴착하게 변화가 되고, 일본에 가서는 일본

---

[1] "문화라는 벌판에서는 네니 내니, 네것 내것이 당초부터 잇서보지를 아니하얏다. 통틀어 한살림이엇섯다. 인류의 정신생활(精神生活)은 본대부터 세계적(世界的)이엇다. 그 가장 자미잇는 증거를 「이약이」의 써도는 자최(說話의 傳播性)에서 볼 수 잇다. (중략) 우리 조선의 녯날 이약이란 것도 가만히 차저보면 분명히 외국으로서 언젠지 써들어 온 것임을 알 것이 퍽 만타. 먼나라의 것이 아득한 녯날에 써들어와서 천연덕스럽게 멀슴한 조선이약이 노릇하는 놈이 허다하다."(띄어쓰기 : 인용자 주)
최남선, 「外國으로서 歸化한 朝鮮古談」, 『東明』 1권 12호, 1922, 6쪽.

사람에 긴착하게 변화된 것을 볼 것이요" 하고 쓰고 있는 육당의 관점은 이야기의 발생과 원류라는 '과거적 가치'보다는 민중 속에 유통되고 있는 이야기의 '공시적 가치'에 더 비중을 두고 있다.

이와 같은 설화의 전파성과 그 토착화에 대해 우리가 접근해 볼 수 있는 도깨비譚과 관련한 흥미로운 주제는 「혹부리 영감」 설화이다.

도깨비에 대한 우리나라의 최초 기록 문헌은 『三國遺事』의 「도화녀 비형랑」으로, 일반적으로는 唐나라 때 『酉陽雜俎前集』에 신라 이야기로 수록되어 있는 「旁𪫲說話」를 도깨비 이야기의 근원 설화로 본다.[2] 이러한 도깨비 설화는 근대에 들어와 1910년 다까하시 도오루(高橋亨)의 『朝鮮の物語集』에 「鬼失金銀棒」(금방망이 은방망이), 「瘤取」(혹부리 영감)가 최초로 수록됨으로써 알려지기 시작했다. 이후 조선총독부의 『조선동화집』(1924)에 「瘤とられ·瘤もらい」(혹 떼기 혹 붙이기), 「金棒銀棒」(금방망이 은방망이)가 수록된 것을 볼 수 있다. 그리고 혹부리 설화는 일제 강점기 보통학교 교과서 『조선어독본』에는 25년 가까이 수록되었으며, 나까무라 료헤이(中村亨平)의 『조선동화집』(1926)에도 수록되었다. 일본인이 아닌 한국인에 의한 채록 작업의 일환으로 심의린의 『조선동화대집』(1926)에는 「혹 달린 노옹」이, 박영만의 『조선전래동화』(1940)에 「코 길어진 욕심쟁이」, 「혹 뗀 이야기」가 실려 있는 것을 볼 수 있다. 이로 보면 일제 강점기에 채록된 도깨비 유형담 가운데 「혹부리 영감」은 그 기록 빈도가 가장 높다고 볼 수 있다.

일본에서 「혹부리 영감」은 12~13세기 일본의 대표적인 문헌인 『宇治拾遺物語』에 기록되어 국민 동화의 하나로 널리 유포되었다. 일제는 이 설화를 '한일설화'로 지칭하여 두 나라 간의 同祖同根 식민지 논리를

---

2 『酉陽雜俎前集』은 당나라 태종 때 太常이었던 段成式(?~863)이 낸 것으로 모두 44권으로 되어 있다. 『유양잡조속집』이 9세기의 기록물이므로 그 이전부터 도깨비 이야기가 전승되어 오고 있었음을 알 수 있다. 손진태는 『조선민족설화연구』(을유문화사, 1947)에서 처음 이러한 내용을 기술하였다.

합리화하고, 내선일체(內鮮一體) 이데올로기를 주입시키기 위한 국민 교육적 재료로 적극 활용했다. 이렇듯 일제 강점기라는 특수한 상황 속에서 「혹부리 영감」은 우리 설화의 고유성에도 불구하고 '일그러진 얼굴'[3]을 지닐 수밖에 없었으며, '일제 침략기에 일본으로부터 유입된 설화'라는 의혹마저 제기되기도 했다. 두 나라의 「혹부리 영감」은 흥미롭게도 '혹 떼기/혹 붙이기'라는 이원 대립적 구조를 갖고 있어서 변별성보다는 유사성이 더 도드라져 보이는 것이 사실이다. 그러나 살펴보면, 세부의 측면에서 매우 이질적인 화소와 원형성의 차이를 보여준다.

그 동안 「혹부리 영감」 설화를 주목한 연구자로는 김용의·김종대·정진희·장정희 등을 대표적으로 들 수 있다. 주로 일제 강점기의 내선일체 이데올로기에 주목한 초기 연구[4]에서 시작되어, 「혹부리 영감譚」 형성 과정에 대한 연구,[5] 『조선어독본』에 수록된 '혹부리 영감' 설화와 근대 아동문학의 영향 관계에 관한 연구,[6] 그 밖에 이 설화의 구조적 의미와 교육적 활용에 대한 연구[7] 등의 성과가 있었다. 이 가운데 가장 논쟁

---

3 김환희, 「'혹부리 영감'의 일그러진 얼굴」, 『열린 어린이』 52호, 2007.
4 김용의, 「민담의 이데올로기적 성격」, 『일본 연구』 14호, 중앙대학교 일본연구소, 1999.
_____, 「한국과 일본의 '혹부리 영감' 담-교과서 수록과정에서 행해진 개정을 중심으로」, 『일본어문학』 6집, 한국일본어문학회, 1999.
주로 '혹부리 영감'이라는 개별 설화를 대상으로 일제 강점기 제국 일본이 식민지 조선을 통치하기 위한 핵심적 이념으로 고안한 '內鮮一體' 이데올로기와의 관련성을 집중적으로 탐구하였다. 특히 그의 연구 성과 가운데 일제 치하의 교과서 분석을 통해 일본형 '혹부리 영감' 설화가 『初等國語讀本』(1938)에 수록된 경위를 밝히고 그 파장이 한국 전래동화에 침입한 사실을 밝혀낸 것은 주목된다.
5 김종대, 「日帝侵略期에 流入된 〈혹부리영감譚〉」, 『한국의 도깨비 연구』, 국학자료원, 1994, 144~151면.
_____, 「〈혹부리영감譚〉의 형성 과정에 대한 試考」, 『우리문학연구』 20집, 우리문학연구회, 2006.
정진희, 「도깨비 동화의 형성과 변형 양상 연구」, 한양대학교 대학원 박사논문, 2009.
6 졸 고, 「『조선어독본』 수록 '혹부리 영감' 설화와 근대 아동문학의 영향 관계 고찰」, 『한국아동문학연구』 20호, 한국아동문학학회, 2011.
7 김유진, 「'혹부리 할아버지'의 구조와 의미」, 『청람어문학』 3집, 청람어문학회, 1990; 양효진, 「'혹부리 할아버지' 신화의 구조와 의미 및 교육적 활용에 관한 연구」, 한국교원대 석사논문, 1994.

적인 부분은 「혹부리 영감」의 기원에 대한 내용이다. 김용의는 1910년 일본인 민속 연구가의 기록을 수용하여 이 설화를 한국의 것으로 인정한 위에 내선일체 이데올로기와의 상관성을 연구해 왔다. 한편 김종대는 이 설화의 기록 과정 자체부터 일제에 의한 의도적 조작으로 파악하여 일제 침략기에 일본으로부터 유입된 설화라는 입장을 보인다. 정진희는 「방이 설화」가 전승되는 과정에서 「혹부리 영감」이 탄생했을 가능성을 배제하기 어렵다고 보며, 상반된 논점에 대해 현재 발굴된 자료만으로는 그 기원을 밝히는 데 한계가 있다고 보았다.[8] 새로운 문헌 자료가 발굴되지 않는 한, 이 논의의 실증적 해결은 사실상 불가능에 가깝다.

따라서 세계 각지에 전승되고 있는 관련 유화를 검토하고, 한·일 「혹부리 영감」의 화소 비교와 원형성 분석을 통해 설화의 내적 고유성을 밝혀 보는 것이 하나의 대안적 방법론이 될 수 있다. 그 동안의 논의들에서는 한·일 혹부리 설화가 '노래'와 '춤'이라는 모티프의 차이가 있다는 점, 일본의 경우 노인의 '혹'이 재회를 위한 담보물로 나타나는 점 등의 중요한 지적을 하고 있다. 그러나 보다 본질적인 문제는 양국 혹부리 설화가 지니고 있는 원형성의 차이를 밝혀내는 작업이 아닐 수 없다. 특히 기존 연구에서는 한국형 「혹부리 영감」의 핵심적 화소인 '혹 팔기' 모티프가 간과된 측면이 있다.

과연 「혹부리 영감」은 일제 강점기에 유입된 설화인가? 우리나라 「혹부리 영감」은 크게 장승에게 혹을 떼이는 '장승형'과 도깨비에게 혹을 떼이는 '도깨비형'으로 나눌 수 있다. 본고에서 집중적으로 다루고자 하는 것은 '도깨비형'이다. 오늘날 우리가 「혹부리 영감」 설화의 정체성을 다시금 제고해보지 않을 수 없는 까닭은 이 설화가 근대 아동문학의 정체성의 문제와 직결되어 있기 때문이다.

---

8 정진희, 「한국 도깨비 동화의 형성과 변형 양상 연구」, 한양대학교 대학원 박사논문, 2009.

우리나라 최초의 동화극인 「노래 주머니」(『어린이』, 1923)는 방정환의 작품으로 바로 이 '도깨비형' 혹부리 설화를 소재로 극화한 것일 뿐만 아니라, 이 설화는 아동용 '전래동화'로 각색되어 가장 많이 읽혀 온 도깨비 이야기 가운데 하나라는 점이다.[9] 곧 「혹부리 영감」의 정체성 문제는 민족의 보고인 설화문학이나 근대 아동문학의 시초를 해명하는 중요한 키워드가 되고 있다. 한 가지 흥미로운 사실은, 이 설화를 각색하여 최초의 동화극을 남긴 방정환이 이 설화에 대한 중요한 기록을 남긴 것이다. 그 글에 보면, 「혹부리 영감」을 '혹쟁이'라고 명명하고 이 설화가 '조선서 일본으로 간 것'이라고 기술하고 있다. 또 비슷한 유형의 이야기가 독일, 이탈리아, 프랑스 등 여러 나라에도 유포되어 있다는 언급을 남기고 있다.

따라서 본고는 도깨비 유형담의 하나로서 「혹부리 영감」을 다룸에 있어 크게 두 방향으로 논의를 전개해 보고자 한다. 첫째, 혹부리 유형담이 유포되어 있는 다른 나라의 실례를 찾아보고 한·일 혹부리 설화와는 어떤 맥락에서 상관되는지 살펴본다. 이 논문에서는 유럽의 독일·프랑스 「꼽추 이야기」를 비교해 보고 한·일 두 나라의 혹부리 설화와의 연관성을 탐색해 본다. 다음으로 한·일 「혹부리 영감」의 주요 설화소 및 원형성을 비교 분석해 본다. 이로써 본고는 이 설화가 일본에서 유입된 설화가 아니라 우리의 민족적 정서와 결합하여 토착화된 전승설화로서 그 고유성이 충분하다는 사실을 재확인한다.

---

9 최운식 · 김기창의 조사에 의하면, 전래동화집 수록 현황에서 '도깨비 방망이'(1위), '혹부리 영감'(6위), '도깨비 감투'(22위)로 나타나며, '혹부리 영감' 설화의 분포도가 상위임을 확인할 수 있다. (최운식· 김기창, 『전래동화교육론』, 집문당, 1988, 267~268쪽 참조).

2. 세계 광포설화 유형으로서 '혹부리 설화'

1) 소파 방정환과 '혹쟁이' 이야기

한·일 「혹부리 영감」 설화가 일본에 기원을 두고 유입된 것으로 보기 어려운 유력한 하나의 증거는 이 설화가 일본인에 의해 '발견'될 당시 이미 세계 각지에 유포된 이야기 유형이라는 사실이 상당히 언급되고 있다는 사실이다.

우리나라의 기록자로는 소파 방정환이 대표적이다.

日本童話라 하고 歐羅巴 各國에 飜譯되어 잇는 「猿의 生膽」이라는 有名한 童話는 其實 日本 固有한 것이 아니고 朝鮮童話로서 飜譯된 것인데 朝鮮 鷲主簿의 톡기를 원숭이로 고첫슬 뿐이다(東國通史에 보면 朝鮮 固有의 것 가트나 或時 印度에서 온 것이 아닌가 생각도 되는바 아즉 分明히는 알 수 업다) 그밧게 「혹쟁이」(혹쟁이가 독갑이에게 혹을 팔앗는데 翌日에 짠 혹쟁이가 쪼 팔라 갓다가 혹 두 個를 부처 가지고 오는 이약이)도 朝鮮서 日本으로 간 것이다. 그런데 이 혹쟁이 이야기는 獨逸, 伊太利, 佛蘭西 等 여러 나라에 잇다 하는데 西洋의 이 혹쟁이 이야기는 그 혹이 顔面에 있지 않고 등(背)에 있다 하니 꼽추의 이야기로 變한 것도 興味있는 일이다. 이 外에 日本古書(宇治拾遺物語)라는 冊에 잇는 「허리부러진 새」라는 童話도 朝鮮의 「흥부 놀부」의 역이 分明하다.[10]

이 글에서 방정환은 혹부리 설화가 독일·이탈리아·프랑스 등지에도 유포되어 있다는 사실을 언급하고 있다. 특이한 점은 오늘날 '혹부리 영

---

10 小波(方定煥), 「새로 開拓되는 동화에 關하야」, 『開闢』 31호, 1923, 25쪽.

감' 혹은 '혹부리 할아버지' 등으로 불리는 이 설화를 방정환이 '혹쟁이'라고 부르고 있다는 것이다. 이 같은 명칭은 '혹부리 영감' '혹부리 노인' '혹부리 할아버지' 등, 으레 혹부리라고 하면 '노인'이라는 편향적 인식을 바꾸어 주고 있다. 그리고 방정환은 이 '혹쟁이' 설화가 "조선서 일본으로 간 것"이라는 분명한 인식을 보여 주고 있다. 이러한 인식이 전제되었기에 그는 이 설화를 각색하여 동화극 「노래 주머니」를 써서 『어린이』 창간호(1923. 3)에 발표할 수 있었던 것이다.[11] 『개벽』지 〈古來童話〉 현상모집을 기획하여 설화를 수집했던 방정환은 조선의 설화 전파에 대해 『東國通史』 및 『宇治拾遺物語』 등 고문헌의 자료까지 섭렵하는 등 해박한 식견을 보여 준다. 오타케 키요미의 조사에 의하면, 시부사와 세이카(澁澤青花)는 『동양동화총서』를 쓰기 위한 조선 동화의 취재 때 방정환을 방문해 만나기도 했다고 한다.[12]

한편, 하나의 역설적인 현상으로 이 설화가 조선반도를 거쳐 자국으로 건너온 것이라는 일제 강점 당시의 일본인 학자들의 공통된 견해를 검토할 필요가 있다.

1922년대 『童話及び兒童の研究』라는 역저를 저술하기도 했던 마츠무라 타케오(松村武雄)는 이 설화를 "韓日說話"로 정의하며 "그 직접적인 본원지는 조선반도"라고 기술하였다. 그는 "인류문화의 산물 중 하나였던 동화—강건한 유리성과 廣布性이 풍부했던 동화도 조선을 하나의 큰

---

11 방정환의 「노래 주머니」는 한국형 혹부리 설화가 문학 작품으로 극화된 최초의 것이자 우리나라 최초의 동화극으로 중요한 의의가 있다. 염희경은 이 작품을 '근대 아동극의 초석'으로 평가하였다.

12 "시부사와는 『동양동화총서』를 쓰기 위하여, 1926년 대만을 여행하고 돌아오는 길에 「조선동화집」 취재를 위하여 조선에 들렀다가 방정환을 만났던 것이다. 방정환으로부터 들었던 이야기는 「寶の水さし」(보물 주전자)였지만 그것은 시부사와가 『동양동화총서』의 「티벳 동화 22편」에서 소개했던 「수리상가의 운」과 비슷한 것이었다. 그것을 방정환에게 말하자, 방정환은 「보물」을 쓰지 않고 「주전자」를 도구로 했던 것에 조선의 특성이 있다고 말했다고 한다. 원래는 인도에서 전해졌지만 티벳에도 있는 비슷한 이야기가 조선풍으로 변형된 부분에 시부사와는 흥미를 느꼈던 것 같다.": 大竹聖美, 『근대 한·일 아동문화와 문학 관계사 1895~1945』, 청운, 2005, 97~98쪽.

水藥로서 계속하여 일본으로 전해졌다."고 썼으며, "조선동화의 「瘤取(혹부리영감)」은 墨齋의 『笑府』가 가리키듯이 支那의 이야기이며, 『宇治拾遺物語』가 가리키듯이 일본의 이야기"라고 하였다. 시부사와 세이카는 그의 『朝鮮民話集』에서 일본의 「瘤取り」(혹부리 영감)이 조선에도 있고, 티벳에도 있으며, 일본의 「海月と猿」(토끼의 간)이 조선에서는 '토끼와 거북이'로 되어 있다고 지적하며 일본의 이야기가 옛날 조선에서 전래된 것이라고 쓴 바 있다.[13] 특히, 타카기 도시오(高木敏雄)는 조선의 「혹부리 영감」에 "요괴(鬼)의 酒宴과 노인의 춤이 빠져" 있다는 중요한 내용을 기록으로 남기기도 했다.[14]

그런데 이 논의와 관련하여 방정환의 글 가운데 주목할 지점은 그가 '혹쟁이' 이야기를 소개하면서 "혹쟁이가 독갑이에게 혹을 팔앗는데 翌日에 싼 혹쟁이가 조 팔라갓다가 혹 두 個를 부쳐 가지고 오는 이약이"라고 짧게 그 줄거리를 소개한 내용이다. 이 간략한 문장이 시사하고 있는 중요한 사실은, 우리나라 「혹부리 영감」이 '혹 팔기' 모티프를 기본 서사로 갖고 있는 설화라는 것이다. 이 '혹 팔기' 모티프는 일본에서는 찾아볼 수 없는 한국 혹부리 설화의 특징이다. 그러므로 '혹 팔기' 모티프는 한국형 「혹부리 영감」의 독자적 위치를 부각시켜 줄 수 있는 중요한 설화소가 된다. 여기에 대해서는 '화소 비교와 원형성 분석'의 장에서 좀 더 구체적으로 다루기로 한다.

---

13 『世界童話体系』 제16권, 일본편, 『日本童話集』, 松村武雄 譯, 世界童話体系刊行會 (원본:1924. 9 발행, 복간판: 1989. 2); 高木敏雄, 「日韓共通の民間說話 1」, 『東亞之光 7-11』, 東亞協會, 1912; 澁澤靑花, 『朝鮮民話集』, 東京, 社會思想社, 1980 9쪽. 大竹聖美, 같은 책 95쪽.

14 高木敏雄, 「日本神話傳說の硏究」, 荻原星文館, 1943. 417~418쪽; 김용의, 「민담과 이데올로기적 성격」, 『일본 연구』 14집, 중앙대학교 일본연구소, 1999. 314~315쪽. 재인용. 高木敏雄은 1904년에 『比較神話學』을 펴내고 1912년에 「日韓共通の民間說話 1」(『東亞之光 7-11』, 東亞協會, 1912)라는 논문을 東京에서 발표한 바 있다.

2) 독일·프랑스의 '꼽추 이야기' 비교

살펴본 바와 같이, 1920년대 흑부리 설화의 유형의 이야기는 한국과 일본 뿐만 아니라 중국, 티벳, 독일, 프랑스, 이태리 등 세계 각지에 퍼져 있었음을 알 수 있다.

이 가운데 독일의 이야기가 1928년 『어린이』지 6월호에 실려 있는 것을 볼 수 있다. 방정환은 꼬박 3년 동안 기획하고 준비한 〈세계아동예술전람회〉를 개최하면서 『어린이』지에 세계 각국의 동화 특집을 마련한다. 독일 동화로 고한승이 번역한 「꼽추 이야기―獨逸 라인 美話中에서」가 실려 있는 것을 볼 수 있다. 글의 서두에서 고한승은 "우리나라에

는 「흑쟁이」이약이가 잇지 안읍니까? 그런데 이 이약이와 근사한 꼽추 이약이가 독일나라에도 잇슴니다"라고 쓰면서, 이 이야기와 흑부리 설화와의 유사성을 거론하고 있다. 이 설화의 내용은 '아―헨 시가의 두

독일의 꼽추 이야기를 소개한 『어린이』 6권 6호(1928. 10)

꼽추(등곱쟁이) 음악가'에 대한 이야기다. 마음씨 착한 푸리델은 깊은 밤 장터에서 만난 요녀(妖女)에게 바이올린 곡조를 연주해 주고 꼽추를 떼이고 보물까지 얻지만, 마음씨 나쁜 하인쓰는 황금 그릇에만 눈이 멀어 푸리델의 꼽추 혹을 가슴에다 붙이게 된다. 독일 꼽추 이야기는 전형적인 '혹 떼기/혹 붙이기'의 변형을 잘 보여 준다.

프랑스 설화집에도 「두 꼽추」(Les Deux Bossus) 이야기가 수록되어 있는 것을 볼 수 있는데, 독일과 마찬가지로 '혹 떼기/혹 붙이기'의 이원 대립적 구조를 뚜렷하게 갖추고 있다. 프랑스의 경우에는 이웃의 대립자가 재단사와 포목장수로 설정되어 있으며, 착한 꼽추 재단사가 서투른 도깨비들에게 박자와 리듬을 찾아준다는 내용이다. 이외에도 戰國時代 말에서 秦代에 걸친 『産語』(상)의 「皇風 第六」에 '혹 떼인 할아버지' 설화가 있고, 明代의 『笑林評』에도 같은 유형의 이야기가 있다고 전대석은 지적하고 있다.[15]

이렇게 유포되어 있는 지역을 연결해 보면, 혹부리 설화가 대륙과 내륙 지역을 거쳐 유럽까지 광범위하게 전파된 이동 경로를 잘 보여준다. 이러한 루트는 곧 실크로드와도 일치된다는 점에서 흥미를 더해 준다. 한·일「혹부리 영감」역시 극동 지역의 논의로 제한할 것이 아니라 세계적 전파 과정 위에서 논의되는 것이 보다 합리적일 것으로 판단된다.

그러면, 독일·프랑스의 두 꼽추 설화를 견주어 보고 한·일「혹부리 영감」과는 어떻게 유관성을 갖는지 분석해 보기로 한다.

① 독일의 꼽추 설화

예전에 아-헨 시가에 쇱추(등곱쟁이) 음악가 두 사람이 잇섯습니다. 하나는 푸리-델이라 하야 마음도 곱고 재조도 잇는 사람이요 하나는 하인쓰라 하야 마

---

15 전대석 역주, 『한반도 관련 일본설화선』, 경서원, 2000, 268쪽.

음도 낫브고 재조도 업는 사람이엿습니다. … 그런데 그들이 늘- 음악을 하면서 돈을 버는 어느 술집이 잇는대 그 술집 쌀 아가타라는 처녀의게 푸리-델이 장가를 가고 십헛습니다 그는 돈도 한 푼 엄는 가난방이요 더구나 몸이 쑵추라 욕심만흔 처녀의 아버지가 들어주지 안엇습니다.

푸리-델은 억울하고 슯흔마암이 간절하야 아츰부터 밤까지 정처업시 헤매여 단이다가 정신을 채리여보닛가 밤은 깁헛는데 어느 으슥한 생선 파는 장터에 혼자서 잇는 것을 아럿습니다. 푸리-델은 쌈짝 놀내여 급히 집으로 도가려려다가 감안히 보니까 푸른 달빗 아래 무수한 요녀(妖女)들이 큰 잔채를 벌이고 잇섯습니다. 그 중에 제일 큰 요녀가 하나 오드니 푸리-델의게 바이올린을 주면서 한 곡조 타기를 청하엿습니다.

푸리-델은 정신을 가다듬어 재미잇는 무도곡을 타기 시작하엿습니다. 여러 요녀들은 무한히 깁버하면서 그 곡됴에 맛초아 춤을 추기 시작하엿습니다. 푸리-델은 마암을 다-하야 미묘한 곡조를 가장 자미잇게 탓습니다. 춤추기를 씃친 후 요녀는 너무도 감사하다고 무엇을 주엇스면 조흘가-하고 생각하드니 푸리-델의 압헤서 무엇이라고 주문을 외엿습니다. 미구에 한 시를 치는 종소리와 가티 그 만흔 잔채의 그 만튼 요녀는 일시에 업서저 버렷습니다. 푸리-델은 어이가 업서서 그대로 집으로 도라와서 보니 이상한 일이엿습니다. 등에 붓헛든 쑵추는 간곳업고 훌륭한 몸이 되엿스며 더욱이 주머니에는 보물이 가득히 드러잇섯습니다. (하략)[16]

② 프랑스의 꼽추 설화

옛날 프랑스의 어느 마을에 한 꼽추가 재단사 일을 하면서 살고 있었습니다. 달빛이 밝은 어느 이슥한 토요일 밤에 일을 마치고 집으로 돌아오는데 산길 옆 공터에서 도깨비들이 모여 노래를 부르면서 춤을 추고 있었습니다. 몰래 구경

---

16 고한승 역, 「쑵추 이약이—독일 라인 美話 중에서」, 『어린이』 6권 6호, 1928.

을 하고 있던 꼽추는 자기도 모르는 사이에 마음이 끌려 그들과 함께 춤을 추게 되었습니다. 그런데 그들의 노래가사는 줄곧 "월요일 화요일 수요일"만 반복하는 것이었습니다. 노래가 너무 단조로웠기 때문에 꼽추는 그들이 "수요일"이라고 할 때 얼른 "목요일"을 이어서 붙였습니다. 그래서 노래는 "월요일 화요일 수요일 목요일"로 바뀌어 박자를 맞추기가 훨씬 더 좋아졌습니다. 도깨비들은 리듬을 찾아준 것이 꼽추라는 것을 알고 그 꼽추에게 고마움을 표시하기 위해 꼽추의 곱사 등을 떼어주었습니다. 그런데 재단사가 사는 마을에 포목장수를 하는 또 하나의 꼽추가 있었습니다.(하략)[17]

우선 ①독일 이야기에서는 '아ー헨 시가에 사는 음악가 두 사람'으로, ②프랑스 이야기에서는 '어느 마을의 재단사와 포목장수'로 주요 인물이 설정되어 있다. 한국과 일본의 경우는 모두 이웃 사람으로 묘사되고 있으나 독일에서는 음악가로 묘사되는 두 인물이 같은 '술집'에서 일하고 있는 것으로 되어 있다. ①독일 이야기에서 주인공 '푸리-델'은 사랑의 좌절과 승리감을 맛보는 젊은이로 그려지는데, '연애 서사'가 기본 골격이 되어 있는 점이 이채를 띤다. 또 이계의 존재가 '여자'인 것은 특징적이다. ①과 ②의 두 꼽추 이야기는 공통적으로 '곱사등이 떼기/곱사등이 붙이기'라는 이야기 구조이다. 한국과 일본의 혹부리 설화가 '혹 떼기/혹 붙이기'의 이원 대립적 구조를 지닌 것과 일치를 보인다. 또, 곱사등이를 떼어 주는 능력자가 현세가 아닌 이계의 존재로 설정된 점, 도깨비가 무리로 나타나는 점도 같다.

그런데 ①과 ② 두 이야기는 한·일 「혹부리 영감」과 견주어 볼 때 각각 비슷한 점을 발견하게 된다. ①의 독일 이야기를 보면 꼽추가 등에 붙었던 곱사등을 제거하고 요녀로부터 주머니 가득 보물을 보상으로 받

---

17 Paul Delarue, 「 Le conte populaire francais」, Maisonneuve et Larose, 1985: 송영규, 「동화의 전파에 대하여」, 『동화와 설화』, 동화와 번역 연구소, 2003, 31~32쪽.

는다. ②의 프랑스 이야기에서는 곱사등만 떼일 뿐 아무런 보물을 얻지 못한다. 이와 같은 보상의 여부는 두 설화의 초반에 묘사된 주인공의 성격과 깊은 관련성이 있다. 즉, ①에서는 "하나는 푸리-델이라 하야 마음도 곱고 재조도 잇는 사람이요 하나는 하인쓰라 하야 마음도 낫브고 재조도 업는 사람이엿습니다."라고 하야 등장 인물을 '선/악'으로 대립시키고 있다. 선악의 대립적 설정은 이후 주인공에서 확실한 포상을 부여할 수 있는 당위성을 제공하게 된다. 그리고 독일의 이야기를 보면, '요녀' 가운데 우두머리가 '푸리-델'에게 바이올린 곡조를 요청하고 요녀들이 춤을 추는 내용으로 이루어져 있다. 이 때 '푸리-델'은 요녀들의 춤잔치에 동참하지 않는다.

그러면 ②프랑스의 이야기를 보자. 꼽추 재단사는 산길 옆 공터에서 부르는 도깨비들의 노랫소리가 워낙 단조로워서 "자기도 모르는 사이에 마음이 끌려" 그들과 함께 춤을 추게 되었다는 식으로 연회에 동참하는 행동을 보여 준다. 그리고 재단사는 도깨비들에게 리듬을 찾아 준 답례로 곱사등을 떼일 뿐이며, 도깨비들로부터 부가적 보물을 받지는 않는다. ①과 ②의 두 유럽형 꼽추 이야기가 보여 주는 이 같은 차이점은 한·일 「혹부리 영감」에서도 동일하게 적용되어 나타난다는 점에서 흥미롭다.

여기서, 우리는 한·일 「혹부리 영감」이 어느 한쪽 국가에 설화의 기원 모형을 두고 있는 것이 아니라 대륙에 유포되어 있던 각기 다른 혹부리 譚이 각각 전승되어 토착화된 결과라는 새로운 가설을 세워볼 수 있다.

한국 「혹부리 영감」을 보면, 노인의 노랫소리를 듣고 나타난 도깨비들이 연거푸 노래를 요청하며 춤추는 장면을 연출한다. 그러나 일본의 노인은 오니들의 서투른 춤 솜씨를 참지 못하고 그들 앞으로 뛰어나가 연회에 함께 어울린다. 또 일본 「혹부리 영감」에서는 두 노인의 성격이 제시되지 않는 반면에, 한국의 경우에는, 1926년 『조선동화대집』에 실

린 「혹 달린 老翁」에도 보면 "옛적 어느 곳에 정직한 늙은이 하나가 있는데"라고 하여 권선징악의 성격이 부각되는 것이 특징이다. 한국의 「혹부리 영감」은 노인이 도깨비로부터 보물을 받아 부자가 되며, 노인의 착한 성품은 보물의 제공에 그럴 듯한 정당성을 부여해 주는 것이다. 다시 말해, 독일의 꼽추 설화가 한국형 「혹부리 영감」과 친연성이 강하다면, 프랑스의 꼽추 설화는 일본형 「혹부리 영감」에 더 가깝게 닿아 있음을 알 수 있다.

3. 「혹부리 영감」의 설화소와 원형성 비교

그러면 혹부리 설화의 한·일 간의 설화소 비교 및 원형성을 분석해 보기로 한다.

검토 자료는 최초의 기록 문헌을 중심으로 살펴보되, 한국의 경우에는 일본인과 한국인의 기록 자료를 아울러 견주어 본다. 한국의 자료는 高橋亨의 『朝鮮物語集』(1910)과 한국인이 기록한 심의린의 『조선동화대집』(1926), 박영만의 『조선전래동화집』(1940)의 세 자료를 참조하고, 일본의 경우에는 최초로 기록된 12세기 문헌 『宇治拾遺物語』를 기본 자료로 한다.

〔표〕 「혹부리 영감」 설화의 한·일 간의 화소 비교표

	(가) 韓國	(나) 日本
① 혹의 위치	혹이 달린 노인이 살았다.	오른쪽에 혹 달린 노인이 살았다.
② 장소의 차이	빈집 산속에서 나무를 하다가 돌아가지 못하고 "빈 집"으로 들어간다.	나무구멍 산속에서 비바람을 만나서 돌아가지 못하고 "나무 구멍"으로 들어간다.
③ 노래/춤	무서움을 이기기 위해 노래를 부른다.	구멍 속에서 오니들의 춤 잔치를 보게 된다.

④ 노인의 태도	노인⊃도깨비 노인의 노래 소리를 듣고 여러 도깨비가 몰려온다. 노인의 노랫소리를 듣기 위해 도깨비들은 조용히 앉아 경청한다.	오니⊂노인 잔치를 벌이며 춤을 추는 100명 정도의 오니의 무리를 지켜보게 본다. 도깨비들의 서툰 춤을 보고 참을 수 없이 뛰쳐나가 연희에 참가한다.
⑤ 질문/요구	그 아름다운 노래가 어디서 나오느냐고 도깨비가 묻는다.	다음 춤 놀이에 반드시 참석하라고 오니들이 요구한다.
⑥ 기만/약속	노인은 "이 혹 속에 노래가 들어있다"고 도깨비를 속인다.	기꺼이 "參り候べし(참석하지요)"라고 재회를 약속한다.
⑥ 혹 제거의 방법	혹 팔기 노인의 혹을 팔라고 한다. 노인은 도깨비들에게 혹을 판다.	혹 저당 그렇지만 말대로 오지 않을지 모르니 증표가 될 저당물로 혹을 떼인다.
⑦ 상호성/일방성	노인의 혹을 얻은 데 대해 도깨비들이 금은보화를 준다.	오니에게 아무 이유 없이 혹을 떼이자 노인은 억울해 한다.
⑦ 모방 목적	금은보화 얻기 이웃노인이 금은보화를 얻을 욕심으로 산속 빈집을 찾아가 도깨비를 기다린다.	혹 떼기 이웃 노인이 혹을 뗄 목적으로 나무 구멍에 들어가 오니를 기다린다.
⑧ 혹 붙이기	다른 노인으로 생각 노래가 서툴지 않았으나 거짓말이 탄로가 나서 전 날에 혹까지 달고 돌아왔다.	동일 노인으로 착각 도깨비는 전보다 춤 솜씨가 서투르자 노인에게 맡아놓은 혹을 반대쪽 얼굴에 달아 준다.
⑨ 유래/교훈	혹 떼러 갔다가 혹 붙이고 왔다.	다른 사람을 부러워해서는 안 된다.

　이러한 도표를 통해 재차 확인하는 사실은 한·일 「혹부리 영감」이 '하나의 가면'을 한 '두 개의 얼굴'이라는 것이다. 얼핏 두 가지 패턴의 혹부리 설화는 차이보다는 공통적인 요소가 크게 부각될 수밖에 없다. 서사의 중요 구성 성분인 인물과 시공간적 배경이 유사하게 묘사되어 있기 때문이다. "얼굴" 또는 "턱 밑"에 달려 있는 혹의 위치에 대한 설명, 날이 저물어 집으로 돌아갈 수 없는 상황에 맞닥뜨리게 된다는 점, 이들이 이계의 존재인 "오니"와 "도깨비"를 만나는 시간대가 "밤"이라는 점 또한 일치한다. 결정적으로 두 나라의 「혹부리 영감」이 공통 설화로 인식되는 주 요인은 '혹 떼기/혹 붙이기'라는 이원 대립적 구조의 동일성에서 발생한다. 그러나 앞서 살펴보았듯이, 이러한 요소는 이미 독

일·프랑스 등지에 유포된 유럽의 「꼽추 이야기」에서도 동일하게 나타나고 있는 서사 구조여서, 한·일 「혹부리 영감」만의 공통적 특징이라고 보기에는 한계가 있다.

세부적 측면으로 좀 더 들어가 보면 한·일 간의 「혹부리 영감」이 매우 뚜렷한 대비적 설화소로 이루어진 독립된 설화라는 것이 보다 분명해진다. 흥미로운 것은 미세한 세부 화소의 차이가 향후의 서사 전개에 지속적으로 영향력을 미치게 됨으로써 두 나라 설화의 독자적 원형을 형성시키는 중요한 동인이 된다는 것이다.

1) 혹에 대한 미적 태도 : 내재성과 외재성

우선 지적할 것은 '혹'의 성격에 대한 명백한 차이이다. '혹'에 대한 미세한 세부 화소의 차이가 두 나라 「혹부리 영감」의 전체적 서사에 어떤 결과를 가져오게 되는지 살펴보기로 한다.

① '혹의 위치' 면에서 볼 때, 일본 「혹부리 영감」은 좌우의 혹 위치에 대한 묘사가 반드시 서두에 제시된다.

これも昔, 右の顔に大なる瘤ある翁ありけり. 大柑子の程なり. 人に交るに及ばねば, 薪をとりて世を過ぐる程に, 山へ行着ぬ.(『宇治拾遺物語』)

"얼굴 오른쪽"(右の顔)에 "큰 혹"(大なる瘤)이 달려 있는 노인의 모습은 일본 「혹부리 영감」에서 가장 먼저 기술되는 내용이다. 한국의 경우에는 노인의 혹이 어느 쪽에 달려 있든 그것은 크게 중요하지 않다.

今は昔, と或る田舍にいと大けき瘤頼に下げたる老爺あり蹴り.(『朝鮮の物語集』),

옛적 어느 곳에 정직한 늙은이 하나가 살았는데, 턱 밑에 큰 혹이 달려서 뒤웅박같이 디룽디룽하므로(『조선동화대집』),

옛날도 옛날 어떤 곳에 목에 기다린 혹이 달린 노인이 살았습니다.(『조선전래동화집』)

이렇게 한국 혹부리 설화에서 혹의 위치는 "뺨"(頰), "턱 밑", "목" 등으로 표현될 뿐이다. 왜 한국의 「혹부리 영감」에는 오른쪽 왼쪽의 차이가 크게 중요하지 않은가? 여기에 대한 단서는 설화의 후반 부분에 해당하는 ⑧ '혹 붙이기'에 그 단서가 있다.

㉠ 한국: 도깨비들이 이 말을 듣더니 깔깔 웃으며 "요전에도 어떤 놈이 와서, 소리 나는 혹이라고 속여 금은보패를 뺏어가더니, 이놈도 재미가 나서 또 그 따위 수작을 하는구나. 요전에 산 혹도 아무 소용이 없으니, 너 마저 가져가거라." 하고 그 혹을 갖다가 또 붙여 주어서 쌍혹을 달고 돌아왔다 합니다.(『조선동화대집』)

㉡ 일본: 隣にある翁, 左の顔に大なる瘤ありけるが…「いづら翁は參りたるか」といひければ, この翁恐ろしと思ひながら, 搖ぎ出で足れば, 鬼ども, 「ここに翁參りて候」と申せば, 横座の鬼「こち參れ, とく舞へ」といへば(『宇治拾遺物語』)

즉, ㉠ 한국의 도깨비는 찾아온 이웃 노인을 이전의 노인과 다른 인물로 생각한다. 반면, ㉡ 일본의 오니는 찾아온 노인이 이전의 노인과 동일 인물이라고 여긴다. 한국과 일본의 도깨비와 오니는 왜 이 같은 행동의 차이를 보이게 되는 것일까? 일본의 오니는 노인의 혹을 저당 잡고 재회를 약속했기 때문에 동일 인물로 여길 수밖에 없다. 그러나 한국의

경우에는 재회의 약속이 애초 없었을 뿐만 아니라, 노인이 혹을 팔고 가 버렸기 때문에 동일한 노인이 찾아올 필요가 없게 되는 것이다. 이 때 ㉠ 일본의 이야기에서는 오니들이 동일 노인이라고 여기기 때문에 도로 붙여 주는 혹의 위치가 재회를 약속한 이전 노인에게서 떼어낸 혹의 위치와 일치해야 하는 논리가 성립하게 된다.

다음으로 지적될 사항은 한·일 「혹부리 영감」이 보여 주는 '혹'에 대한 미적 태도이다. 일본 「혹부리 영감」에 나타난 '혹'의 존재는 신체의 일부라는 의미 이상이 되지 못하지만 우리나라의 '혹'은 신체의 일부이자 '노래'의 원천이 된다고 하는 미적인 가치를 부여하고 있는 중요한 특징이 있다. 한국의 '혹'이 '내재성'을 지향한다면 일본의 '혹'은 '외재성'을 지향한다.

(가) 한국의 경우, 노인의 '혹'은 곧 '노래'라고 표현할 수 있을 만큼 '노래의 원천'으로서 미적 형상물이 된다. 노인의 '혹'은 곧 '노래 주머니'가 된다. 이때 '혹'과 '노래'는 내재적 관계에 놓여 있으며 분리되지 않은 일체의 관계를 이룬다. 이때, 눈여겨 볼 점은 도깨비와 노인의 재회 약속은 이루어지지 않는다. '혹'은 그 자체로 노래가 내재된 '노래 주머니'의 역할을 하기 때문에 도깨비에게는 더 이상 노인의 역할이 소용없다. 주머니만 갖고 있으면 언제든지 아름다운 노래를 들을 수 있기 때문이다. 그렇기 때문에 아름다운 목소리의 원천이 되는 '혹'이라는 존재에 신비감이 부여되고 있음을 볼 수 있다. 노인은 '혹' 속에서 '노래'가 나온다고 도깨비를 속여 '혹'을 팔게 된다. 그러나 어디까지나 먼저 '혹 팔기'를 제안하는 쪽은 노인이 아닌 도깨비 쪽이다. 노인은 성가시던 '혹'도 떼이고 금은보화도 얻어 부자가 된다.

(나) 일본의 경우에는 상황이 다르다. 노인의 혹은 얼굴 부위에 돌출되어 있는 신체의 일부에 지나지 않을 뿐이다. 신명나게 추는 노인의 춤솜씨와는 무관하게 묘사된다. 또 신체의 위치를 고려하더라도 한국의

'혹'은 노래가 나오는 목청과 바로 인접해 있지만, 일본의 '혹'은 몸 전체를 움직여 동작을 끌어내는 '춤'이라는 행위와 크게 인접해 있다고 보기 어렵다. 노인의 혹이 오니들의 눈길을 끌지 못했던 이유도 이것과 관계가 있다. 이 '혹'이 오니들의 눈에 포착된 때는 노인의 신명나는 춤을 다시 보기 위해서 재회를 다짐받을 때이다. 노인의 재회를 약속받기 위해 저당물로 맡아둘 것을 찾게 된 것이다.

'혹'을 저당물로 맡아 두려는 일본의 '오니'는 인간화된 측면이 강하다. 근대적 경제 개념을 터득하여 실리적인 면을 보여 주고 있으며 그들은 인간들로부터 손해를 보지 않는 이기적인 면을 드러낸다. 한국의 '노래 주머니'를 얻기 위해 노인에게 보물 자루를 내 주고 쉽게 속아 넘어가는데, 어리숙하면서 인간에게 이로움을 주는 한국 도깨비의 원형을 잘 보여 주고 있다.

2) 도깨비와 오니의 존재론적 특성 : 외형과 성격의 측면

한 가지 특이한 사실은 (가) 한국에서는 도깨비의 외형 묘사가 전혀 나타나지 않는 반면, (나) 일본에서는 도깨비의 외형 묘사가 아주 자세하게 이루어지고 있다.

㉠ 한국의 도깨비

이 늙은이가 노래할 때에, 여러 도깨비들은 별안간에 듣기 좋은 소리가 나므로, 귀를 기울여서 듣다가 자연 흥이 나매, 어깨를 으쓱으쓱하며 몰려 들어왔습니다.(『조선동화대집』)

이 영감이 한참 동안 노래를 부르다가 노래하던 소리를 그치니까, 별안간 뚜벅뚜벅하고 발자국 소리가 들렸습니다. 혹 달린 영감은 이상히 생각하면서 있느라니까, 헤일 수 없을 만큼 도깨비들이 와악 몰려왔습니다. 혹 달린 영감은

깜짝 놀라면서 달아나려고 하니까, 괴수 도깨비가 영감의 소매를 잡고 뛰질 못하게 합니다.(『조선전래동화집』)

    ⓒ 일본의 오니

    赤き色には青き物を着, 黒き色には赤き物を楎にかき, 大方目一つ
ある者あり, 口なき者など, 大方いかにもいふべきにあらぬ者ども, 百人ばか
りひしめき集りて(『宇治拾遺物語』)

    ⓒ 일본의 오니는 '빨간 몸에 파란 옷을 걸친 자', '검은 몸에 빨간 훈
도시를 걸친 자', '눈이 하나만 달린 자', '입이 없는 자' 등 괴이한 자들
이 형상으로 다양하게 나타난다. 그 무리의 수도 1백 명 정도로 기술되
고 있다. 오니들이 집단을 이루어 그들의 사회를 이루고 있는 것을 볼 수
있다. 일본의 오니들은 '훈도시'를 걸치는 등 일본인의 모습을 비슷하게
흉내를 낸 모습을 하고 있는데, 입이 없거나 눈이 하나밖에 없는 등 인간
얼굴과는 다른 괴물스런 존재로 인식된다. 그리고 붉고 검은 몸뚱이에
빨갛고 파란 옷을 걸치는 등 색깔 감각이 화려한 특징을 보여 준다.
    그러나 ㉠ 한국의 도깨비는 그 외형이 따로 묘사되지 않는 특징이 있
다. 우리나라의 도깨비는 언급은 되지만 주로 그 외형이 묘사되는 것을
찾기 어렵다. 「宴鬼取富」에 묘사된 도깨비를 보면 "패랭이를 쓰고 베홀
것을 걸치고 허리에 전대를 두르고 손에 채찍을 쥐었는데 신장이 8척이
요 걸음걸이는 허뚱거렸으며 언어는 매우 공손하고 용모는 퍽 기괴하여
사람 같으면서도 사람이 아니었고 귀신 같으면서도 귀신이 아니었다."[18]
고 묘사된 것이 있다. '패랭이'를 쓰고 '전대'를 걸쳤다 함은 의복을 제
대로 갖춰 입은 도깨비 형상을 보여 주고 있으며 일본 오니의 형상과는

---

18 廉同伊, 『李朝漢文短篇集』, 임형택·이우성 역편, 일조각, 1978, 309~310쪽.

다른 모습을 볼 수 있다.

이렇게 형상과 태도에서 한국의 도깨비와 일본의 오니는 상당한 차이를 보인다. 이 지점에서 우리가 짚고 넘어가지 않으면 안 될 것은, 1910~20년대에 일본인에 의해 채록된 조선의「혹부리 영감」이 그들의『宇治拾遺物語』에 기록된 혹부리 설화와 매우 흡사하게 보일 수 있도록 기술 내용이 왜곡되었다는 사실이다. 먼저, 1910년 高橋亭이 기록한 『朝鮮物語集』을 보면 도깨비의 모습이 "異種異形の妖怪"라고 기술된 것을 볼 수 있다. 이러한 표현은『宇治拾遺物語』의 오니 형상이 그대로 전이된 모습이 아닐 수 없다. 야마사키 히시로(山埼日城)의『朝鮮の奇談と傳說』(1920)은 제목부터「瘤取物語 ＝母國と酷似＝」라고 하여 "모국(일본)"과 "매우 흡사하다"는 것을 밝히며, 유사성을 드러내기 위한 강한 의도를 확인할 수 있다. 山埼日城는 전반부에『宇治拾遺物語』의 내용을 요약한 뒤 조선의 혹부리 설화를 나란히 기술하는 편집 태도를 취하고 있다.

한국의 도깨비와 일본의 오니는 존재론적으로 매우 다른 특성을 지니고 있다. 형상도 다를 뿐만 아니라 그 성격도 판이하다. 보통 일본의 오니는 머리에 뿔이 둘 또는 하나가 있고 송곳니가 밖으로 나오고 손에는 망치나 도끼, 쇠몽둥이 든 모습으로 지적되고 있다.[19] 이러한 오니의 형상이 한국의 도깨비로 둔갑하게 된 주요 원인은 일제 강점기 보통학교 교과서인『조선어독본』에 수록되었던 삽화의 영향 때문이다. 일본 교과서의 혹부리 설화 그림이『조선어독본』에 그대로 유입됨으로써 우리나라 도깨비 형상이 일본 오니의 형상과 혼동을 일으킨 것은 가장 큰 폐해 중의 하나로 지적되어야 할 것이다.

이렇게 외형에서 차이를 보여주는 두 나라의「혹부리 영감」은 도깨비

---

19 임석재,「설화 속의 도깨비」,『한국의 도깨비』, 열화당, 1981. 김종대,『민담과 신앙을 통해 본 도깨비의 세계』, 국학자료원, 1994.

(오니)의 성격과 행동에서도 달리 나타나게 될 수밖에 없다. 흥미롭게도 우리나라 「혹부리 영감」에서는 반드시 노인이 혹을 떼이고 도깨비로부터 보물을 받아 부자가 된다. (가)의 한국 도깨비는 사람의 말을 그대로 믿으며 속아 넘어가기도 잘하여 노인의 '혹' 하나와 금은보화를 교환한다. 어리숙한 듯이 속아 넘어가면서 사람에게 이로움을 주는 것이 한국의 도깨비이다. 그러나 (나)의 일본 오니를 보면, 사람을 잘 믿지 않으며 거꾸로 사람이 그들을 속이지나 않을까 의심한다. 노인의 재회를 위해 '혹'을 저당물로 떼어 놓는 행위는 이와 같은 오니의 성격에서 비롯된 것이다.

특이하게도 일본의 「혹부리 영감」 설화에는 사람에게 금은보화를 제공하여 부자되도록 하는 설화소가 나타나지 않는다. '부자되기'는 우리나라 도깨비 유형담의 대표적인 모티프이다. 이 모티프가 처음 나타나는 최초의 이야기는 바로 「방이설화」이다. 이렇게 볼 때, 우리나라 「혹부리 영감」 설화는 일본에서 유입된 것이 아니라 오래된 「방이설화」의 원형에 뿌리를 두고 있는 것임을 알 수 있다.

일본 「혹부리 영감」의 서두를 보면 지나치리만큼 자세하게 도깨비 형상이 묘사된 것을 볼 수 있는데, 한국의 경우에는 왜 그렇지 못한가 생각해 볼 수 있다. 묘사 방법에서 차이가 날 수밖에 없는 이유 역시 두 나라 설화의 서사 구조에 그 일차적 비밀이 있다. 일본 「혹부리 영감」의 노인은 비바람을 피해 '나무 구멍' 속으로 들어가 웅크려 앉게 된다. 자연히 눈앞으로 몰려온 오니들의 모습을 관찰할 수 있는 시공간을 확보하게 된 것이다. 반면, 한국 「혹부리 영감」의 노인은 노랫소리를 듣고 몰려온 도깨비 무리를 자세히 관찰할 수 있는 시간적·공간적 여유를 갖지 못한다. 몸을 피해 '빈 집'으로 들어왔지만, 노랫소리를 듣고 "와악" 몰려온 도깨비들로 인해 놀라며 "깜짝 놀라면서 달아나려고" 하는 행동마저 보여 준다. 즉, 우리나라의 「혹부리 영감」은 도깨비에 대한 자세한

외형 묘사가 힘든 서사 구조적 특징을 지니고 있다.

3) 주체의 관계 지향성 : '도깨비⊂인간'과 '인간⊂오니'

「혹부리 영감」 설화가 지니고 있는 특이한 질감은 인간과 도깨비(오니) 세계의 어울림에서 빚어진다. 옥신각신하는 어울림 속에서 '혹 떼기/혹 붙이기'의 신기한 경험을 겪기도 하고 보물을 얻어 일생일대의 전환을 이루기도 한다.

그런데 도깨비와 노인이 처음 관계를 맺는 조우의 순간을 주목해 보자.

(나) 일본의 경우 '나무구멍' 속에 있던 노인은 서투른 오니들의 춤잔치를 보고 "귀신에라도 홀린 듯, 아니면 신불(神佛)이 그리 시키신 것인가, 무턱대로 달려 나가" 오니 앞에서 춤을 추는 적극성을 보인다. 노인의 태도는 자신의 춤을 과시해 보려는 욕망을 잘 보여 준다. 그에 비해 (가) 한국의 노인은 몰려오는 도깨비에 대해 수동적인 입장을 보여 준다. 산 속의 빈집에서 노래를 부르고 있을 때 노인은 느닷없이 몰려온 도깨비 무리와 맞닥뜨리게 된다. 이러한 상황은 노인의 의사와 전혀 무관하다. '혹'에 대한 관심도 도깨비 쪽에서 먼저 제기된 것이고, '혹 팔기' 역시 도깨비로부터 받은 제안에 지나지 않는다. 노인이 짐짓 '노래가 혹 속에서 나온다'고 한 말 역시 고의적으로 도깨비를 속이려는 악의로 표현된 것은 아니다. 말하자면, 도깨비(오니)와 인간의 관계 맺기 양상에서, 한국은 "도깨비⊂인간" 지향성을 보이는 반면, 일본은 "인간⊂도깨비(오니)" 지향성을 대조적으로 보여 준다. 한국의 노인은 노래를 부를 때에도 도깨비들과 어울리지 않으며 분리된 공간에서 자족한 태도를 보여 준다.[20]

---

20 노인과 도깨비(오니)의 관계 양상에 대해 필자는 선행 논문에서 아래와 같은 그림 비교로 제시한 바 있다.장정희, 앞의 논문, 2011, 10쪽.

이렇게 인간과 도깨비의 관계 맺기 양상에서 두 나라가 서로 다른 지향성을 보유하게 된 것은 두 나라 사이에 존재하는 오래된 설화의 전통과 역사·문화적 배경과 밀접하게 관련이 있다. 일본에는 국민 5대 동화의 하나로 일컫는 「모모타로(桃太郎)」라고 하는 유명한 이야기가 있다. 일본인이라면 누구나 알고 있는 일본의 설화이다. 이 설화는 커다란 복숭아 속에서 태어난 소년이 부하를 이끌고 도깨비나라(鬼が島)로 가서 괴물을 퇴치하고 보물을 전리품으로 갖고 돌아온다는 것이 대략의 내용이다. 그런데 이 설화에서도 보면 일본 「혹부리 영감」과 같은 "인간⊂도깨비" 지향성이 그대로 나타나고 있는 것이다. 일본은 '도깨비 나라'에 대해 매우 적극적이며 호전적 태도를 보인다. 「모모타로(桃太郎)」 설화에 등장하는 '모모타로' 아동상은 2차 세계 대전 때 용감한 일본군을 표상하는 국민적 영웅으로 제조되기도 했다.[21] 일본 아동문학의 창시자인 이와야 사자나미(巖谷小波)는 『少年世界』의 매호에 '오토기바나시(お伽話, 옛날이야기)'를 두어 「모모타로」가 일본 아동 세계에 크게 퍼지게 했다. 소위 '모모타로주의(桃太郎主義)'라고 부르는 그의 아동관은 일본 어린이들에게 전투적인 정신을 심어 주고 해외의 개척(소위 정벌) 그 자체에 의미를 부여해 비판 받았다.[22]

지정학적으로 해양국가인 일본은 역사적으로 대륙에 대한 패권 의식을 추구해 설화에서도 도깨비 나라에 대한 매우 호전적인 행동 표현을 남기고 있는 것이다. 그러나 대륙의 끝에 위치한 반도국인 한국은 외세에 대한 정복보다는 타민족 국가로부터 숱한 외침을 받아 왔다. 이에 따라 민중의 심리는 도깨비 세계에 대한 호기심보다는 수동적이며 방어적인 태도를 취하게 되며 이러한 무의식적 반응이 설화에도 반영된 것으로 볼 수 있다. 우리나라 도깨비 설화 가운데 「도깨비 방망이」에서도 보

21 김영남, 『近代 日本의 說話硏究에 나타난 民族의 發見』, J&C, 2006.
22 이재철, 「韓·日 兒童文學의 比較硏究(1)」, 『韓國兒童文學硏究』 창간호, 1990, 115쪽.

면, 마찬가지로 도깨비가 노인이 숨어 있는 집으로 도깨비 무리가 몰려 들어오는 장면을 볼 수 있는데, 역시 '도깨비⊂인간' 지향성을 잘 보여 준다. 도깨비(오니)와 인간이 맺는 주체의 방향성은 한·일 혹부리 설화 가 갖고 있는 매우 다른 원형적 차이로 파악된다.

4) 혹 제거 방법 : 혹 팔기와 저당잡기

서론에서 언급한 바와 같이, 한국 「혹부리 영감」을 결정짓는 가장 개 성적인 요소는 바로 '혹 팔기' 모티프이다. '혹'의 제거 과정에서 한·일 「혹부리 영감」은 '팔기'와 '저당잡기'라는 매우 다른 방법적 차이를 보 여 준다. 이 '혹 팔기' 모티프에 대해 최초로 언급한 이는 소파 방정환 이다. 그가 직접 각색한 동화극 「노래 주머니」를 보면 이 '혹 팔기' 모 티프를 아주 생생하게 재현시켜 놓고 있다.

> 괴수 「허허- 그것 생각 잘 하엿다 그럼 어서 속히 저 노래주머니와 보물을 밧구게 하여라.」
> 一同 「어-이」 하고 우-달겨든다.
> 老人 「아니올시다. 이것은 노래주머니가 아니라 혹이올시다. 소리는 목구멍 으로 나오는 것입니다.」
> 독三 「허허, 내가 썬히 아는데, 아니라고 속이면 될 말인가.」
> 老人 「아니올시다, 정말 혹이란 것이올시다.」
> 독三 「앗다 그러케 속힐 것 무엇잇나 그까진 노래는 자네는 다 외이는 것이 니 그 주머니야 못 밧굴것 이 무엇잇나, 그러지 말고 얼른 내어노케 보 물은 얼마던지 줄 것이니.」
> 독二 「실타면 될 말인가 큰일 나려구 그러지.」
> 한놈은 벌서 무거운 보물 궤ㅅ작을 갓다가 老人의 압헤 놋는다.

老人 「여러분이 그러케까지 하시면 내가 밧군다고 하더래도 이것은 쩨여 내
지를 못하는 것입니다. 억지로 쩨라도 안 됩니다.」[23]

괴수가 "속히 저 노래주머니와 보물을 바꾸게 하여라" 하고 물물 교환
을 명령하자, 도깨비들도 "그 주머니야 못 바꿀 것이 무엇 있나, 그러지
말고 얼른 내어 놓게. 보물은 얼마든지 줄 것이니." 하고 노인과 아주 흥
정하기 시작한다. 방정환의 「노래 주머니」에서는 '좋은 음성이 어디서
나오느냐'는 도깨비의 물음에 노인이 '목구멍에서 나오는 것'이라고 정
직하게 대답하는 것으로 그려지고 있다. 이것은 1910년 일본 민속연구
가 高橋亨이 채록한 내용과도 다르며, 조선총독부 1·2차 조선교육령에
의한 『조선어독본』의 수록 내용과도 다른 것이다. 다시 말해, 방정환의
「노래 주머니」에서 ①노인의 노래가 혹에서 나올 것이라고 도깨비 쪽에
서 자의적으로 판단하는 점, ②노인이 도깨비를 속이지 않는 점 등의 요
소가 처음 등장하고 있다. 이러한 요소는 3차 조선교육령에 의한 조선총
독부 발행 『조선어독본』(1933~35)의 개작 내용에 영향을 끼쳤다.[24]

'혹 팔기' 모티프는 한국 「혹부리 영감」을 소개하는 서구인의 시선에

---

23 방정환, 「노래 주머니」, 『어린이』 2호, 1923.
24 여기에 대해서는 졸고 「『조선어독본』 수록 '혹부리 영감' 설화와 근대 아동문학의 영향 관계
고찰」(『한국아동문학연구』 20호, 2011)에서 자세히 다루었다. 다만, 필자가 이 논문에서 피력
하고자 하는 소견은, 교육적 효과를 고려하여 노인이 거짓말을 하지 않도록 설화소를 개작함
으로써 설화의 원형에서 멀어졌다고 하는 사실이다. 방정환의 동화극 「노래 주머니」와 『조선
어독본』의 교과서 개작은 아동을 대상으로 하는 까닭으로 교육적인 효과가 고려된 것이다. 그
러나 '노래가 혹 속에서 나온다'고 말하는 노인의 행위를 도깨비를 속이거나 거짓말 한 것으
로 볼 수 있는가, 하는 점에 대해서는 해석의 제고가 필요하다. '아름다운 음성이 어디서 나
오느냐'는 도깨비의 물음에 응수한 노인의 대답은 도깨비를 악의적으로 속이기 위한 행동이
라기보다는 무의식적으로 작용된 심적 결과일 것으로 바라볼 필요가 있다. 노인이 '혹 속에서
노래가 나온다'고 도깨비에게 말하는 장면이 사라질 경우, 설화의 후반부에서 전번 노인의 행
동을 모방해야 하는 이웃 노인의 역할을 무화시키게 된다. 3차 조선교육령에 의해 개작된 『조
선어독본』 권4의 「혹 떼인 이야기」는 지금까지의 이원 대립적 구조를 파괴하고 혹 떼인 노인
이야기의 전반부만 싣고 있다. 이 역시 이와 같은 개작 내용과 관련이 있음을 주목해야 한다.
따라서 설화의 개작에 있어서 지나치게 교육적 효과를 고려하게 되면 그 원형성이 크게 훼손
될 수 있다.

서도 매우 뚜렷한 인상으로 자리잡았다. 1932년 베르다의 『Tales told in Koera』에는 「The old man with the wens」이 실려 있다.

The old man put his finger to his lips, and looked all about. Then he whispered, "Sh! Sh! The reason I sing so well is because of this singing wen that grows on the right side of my face." …

"Let us have the wen! Please! Please!" the tok-gabbies begged.

"Never! Never!" shouted the old man, covering it with his two hands.

"Please, and we will give you gold!" cried the tok-gabbies, digging deep into their red and green garments.

"Lose my singing wen for that little gold? No, indeed!"

So the tok-gabbies ran out and soon they returnde with more gold. And the old man said, "I hate to part with my singing wen, but man must eat." So the tok-gabbies painlessly removed his wen, and they departed happily.[25]

이 글에서도 노인이 '노래가 혹 속에서 나온다'며 짐짓 도깨비를 속여 넘긴다. 그러자 도깨비들의 눈이 점점 커지며 그것을 갖게 해 달라고 "Please!" "Please!" 하고 외친다. 노인의 반응은 절대 안 된다며 "Never!" "Never!" 거절한다. 혹을 팔 수 없다는 노인의 태도에 애가 달아 오른 건 도깨비 쪽이다. 더 많은 금을 안겨 주겠다고 한다. 도깨비 와 인간 사이에 옥신각신 벌어지는 이 독특한 '혹 팔기' 서사는 도깨비 와 인간 사이의 '속고 속이는' 흥정 과정을 통해 해학성을 높여 준다.

한편 일본 「혹부리 영감」에서 나타나는 특징적인 화소로 지적할 수

---

25 Berta Metzger, Tales told in Koera, Frederick A.stokes Company, NewYork. U.S.A., 1932, 169쪽.

있는 것은 오니들이 벌이는 '술 잔치' 모티프이다. 일본의 혹부리 설화에서는 '춤' 모티프 이전에 반드시 오니들의 '술 잔치'가 펼쳐져 있음을 볼 수 있다. 다시 말해 '춤'은 酒興에 뒤따라 자연스럽게 곁들여지게 된 것이다. 일본 「혹부리 영감」의 오니들은 '술'을 좋아하고 또 잘 마시기도 한다. 이웃 노인이 찾아갔을 때도 마찬가지로 술을 마시고 있는 풍경이 묘사된다. 오니들의 '술 잔치'는 『宇治拾遺物語』에서부터 매우 자세하게 묘사되어 기록되어 있는 것이 특징적이며, 이 설화를 현대화한 다자이 오사무(太宰治)의 「혹부리 영감」에도 그대로 반영되었다.

일본의 「혹부리 영감」에서 '혹'은 홍정 대상이 아니다. 노인과의 재회를 목적으로 오니들은 반강제적으로 노인의 '혹'을 떼어 저당 잡아 두는 방식을 취한다.

> 横座の鬼のいふやう, 「かの翁が面にある瘤をや取るべき. 瘤は福の物なれば, それをや惜思ふらん」といふに, 「ただ目鼻をば召すとも. この瘤は許し給ひ候はん. 年比持ちて候物を, 故なく召されん, すぢなき事に候ひなん」といば, 横座の鬼「かう惜み申すものなり. ただそれを取るべし」といへば.

밑줄 친 내용에서와 같이 일본 「혹부리 영감」의 노인은 눈이나 코를 떼어 가더라도 "혹은 면제해 달라"고 하며 "오랫동안 지니고 있던 것을 아무 이유 없이 떼이는 것"을 억울해 한다. 아무런 보상이 없이 강제로 혹을 제거 당해야 하기 때문에 일본의 노인은 억울함을 느끼지 않을 수 없다. 그러나 상좌의 오니는 "혹을 떼어라" 하고 명령해 버린다. 한국의 '혹 팔기' 모티프에서 보여 주는 '홍정과 교환'의 상호성은 없다.

이렇게 하여 두 나라의 「혹부리 영감」 설화가 최종의 결말에 이르게 되면, '유래'(한국)와 '경계'(일본)라는 목적성의 확연한 차이를 보게 된다. 한국의 「혹부리 영감」은 '혹 떼러 갔다가 혹 붙이고 왔다'는 속담의

유래로, 일본의 「혹부리 영감」은 '다른 사람을 부러워해서는 안 된다'는 경계의 메시지로 마무리된다. '혹 떼러 갔다가 혹 붙이고 왔다'는 속담은 우리나라에는 일반적인 관용구이지만, 일본에서는 사용되지 않는 속담이라는 이 하나의 사실을 통해 보더라도 우리는 두 나라의 「혹부리 영감」이 민족 정서와 결합하여 어떻게 토착화되어 고유 설화로 자리잡을 수 있었는지 확인할 수 있다.

4. 나오며

이상으로 본고는 「혹부리 영감」譚의 한·일간의 설화소 비교 및 원형을 분석해 보았다.

먼저, 세계 광포설화의 한 유형으로서 '혹부리 설화'를 조명하였다.

혹부리 설화는 한국과 일본 외에 중국·독일·프랑스·이태리·티벳 등지에도 전승되고 있으며, 서구의 경우에는 안면의 혹이 아닌 등이나 가슴의 곱사등이로 바뀌어 있는 것이 특징이다. 이 논문에서는 대표적으로 독일·프랑스의 「두 꼽추 이야기」를 비교 분석하였는데, 각각 한국과 일본 「혹부리 영감」의 특징적인 면모를 잘 보여 주고 있음을 밝혀낼 수 있었다. 이로써 본고는 한·일 「혹부리 영감」이 한쪽 나라에 기원을 둔 설화라기보다 대륙에 유포되어 있던 두 유형의 혹부리 서사가 각각 전승되어 토착화된 결과일 가능성을 제기할 수 있었다.

다음으로 본고는 한·일 「혹부리 영감」의 설화소를 비교하고 각국 설화의 고유한 원형을 분석하였다. 먼저 '혹'의 위치와 성격에 대해 논의하였는데, 한국 「혹부리 영감」의 '혹'은 신체의 일부이자 '노래'의 원천이 되는 미적인 가치로서 '내재적' 성격을 띠며 일본 「혹부리 영감」에 나타난 '혹'은 노인의 '춤'과 외재적 관계에 있다. 그리고 한국의 '도깨

비'와 일본의 '오니'가 지니고 있는 존재론적 특성을 논의하며 그 외형과 성격적 측면이 매우 다르다는 것을 논의하였다. 아울러 본고는 일제 강점기 때『조선어독본』삽화에 일본 오니의 모습이 그대로 유입됨으로써 우리나라 도깨비 형상이 일본 오니의 형상과 혼동을 일으킨 것에 대해 지적했다. 한·일「혹부리 영감」은 주체의 관계 지향성에서도 매우 현격한 차이를 보이는데, 일본의 오니는 인간계를 향한 적극성을 보이는 '인간⊂오니' 지향성을 보여 주고, 한국의 도깨비는 도깨비가 인간계를 향한 적극성을 보이는 '도깨비⊂인간' 지향성을 보여 준다. 이러한 원형성의 차이가 그 나라의 오래된 설화 전통과 역사·문화적 배경과 밀접하게 관련되어 있음을 논의하였다.

본고는 마지막으로 일본에서는 발견되지 않는 한국형「혹부리 영감」의 핵심적 화소로 '혹 팔기' 모티프를 지적하였다. 한국에서는 볼 수 없는 일본 특유의 설화소는 '술 잔치' 모티프이다. '혹 팔기' 모티프는 우리나라 설화가 간직하여 토착화시킨 독자적 고유 서사로 인정되어 마땅할 것이다. 도깨비와 인간 사이에 이루어지는 옥신각신 '혹 팔기' 서사는 도깨비와 인간 사이의 '속고 속이는' 흥정 과정을 통해 한국의「혹부리 영감」을 매우 해학적인 성격으로 발전시켰다.

얼핏 한·일「혹부리 영감」은 매우 유사한 설화인 것처럼 파악된다. 그러나 본고는 '혹 떼기/혹 붙이기'라는 이원 대립적 구조의 동일성에도 불구하고, 두 나라의 설화가 세부적인 화소와 원형성의 차이에 있어서 매우 현격한 차이를 드러내는 각국의 고유한 설화라는 점을 분석할 수 있었다. 향후 우리 설화로서의「혹부리 영감」을 재인식함과 아울러 우리의 독자적 설화소를 회복하고 보급하는 데 있어 보다 활발한 연구가 이루어져야 할 것이다.

(『한국학논집』48집, 계명대 한국학연구원, 2012)

참고 문헌

고한승 역, 「쑵추 이약이—독일 라인 美話 중에서」, 『어린이』 6권 6호, 1928.

김영남, 『近代 日本의 說話硏究에 나타난 民族의 發見』, J&C, 2006.

김용의, 「일본 '혹부리영감'譚의 유형과 분포」, 『일본어문학』 제5집, 한국일본어
　　　문학회, 1998.

_____, 「민담의 이데올로기적 성격」, 『일본 연구』 14호, 중앙대학교 일본연구
　　　소, 1999.

_____, 「한국과 일본의 '혹부리 영감'담—교과서 수록과정에서 행해진 개정을 중
　　　심으로」, 『일본어문학』 6집, 한국일본어문학회, 1999.

김유진, 「'혹부리 할아버지'의 구조와 의미」, 『청람어문학』 3집, 청람어문학회,
　　　1990.

김종대, 「日帝侵略期에 流入된 〈혹부리영감譚〉」, 『한국의 도깨비 연구』, 국학자
　　　료원, 1994.

_____, 『민담과 신앙을 통해 본 도깨비의 세계』, 국학자료원, 1994.

_____, 「'혹부리 영감譚'의 형성 과정에 대한 試考」, 『우리문학연구』 20집, 우리
　　　문학연구회, 2006.

방정환, 「새로 개척되는 동화에 관하야」, 『개벽』 31호, 1923.

_____, 「노래 주머니」, 『어린이』 2호, 1923.

송영규, 「동화의 전파에 대하여」, 『동화와 설화』, 동화와 번역 연구소, 2003.

양효진, 「'혹부리 할아버지' 신화의 구조와 의미 및 교육적 활용에 관한 연구」,
　　　한국교원대 석사논문, 1994.

오오타케 키요미, 『근대 한ㆍ일 아동문화와 문학 관계사 1895~1945』, 청운,
　　　2005.

이재철, 「韓ㆍ日 兒童文學의 比較硏究(1)」, 『韓國兒童文學硏究』 창간호, 1990.

임석재, 「설화 속의 도깨비」, 『한국의 도깨비』, 열화당, 1981.

廉同伊, 『李朝漢文短篇集』, 임형택ㆍ이우성 역편, 일조각, 1978.

장정희, 「『조선어독본』수록 '혹부리 영감' 설화와 근대 아동문학의 영향 관계 고
　　　찰」, 『한국아동문학연구』 20호, 한국아동문학학회, 2011.

전대석 역주, 『한반도 관련 일본설화선』, 경서원, 2000.

정진희, 「한국 도깨비 동화의 형성과 변형 양상 연구」, 한양대학교 대학원 박사논문, 2009.

최남선, 「外國으로 歸化한 朝鮮古談」, 『東明』 1권 12호, 1922.

최운식 · 김기창, 『전래동화교육론』, 집문당, 1988.

Berta Metzger, Tales told in Koera, Frederick A.stokes Company, NewYork. U.S.A., 1932.

제2부 한국 근대아동문학의 형상

1920년대 타고르 시의 수용과
小波 方定煥의 위치

1.

오늘날 신문학사의 타고르 시 수용 논의를 보면, 대체적으로 '타고르
: 김억' '김억 : 한용운' '타고르 : 한용운'이라는 대등적 수평 영향관
계가 암묵적으로 전제되고 있는 듯하다. 1920년대 초반 우리나라 시단
에 나타난 『이탄자리』(1923. 以文堂)를 비롯하여, 『園丁』(滙東書館, 1924),
『新月』(文友堂, 1924)에 이르는 세 권의 타고르 번역 시집이 모두 김억 개
인에 의해 이루어진 것이었고, 이 세 권의 시집이 이후 많은 시인들에게
시적 체험을 제공하면서 '한용운'이라는 커다란 정신사적 시사의 맥을
형성하는 중요한 밑거름이 되어 주었다는 점[1]에서 이러한 사실 자체는
부인되지 못할 것이다. 그러나 '타고르→김억→한용운'으로 연결되는
수평적 단선화는 자칫 결정론적 관점의 한계를 지니게 되어, 1920년대

---

[1] 김윤식은 타고르 시의 영향이 그 절정에서 꽃을 피운 시인은 단연 萬海 한용운이라고 평가하고
있다. 그에 의하면, 많은 문인들이 타고르의 시에 심정적인 반응을 일으켰으나 정작 문학 자체
의 영향과 사상을 동시에 받아들인 것은 한용운이 있을 뿐이며, 萬海를 타고르와 비교할 것이
아니라 이 비교를 넘어선 다른 차원에서 그 위대성을 찾아야 할 것이라고 쓰고 있다.
김윤식, 「한국 新文學에 있어서의 타골의 影響에 대하여」, 『震檀學報』 32호, 진단학회, 1969,
214~27쪽.

타고르가 어떻게 한국에 수용되어 내면화되었는지 그 시대의 복합적인 담론을 구체화시켜 드러내지 못하는 한계를 보여주게 될 뿐만 아니라, 김억 개인의 측면에 있어서도 에스페란토와 서구의 시를 번역, 소개하던 그가 타고르 시의 번역으로 기울게 된 계기를 해명하기 어렵게 만든다. 이런 점에서 본고는 1920년대 타고르 시의 수용 양상을 우선적으로 검토해 보는 작업과 아울러, 당시 타고르의 시가 부각될 수 있었던 다양한 결절 지점을 그 시대의 담론 층위에서 살펴보고자 한다.

한국 신문학사상 타고르의 시가 수용되어 미친 영향에 대해서는 여러 연구자들에 의해 포괄적으로 논의되어 왔다.[2] 김소월의 문학 체험과 신석정·한용운의 시에 나타난 타르고 시의 영향에 대한 비교문학적 관점도 구체적으로 이루어졌다.[3] 그러나 1910년대 최남선·한용운의 『청춘』지와 『유심(惟心)』지의 타고르 소개 이후, 1920년대 초 등장하여 한국 시단의 타고르 수용을 선도한 방정환의 타고르 번역 시편에 대한 연구는 전무한 실정이다. 특히, 방정환의 타고르 번역시는 지금까지 번역된 모든 타고르 시를 통틀어 가장 이채를 띠고 있다. 그의 타고르 시 번역은 식민지 주체의 민족 담론을 비유적 언어로 알레고리화한 이중적 글쓰기의 측면이 매우 강하게 표출시켜 보여준다. 이러한 점에서 그의 타고르 번역시는 1920년대 타고르가 어떻게 그 시대의 담론과 융합되었는지 수용되었는지 살필 수 있는 중요한 대상이 아닐 수 없다.

---

2 김윤식, 「한국 新文學에 있어서의 타골의 影響에 대하여」, 『震植學報』 32호, 진단학회, 1969.
　김용직, 「한국 現代詩에 미친 Rabindranath Tagore의 영향」, 『아세아연구』 14권 1호, 아세아문제연구소, 1971.
　정한모, 「한국 근대시 형성에 미친 譯詩의 영향」, 『동대논총』 4, 1974.
　로이, 「한국문학에 미친 타고르의 영향」, 동국대학교 석사논문, 1991.
3 이영걸, 「안서·소월·타고르의 시」, 『외국문학연구』 4, 1998.
　이희중, 「타고르의 '원정'과 만해의 '님의 침묵'의 비교」, 『한국문학연구』 3, 1993.
　국효문, 「신석정 시에 미친 제영향」, 『한국언어문학』 43, 한국언어문학회, 1999.
　심선옥, 「김소월의 문학 체험과 시적 영향」, 『한국문학이론과비평』 15, 한국문학이론과 비평학회, 2002.

방정환이 『개벽』 창간호(1920. 6)에 발표한 타고르 번역시는 「어머님」, 「新生의 선물」 두 편으로 되어 있다. 그러나 좀 더 살펴보면, 「어머님」 는 『신월』 시집에 포함된 「구름과 물결」, 「동정심」을 재구성한 번역이고, 「신생의 선물」은 『기탄잘리』 시집의 5번째 시라는 것을 확인하게 된다. 이러한 방정환의 타고르 시 번역에 대해서는 제대로 알려져 있지 않을 뿐만 아니라 구체적인 논의도 이루어지지 못했다. 사정이 이렇게 된 주요 원인으로는 첫째, 우리나라 '어린이 운동의 선구자', '근대 아동문학의 창시자'로서 방정환의 존재가 너무나 강하게 인식되어 온 탓에 그의 타고르 시 번역 사실 자체가 크게 주목받지 못한 점, 둘째 그의 타고르 시 번역이 하나의 뚜렷이 감지될 만한 작가 의식으로 형성될 만큼 지속되지 못했다는 점 등을 꼽을 수 있을 것이다.

이와 같은 문제의식을 바탕으로 본고는 다음과 같이 논의를 전개해 가고자 한다. 먼저, 1920년대 신문학사상 타고르의 시 수용 과정에 대해 검토해 봄으로써 방정환의 타고르 번역시가 놓여 있는 시사적 위치를 진단한다. 다음 장에서는 그의 타고르 번역시가 지닌 특이성을 텍스트의 비교를 통해 분석해 보고 1920년대 타고르의 시가 우리 시단에 어떻게 내면화하였으며, 짧은 시기에 활발하게 부각될 수 있었는지 그 내적 동인의 한 지점을 해명해 보고자 한다.

2. 1920년대 타고르 시의 수용 양상과 방정환의 위치

주지하듯, 우리나라에 타고르 시를 소개한 효시적 잡지는 『청춘』지이다. 이 잡지 11호(1917. 11)에 「인도의 세계적 대시인 라빈드라나드 타쿠르」가 앞서 소개되어 있고, 일본 와세다대학 영문과 유학생이었던 순성(瞬星) 진학문(秦學文)이 1916년 일본에 체재중인 타고르를 면담하고 르뽀 형

식의 「타선생 송영기(送迎記)」와 타고르의 「기단쟈리」, 「원정(園丁)」, 「신월
(新月)」의 번역시 3편이 실려 있다. 그리고 한국인을 위해 써 준 「The song
of the Defeated」가 「쫓긴 이의 노래」라는 제목으로 알려졌다.[4] 진학문은
글의 끝에 "선생(先生)의 저작(著作)이 만혼 中 가장 유명(有名)한 것은 희곡
(戱曲)에 「암실(闇室)의 왕(王)」「우편국(郵便局)」「치트라」가 잇고 시집(詩集)
에는 「기단쟈리」「新月」「園丁」이 잇스며 哲學 方面에는 「生의 實現」이 잇
나니라."[5]라고 타고르의 대표 저술을 소개하였는데, 이 중에 희곡 「우편
국」은 오천석에 의해, 「생의 실현」은 한용운에 의해, 3권의 시집은 김억에
의해 완역되었음은 이 기획물이 끼진 당시의 영향력을 여실히 보여준다.

   『청춘』지 다음으로 곧 타고르가 소개된 것은 한용운의 『惟心』지였다.
'인도 철학가'로 타고르를 소개하며 「生의 實現」을 1~2호(1918. 9~10)
에 걸쳐 싣지만, 3호에는 일제의 원고 검열로 실리지 못하고 폐간된다.
유영이 1962년에 낸 『타고르 선집』을 보면, 「생의 실현」(Sadhana) 전문
이 완역되어 처음 소개되었다. 그 구성 내용을 보면, 1. 개인과 우주와
의 관계, 2. 영적 의식, 3. 악의 문제, 4. 자아의 문제, 5. 사랑의 실현,
6. 행동의 실현, 7. 미의 실현, 8. 영원의 실현으로 구성되어 있다. 이
가운데 『유심』지는 전체 8장 가운데 겨우 1장 '개인과 우주와의 관계'
만이 번역되어 수록되었을 뿐이다. 만해가 타고르 연재에 얼마나 역점
을 기울였는지 확인할 수 있다.

   방정환이 타고르 시를 번역한 것은 그 다음 차례였다. 『청춘』과 『유
심』에 이어 2년의 공백이 지난 뒤다. 그렇다면 최남선과 한용운을 이으
며 1920년 들어 『개벽』 발행 허가가 나자마자 가장 먼저 타고르를 번역
한 방정환의 행보는 어떻게 설명할 수 있는 것일까? 이것은 그가 『청

---

4 「쫓긴이의 노래」는 타고르가 『청춘』지를 위해 특별히 지어준 것이라고 진학문은 소개하고 있으
나, 이것은 타고르의 『Fruit Gathering』(열매따기)의 85번째에 벌써 수록된 것이다.
5 瞬星, 「인도의 세계적 대시인 라빈드라나드, 타쿠르」, 『청춘』 11호, 1917. 11, 97쪽.

116 제2부 한국 근대아동문학의 형상

춘』과 『유심』지의 애독자였을 뿐만 아니라 '독자문예'의 단골 당선자였다는 사실과 관련하여 추적할 수 있다.

방정환은 『청춘』 10호에 처음으로 「一人과 社會」가 당선되어 실렸다.[6] 타고르를 처음 소개하던 11호에는 「少年御字」가 '선외가작'으로 뽑혔다. 『청춘』지의 애독자였던 방정환은 잡지에 수록된 타고르 기획을 유심히 읽었을 것이다. 『청춘』 13호에는 그의 소설 「우유배달부」가 당선되었다. 같은 해 한용운은 『유심』지를 창간하고 〈유심현상문예〉를 크게 공모하는데, 방정환은 여기에도 여러 작품을 투고하였다. 3호에 당선작이 발표되었다. 방정환의 학생소설 「苦學生」이 1등을 차지하게 된다. 같은 호에 실릴 것으로 예상했던 타고르의 「생의 실현」은 실리지 못하고, 당선 발표자의 명

---

6 「1인과사회」는 'ㅈㅎ생'으로 발표된 작품인데, 창원시 웅동면에 사는 독자의 작품이라는 주장이 있다. 여기에 대해서는 앞으로 논의가 더 이루어져야 할 것으로 본다. 본고에서는 우선 이작품을 포함한 채로 목록을 작성한다. 『청춘』·『유심』지에 방정환의 발표 및 당선 작품은 다음과 같다.

잡지	필명	장르	제목	수록 지면	비고
『청춘』	ㅈㅎ생	수필	一人과 社會	10호(1917. 9)	상금 1원
	方雲庭		少年御字	11호(1917. 11)	'선외가작'
	ㅅㅎ생	시	바람	12호(1918. 3)	주소 '市內 堅志洞 118'(이후 동일)
	ㅅㅎ생*	수필	自然의 敎訓	13호 (1918. 4)	'散文及小說'로 12호에 당선
		소설	牛乳配達夫		
	方定煥		故友	14호(1918. 6)	'佳作'
	方定煥	시	봄	15호(1918. 7)	상금 50전
	ㅈㅎ생		觀花		상금 1원
	方定煥	수필	天國	15호(1918. 7) 당선된 사실만 발표	상금 일원. '散文'으로 당선 발표
	小波生		시냇가		'선외가작'
『유심』	方定煥	소설	苦學生	3호(1918. 12)	주소지 '堅志洞 118' 상금 1원, '學生小說'로 편집
		시	마음		선외가작. 실리지 않음.
	小波生	수필	現代 靑年에게 呈하는 修養論		선외가작. 실리지 않음

* 12호에 당선 발표 기사 내용에는 작가명이 '方定煥'으로 되어 있는데, 다음 호인 13호에 작품이 발표될 때는 'ㅅㅎ생'으로 바뀌어 있다.

단 아래 "「生의 實現」은 不許可로 因ᄒ야 連載치 못ᄒ오니 微意를 諒ᄒ시오"라고 크고 굵게 인쇄된 문구가 있을 뿐이었다. 타고르의 「생의 실현」은 인류의 정신을 정복이나 소유가 아니라 합일과 조화 속에서 실현되어야 한다는 철학을 다루고 있다. 『유심』에는 소개되지 못했지만 1960년대 유영의 번역본에는 다음과 같은 내용이 있다.

『청춘』지를 통해 처음 소개된 시성 타고르.

노예(奴隸)를 가질 필요가 있는 폭군은 그 노예들을 자기 목적의 도구로서 인정한다. 자기 자신의 사리(私利)를 절대적으로 안전하게 하기 위하여 폭군으로 하여금 노예에게서 의지를 박탈하게 하는 것은 폭군 자신의 필수성의 의식이었다. 이런 사리는 남에게 대한 최소한도의 자유도 허용할 수가 없었다. 왜냐하면 그것은 사리 자체가 자유가 아니기 때문이다. 폭군은 진실로 노예들에게 의뢰하는 것이다. 그러기 때문에 폭군은 노예들로 하여금 자기의 의지를 따라 굴종하게 함으로써 그들을 완전하게 이용하는 것이다.[7]

노예와 폭군의 관계로 세계를 설정하고 노예의 입장에서 정복과 폭군의 소유를 비판하며 개인의 자유를 다루는 타고르의 철학은 식민 통치자 일본에게는 눈엣가시와 같은 글이었다. 「생의 실현」이 식민지 독자에게 끼칠 파장을 간파한 일제는 아예 일찌감치 싹을 제거해 버렸다. 이

---

7 유영, 『타고르 선집』, 을유문화사, 1962, 417쪽.

렇게 『유심』의 창간에서 타고르와 관련하여 폐간까지의 과정을 현장에서 목도했던 청년 방정환은 이를 기억하고 『개벽』의 창간과 함께 '타고르'의 의미를 우리 문단에 부활시키게 된다.

그러면, 여기서 방정환 이후 1920년대 타고르 수용 양상을 정리해 보기로 한다.

〔표〕 1910~20년대 타고르 수용 양상[8]

역자	타고르 문학 및 소개	편수	발행지(출판사)	발행일	비고
(최남선) 진학문	인도의 세계적 시인(소개) 타先生送迎記(르뽀) 기탄자리, 원정, 신월 쫓긴이의 노래	1편 1편 3편 1편	청춘 11호	1917. 11	
한용운	생의 실현(一)	1편	유심 창간호	1918. 9	평론
한용운	생의 실현(二)	1편	유심 2호	1918. 10	평론
방정환	신월 기탄자리	2편 1편	개벽 창간호	1920. 6	어머님 신생의 선물
오천석	우편국	1편	학생계 창간호	1920. 7	희곡
오천석	기탄쟈리(一)	7편	창조 7호	1920. 7	
오천석	기탄쟈리(二)	11편	창조 8호	1921. 1	
김유방	시성 타쿠르에 대하야(소개)	1편	학생계 창간호	1920. 7	
박종화	쫓김을 받은이의 노래	1편	서광 7호	1920. 9	
노자영	타쿠르의 자연학원(소개)	1편	서광 7호	1920. 9	
노 아	기탄자례	30편	신생활 6호	1922. 6	
김 억	원정	9편	개벽 25호	1922. 7	失題
정지용	기탄자리	9편	휘문 창간호	1923. 1	
김 억	기탄자리	3편	청년 3권 7호	1923. 7	
백기만	신월(一)	4편	금성 창간호	1923. 11	

전반적으로 타고르의 대표 시집 「기탄잘리」, 「원정」, 「신월」 소개가

---

8 이 도표를 작성하는 데에 있어 김윤식, 최동호, Alok Kumer Roy의 논문에서 도움을 입었음을 밝힌다.

백기만	신월(二)	2편	금성 2호	1924. 1	
양주동	신월	6편	금성 2호	1924. 1	
김 억	기탄자리 원정	7편 1편	조선문단 2호	1924. 11	
김 억	『기탄자리』	103편	(이문관)	1923. 4	
김 억	『신월』	40편	(문우당)	1924. 4	
김 억	『원정』	85편	(안동서관)	1924. 11	
구 보	승리(소설)	1편	청년 6권 3호	1926. 3	

주류를 이루는 가운데 그의 철학과 희곡, 소설 등이 소개되었음을 볼 수
있다. 그 중에서도 「기탄잘리」가 가장 우세하게 나타나는 것은, 이 작품
이 그의 노벨상 수상작이라는 사실과도 무관하지 않을 것이다. 또한 타
고르 시의 수용 시기가 매우 동시적이라는 것, 각 잡지의 창간호에 수록
되고 있다는 점 또한 이채를 띤다.

　위의 정리를 통해 새롭게 부각되는 사실은 정지용의 「기탄자리」 번역
과 이광수로 추정되는 '노아'의 타고르 시 번역 사실이다. 최근 최동호
는 1923년 1월 휘문고등학교 문우회 학예부에서 발간한 『휘문』 창간호
에 정지용이 타고르의 「기탄자리」에서 9편을 번역 수록했으며, 1922년
6월 이광수로 추정되는 노아가 「기탄자리」 번역시 30편을 『신생활』에
발표한 사실을 발굴 보고하였다.[9] 그는 정지용의 시세계에서 차지하는
타고르 번역시에 대해, '인도의 타고르에 미쳐 있었다'는 정지용 자신
의 고백을 입증하는 구체적인 자료라고 평가하였다. 『신생활』[10]에 실려
있는 「기탄자리」의 역자는 '노아'라는 한글 필명으로 되어 있지만, 『개
벽』지에 「민족개조론」을 쓰고 '魯啞' '魯啞子'라는 필명으로 「少年에

---

9 최동호, 「정지용의 타고르 시집 『기탄자리』 번역 시편에 대하여」, 『한국 근대 잡지 소재 문학 텍
　스트 조사 및 연구-제1차 학술 발표회 자료집』, 고려대학교 한국학 연구소. 2011. 10. 21.
10 『신생활』은 1920년대의 종합 잡지. 1922년 박희도, 이병조, 김명식 등이 중심이 되어 신문지
　법에 의해 창간되었다. 신생활의 주창, 평민문화의 건설, 자유사상의 고취 등 사회주의 색채가
　짙은 잡지였다. 1922년 11월 22일 "공산주의 · 계급투쟁 · 사회혁명 등을 창도(唱道)함을 이
　유로 강제 폐간되었다.(권영민, 『한국현대문학대사전』, 서울대학교출판사, 2004. 496쪽)

게」, 「少年同盟과 朝鮮民族의 復活」 등의 글을 다수 남긴 춘원 이광수일 가능성이 높다. 같은 호의 필자 가운데 '춘원'이 있는 것으로 봐서, 이광수가 다른 필명을 사용했을 것으로 추정할 수 있다. 만일 「기탄자리」가 이광수의 번역이 확실하다면, 김억의 번역시집 발간에 앞서 30편이나 되는 타고르 시를 번역 소개했다는 사실은 문학사적으로도 재평가되어야 할 뿐만 아니라, 논쟁이 되고 있는 그의 '동양주의' 사상과는 어떻게 친연성이 있는지 앞으로 중요한 검토 과제이다.

위의 도표를 통해 우리가 확인할 수 있는 한 가지 사실은 우리나라의 타고르 시 수용이 한 개인에 의해 주도되었다기 보다는 서로 연계된 연속성 위에 놓여 있다는 사실이다. 타고르를 소개하고 있는 필자 상호 간의 연결 관계를 보자면, 방정환에 이어 1달 뒤 타고르의 시를 번역 · 발표한 天園 吳天錫은 방정환과 『新靑年』[11]에 작품을 발표한 집필 동인이었을 뿐만 아니라, 방정환이 창간 동인으로 있던 『개벽』지의 주요 필자였다. 그 뒤를 차례로 잇고 있는 金惟邦, 盧子泳, 岸曙 金億 역시 모두 『개벽』지의 단골 필자였다.

특히 김억은 『개벽』 10호(1921. 4)부터 시작하여 매호 빠지지 않는 주필 격이었을 뿐만 아니라, 방정환으로부터 안데르센의 동화의 원문 번역을 부탁 받기도 하였을 만큼[12] 가까이 지내는 친분이었다. 이러한 전후의 맥락 가운데 김억이 「失題」라는 제목으로 타고르의 시를 처음 번역하여 발표한 지면이 『개벽』(1922)이라는 사실은 더욱 방정환과의 영향 관계를 설득력 있게 보여 준다. 에스페란토와 서구 상징주의를 도입하던 김억이 급격히 타고르의 번역에 기울어진 전환의 계기는 이러한 연속성 위에서 보다 자연스럽게 해명될 수 있다.

---

11 1919. 1. 20. 창간. 한국 최초의 문예동인지로 알려진 『창조』보다 앞선 것으로 알려져 있다.
12 『어린이』 2권 3호(1924. 3) 「우슴거리 옛마듸」를 보면, 김억이 방정환으로부터 안데르센의 동화 '달님 이야기'를 번역 받았지만 어려워서 번역을 하지 못하였다는 편지를 쓰고 있다.

3. 방정환의 타고르 번역시 텍스트 비교 분석

『개벽』의 실질적 창간 동인[13]이었던 방정환이 창간호를 빌어 타고르 시를 소개한 데에는 단순한 번역 이상의 정치한 의도가 작용했을 가능성이 크다. 이 장에서는 텍스트의 비교 분석을 통해 방정환의 타고르 번역시가 지닌 변별적 특이성을 해명하고, 그의 번역시가 시대 담론과 어떻게 융합되어 나타났는지 그 계기적 측면을 살펴보기로 한다.

1) '내 나라' 표상과 식민 주체의 내면화; 「어머님」

「신월」은 타고르 작품 가운데서도 "어린이의 심리를 가장 잘 파악하고 이해한 것으로 자신이 마치 그 주인공인 양 참으로 섬세하게 어린이의 심리를 역력히 묘사"[14]한 것으로 알려져 있다. 이 시집에는 「꽃들의 학교」, 「챔파꽃」, 「종이배」 등 40편의 시가 수록되어 있다. 그러나 방정환이 표제로 달아 놓은 '어머니'라는 제목의 시가 존재하지 않는다. 좀 더 살펴보면, '어머니'라는 제목은 변역자가 독자적으로 붙인 것이요, 타고르의 『신월』 시편 가운데 「구름과 물결」, 「동정심」 두 편으로 구성된 것을 알 수 있다. 그리고 5연으로 구성된 「어머니」 가운데 첫연과 마지막 연의 내용은 번역자 방정환이 창작적으로 가미시킨 내용이다. 타고르의 시에는 이러한 내용이 나타나지 않는다.

---

13 『개벽』의 창간 동인으로 참여한 사람들은 이돈화, 방정환, 김기전, 박달성, 고기간, 차상찬, 이두성, 박래홍, 김옥빈, 박사직, 정도준 등 천도교 청년회원들이었다. 『개벽』 7호에 실린 '사원명단'에 따르면, 사장 최종영, 편집인 이돈화, 발행인 이두성, 인쇄인 민영순을 비롯하여, 강인택, 김기전, 노수현, 박달성, 박용회, 방정환, 현철 등이 거론되고 있다. 그 밖에 방정환은 개벽사의 『어린이』, 『신여성』, 『별건곤』, 『학생』 등을 주재했으며, 『개벽』 주간으로 활동했다.
오영근, 「개벽에 대한 서지적 연구」, 청주대 석사논문, 1994. 4쪽.
개벽사, 「사원명단」, 『개벽』 7호, 1921. 1. 목차 앞면.
14 김양식, 「역자의 말」, 『초승달』, 진선출판사, 1991.

왜 방정환은 타고르의 시편을 재편하여 별도의 제목을 구성하였으며, '타고르'라는 기표를 드러내지 않고 배면에 감추는 방식으로 타고르 시를 소개한 것인가?

그 전후 맥락을 살피기 위해「어머님」전문을 인용키로 한다.

어머님, 어머님, 두 분도 업스신 어머님!
어머님은 내 집이고 내 싀골이고 내 나라임니다.
누리의 모든 것 모도다 사라지고,
宇宙의 萬有가 모도다 업서진대도…………,
어머님만은 싯싯내 안 쌧길 내 어머니임니다.
아아 어머님은 내 싀골이고 내 나라임니다.
　　　　△
어머니, 구름 속에 사는 사람이 이러케 말함니다―.
『우리는 아츰부터 저녁 째까지 놀고 잇다―.
우리는 金色의 夜明과 놀고 銀色의 明月과 놀기도 한다』
『그러나 엇더케 네 곳에 올라가느냐』 나는 뭇슴니다.
『地上의 싯헤 와서 하늘을 向하야 두 손을 들라―
너는 구룸 속으로 오게 되리라』 함니다.
『그러치만 우리 어머니가 집에서 기다리시는대―
엇더케 어머니를 바랄 수 잇느냐』고 對答햇더니
구룸속 사람은 웃고 가바렷담니다.
그러나 그보다 더 滋味잇는 遊戲가 잇슴니다. 어머니,
내가 구름이 되고 어머니가 明月이 되어서,
나는 危急한 째면 두 손으로 어머니를 가리임니다.
그리고 우리집 天井은 蒼空이 됨니다.
　　　　△

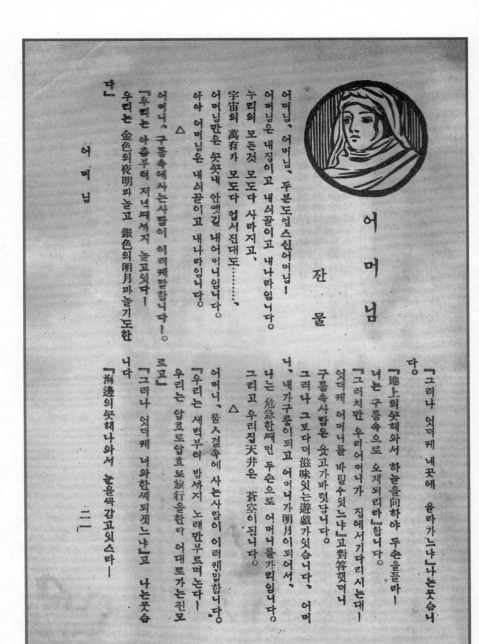

어 머 님

잔 물

어머님, 어머님, 두분도엽스신어머님!
어머님은 내집이고 내씨끌이고 내나라임니다。
누리의 모든것 모도다 사라지고,
宇宙의 萬有가 모도다 업서진대도……,
어머님만은 웃웃내 안쌕길 내어머님임니다。
아아 어머님은 내씨끌이고 내나라임니다。

△

어머니, 구름속에사는사람이 이러케말합니다ー。
『우리는 아츰부터 저녁쌔써지 놀고잇다ー
우리는 金色의 夜明파 놀고 銀色의 明月파 놀기도한
다ー』

어 머 님

『그러나 엇더케 네곳에 올라가느냐」나는못슴니
다。
『地上의 웃헤에와서 하늘을向하야 두손을들라ー
너는 구름속으로 오개되리라」합니다。
『그러치만 우리어머니가 집에서기다리시는대ー
엇더케 어머니를 바릴수잇느냐」고對答햇더니
구름속사람은 웃고가바렷담니다。

△

그러나 나는 그보다더 滋味잇는 遊戱가잇슴니다、어머
니, 내가구름이되고 어머니가 明月이되어서,
나는 危急한쌔면 두손으로 어머니를가리킴임니다。
그리고 우리집天井은 蒼空이 됨니다。

어머니, 물ㅅ결속에 사는사람이 이러켓말합니다。
『우리는 새벽부터 밤써지 노래만부르며논다ー
우리는 압흐로압흐로 旅行을한다 어대로가는진모
르고』

『그러나 엇더케 너와한쌔 되겟느냐」고 나는웃슴
니다
『海邊의웃헤나와서 눈을쌕감고잇스라ー

二一

방정환은 『개벽』 창간호에 타고르 번역시 「어머님」, 「新生의 선물」 2편을 발표했다.

어머니, 물결ㅅ속에 사는 사람이 이러케 말합니다.

『우리는 새벽부터 밤까지 노래만 부르며 논다―

우리는 압흐로 압흐로 旅行을 한다 어대로 가는진 모르고』

『그러나 엇더케 너와 함께 되겟느냐』고 나는 뭇슴니다

『海邊의 곳헤 나와서 눈을 꼭감고 잇스라―

그러면 모르는 동안에 물ㅅ결 우에 오리라』합니다.

『그러치만 어머니가 저녁 째면 내가 오기를 기다리시는대,

엇더케 어머니를 바리고 가겟느냐?』햇더니,

물ㅅ결속 사람은 웃고 춤추면서 가바럿담니다.

그러나 나는 그보다 滋味잇는 遊戱를 암니다.

내가 물ㅅ결이고 어머니가 海邊이 되어서………

나는 압흐로 압흐로 굴러 나아가지요,

그리고 깔깔 웃으며 어머니무릅에 부듸처 부서지지요.

어느 곳에 우리 둘이 잇는지 알 사람은 하나도 업슴니다.

△

그러나萬一, 내가 어머니 아들이 아니고………

다만 조고만 綠色의 鸚鵡엿더면, 어머니는

날라가면 안된다고 鐵줄로 나를 매여 두겟지요?

『恩功 모르는 새라, 밤낫 鐵줄을 슨흐려 한다』고

어머니는 火症을 내고 말슴하시겟슴닛가?

그러려면 저리 가십시오, 어머니

어서 저리 가십시오,

나는 桑林속으로, 맘대로 할개ㅅ짓칠 데로 다라나겟슴니다.

나는 그 後엔 어머니 팔에는 아니 안기겟슴니다.

△

아아 어머니는 나를 사랑하시지요, 미드시지요?

어머니는 나 아니면 하로도 못 살 줄 아시지요!?
그럿슴니다 어머니는 나의 生命임니다─
生命이기 쌔믄에 어머니를 爲하얀 血力을 다합니다.
아아 어머니는 나를 사랑하시지요, 미드시지요,
아아 어머니는 내 고향이고 내 나라임니다.[15]

　위 시 「어머님」은 1연: 창작, 2·3연: 「구름과 물결」, 4연: 「동정심」의
후반부, 5연: 창작으로 되어 있다. '어머님'이라는 표제 아래 타고르의
『신월』 시집에 포함된 「구름과 물결」, 「동정심」 두 편의 시를 재구성하
면서 수미상관 격으로 번역자 자신의 창작을 가미시키는 모습을 보여준
다. 하필 「구름과 물결」, 「동정심」 두 편을 선택하고 있는 번역자의 의
도에 대해서는 어머니라는 대상에 대한 화자의 시선 일치, 천도교에 몸
담고 있던 방정환의 사상적 일면을 고려해서 유추해볼 수 있다.
　『신월』의 시편을 살펴보면, 크게 '아이들의 세계를 다룬 시', '아가를
향한 엄마 화자의 시', '엄마를 향한 어린이 화자의 시'로 유형화됨을
볼 수 있다. 이 가운데 「구름과 물결」, 「동정심」은 마지막 세 번째 유형
에 속한다고 할 수 있는데, '엄마를 향한 어린이 화자'의 어조는 '어머
니'라는 주제 탐구에 쉽게 포섭될 수 있었다. 그 가운데 「구름과 물결」
이라는 시편은 내세의 천상보다 지상의 천국 건설이라는 현실주의적 종
교 이념이 강한 천도교의 사상적 측면과 유사성을 보여준다. 시의 내용
을 보면, "구름 속의 사람"이 화자에게 지상의 끝에 가서 하늘을 향해
두 손을 들면 "구름 속으로" 갈 수 있다고 가르쳐 준다. 하지만 화자는
집에서 어머니가 기다리고 있어서 갈 수 없다고 말한다. 오히려 "구름
속"에 가지 않더라도 어머니와 함께 '구름-明月' 역할 유희를 통해

15 잔물, 「어머님」, 『開闢』 창간호, 1920. 6, 33~34쪽.

"우리집 天井"이 곧 "蒼空"이 될 수 있다는 발상 전환을 보여 주게 된다. 이러한 장면은 내세관을 갖고 있지 않은 천도교의 지상천국 건설이라는 이념과 다분히 일치를 보여 주고 있는 것이다.

더욱이 방정환은 "어머님"을 혈육 이상의 그 '무엇'으로 표현하려는 자세를 보여준다. '어머니'의 의미는 "내 집" "내 쇠골" "내 나라"로 점차 그 깊이가 확대되고 있는데, 특히 "두 분도 업스신 어머님!" "어머님만은 싯싯내 안 쌧길 내 어머니"라고 호명되는 지점에서 우리는 심미화된 국토애의 밑변에 깔려 있는 화자의 저항 의식을 읽을 수 있다.

방정환은 '牧星'이라는 필명으로 같은 창간호에 소설 「流帆」을 발표하기도 하였는데, '독립문 전체를 싸고 도는 봄의 정경 묘사' 때문에 소설의 초반 일부가 검열에 삭제되기도 했다.

　　모도가 봄이다! 모도가 봄이다 山도 봄 물도 봄이고 사람도 봄이고 空氣까지
　　도 봄 空氣이다 그 부들업고 다사한 봄바람에 섯기어 가장 流暢하고 가장 平和
　　로운 노래소리가 獨立門 全體를 싸고 돈다.[16]

여기에서도 방정환은 "독립"이라는 기표를 소설 속에 드러내는 동시에 그것의 밝은 희망을 봄이라는 정경 묘사를 통해 암시적으로 드러내고 있다. 이어지는 내용에서 청년 남녀가 부르는 노랫소리가 "望鄕歌" "獄中歌"가 표현되고 있음도 결국 같은 맥락에서 이해될 수 있다. 다시 말해, 방정환이 '어머니'의 의미를 "내 집", "내 쇠골", "내 나라"로 비유하며, 특히 "두 분도 업스신 어머님!", "어머님만은 싯싯내 안 쌧길 내 어머니"라고 암시를 준 것은, 민족 독립에 대한 염원을 내면화시킨 이중 글쓰기의 한 측면을 잘 보여 준다.

---

16 목성, 「유범」, 『개벽』 창간호, 1920. 6. 139쪽.

「어머님」은 방정환이 자신의 창작과 타고르 시편을 재편하여 융합시킴으로써 '어머니'라는 새로운 의미 창조로 나아가고자 한 유력한 증거라고 보여진다. 즉, 타고르의 시를 빌어 '내 나라' 표상을 드러내고 국권이 상실된 식민 주체의 욕망을 내면화하고 있는 방정환의 번역 의도를 확인할 수 있게 된다.

어떤 측면에서 '번역'이라는 글쓰기 방법은 작가의 의도를 은밀하게 감출 수 있는, 아니 더욱 교묘하게 드러낼 수 있는 위장된 가면이 될 수 있다. 다시 말해, 식민지 통치 아래 놓여 있던 식민지 청년 방정환에게 타고르 시는 곧, "내 나라"에 대한 갈망을 담아내는 하나의 형식으로 기능할 수 있었던 것이다. 발신자의 입장에서 보면 방정환의 이 같은 번역 방법은 원작을 초월했다는 점에서 일정한 한계를 지니기도 한다. 그러나 1919년 3·1운동이라는 거족적 민족운동의 좌절을 겪으면서 그 주관적 체험을 국토 회복 의식으로 심미화시켰다는 담론적 측면에서 방정환의 타고르 번역시는 1920년대 우리 시단의 타고르 수용을 선도하며 새로운 시풍을 불러오게 한 촉진제 역할을 했다는 긍정적 의의를 발견할 수 있다.

2) '개벽' 주체와 타고르 시의 변용 ; 「新生의 선물」

타고르를 동양 최초의 노벨상 수상자로 온 세계에 유명하게 만든 작품은 그의 「기탄잘리」였다. 그런데 수상작인 영어판 「기탄잘리」는 그가 처음 벵골리어로 쓴 「기탄자리」 사이에는 많은 차이가 있다. 시의 정서나 시의 사상을 그대로 지키는 데는 타고르 스스로도 어려움이 많다고 했다.[17] 번역은 그 자체로 오역이라는 말이 있는 만큼, 특히 시에 있어서의 완역이란 실현 불가능한 영역이라고 해도 과언이 아니다. 앞서 살펴보았듯이 방정환의 경우를 보면, 타고르의 시 자체를 완역하여 국내에

소개하려는 자세보다는 오히려 타고르의 시를 한국적 상황과 담론 속으로 끌어들여 적극적으로 변용하여 재의미화하는 태도를 보여 준다.

먼저, 방정환은 제목이 붙여져 있지 않은 「기탄잘리」 5번째 시편에 '新生의 선물'이라는 제목을 붙이고 있다. 산발적으로 존재하던 타고르의 시편 하나가 역자의 호출에 응답하며 강력하게 구속된 것이다.

그러면, 타고르의 영어판 원문 텍스트와 비교해 봄으로써 방정환이 「신생의 선물」에서 타고르 시를 어떻게 변용하였는지 그 양상을 살펴본다.

一瞬의 開闢이시여 당신 엽헤 안저도 關係찬습닛가?

어느 쌔일지 나는 自己의 事業을 成功하겟지요?

나는 당신의 엽흘 쩌나면 活動도 希望도 엇지 못합니다.

나의 일은 破船한 사람가티

갓업는 苦痛과 迫害의 海中에 永遠히 싸오고 잇슴니다.

아아! 발서 여름이 왔슴니다

여름은 나의 創엽헤 부드러운 가는 소리치며 왔슴니다.

쑬벌은 쏫宮殿에서 華麗한 音樂을 彈奏하고 잇슴니다.

조흔 쌔가 갓가와옴니다 바라고 기다리는 그날이,

여보셔요 開闢이시여,

여기서 이러케 얼굴과 얼굴을 나란히 하고 안저서,

갑잇는 이 쌔에 新生의 선물을 讚美하십시다.[18]

---

17 타고르 시 번역의 한계에 대해서는 다음 논문을 참조할 것. 로이는, 영어판 「기탄잘리」 자체가 뱅골리어판과 그 구성이 매우 다르다는 것을 지적하고 있으며, 한국인에게 타고르의 사상을 뱅골리어로 된 원전을 대본으로 소개했더라면 이해하기가 쉬웠을 것이라고 쓰고 있다. Alok Kumar Roy, 「타고르 문학의 한글말 번역의 한계성」, 『외대어문논집』 7, 부산외국어대학 어학연구소, 1991.

18 잔물, 「新生의 선물」, 『開闢』 창간호, 1920. 6, 34쪽.

I ask for a moment's indulgence to sit by thy side.

The works that I have in hand I will finish afterwards.

Away from the sight of thy face my heart knows no rest nor respite, and my work becomes an endless toil in a shoreless sea of toil.

To-day the summer has come at my window with its sighs and murmurs; and the bees are plying their minstrelsy at the court of the flowering grove.

Now it is time to sit quite, face to face with three, and to sing dedication of life in this silent and overflowing leisure.[19]

이 시에서 우리가 가장 먼저 주목해 보아야 할 시어는 'monent's indulgence'를 '一瞬의 開闢'으로 번역한 것이다. 일반적으로 'indulgence'의 사전적 의미는, "맡김", "마음대로 함", "방종", "관용"을 뜻하며, "I ask your indulgence─"라는 문구는 "너그럽게 봐 주십시오"로 해석된다. 'moment'를 '一瞬'으로 'indulgence'를 '開闢'으로 대입하여 직역한 것처럼 보인다. 그러나 시행 전체 "一瞬의 開闢이 시여 당신 엽헤 안저도 關係찬습닛가?"라고 된 것에서는 '一瞬의 開闢'이 역자의 의미 추가로 해석될 수도 있는 것이다. 이것이 직역의 결과로 나타난 오역인지, 번역자의 의식적 동기에 의한 결과인지에 따라, 이 번역시를 읽는 독해법은 정반대의 입장에 서게 된다.

번역된 작품이 원전의 직역인가, 아니면 의역인가, 혹은 중역, 또는

---

19 라빈드라나드 타고르, 장경렬 역, 『기탄잘리』, 열린책들, 2010. 141쪽.
방정환이 원문을 대상으로 한 것인지 일본어 중역을 참조한 것인지 밝혀 놓지는 않았지만, '개벽'이라는 천도교 교리 용어를 사용한다든지 하는 예를 통해 영역본을 참조했을 것으로 추정된다. 타고르의 시집은 영문이 크게 어렵지 않기 때문에 일본어로 된 중역판보다는 일반적으로 원본이 유통되었을 가능성이 크다. 김억 역시 1924년 발행된 『新月』의 서문에서 일본 말로 된 번역본을 구하여 참조하려고 여러 방면으로 구하려고 노력했으나 구하지 못하고 영역문에만 의지한다는 말을 쓰고 있다.

번안인가의 연
구는 한 나라의
문학사에 나타
난 제 현상의 잠
재적 요인을 알
기 위한 연구가
된다. 그리고 연
구자는 오역이
발견되었을 때
그것이 의식적
동기에 의해서
인지 무의식적
동기에 의해서
빚어진 과오인
지 중역 과정의
오역인지 식별

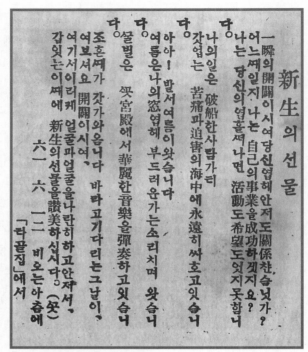

『개벽』 창간호에 실린 「신생의 선물」

하고, 그 결과로 해서 수신자측의 작품에 어떤 현상으로 투영되었는지
검토해야 한다.[20] 방정환의 경우, 이 '개벽 – indulgence'의 번역이 직역
에 따른 오역으로 인정하기 어려운 것은 원문에 존재하지 않는 2줄의
시행 "조흔 째가 갓가와옵니다 바라고 기다리는 그날이" "여보셔요 開
闢이시여"라는 구절을 9~10행에 의도적으로 삽입하여 배치한 데서 확
실히 증명이 된다. 이 두 줄의 시행 삽입은 첫 행에서 터뜨린 "開闢이시
여"하는 시구를 구조적으로 받쳐주게 되었을 뿐만 아니라, 『개벽』 창
간호의 제호, 또는 그가 속해 있던 천도교의 종교적 이념을 드러내는 표

---

20 김학동, 『비교문학』, 새문사, 1984, 36쪽.

지로써 더욱 그 의미를 강화시킨다.

방정환의 타고르 번역시가 지닌 특이성을 좀 더 구체적으로 해명하기 위해 당대에 이루어진 다른 번역, 그리고 현대 번역과 비교해 볼 필요가 있겠다.

(1) 오천석의 번역(창조 7호, 1920. 7)

一瞬의 맛김이여, 뭇노니 님의 겻혜 안즘을 許諾하나뇨. 저는 저의 손잡은 일을 이로브터 맛칠려 하서이다.

님의 얼굴을 못보게되면 저의 마음은 쉬임도 모르고 平和도 모르서이다. 그리고 저의 일은 海岸이 업는 괴롭의 바다에서 슷이업는 괴롭이 되서이다.

오날, 녀름은 저의 窓기슬에 한숨과 속새기를 가지고 차져 왓서이다. 그리고 숄벌은 슷밧 숩풀 宮殿에서 音樂을 타고 잇서이다.

이제 님과 얼굴을 가즈려니하고 고요히 안져, 이 쓸쓸한 넘어 흐르는 남어지 틈에 生命의 進上品品을 노래할째이로서이다.

(2) 노아의 번역(신생활 6호, 1922. 6)

暫間만 당신녑혜 앉져서 놀게해줍시오, 하던 일은 잇다가 슷낼게요.

당신의 얼굴을 못뵈어면 나의 마음은 和平도 모르고 安息도 모릅니다. 그래서 나의 하는일은 가이업는 勞役의 바다의 슷이업는 勞役이 됨니다.

오늘 여름이 내 窓前에 이르러 숨소리를 내며 소근거립니다. 그리고 별들은 쓸압 슷핀 나무숩헤서 한창 그네의 노래를 부르고 다님 니다.

지금은 당산과 마조 안져 고요하고 넘치는 閑暇속에서 生命을 바치는 노래를 부를잼니다.

(3) 金億의 번역(번역시집 『기탄자리』, 1923)

主여, 한동안만 主의겻헤 안게해주셔요, 하든일은 잇다가 하겟읍니다.

쩌나서 主의얼골을 못보게되면 제맘에는 和平도 업고, 安息도 몰으게됩니다.

이리하야 저의일은 海岸도업는 苦役인바다의 샷업는苦役이 되고맙니다.

오늘 녀름은 저의窓가에 와서 한숨을 쉬며 소근거립니다. 그리고 쑬벌들은
쓸우의 샷핀 수풀밧에서 노래를 부릅니다.

只今이재는 고요히 主와함의 마조안자, 고요하고 우거지는 閑暇속에서 「生
命의 奉獻」을 노래할재입니다.

(4) 柳玲[21]의 번역(『타고르선집』, 1962)

잠시나마 임의 옆에 앉아 볼 특전을 간청하나이다. 하던 일은 나중에 마치고
자 하나이다.

임의 모습을 멀리하고서는 이 가슴은 자도 쉬도 못하나이다. 더구나 하는 일
은 괴롬만이 쌓인 가없는 바다의 끝없는 고민이 될 뿐이외다.

오늘 여름이 내 창가에 찾아와 한숨을 짓고 속삭였나이다. 또 벌은 꽃이 만
발한 숲의 뜰에서 노래를 부르고 있나이다.

지금은 님과 얼굴을 맞대고 조용히 앉아 이 고요하고 넘치는 여가에 인생의
찬미를 노래할 때입니다.

다시 방정환의 번역시로 돌아와 2연을 보자. 원문 "The works that
I have in hand I will finish aferwards."를 방정환은 "어느 재일지 나
는 自己의 事業을 成功하겟지요?"라고 번역하고 있다. 방정환이 번역한
이 대목은 다른 번역자와 비교하여 선택하는 어휘의 결이 매우 차별될

---

21 1917년 경기도 용인에서 출생하였으며, 연세대 명예교수를 역임함. 「일리어드 오딧세이」, 「세
익스피어론」, 「타고르 전집」전 7권을 번역한 바 있음. 작고 후 영문학과 번역에 바친 고인의
기념 사업으로 유영학술재단이 설립되어 '유영번역상'을 5회째(2011) 운영하고 있음.

뿐 아니라 번역 방법에서도 상당한 차이를 보인다. 무엇보다 다른 번역 들이 모두 "works"를 "일"로 번역하고 있을 때 방정환만 유일하게 "事 業"이라고 번역하였다. 또, (1)오천석을 제외한 다른 번역자들이 '하던 일을 잠시 쉰다'는 의미로 번역한 내용을 유일하게 방정환은 "自己의 事業을 成功하겟지요?" 하고 물음을 던지며 오히려 일의 휴지(休止)를 언표하지 않으려는 태도를 보여준다. 이것이야말로 방정환이 왜 다른 번역에서와 같이 이 문장을 평서형으로 종지부를 찍지 못했는지 그 이 유가 될 것이다. 방정환은 의문 형태의 미결정 상황으로 계류하며 원문 과의 의미 상충을 피하고 새로운 의미 지향으로 나아가려고 했던 것이 다. 방정환의 번역어 "事業"에 대해서는 단순한 의미에서의 'work', '일'을 넘어서 '擧事', '민족의 독립', 또는 그에 상응하는 신념을 중의적 으로 표현한 암시적 은어(隱語)로 볼 필요가 있다.

금쌀악

北風寒雪 가마귀 집 貴한줄 깨닷고 家屋家屋 우누나
有巢不居 저—가치 집 일홈을 부스려 可恥可恥 짓누나
明月秋堂 귀쑤리 집 일흘가 저허서 失失失失 웨놋다

옥가루

黃昏南山 부흥이 事業 復興하라고 復興復興하누나
晩山暮夜 속독새 事業督促하여서 速速速速웨이네
ㅁㅁ맛난 개구리 事業저 저다하겟다 皆皆皆皆 우놋다[22]

『개벽』 창간호 37쪽에 실린 이 「금쌀악」, 「옥가루」는 일제의 검열에

---

22 이 두 시편은 이 시는 『개벽』 영인본에서 삭제된 채 그 모습을 알 수 없다가 삭제 검열 원본이 발견됨으로써 알려지게 되었다. 김기전의 글 「力萬能主義의 急先鋒-푸리드리히 · 니체 선생을 소개함」이라는 글에 딸려 있어 김기전의 시로 알려지고 있다. 그런데 '금쌀악' '옥가루'가 무 엇을 의미하는지, 본문과 관련이 있는 것인지, 이름의 파자인지 지금으로서는 알 길이 없다.

압수·삭제된 시편이다. 형태적으로는 전통 한시와 시조의 3장 형태를 해체하여 재결합하고 있는데, 내용을 들여다보면 매우 우의적이고 풍자적인 수법으로 나라를 잃어버린 치욕과 독립에 대한 염원을 표현하고 있다. 「금쌀악」에서는 집 귀한 줄도 모르고 집을 잃어버린 "까마귀", "까치", "귀뚜라미"가 "가옥가옥(집집마다)", "가치가치(부끄럽다 부끄럽다)", "실실실실(잃겠다 잃겠다)" 하고 소리쳐 우는 장면이 연출되며, 「옥가루」에는 "事業"이 3번이나 등장하고 있다. "부엉이", "쏙독새", "개구리"가 모두 사업의 부흥과 독촉을 위해 "부흥부흥(다시 흥해라)", "속속속속(빨리 빨리)", "개개개개(모두 함께)" 우짖는다.

방정환의 번역어 "사업"을 "민족의 독립"을 염원하는 은어(隱語)로 사용했다고 보는 해석은 이 시기를 전후한 그의 활동을 추적할 때 보다 설득력을 얻게 된다. 청년 방정환은 보성전문학교에 다니는 학생 신분으로 1918년 〈靑年俱樂部〉를 조직하고, 첫 자작 각본인 「ㅇㅇ령」을 주연하고 연출하기도 했다. 이때 'ㅇㅇ령'은 '動員令'으로 일제 침략으로 기운 나라를 되찾기 위해 온 국민이 총동원되어야 한다는 내용이다. 한편, 청년 구락부 기관지로 『新靑年』(권두언: 한용운)을 유광렬과 발간하며, 3·1운동을 기점으로 발행되던 교내 〈독립신문〉이 윤익선 교장의 체포로 발행 중단될 위기에 처하자 등사판으로 이를 찍어 비밀리에 배포하기도 했다. 그리고 그는 보성사에서 찍어 나오던 〈독립선언서〉를 배포하다가 끝내는 종로 경찰서에 체포되어 1주일간 고문을 받고 '증거 불충분'으로 석방되기도 했다. 이후, 방정환은 일경의 감시를 받는 신분이 되었다.[23]

이러한 전기적 정황을 살폈을 때 우리는 번역이라는 글쓰기 속에 민족 독립의 욕망을 투사시킨 방정환의 일면과 그 시대의 주류 담론을 헤

---

23 이재철, 「소파 방정환 연보」, 『소파 방정환 문학 전집 8』, 문천사, 1974. 참조.

아릴 수 있었다. 때문에 방정환은 같은 시대 오천석 · 노아 · 김억이 "쉬임 · 평화", "화평 · 안식", "안식 · 휴식"으로 번역한 "rest", "respite"를 오히려 역전시켜 "활동 · 희망"으로 대체하며 소개하고 있는 것이다. 방정환은 보다 역동적인 타고르의 이미지를 한국화하여 수용하고자 했다. 다음 연의 비교를 통해 우리는 방정환의 타고르 번역시가 지닌 특이성이 무엇이며 그것이 1920년대 시단에 불러온 타고르 붐이 무엇을 말하는지 텍스트의 시선으로 바라볼 수 있다.

> ① 나의 일은 破船한 사람가티 갓업는 苦痛과 迫害의 海中에 永遠히 싸오고 잇습니다. (방정환)
> ② 저의 일은 海岸이 업는 괴롬의 바다에서 긋이 업는 괴롬이 되서이다. (오천석)
> ③ 나의 하는 일은 가이업는 勞役의 바다의 긋이 업는 勞役이 됩니다. (노아)
> ④ 저의 일은 海岸도 업는 苦役인 바다의 긋업는 苦役이 되고 맙니다. (김억)
> ⑤ 하는 일은 괴롬만이 쌓인 가없는 바다의 끝없는 고통뿐입니다. (유영)
> ⑥ my work becomes an endless toil in a shoreless sea of toil. (타고르)

위의 번역 문장을 비교해 볼 때 더욱 선명해지는 것은 방정환의 번역에서 발견되는 과도한 의미 부여이다. ⑥타고르 시의 원문을 고려해 볼 때, 당대에 이루어진 ②, ③, ④, ⑤의 번역은 비교적 대동소이하게 이루어져 있으며, 원문에 충실하고자 한 역자의 태도를 읽을 수 있다. "해안", "고역", "노역", "괴롬" 등의 어휘가 조금씩 변주되고 있는 정도이다. 그러나 방정환의 번역에서 "파선한 사람", "박해"의 의미가 포함된 것은 확실히 번역자 의도가 많이 개입된 경우이다. 시의 화자가 영원히 싸울 수밖에 없는 이유를 "고통과 박해" 속에서 찾고 있음은 곧, 조국을 잃어버리고 난파한 배 속에서 유랑하는 박해 받는 민족의 한 일원인 방

정환 자신을 암유(暗喩)하고 있는 것이다. 여기까지 왔을 때, 우리는 왜 방정환이 원문에 포함되지 않은 "조흔 쌔가 갓가와옵니다. 바라고 기다리는 그 날이", "여보셔요 개벽이시여" 하는 2줄의 시행이 포함되었는지 재차 확인할 수 있다. '개벽'은 '독립'이라는 구체적인 목적이 될 수도 있지만, 봉건의 굴레와 식민지 치하라는 민족적 압제 속에서 새 세상을 갈구하는 인내천주의(人乃天主義), 사인여천(事人如天)의 천도교 개벽사상을 부르는 커다란 외침일 수도 있는 것이다. 원문의 "dedication of life"를 번역함에 있어서도 "new life"의 의미를 "新生"이라고 표현한 것은 개벽사에서 이제 태어나 내어 놓는 『개벽』 창간호, 그것을 지칭하는 것이기도 하다. 그렇기에, 숭고한 "개벽"의 주재자를 향한 화자의 찬미(讚美)는 자못 종교적 대상으로서 '천도교화'한 측면과 아울러, 거부할 수 없는 시대의 흐름과 개벽에 대한 강렬한 염원을 잘 보여 주고 있다.

5. 맺음말

이상으로 본고는 1920년 『개벽』에 발표한 방정환의 타고르 번역시 몇 편을 대상으로 그의 번역시가 지닌 시사적 위치를 진단하고, 텍스트 비교 분석을 통해 그의 번역시가 지닌 특이성을 분석함으로써 1920년대 우리 시단에 어떻게 타고르가 내면화되었는지 살펴보았다.

먼저, 방정환의 타고르 시 번역은 1910년대 최남선의 『靑春』과 한용운의 『惟心』 이후 1920년대 들어 가장 먼저 나타난 선도적 의의를 지닌다. 타고르 시의 수용사를 전반적으로 검토해 봄으로써 본고는 방정환을 위시하여 『개벽』지의 주요 필진이었던 노자영, 오천석, 김억이 1920년대 타고르 시의 전파에 결정적인 역할을 하였다는 것, 이러한 연속적

연계성 위에 서구 상징주의를 도입하던 김억이 급격히 타고르의 번역에 기울어진 전환의 계기를 찾을 수 있었다.

2장에서 본고는 지금까지 번역된 모든 타고르 시를 통틀어 가장 이채를 띠고 있는 방정환의 타고르 번역시의 구체적인 텍스트 분석을 시도했다. 방정환의 타고르 시 번역은 민족 담론을 비유적 언어로 알레고리화한 이중 글쓰기의 측면을 강하게 표출시키고 있다. 「어머님」에서는 육친적 어머니의 의미를 '내 집', '내 고향', '내 나라'로 점층적으로 확대시켜 나가면서, "내 나라" 기표로 표상화하여 국권 상실에 대한 저항의식을 드러냈다. 「신생의 선물」에서도 마찬가지로 '독립'을 상징하는 "사업"을 의미화하는 한편, 타고르 시의 원문에 포함되지 않은 "고통과 박해"의 화자를 투영시키고, "조흔 째", "개벽"을 암시하는 "新生의 선물"이란 의미를 추가하였다.

방정환의 타고르 시 번역이 이렇게 된 여러 요소로 본고는 ①소파의 민족 독립에 대한 강렬한 열망과 국토 회복 의식, ②번역의 태도에서 직역보다는 창조적 의역을 통한 번역자의 새로운 의미 창출, ③소파의 사상적 배경이 되는 천도교의 인내천주의를 집약시킨 개벽 사상에 대한 종교적 숭앙심, ④근본적으로 인간애를 바탕에 둔 강렬한 긍정의식 등이 종합적으로 작용한 결과로 파악하였다.

총체적으로 방정환의 타고르 시 번역은 국토애의 심미화를 통한 독립에 대한 염원과 그가 몸담고 있던 천도교의 사상을 융합시켜 보여 준 결과라고 할 수 있겠다. 방정환의 번역이 보여 주는 이 같은 특이성은 원작의 손실을 가져왔다는 일정한 한계를 지니기도 한다. 그러나 1919년 3·1운동이라는 거족적 민족운동의 좌절을 겪으면서 그 주관적 체험을 국토 회복으로 심미화시킴으로써 1920년대 우리 시단의 타고르 수용을 촉진시키고 시단의 새로운 시풍을 가져오는 중요한 동인이 되어주었다는 점에서 긍정적으로 평가할 수 있다.

끝으로 본고는 방정환을 위시하여 우리나라에 소개된 타고르의 『신월』 시편이 우리나라 아동문학의 동시 장르의 태동과 어떻게 연결되어 있는지 1923년 『金星』 잡지의 활동과 손진태·윤석중의 타고르 수용 양상에 대해서는 더 논의하지 못했다. 이 같은 추론을 뒷받침할 수 있는 자료는 『金星』지에서 찾을 수 있었다. 1923년에 발행된 이 잡지는 창간호에 '동시' 장르로 백기만·손진태의 동시를 소개함과 아울러, 타고르의 『신월』 시편을 포함시키고 있는 것이다. 타고르의 『신월』이 '어린이를 위한 동시'로 소개되고 번역되었을 뿐만 아니라, 그것을 모방모델로 초기 동시 시형이 모색이 이루어졌다는 사실은 우리나라 아동문학의 동시 장르의 형성과 전개 과정에 있어서 중요하게 논의될 내용으로 사료된다. 여기에 대한 논의는 다음의 논문에서 기대해 보고자 한다.

(『인문연구』 63호, 영남대인문과학연구소, 2011. 12.)

참고문헌

1. 기본 자료
『청춘』, 『유심』, 『개벽』, 『창조』, 『신생활』, 『금성』, 『어린이』

2. 논문 및 평론

국효문, 「신석정 시에 미친 제영향」, 『한국언어문학』 43, 한국언어문학회, 1999.

권영민, 『한국현대문학대사전』, 서울대학교출판사, 2004.

김윤식, 「한국 新文學에 있어서의 타골의 影響에 대하여」, 『震檀學報』 32, 진단
학회, 1969.

김용직, 「한국 現代詩에 미친 Rabindranath Tagore의 영향」, 『아세아연구』 14-
1, 아세아문제연구소, 1971.

김학동, 『비교문학』, 새문사, 1984.

심선옥, 「김소월의 문학 체험과 시적 영향」, 『한국문학이론과비평』 15, 한국문학
이론과 비평학회, 2002.

오영근, 「개벽에 대한 서지적 연구」, 청주대 석사논문, 1994.

이영걸, 「안서·소월·타고르의 시」, 『외국문학연구』 4, 1998.

이재철, 「소파 방정환 연보」, 『소파 방정환 문학 전집 8』, 문천사, 1974.

이희중, 「타고르의 '원정'과 만해의 '님의 침묵'의 비교」, 『한국문학연구』 3,
1993.

정한모, 「한국 근대시 형성에 미친 譯詩의 영향」, 『동대논총』 4, 1974.

최동호, 「정지용의 타고르 시집 『기탄자리』 번역 시편에 대하여」, 『한국 근대 잡
지 소재 문학 텍스트 조사 및 연구—제1차 학술 발표회 자료집』, 고려대
학교 한국학연구소. 2011. 10. 21.

타고르, 김양식 옮김, 『초승달』, 진선출판사, 1991.

타고르, 장경렬 옮김, 『기탄잘리』, 열린책들, 2010.

Alok Kumar Roy, 「타고르 문학의 한글말 번역의 한계성」, 『외대어문논집』 7,
부산외국어대학 어학연구소, 1991.

_____ , 「한국문학에 미친 타고르의 영향」, 동국대학교 석사논문, 1991.

方定煥 번역동화의 창작동화로의 이행 연구

1.

소파 방정환(1899~1931)은 우리나라 근대 아동문학의 시초를 가장 분명한 형태로 보여 주고, 아동을 위한 예술운동의 관점으로 '아동을 위한 문학' 장르를 뚜렷하게 부조해 낸 인물이다. 그에 대한 평가는 "아동문화의 개화와 아동문학의 씨를 뿌린 선구자"[1], "한국 근대 아동문학의 기본 성격을 규명하는 주요 열쇠이자 패러다임"[2]으로 규정되는 만큼 그에 대한 연구는 근·현대 아동문학이 형성되고 성장해 온 뿌리를 질문하는 작업에 다름 아니다.

본고는 소년운동에서 아동문학, 아동 예술 전반에 걸쳐 다기한 양상으로 전개된 방정환의 활동 가운데 그의 번역동화[3]에 한정하는 연구이다. 특히 방정환이 번역동화에서 창작으로 이행해 나가고자 했던 다양한 계기들을 살펴보는 데 연구 목적이 있다.

방정환은 「새로 개척되는 동화에 관하야」라는 아동문학 평문을 씀으

---

1 이재철, 「아동문화의 개화와 아동문학의 씨를 뿌린 선구자」, 『범우사』, 2006. 586쪽.
2 원종찬, 「한일 아동문학의 기원과 성격 비교」, 『아동문학과 비평정신』, 창비, 2001. 49쪽.

로써 우리나라에 최초로 동화 장르를 소개하고 이론화한 개척적 인물이다. 그런데 그런 그가 1921년 초두, 발표한 첫 동화는 창작이 아닌 번역이다. 『천도교회월보』 126호(1921. 2)의 「왕자와 제비」가 그것이다. 이후, 방정환은 세계 각국의 명작동화 10편을 엮어 개벽사에서 『사랑의 선물』(1922)을 펴내고, 김억을 통해 안데르센의 명편 「그림없는 그림책」을 국내에 소개하기 위해 애쓰기도 했다.[4]

이 시기의 자료를 살펴보면, 방정환이 '번역/창작'의 개념을 구별하지 않고 일반적인 '동화' 장르 개념으로 소통시키고 있음이 확인된다. 실질적으로 '새로 개척되는 동화' 장르에서 '창작동화'라는 변별적 개념이 사용된 것은 1920년대 중반에 이르러서이다.[5] 마땅히 우리 창작이 형성되지 못했던 여건 속에서, 동화는 '번역/창작'의 변별을 크게 드러내지 않음으로써 특수한 시기 동화 장르의 정체성을 담지했던 것이다. 방정환은 새로 개척되는 '동화' 장르의 모형이 될 만한 외국동화를 적극적으로 발굴, 소개해 나갔다. 그 결과 그의 동화 번역 작업은 우리 근대 동화 장르의 정체성 형성에 영향을 미치면서 "동화문학 확산에 놀라운 파급효과를 가져와 우리 동화가 창작되는 결정적 동기", "우리 동화

---

3 방정환의 번역동화에 대해서는 '번안'이라는 표현이 사용되기도 한다. 실제로 방정환은 첫 번역인 「제비와 왕자」에 '번안'이라는 용어를 사용했다. 한편, 『개벽』, 『별건곤』, 『新女性』 등 다수의 지면에서는 '번역'에 해당하는 '譯'이라는 표현이 더 자주 사용된다. 방정환의 번역은 대부분 원작의 내용을 크게 훼손시키지 않는 범위 내에서 원작에 크게 구속되지 않는 매우 독특하고도 활달한 개성을 보여 준다. 즉, '번안'과 '번역'이라는 용어가 동시에 통용될 수 있다. 다만, 이 논문은 방정환이 번역에서 창작으로 나아간 이행 과정에 초점을 두고 있기 때문에 '번역'이라는 기표를 사용하고자 한다.
4 방정환이 특별히 김억에게 번역을 의뢰한 것은 일본을 통한 중역이 아닌 원어의 완역을 시도한 것으로 보인다. 안데르센의 『그림 없는 그림책』은 『어린이』 3권 1호(1925. 1)에 전영택 번역으로 「달이 말하기를」이라는 제목으로 처음 소개된다.
5 가령, 방정환은 1921년 『천도교회월보』에 번역동화를 발표할 때 '동화'라는 명칭을 사용하고, 1923년 『어린이』지에 안데르센 원작 「성냥팔이 소녀」를 발표할 때는 '명작 동화'로 발표하게 된다. 그리고 『어린이』지의 경우, 원작을 따로 밝히지 않는 경우가 더 많았다. '새로운 창작'에 가까운 동화 개념의 형성은 진장섭의 「銀河水」(1924. 4)가 '새동화'로, 고한승의 「노래부르는 쏫」(1924. 10)이 '신동화'가 발표됨으로써 보다 구체화되었다. 『어린이』에서 '창작동화'라는 명칭은 1927년 마해송의 「소년특사」(1927. 5)에서 처음 나타난다.

발굴과 창작에 중요
한 모방 모델의 전
범"[6]으로 아동문학사
적 입지를 굳히게 된
다.

이런 측면에서 볼
때, 방정환의 번역동
화가 어떠한 내적 논
리로서 1920년대 본
격화되어가는 우리
창작동화의 정체성
형성과 구성 원리에
영향을 미쳤는지에
대해 규명될 필요가
있다. 최근에 방정환
의 번역동화를 새롭
게 조명하고자 하는
연구가 활발하다. 일

1921년 『천도교회월보』 126호에 실린 「왕자와 제비」

제 강점기 민족 담론 차원의 연구[7], 개작 양상과 방정환의 사상적 배경
이 되었던 천도교와의 영향 연구[8], 일본의 중역 저본 발굴 및 비교 연구[9]
등이 제출되었다. 그러나 본고가 진행하고자 하는 방정환 번역동화의
창작으로의 이행 과정 연구는 눈에 띄지 않는다.

그 동안 방정환의 번역동화는 순수 창작이 아니라는 이유로 저평가되

---

6 김용희, 「한국 창작동화의 형성과정과 구성원리 연구」, 경희대 박사논문, 2008. 68쪽.
7 염희경, 「방정환 번안동화의 아동문학사적인 의미」, 『아침햇살』17호, 1999. 봄호.
8 이재복, 『우리 동화 이야기』, 우리교육, 2004.
9 이정현, 「方定煥 譯 '湖水の女王'をめぐって」, 『동화와 번역』13집, 2007.

거나 원작을 훌륭하게 번역한 개작 작가 또는 재화 작가로서의 면모가 상대적으로 부각되어 왔을 뿐이다. 심지어 방정환에게는 창작동화가 없다거나[10] 방정환의 작품은 대부분 번역이거나 개작이라는 식의 잘못된 통념들이 있어 왔다. 이런 점에서 본고는 방정환의 번역동화가 창작 우위의 관점에서 논의되는 것을 극복하고, 그의 번역이 근대 아동문학의 정체성과 창작의 구성 원리를 구체화시키는 핵심적 동인이 되었다는 점에서 새롭게 그 지위를 부여할 필요가 있다고 본다.

본고는 방정환이 번역동화에서 창작동화로 이행하고자 한 다양한 탐색의 도정을 분석해 보고, 그의 번역동화가 어떠한 내적 논리로서 1920년대 본격화되는 우리 창작의 형성에 영향을 미쳤는지 살펴보고자 한다.

먼저, 본고는 방정환의 대표 번역동화집인 『사랑의 선물』을 중심으로 방정환이 근대적 동화 양식의 성립을 위해 외국동화로부터 선취한 내적 동인을 살펴본다. 그리고 「시골쥐의 서울구경」이라는 구체적 텍스트를 통해 방정환이 번역을 질료로 삼아 창작으로 이행해 나간 과정을 분석해 볼 것이다. 나아가 방정환의 번역동화가 창작적인 문체 효과를 발휘하게 되는 주된 특징을 그의 번역 태도에서 살펴보고자 한다.

2. 근대의 탐색; 근대적 동화 양식으로서 계기 발견

작가도 빈약했을 뿐만 아니라 그 내용도 빈약하기 이를 데 없어서 '창작 문단'보다도 '번역 문단'에 더욱 기대할 것이 많았던 것이 당시의 문

---

10 "창작동화는 쓰신 게 없으나 구연에 더 중점을 두고 동화는 어린이들과 호흡이 통하는 데서 근연한 것이라 하여 좋아하셨다 합니다."(이재성, 「소파 방정환 선생」, 교육자료 113호, 1966, 162쪽.)

단 형편이었다.

　아즉 우리에게 童話集 멧卷이나 또 童話가 雜誌에 揭載된대야 大槪 外國童話의 譯쑨이고 우리 童話로의 創作이 보이지 안는 것은 좀 섭섭한 일이나, 그러타고 落心할것은 업는 것이다. 다른文學과가티 童話도 한대의 輸入期는 必然으로 잇슬것이고 또 처음으로 꽹이를 잡은 우리는 아즉 創作에 汲汲하는이보다도 一面으로는 우리의 古來童話를 캐여내고 一面으로는 外國童話를 輸入하야 童話의 世上을 넓혀가고 材料를 豊富하게 하기에 努力하는것이 順序일것갓기도 하다.(소파 1923 23)

"한때의 수입기는 필연으로 있을 것"이라는 표현은 근대 아동문학 건설기에 번역에 기대어야 했던 당시 문단의 의존적 태도를 잘 보여준다. 방정환은 '새로 개척되는 동화'의 발전을 위해 첫째 고래동화의 발굴, 둘째 외국동화의 수입이라는 두 방향의 전략을 구상했다. 방정환이 『개벽』지 현상 모집을 통해 고래동화 발굴에 매우 역점을 기울인 사실은 잘 알려져 있다. 그는 고래동화에 대해서는 '우리 동화 무대의 기초'라는 특별한 자질을 부여하는 한편, 외국동화에 대해서는 "동화의 세상을 넓혀가고 재료를 풍부하게 하기 위한 것"이라는 각기 다른 목적을 부여한다. 즉, 우리 동화의 본질적 모태와 기초로서 고래동화의 성격을 부여했다면, 외국동화에 대해서는 그를 보완하고 확장해 주는 부속적 성격으로 효용적 가치를 강조하고 있는 것이다.
　다시 말해 고래동화, 또는 '옛날이야기'에서 결여되어 온 요소는 외국동화의 발견을 통해 수용되지 않으면 안 되었으며, 그것은 근대적 문예양식으로서 동화 장르를 성립시키기 위해 필수적인 요건으로 이해되었다. 고래동화의 발굴과 전승을 넘어서서 근대적 동화 양식으로서 새로운 미적 계기를 갖추게 될 때, 동화는 곧 '새로 개척되는' 의미의 동화

가 될 수 있었다.

1) 아동 주체의 확보

1922년 개벽사에서 발행된 방정환의 번역동화집『사랑의 선물』은 1928년 11판을 냈을 정도로 대단한 베스트 셀러였다. 어른 손바닥 크기보다 작았던 이 책은 당시 일반인에게 동화에 대한 새로운 인식을 가져다주고 동화 장르를 정착시키는 중요한 역할을 하게 된다. 이 번역동화집은 서술 기법의 면에서 기존의 고래동화에서 볼 수 없었던, '아동 주체의 확보'라는 아동문학의 내적 동인 하나를 생산해낸다. 이것은 고래동화가 결여하고 있던 하나의 요소로, 방정환이 외국동화의 수입을 통해 중요하게 선취한 지점이라고 할 수 있다.

『사랑의 선물』보다 3년 뒤에 나온『朝鮮童話大集』[11] 수록 텍스트와 비교해 봄으로써 그 선취점을 살펴보고자 한다.

(1)『朝鮮童話大集』
①「烏鵲橋」: 녯적 玉皇上帝께서 짜님을 한 분을 두엇는대, 外貌가 어엽부고 才質이 特異하얏습니다.
②「콩쥐팟쥐」: 녯적에 한 사람이 잇섯는대, 初娶夫人에게서 쌀 하나를 나앗스니 콩쥐라 하고, 初娶夫人 죽은 後에 後娶夫人에게서 또 쌀 나라를 나핫스니 얼홈을 팟쥐라 하얏습니다.

(2)『사랑의 선물』
①「한네레의 죽음」; 한네레는 돌-일하는 마테른의 쌀이엿습니다. 그러나 마

---

11 1926년 한성도서주식회사에서 출판된 우리말로 기록된 최초의 전래동화집이다.

테른이 나은 쌀은 아니엿습니다. 한네레의 어머님이 한네레의 언니와 한네레 두 형데를 다리고 엇더케 살아가는 슈가업서셔

②「어린 음악가」; 소녀 에르지-가 열한살 되든 해 생일날밤이엿습니다. 밧게 는 캄캄한 밤인대 비가 쥬룩쥬룩 오시고 잇섯습니다. 에르지-는 아버님 크레븐 박사(博士)와 둘이셔 생일의 축하 음식을 먹으면서 질거웁게 이런 니얘기 져 런 니얘기를 하다가

우선 눈에 띄는 큰 차이는 (1)『朝鮮童話大集』가 국한문 혼용체를 취 한 반면, (2)『사랑의 선물』은 순국문체를 취하고 있다. (1) (2) 모두 성 인과 아동을 아우를 수 있는 동화집으로 출간된 것이다. 우선 (1)에서 는 "옛적 옥황상제께서 따님을 한 분을 두었는데" "옛적에 한 사람이 있었는데, 초취부인(初娶夫 人)에게서 딸 하나를 나았 으니"하고 서술 주체가 어디까지나 아동이 아닌 어른의 시각에 맞춰져 있 다. 반면, (2)에서는 "한 네레는 돌-일하는 마테른 의 딸이였습니다." "에르 지-는 아버님 크레븐 박사 와 둘이서 생일의 축하 음 식을 먹으면서"하고 서술 주체가 어른이 아닌 아동 의 시각에 놓여 있는 차이 를 발견할 수 있다.

아동 주체의 관점은 곧

談話童材料
朝鮮童話大集
沈宜麟編纂

심의린의 『조선동화대집』 표지

世界名作童話集

사랑의선물

이어엽분이冊이 유명한『사랑의선물』입니다
方定煥氏가 어린이들을 위하야번역하신
──세계에 유명한이약이冊입니다──

이 유명한童話를꼭못
닑엇스면 남붓그리웟
일입니다.

그冊속에는 세계에
유명한 이약이 여섯
엽가지나 추려노후한
冊서 자미잇는冊입니
다. 할아버지 할머니
아버지 어머니 누
님 옵바 아오누부는
대로자미 잇서 하는冊
입니다. 冊갑은五十錢
送料는十三錢입니다

곳사모십시요
京城慶雲洞
開闢社出版部
振京八一○六番

『어린이』 2권 4호(1924. 4)에 수록된 『사랑의선물』 광고.

작품의 서두 변화를 가져왔다. (1)이 '옛날에'하는 식의 전래 이야기의 상투적 표현으로 일관한 데 비해, (2)에서는 '한네레', '소녀 에르지' 등과 같은 현실의 아동을 구체적으로 호명함으로써 작품의 서두를 열고 있다. 물론, 『사랑의 선물』에도 "넷날 넷적"의 표현으로 서두가 나타나기도 하지만 10편 가운데 3편 정도로 전체 작품의 30%에 해당한다. 그러나 『朝鮮童話大集』에는 실려 있는 동화는 66편 가운데 56편에서 '옛적에', '옛날에', '옛적 어느 해', '옛적에 어떤 나라에'와 같이 추상화된 시공간 설정이 나타나고 있다. 이는 전체 작품의 85%에 상당하는 분량이다.

이렇게 호명된 구체적 아동이 서사 속에서 활동하기 위해 입체화된 인물과 시공간의 설정이 요구된다. 이렇게 서술 주체가 성인에서 아동으로 옮겨온 이 사건은 매우 미약한 듯이 보이지만 사실은 근·현대 아동문학의 정체성이 형성되는 데 중대한 영향을 미치게 된다.

2) '예술가'라는 기표와 근대적 아동상 구현

방정환은 우리나라에 동화가 없었던 것이 아니고, 다만 그것이 '옛날 이야기' 형태로 있어 왔다고 밝히고 있다. 그렇다면 굳이 '개척'이라는 표현을 부각시킴으로써 근대적 문예 양식으로서 동화 장르가 지녀야 했던 차별적 변곡점은 무엇이었을까?

> 大槪 그 初頭가 「옛날 옛적」으로 始作되는 故로 童話라 하면 「옛날 이약이」
> 로 알기 쉽게 된 까닭이나 決코 옛날 이약이만이 童話가 아닌즉 다만 「이약이」
> 라고 하는 것이 可合할 것이다. (…) 古代로부터 다만 한 說話—한 이약이로만
> 取扱되어 오던 童話는 近世에 니르러 「童話는 兒童性을 닐치 아니한 藝術家가
> 다시 兒童의 마음에 돌아와서 어떤 感激—或은 現實生活의 反省에서 생긴 理
> 想—을 童話의 獨特한 表現方式을 빌어 讀者에게 呼訴하는 것이라」고 생각하
> 게까지 進步되어왓다.(소파 1923 20)

'옛날 이야기'는 창작 주체로서 한 개인의 예술가가 부재했던 이야기 이기도 했다. 방정환이 언급하고 있는 '아동성을 잃지 않은 예술가'의 존재는 곧 무형의 민중에 의한 설화의 시기와 결별하고 개인의 심미적 산물로서 새로운 문예 양식을 탄생시킬 중요한 기표였다. "〈성인 – 예술 가 : 아동 – 독자〉라는 배타적인 논리와 함께 단절된 두 세계 사이를 연 결해 주는 '아동성'이라는 매개적 개념"[12]이 개입됨으로써 근세적 의미 의 아동문학은 비로소 가능해지게 된 것이다.

이후 '아동성을 잃지 않은 예술가'의 존재는 현대 아동문학의 창작 주 체로 이론화된다.

---

12 조은숙, 「한국 아동문학의 형성 과정 연구」, 고려대학교 박사논문, 2006. 85면.

(1)이원수의 『아동문학입문』(2001)

아동문학은 아동을 대상으로 한 문학이다. 그것은 동시 · 동화 · 소년소설 · 동극 등으로서 시인이나 작가가 아동들이 읽기에 알맞게 제작한 문학 작품들로서 형성된다.

(2)이재철의 『아동문학개론』(1983)

아동문학이란 작가가 아동이나 동심을 가진 아동다운 성인에게 읽히기 위해 쓴 모든 저작으로 문학의 본질에 바탕을 두면서 어린이를 위해(목적 · 대상), 어린이가 함께 갖는(共有), 어린이가 골라 읽어온 또는 골라 읽어갈(선택 · 계승) 특수문학으로서, 동요 · 동시 · 동화 · 아동소설 · 아동극 등의 장르를 통틀어 일컫는 명칭이다.

(1)의 이원수는 아동문학을 '아동을 대상으로 하는 문학'으로 규정함으로써 아동문학의 독자 대상이 되는 '아동'에 방점을 두고 있다. 그러나 "시인이나 작가가 아동들이 읽기에 알맞게 제작한 문학 작품들로서 형성"으로 표현하며, 아동문학의 성립에서 창작 주체의 존재를 언급하고 있다. (2)의 이재철도 "작가가 아동이나 동심을 가진 아동다운 성인에게 읽히기 위해 쓴 모든 저작"으로 이론화함으로써, 문예 장르로서 아동문학이 성립하기 위한 '작가'의 존재를 명시하고 있다.

'새로 개척되는 동화'의 시기에 성립되었던 '아동성을 잃지 않은 예술가'라는 창작 주체는 현대 아동문학 이론으로 수용되었다. 이렇듯, 아동 주체와 창작 주체를 연결하는 아동문학의 신개념이었던 '아동성'의 발견은 고대로부터 취급되어 오던 설화적 동화가 '근대적 동화'로 진보되기 위해 반드시 수반되어야 할 개념이었다. 이 '아동성'을 매개로 현대 아동문학은 '옛날이야기' 단계에서 한 단계 진보하게 되었다.

근세적 의미의 동화 장르에서 '아동성을 지닌 예술가'는 창작을 통해

근대 아동상을 구현함으로써 '아동의 문학 시대'라는 신세기를 구체화시켜 나갔다. 방정환의 관점에서, 이들 창작 주체가 그려내어야 할 아동상은 효도하고 충성하는 '옛날이야기'의 주인공이 아니라 실컷 웃고 실컷 울 줄 아는 감성의 주체였다. 그들은 기성의 낡은 관습을 바꾸어 갈 새로운 해방 주체였다. 『사랑의 선물』에 나오는 다양한 아동상은 어른에 의해 파괴된 구차한 현실 속에 놓여 있을지라도 당당하게 어려움을 뚫고 나아가는 삶의 주체로서 묘사된다.

극단적으로 방정환은 「난파선」의 소년 마리오와 「한네레의 죽음」의 한네레가 비극적인 최후를 맞아 삶의 주체로서 죽음을 선택할 수밖에 없는 과정을 적나라하게 묘사하여 보여주고자 한다. 소년 마리오는 난파하여 침몰하는 배 속에서 자기 대신 소녀 줄리엣을 살리기 위해 구조선으로 갈 수 있는 기회를 양보하고 스스로 죽음을 선택한다. 한네레는 어머니가 돌아가신 뒤 의붓아버지의 폭력에 시달리다가 추운 겨울 집밖으로 쫓겨나 연못물에 빠진다. 한네레는 이웃 사람들에 의해 건져지지만 그토록 만나고 싶었던 언니가 굶어서 죽어버렸다는 걸 알고는 그만 삶의 의욕을 꺾어버린다. 작품은 이들 아동이 근본적으로 죽음에 이르게 된 원인이 부모를 잃고 의지할 데 하나 없어진 냉혹한 현실과 무자비한 어른의 폭력 때문이라는 것을 비판적으로 보여 주고 있다.

이렇듯 '아동'의 성립이 전제되는 아동문학에서 방정환은 '아동성'을 매개로 하는 '아동 주체'와 '창작 주체', '근대 아동상'을 그의 동화 이론에 구현하고자 했으며, 세계 각국의 다양한 외국동화 번역을 통해서 그 구체적인 모형을 제시하고자 했다. 이와 같은 아동문학의 내적 원리가 자리잡아 나가게 되면서 1920년대 한국의 근대 아동문학은 성장을 구가하게 된다.

3. 창작으로의 이행: 「시골쥐의 서울 구경」

방정환은 『천도교회월보』에 첫 번역동화 「왕자와 제비」를 발표한 그 때부터 줄곧 자신의 창작에 대한 의지를 피력해 왔다. 「왕자와 제비」의 서두에 "내가 生覺하난 것을 먼져 쓰기 前에 外國의 童話를 하나 먼져 紹介하고 요 다음 回부터 내가 生覺하야 맨든 것을 쓰겟슴니다."라고 하면서, 독자들에게 다음 회에는 "내가 生覺하야 맨든 것"[13]쓰겠다고 약속한다. 이것은 번역이 아닌 창작을 말하는 것이다. 그러나 3개월 뒤인 129호(1921. 5)에 발표한 짧은 두 편의 동화 「귀먹은 집오리(家鴨)」, 「까치의 옷」 역시 창작은 아니었다. 이 지면에서도 방정환은 "예술(藝術) 중에도 가장 어렵다는 동화창작(創作)을 그리 함부로 쓸슈도 업고하야" 라고 작품이 늦은 변명을 서술하면서, "다음달붓터 느긋이 생각하야 반닷이 조흔 새 것을 쓸 것"[14]을 재차 약속한다. 방정환은 처음부터 "내가 생각하야 맨든 것"을 쓸 계획이었다. 그러나 여러 사정으로 이의 실현이 여의치 않았던 것으로 보인다. "반드시 좋은 새 것"에 대한 그의 약속은 이듬해 1922년 『천도교회월보』137호(1922. 1)에 「귀신을 먹는 사람」을 발표함으로써 비로소 실천될 수 있었다.

이로 보건대, 방정환이 우리 창작동화는 물론이요 그 자신의 창작동화의 신출을 위해 부단히 경주했다는 것을 알 수 있다. 방정환은 외국동화를 질료로 하여 창작의 모델을 개발하였으며 동화 창작의 욕망을 표출했다. 그의 동화 창작에의 욕망은 적극적인 이야기의 변형에 잘 나타나 있다. 김용희는 『사랑의 선물』에 수록된 번역동화 중 가장 먼저 번역되었으면서 이야기 변형이 가장 심한 「왕자와 제비」를 통해 우리 정서에 맞게 개작한 창작 욕망을 읽을 수 있다고 했다.[15]

---

13 『천도교회월보』126호, 95쪽.
14 『천도교회월보』129호, 93쪽.

방정환이 『어린이』지에 발표
한 「시골쥐의 서울구경」

방정환이 번역동
화의 이야기 변형
을 통해 새로운 창
작으로 이행해 간
과정을 잘 보여주
는 텍스트로 「시골
쥐의 서울 구경」을
들 수 있다. 방정환
은 『어린이』 2권 1
호(1924. 1)에 이솝
우화 「집쥐 들쥐」
를 번역하여 「서울
쥐와 시골쥐」라는
제목으로 소개한
적이·있다. 이 「시골쥐의 서울 구경」은 그 뒤 2년 뒤 『어린이』 4권 9호
(1926. 10)에 발표된 동화이다.

이 작품은 (가)이솝 우화(「집쥐들쥐」)→(나)개작 번역(「서울쥐 시골쥐」)을
거쳐 (다)창작 이행(「시골 쥐의 서울 구경」)으로 발전해 간 방정환의 창작
욕망을 잘 보여준다. 그 변화 과정을 짚어보면 몇 가지 흥미로운 점이
발견된다. 먼저, (가)첫 번째 단계에서 '집쥐/들쥐'의 관계가 (나)단계

---

15 김용희, 「한국 창작동화의 형성과정과 구성원리 연구」, 경희대 박사논문, 2008. 80쪽.

에서 '서울쥐/시골쥐'로 바뀐다. 이 때 '서울/시골'의 기표 변화는 방정환의 근대 체험이 반영된 것이긴 하지만, 시골쥐가 서울쥐를 따라 왔다가 다시 시골로 내려가는 귀환의 서사는 변하지 않는다. 다만, (나) 단계의 번역에서 방정환은 주제의 변화를 가하게 된다. '사치스럽지만 공포스런 생활/소박하지만 자유로운 생활'의 대비를 넘어 '남의 것을 탐내거나 훔치지 않고 보잘 것 없더라도 자기 것을 소중히 아는 것이 자유롭고 가치 있는 삶'이라는 새로운 주제로 나아갔다.[16] 정직을 강조하는 새로운 우화의 주제는 방정환의 평소 신념이 반영된 것으로 볼 수 있다. 방정환은 『어린이독본』 마지막 편에 「정직한 소년」을 쓰기도 했는데, 그의 소년소설에는 구차한 현실을 살더라도 정직을 미덕으로 삼는 아동상이 많다.

그러면 방정환이 어떻게 서사를 변형시켜 개작 번역(「서울쥐와 시골쥐」)에서 창작 이행(「시골쥐의 서울구경」)으로 나아갔는지 살펴보기로 한다.

①시골쥐(鼠)가 서울 구경을 올러왔습니다 처음ㅅ길이라 허둥허둥하면서 짐차(貨車)를 두 번 세 번이나 갈나타고 간신히 서울까지 왔습니다. 직행차를 타면 쌜니온다는 말도 들엇스나 그러나 짐차를 타야 먹을 것도 만코 사람의 눈에 들킬 렴려도 적은고로 짐차를 타고 온 것이엿습니다.

긔차가 한강텰교다리를 건늘 쌔에는 엇더케 무서운 소기가 크게 나는지 어지러워서 나려다 보지도못하고 왔습니다만은 서울까지 다왔다는 말을 드를 쌔에는 깃븐것갓고 싀원한 것갓흐면서도 가슴이 울렁울렁하엿습니다. (몽견초 1926 44)

②「저기 소리를 쌩- 쌩- 지르면서 다라나는 것이 저것이 '자동차'라는 것이람니다. 다리 부러진 사람이나 안즌뱅이나 그럿치안으면 중병든 사람타고 다

16 염희경, 「소파 방정환 연구」, 인하대 박사논문, 2007. 163~165쪽.

니는 것이지요 저긔 잉-잉 울면서 집채만한 것이다라나는 것은 '뎐차(電車)'
라는 것입니다. 늙은이나 어린애나 아희밴녀자들 타고 다니는 것이지요 돈 五
전만 내면 거운 十리나 되는데까지 태워다주는게야요 우리도 저것을 타고 갓
스면 조흐련만은 우리는 타면 곳 밟힐 테닛가 그래서 못타지요」(몽견초 1926
45)

③「대뎨 서울이란 굉장히 크고 좋키도 하지만 굉장히 밧브게 다니는 곳이
다」(…) 「아아 서울은 무섭다. 무서운 곳이다! 서울쥐들은 친절하지만 양옥집
도 무섭고 흑사병도 무섭다. 에엣 가방 구멍으로 내다보고 서울구경은 쇄한 셈
이니 인제는 어서 다라나야겟다 다라나야겟다」 하고 그날로 곳 시골로 나려갓
습니다.(몽견초 1926 49)

제목 속에 '시골쥐', '서울' 등의 단어가 포함되어 있기 때문에 「시골
쥐의 서울 구경」은 「서울쥐와 시골쥐」와 같은 이야기일 것으로 오인되
기 쉽다. 그러나 이것은 「서울쥐와 시골쥐」의 이야기 변형을 거쳐 새로
운 창작으로 이행해 간 작품이다.

먼저, ①의 작품의 서두에서부터 시골쥐는 서울쥐와 전혀 친연성이
없는 존재로 그려진다. 그는 서울쥐의 초대의 방식이 아닌 서울 구경이
라는 자발적 목적으로 상경하게 된다. 생전 처음 와 본 서울이라는 곳에
서 근대 문명의 풍경들을 접하며 어리둥절하고 있을 때 만난 서울쥐는
시골쥐의 안내자 역할을 맡게 된다. ②의 대사를 보면, 안내자 서울쥐는
서울의 근대 풍경들을 하나하나 설명해 주고 있다. 서울쥐는 "소리를
뿡—뿡 지르면서 달아나는 것"은 자동차이며, "잉-잉 울면서 집채만 한
것이 달아나는 것"은 전차라고 일러 준다. 쥐의 시각에 비친 인간의 문
명은 다분히 회화적이다. 그것들은 쫓기듯 '달아나는' 모습으로 그려
진다. 문명 세계를 안내하는 서울쥐는 "우리는 타면 곳 밟힐 테니까 그
래서 못 타지요" 하고 문명의 혜택자라기보다 피해자의 입장에서 비판

적 시각을 보여 준다.

시골쥐는 빨간 양옥집으로 소개되는 서울쥐의 집에서 묵게 된다. 이 곳은 편지와 신문들이 드나드는 빨간 우체통이다. 이 지점에서 「서울쥐와 시골쥐」의 서사가 조금 맞물리는 인상이다. 그러나 서울쥐는 손님에게 대접할 양식을 얻어오기 위해 밖으로 나가 버린다. 혼자 남은 시골쥐는 서울쥐를 기다리다가 난데없이 우편물을 가지러 온 우편배달부의 우편가방 속으로 들어가게 된다. 시골쥐는 우편 가방 속에서 굉장히 빠른 속도로 움직이는 서울의 근대 풍경을 다시 접하게 된다. 우편 가방 속에서 튀어나온 쥐 소동으로 한바탕 소란이 일어난다. 다행히 시골쥐는 잡히지 않고 시골로 내려가게 된다.

시골쥐가 시골로 내려간다고 하는 골격은 비슷하다. 그러나 「서울쥐와 시골쥐」에서 묘사된 흙냄새 풍기는 시골 정서는 나타나지 않는다. 왜냐하면 「시골쥐의 서울 구경」에서는 '서울 구경'이라고 하는 근대 문명의 체험 서사가 주를 이루기 때문이다. 그러므로 서울쥐와 시골쥐의 성격도 다르게 설정될 수밖에 없음을 보게 된다. 「서울쥐와 시골쥐」에서 서울쥐와 시골쥐는 서로 다른 가치관을 가진 대립적 관계로 설정되었다. 그러나 「시골쥐의 서울 구경」에서는 서울쥐가 시골쥐의 친절한 조력자의 역할로 등장하게 된다. 즉, 두 인물은 근대가 만들어 놓은 휘황한 문명 세계를 구경하는 입장이지만, 다 같이 그것의 피해자가 될 수 있다는 점에서 서로 대립적 관계 설정은 적절치 않았던 것이다. ③의 결말 부분을 보면 주제 역시 다르게 발전해 갔음을 볼 수 있다. "아아 서울은 무섭다. 무서운 곳이다!" "인제는 어서 달아나야겠다 달아나야겠다." 하고, 서두르는 시골쥐의 외침은 서울이라고 하는 문명화된 근대를 풍자하고 있는 것이다.

이처럼 소박했던 이솝 우화 「집쥐 들쥐」가 「서울쥐와 시골쥐」를 거쳐, 「시골쥐의 서울 구경」에 이르는 개작 과정을 살펴보면, 번역자의 의

식과 목적에 따라 원작의 형태가 어떻게 변형될 수 있는지 잘 보여 준다. 방정환은 번역 자체를 창작의 한 행위로 파악하지는 않았다. 그러나 그는 번역이라는 회로를 통해 그것을 창작의 한 모방 모델로 삼음으로써 근대 아동문학의 초창기에 창작의 한 가능성을 탐색했다.

4. 전통적 변용: 구술적 번역과 '이야기 의식'

한편 방정환의 번역동화는 개작된 내용이 없음에도 불구하고 번역이 아닌 듯한, 마치 그 자신의 창작을 방불케 하는 독특한 분위기를 발산한다. 여기에는 여러 가지 요인이 작용한다고 볼 수 있는데, 그 중의 한 가지로 번역의 전통적 변용이라는 측면을 생각해 볼 수 있다.

월터 J. 옹에 의하면, 말에 의한 표현의 근저에는 구술성이 잠재돼 있다. 방정환의 번역 태도는 문자화된 체계로서의 문법 규정보다는 말하기 형태의 구술의 방식을 보여 준다. 자칫 이질적인 문화적 충돌이 될 수 있는 외국동화를 그들의 이야기 방식이 아닌 우리의 전통적 이야기 방식으로 수용하는 것이다. 그는 외국의 생경한 문화어를 우리의 토속적인 어휘로 번역하며, 생동감 넘치는 의성어와 의태어를 적재적소에 배치하여 아동의 심리에 알맞은 동적인 문장을 잘 구사해서 보여준다.

> 농부는 무는 다 팔어가지고 도라왓스나 나무가 하나도 업난대∨ 곰에게 잡혀 먹힐가봐 무서워서 산에는 가지 못하고∨ 책상도 패여 불을 ᄯᅢ고 탁자도 패여 ᄯᅢ고 집안 세간을 잇는대로 패여서 ᄯᅢ엿난대∨ 그것도 다 업서지고 패여ᄯᅢᆯ 것이 업서지닛가∨ 나종에는 하는수업서서 독긔와수레를 껄고∨ 넌즛이 나서서 산으로 어슬렁어슬렁 거러갓슴니다.(몽중인 1924 3)

이 동화는 번역임에도 불구하고 우리나라 옛날 전래 이야기를 옆에 앉아 듣고 있는 듯한 인상이다. 이렇듯 이 텍스트가 번역의 색채는커녕 토속적인 구수한 맛까지 풍기게 됨은 구술체로 기술한 그의 문장 태도에서 비롯되는 것이다. 우리 판소리에서는 정형구 또는 정형화된 내용의 반복과 열거와 같은 문장 형태를 이른바 '엮음'이라 부르고 있다.[17] 단편적으로 제시한 위의 한 문장에서도 보듯, 방정환의 문장은 반복과 열거의 기법으로 청각적 감흥을 높이며 문장을 맺고 푸는 '엮음' 방식으로 청중의 반응을 점층적으로 고조시켜 나아간다.

위의 문장은 한 문장으로 이루어져 있다. 아동이 한 줄에 읽고 쉽게 이해하기에는 상당히 긴 문장이라고 할 수도 있다. 그러나 글의 리듬을 따라 자연스럽게 읽어 가다 보면, 문장이 길다고 하는 것이 읽기에 장애가 되지 않을뿐더러 오히려 문장에 내재된 장단 리듬이 발생하게 된다. '-스나/-난대', '-고/-고/-고', '-서/-난대', '-고/-닛가', '-서/-고/-서' 등과 같은 정형구의 열거와 '-패여/-째고', '-난대 -고/-난대 -닛가' 등과 같은 통사 구조의 반복, 대구법을 통한 장문 특유의 미감이 발현되는 것이다.

만일 이 문장을 문자적 기록 방식으로 바꾸면 아래와 같이 될 것이다.

농부는 무를 다 팔아가지고 돌아왔으나 나무가 하나도 없었습니다. 농부는 곰에게 잡혀 먹힐까 봐 무서워서 산에는 가지 못하고 책상도 패어 불을 때고 탁자도 패어 때고 집안 세간을 있는 대로 패여서 때었습니다. 그것도 다 없어지고 패어 땔 것이 없어졌습니다. 나중에는 하는 수 없어서 도끼와 수레를 끌고 넌지시 나서서 산으로 어슬렁어슬렁 걸어갔습니다.

---

17 임명진, 「판소리 사설의 구술성과 전승원리」, 『국어국문학』 30집, 1995.

4개의 문장으로 나뉘었다. 문법적인 결함이 최소화되었음에도 불구하고 텍스트의 이야기맛은 상당히 떨어져 있다. 다시 앞의 인용 문장으로 돌아가 보자. ∨로 표시한 휴지 부분에서 끊어 읽어 보면 문장의 구조는 단순 패턴의 반복 나열로 재배치된다. 다시 말해 방정환의 문장은 낱낱의 문장을 끊어서 직조하는 방법 대신, 반복하고 열거하며 엮어가는 방식으로 흐르는 이야기를 그대로 구술함으로써 이야기의 감칠맛을 높여 준다.

이야기의 중간에 구술자를 끼워 넣어 구술 상황을 더욱 직접적으로 노출시키기도 한다.

①그런데 그날 아츰에 안씨의 쌀 열세살된 소녀가 자긔방에서 튀어나와서 아버님 방으로 쒸여가드니 「아버님 제가 잇흘동안 그 생각을 하다가 이제 조흔 쐬를 생각하엿사오니 아버지께서는 인제 렴려마시고 이러나서서 긔운을 차리십시요」하고 싀원스럽게 나섯습니다.

여러분 이 귀신도 행하지 못할 어려운 문뎨를 열세살 먹은 소녀가 엇더케 해결하엿겟슴닛가 이 이약기의 씃을 듯기전에 (책장을 업고) 생각해 보십시오 (소파 1924 4)

②막내는 그 배를 임금님께 갓다들이고 훌륭히 임금님의 사위가 되엿습니다. 그리고 그 임금님이 돌아가신 후 그 나라 임금이 되야 나라를 평화롭게 다스렷습니다. 무어요? 거우 뒤쒝에 쌀려 다니든 사람들 말입니까? 그 사람들은 황녀가 우스시다가 자리에서 썰어지나 거우에게서 노여서 모다 혼낫다혼낫다 하면서 돌아들 갓담니다. 그리고 그후에 막내가 임금님의 사위가 되자 그 사람들에게 후한 상을 나리엿다 합니다. (몽중인 1923 11)

이야기의 중간에 구술자가 개입함으로써 독자의 성격은 청자로 전환

된다. ①에서는 구연자가 잠시 이야기의 진행을 끊고 사설을 끼워 넣어 긴장된 청중들의 심리를 살짝 이완시켜 주는 역할을 한다. ②에서는 거꾸로 이야기를 끝내려는 구연자가 청중의 반응에 의해 어쩔 수 없이 호명되는 장면이 연출된다. "여러분"으로 호명되고 있는 청중 앞에서 구연자는 서사의 처음과 끝을 다 알고 있는 권능을 부여 받게 된다.

이러한 방정환의 문장 태도는 '보여주기의 기법'보다 '말하기의 서술 기법'을 강하게 드러내고 있는데, 초창기 동화의 창작 원리에 지대한 영향을 미치게 된다. 이와 같은 서술 태도는 방정환의 '이야기 의식'과 관련이 깊다.[18] 그는 "동화라 하면 「옛날 이약이」로 알기 쉽게 된 까닭이나 결코 옛날 이약이만이 동화가 아닌즉 다만 「이약이」라고 하는 것이 가합할 것"(『개벽』 31호 19)이라고 했다. '옛날 이야기' 개념을 버리지 않으면서 그것과 차별되는 '이야기'의 개념을 취함으로써 '동화' 장르의 정의를 매우 폭넓게 설정한 것이다. 그가 주재한 『어린이』지의 동화들은 '자미잇난 이약이', '서늘하고 자미잇난 이약이', '우습고 우습고 우습고 자미잇난 이약이' 등으로 표현되곤 했다.

무엇보다 그는 동화 개척 초기부터 '들려주는 텍스트'로서 동화의 특징을 매우 강조했다.

동생 잇난 兄이여 어린애 기르는 父母여 어린이 가르치는 先生님이여 願하노니 貴여운 어린 詩人에게 돈쥬지말고 菓子쥬지말고 겨를잇난딕로 機會잇난딕로 神聖한 童話를 들녀쥬시요 썩썩로 자조~.

---

18 근대 계몽기 아동문학의 '이야기' 의식에 대해서는 김용희의 논문 『한국 창작동화의 형성과정과 구성원리 연구』에 자세히 논구된 바 있다. 그는 1923년 『어린이』지가 창간되기 이전까지 우화, 신화, 전설, 민담, 古談, 史談, 등 장르 의식 없이 '이약이'라는 이름으로 통칭되는 문학 주변부의 변이적인 읽을거리를 '擬似童話'로 규정할 수 있으며, 개화기 교과서의 우화와 최남선의 '이약이' 의식, 이광수의 '이약이' 의식은 우리 창작동화 출현에 큰 영향을 미쳤다고 보았다.

어린 동모를 爲하야 되도록 國文으로 쓸 터이니 언문 아는 애에게는 바로 넑
히는 것도 좃치만은 되도록 父母가 넑어 말로 들녀쥬는게 有益할 듯 生覺된다.
누님이나 어머니는 밤 져녁에 바느질하면서 先生님은 敎授하는 時間에 暫間
니애기 해 쥬는 것도 조을 듯하다(목성 1921 94)

현대 동화의 문장은 아동에 대한 교육적 배려에서 '-습니다' 종결 방
식이 관례화되어 있다. 반드시 경어체를 써야 한다는 원칙은 없지만, 경
어체를 쓰면 어감이 부드러워지고 친근감이 가며 대상을 보는 눈이 따
뜻하고 정서 지향적으로 된다.[19]

방정환은 어린이를 위해 되도록 '국문'으로 동화를 쓴다는 기준을 세
우고, 되도록 부모가 읽어 말로 들려줄 것을 권유하고 있다. 때문에, 그
의 동화 서술 태도는 보이지 않는 구술자를 상정하고 있는 '읽어 주는'
방식을 자연스럽게 취하게 된다.

1921년 1월 방정환이 첫 번역동화를 발표하면서 '-습니다'체를 취한
것은 초창기 근대 동화 장르의 문체 형성에서 의미 있는 사건이었다. 적
어도 근·현대 아동문학의 태동기인 1910년대까지만 해도 '-습니다'체
는 아직 완전히 정착된 단계는 아니었다. 1920년대 초까지만 하더라도
아동 독물의 서술체로서 일반적인 현상은 아니었다.[20] 일제 강점기에 발
행된 1923년의 『보통학교 조선어독본』을 확인해 보더라도, 아직 '-이
오/-하오', '-지라/-리라' 등의 종결어미가 채택되고 있음을 볼 수 있
다. 방정환이 첫 번역동화부터 명시한 '-습니다'체는 "이야기의 새로운
구술 양식인 구연 등과 동화가 맺고 있는 친연 관계를 표시하는 아동문
학만의 독특한 근대적 서술장치"[21]로 널리 확산되어 현대 창작동화의

---

19 박상재, 「동화 창작론」, 『아동문학 창작론』, 학연사, 1999, 217~218쪽.
20 김선영, 「근대 동화 문체 형성 과정 연구」, 연세대 석사논문, 2004.
21 장수경, 「1920년대 아동문학에서 '-습니다'체의 형성과 구술성」, 『비교한국학』 15권 2호, 2007, 67쪽.

보편적 원리로 입지를 굳히게 된다.

5. 맺음말

　이상으로 본고는 방정환이 번역동화에서 창작동화로 이행하고자 한 다양한 탐색의 도정을 분석해 봄으로써, 그의 번역동화가 어떠한 내적 논리로서 1920년대 본격화되는 우리 창작의 형성에 영향을 미쳤는지 그 정체성과 구성 원리를 살펴보았다.

　먼저, 방정환의 대표 번역동화집인 『사랑의 선물』을 중심으로 방정환이 근대적 동화 양식의 성립을 위해 외국동화로부터 선취한 내적 동인이 무엇이었는지 살펴보았다. 방정환은 다양한 서구동화를 번역하여 소개함으로써 고래동화에 결여되어 있던 '아동 주체'의 시점을 확보하고 어떻게 창작으로 드러나는지 모형을 제시하였다. 또, '아동'이 전제됨으로서 성립하는 아동문학에서 '창작 주체'인 예술가의 존재를 이론화하고 감성 주체로 '근대 아동상'을 보여 주고자 했다.

　「시골쥐의 서울구경」의 사례는 방정환이 번역을 거쳐 창작으로 이행해 간 과정을 보다 구체적으로 확인시켜 준다. 이솝 우화 「집쥐 들쥐」→「서울쥐 시골쥐」 단계에서는 '정직'이라는 약간의 의미를 추가하는 데 그쳤지만, 「서울쥐 시골쥐」→「시골쥐의 서울 구경」의 단계에서는 주제의 변화와 서사의 변용이 과감하게 이루어졌음을 확인할 수 있었다.

　나아가 본고는 방정환의 번역이 매우 창작적인 문체 효과를 발휘하게 되는 주된 특징 가운데 한 가지로 우리 전통의 구술적 엮음 방식에 의한 번역 태도를 논의했다. 외국동화를 수용하되 이를 전통적으로 변용하고자 한 방정환의 번역 태도를 확인할 수 있다. 방정환의 구술적 번역 태도는 '동화'에 대한 방정환의 '이야기' 의식에서 엿볼 수 있는 것이다.

동화 개척 초기부터 그는 '들려주는' 텍스트로서의 동화를 강조했으며, 경어적 자세와 구연적 태도가 이상적으로 결합된 '―습니다' 종결·방식은 이의 결과로서 나타난 것이었다.

　방정환의 번역동화가 가지는 아동문학사적 중요성에 대해서는 재론의 여지가 없다. 그의 번역동화는 텍스트 자체의 '순수 창작' 여부에 따르는 창작 우위의 관점을 극복하고 근대 아동문학의 형성 과정 위에 재조명될 수 있을 때 새롭게 그 문학사적 지위를 부여받을 수 있을 것이다. 향후 방정환 번역동화의 저본 자료가 풍부하게 발굴된다면, 그의 동화 번역에서 표출되는 다양한 창작적 특이성을 보다 실증적으로 구명할 수 있을 것으로 본다.

(『동화와 번역』 21호, 건국대동화와번역연구소, 2011. 6)

참고 문헌

김선영, 「근대 동화 문체 형성 과정 연구」, 연세대 석사논문, 2004.

김용희, 「한국 창작동화의 형성과정과 구성원리 연구」, 경희대 박사논문, 2008.

박상재, 「동화 창작론」, 『아동문학 창작론』, 학연사, 1999.

목성(방정환), 『천도교회월보』 126호, 1921. 2.

소파(방정환), 『개벽』 31호, 1923. 1.

소파(방정환), 『어린이』 2권 2호, 1924. 2.

몽견초(방정환), 『어린이』 4권 9호, 1926. 10.

몽중인(방정환), 『어린이』 1권 2호, 1923. 4.

_____, 『어린이』 2권 3호, 1924. 3.

조은숙, 「한국 아동문학의 형성 과정 연구」, 고려대학교 박사논문, 2006.

염희경, 「소파 방정환 연구」, 인하대 박사논문, 2007.

_____, 「방정환 번안동화의 아동문학사적인 의미」, 『아침햇살』 17호, 1999. 봄
        호.

원종찬, 「한일 아동문학의 기원과 성격 비교」, 『아동문학과 비평정신』, 창비,
        2001.

이정현, 「方定煥 譯 ‘湖水の女王’을めぐつて」, 『동화와 번역』 13집, 2007.

이재복, 『우리 동화 이야기』, 우리교육, 2004.

이재철, 「아동문화의 개화와 아동문학의 씨를 뿌린 선구자」, 『범우사』, 2006.

임명진, 「판소리 사설의 구술성과 전승원리」 『국어국문학』 30집, 1995.

장수경, 「1920년대 아동문학에서 ‘-습니다’체의 형성과 구술성」, 『비교한국학』
        15권 2호, 2007.

尹東柱 童詩의 놀이 모티프와
話者의 慾望

1. 윤동주 동시와 놀이 모티프

현재까지 발굴된 자료에 의하면, 윤동주의 본격 동시 작품은 대략 37
편 정도로 파악된다. 이 편수는 윤동주가 '동요'라는 장르명칭을 최초
로 붙이고 있는 1935년의 「조개껍질」부터 해서 1938년 5월 창작하여
1939년 3월 『소년』에 발표된 동시 「산울림」까지 이루어진 동시의 성취
를 헤아려 본 것이다. 그러나 보다 넓은 의미의 동시 범주에서 볼 때 윤
동주의 동시는 43편까지 수용이 가능하다.[1] 이러한 수치는 윤동주 시

---

1 윤동주 동시의 분류에 대해서는 부가적 설명이 필요하다.
　① 언급한 바와 같이 윤동주의 본격 동시는 대략 37편 정도이지만, 일반적으로 동시 분류에서
제외되고 있는 「비둘기」(1936), 「가슴1」(1936), 「빨래」(1936), 「새로운 길」(1938), 「눈감고
간다」(1941), 「못 자는 밤」(1941) 등의 작품도 넓은 의미에서 동시 범주가 될 수 있다고 본다.
반면, 홍장학의 『정본 윤동주 전집』(문학과 지성사, 2004)에서 동시로 분류한 「황혼이 바다가
되어」, 「야행」과 같은 작품은 시어의 운용 및 주제의 형상화 측면에서 동시로 보기에 다소 무리
가 있다.
　② 연구자의 견해에 따라 1934년 12월 24일에 쓴 「내일은 없다」가 최초의 동시로 파악되기도
한다. 홍장학의 『정본 윤동주 전집』에서도 「내일은 없다」부터 윤동주의 동시로 분류하고 있다.
「내일은 없다」와 「조개껍질」은 모두 윤동주의 자필시고집인 『나의 習作期의 詩 아닌 詩』에 수
록되어 있다. 그런데 윤동주는 「조개껍질」부터는 분명히 '童謠'라고 장르명이 표기해 두고 있
다. 그 바로 앞에 수록된 「내일은 없다」는 따로 장르명을 표기하지 않았다. 「내일은 없다」에는
'어린 마음이 물은'이라고 부제가 달려 있다. 내일 내일 하고 찾던 화자가 자고 보니 오늘이더

전체 가운데 3분지 1에 이르는 적지 않은 분량이다. 무엇보다 9년에 불과한 그의 전체 창작 활동 기간 가운데 4년(1935~38)에 걸쳐 매우 집중적으로 동시 창작이 이루어졌다는 사실은 동시 장르에 대한 윤동주의 자각과 본격 장르 의식을 예증해 주고 있다.

윤동주 동시의 연구를 보면, '세계의 모습을 여러 위상에 밝히려는 탐구활동의 일부'로 파악하여 윤동주의 동시가 그의 시세계를 확장해 나가는 중요한 역할을 하고 있다고 한 김홍규의 초기 지적이 있다.[2] 이후 김수복은 역사주의적 접근법으로 윤동주의 동시에 나타난 민족적 어린이의 현실과 비극적 동심 세계를 다루었는데,[3] 이후 윤동주의 시 세계를 저항시로 귀결시킨 '의도된 오류'를 시인하면서 윤동주 시 연구의 한 시론으로 윤동주 시에 나타난 상징적 체계와 원형적 패턴을 고찰하기도 했다.[4]

한편, 이재철은 시인 윤동주를 최초로 아동문학가가의 한 사람으로 분류하며 그의 아동문학사적 위치를 정립하고 있다. 먼저 윤동주의 동시를 '유아기로의 퇴행', '심리적 퇴행에서 오는 현실 생활의 파탄'으로 규정한 김열규의 견해[5]가 근본적으로 동시에 대한 개념의 혼란에서 비롯된 것이라고 비판하였다.[6] 고형진은 윤동주 동시에 나타난 '첩어'와 화법상의 특성 가운데 하나로 '구어체 어조'의 활용에 주목하면서 그의 동시 창작 기법을 분석하여 기법적 측면의 연구 영역을 넓혔다.[7]

라는 1연과 2연의 대비적 내용과 구조는 내일에 가보고 싶은 동심적 세계관이 반영되어 있지만, 3연의 "무리여! 내일은 없나니"하는 데서 지나친 조숙성과 운명의식을 노출시켜 아동의 동심과 멀어졌다. 동시문학의 잠재적 독자인 어린이를 파악하여 동심의 시선으로 창작한 본격 동시로 보기 어렵다. 그러나 시 습작에서 본격 동요·동시로 이행해 가는 단계에 놓여 있는 징검다리가 역할을 하고 있다. 이재철·김용희 등 한국 아동문학 학계에서는 대체로 「조개껍질」이 윤동주의 최초 동시라는 데 견해의 일치를 보인다.

2 김홍규, 「윤동주론」, 『창작과 비평』 33호, 1974.
3 김수복, 「윤동주 연구」, 단국대학교대학원 석사논문, 1979.
　　　, 「윤동주의 동시 연구」, 『한국아동문학연구』, 일지사, 1980.
4 김수복, 「윤동주 시의 원형상징 연구」, 『국문학논집』 12집, 1985.
5 김열규, 「윤동주론」, 『국어국문학』 27집, 1964.

본고가 연구하고자 하는 윤동주의 놀이 모티프에 대해 처음 주목한 이는 최명표이다. 그는 윤동주 동시에 줄곧 등장하는 모티프의 변주에 초점을 겨누면서 그의 동시 세계가 상실당한 고향을 되찾으려는 '고향 모티프'를 기반으로 삼아 고향에 대비되는 '도시 모티프', 고향집을 구성하는 '식구 모티프', 식구와 아이들이 뛰노는 '놀이 모티프'로 변주되고 있다고 파악하였다.[8] 최근에 제출된 김용희의 연구는, 윤동주 동시의 정체성을 '동요시' 개념으로 파악하면서 윤동주의 동시가 지니는 한국 동시문학사적 의미를 논의하였다.[9]

그밖에 본고가 검토한 연구로는 김효중[10]·윤삼현[11]·박종은[12]·곽춘옥[13]이 있다. 이 가운데 윤동주 동시의 이미지 활용법에 대해 주목한 김효중의 연구는 윤동주 동시에 대한 방법론적 가능성을 보여 주고 있어 주목을 끈다. 윤동주의 동시에 전래동요가 수용된 양상을 살피는 박종은의 연구는 경북 지방의 구전 동요 「꿩서방」과 윤동주의 「무얼 먹고 사나」의 유관성을 분석하고 있다.

---

6 이재철은 이 글에서 '동시'와 '아동시'의 구분에 대해 논의하고 있다. 흔히 동시를 '아동이 쓴 시', '어른이 어린이에게 읽히게 하기 위해 쓴 시'로만 생각하는 경향이 있지만, 아동이 쓴 시는 '아동시'이지 동시라고 하지 않는다는 것, 그래서 동시의 주된 독자가 어린이인 것은 틀림없지만 어른에게까지 감동을 주는 동시가 많다는 점에서 동심의 시선이 결코 심리적 퇴행은 아니며 오히려 윤동주가 "내적 고통의 상처를 童心으로 감싸려는 노력을 기울일 뿐 아니라 현실적 아픔을 잊고자 동심의 공간 안에 순수의 세계를 복원시키고자 하였던 것"이라고 평가하였다.
이재철, 「한국아동문학가연구(3)」, 『단국대 국문학논집』 15집, 1984.
7 고형진, 「윤동주의 동시 연구」, 『어문학연구』 5집, 1997.
8 최명표, 「윤동주론—원시적 평화의 훼절과 심리적 대응」, 『아동문학평론』 27권 1~3호, 1992.
9 김용희는 윤동주가 동요, 동시를 발표하던 시기를 새로운 시적 성찰을 거쳐 시적 속성을 띤 시적 동요, 즉 동요시가 촉발된 시기로 파악하고, 이러한 새로운 시형을 촉발시킨 정지용, 강소천, 박영종(목월)의 계보 위에서 윤동주의 동시문학사적 위치를 부여한다. 또한, 윤동주의 동요시가 해방 이후 한국 동시문학에 형태의 자유로운 변이와 사유의 깊이에 대한 시적 충동을 불러 일으켰으며, 1950년대 최계락 등의 형상 동시 출현에 중요한 가교 역할을 했다고 평가하고 있다.
김용희, 「윤동주 동요시의 한국 동시문학사적 의미」, 『아동문학평론』 35권 3호, 2010.
10 김효중, 「윤동주의 동시세계」, 『국어국문학』 108호, 1992.
11 윤삼현, 「윤동주 시에 나타난 동심적 세계관」, 『현대문학이론연구』 27집, 2006.
12 박종은, 「전래동요의 관점에서 본 윤동주의 시세계」, 『한국문학연구』 4집, 1995.
13 곽춘옥, 「윤동주의 동시에 관한 고찰」, 『청람어문학』, 1989.

이상의 연구사 검토를 통해 본고가 도출한 몇 가지의 의미 있는 사실
은 첫째, 윤동주의 동시가 그의 시 세계를 이해하는 중요한 원형이 된다
는 것이요, 둘째, 1930년대 중반 윤동주의 동시가 놓여 있는 한국 동시
문학사의 위상이요, 셋째, 식민지 민족 현실의 자각 아래 이루어진 윤동
주 동시의 현실 인식의 제고, 넷째로는 창작 기법 상으로 두드러지는 윤
동주 동시의 반복적 패턴과 어조, 언어의 운용 및 이미지의 활용이 동심
적 표출에 기여하고 있다는 사실이다.

오늘의 상황에서 '시인 윤동주 시 읽기'는 여전히 계속되어야 할 이유
를 묻고 있다.[14] 최동호는 '오늘의 상황에서 윤동주 시읽기'가 계속되어
야 할 이유를 첫째, 윤동주가 지향한 인간적 자기 완성이 더욱 절실히
요구되고 있다는 점, 둘째, 그가 지닌 역사의식과 그 방향성에 대한 감
각이 미래의 세대가 지녀야 할 중요한 시대적 감각이라는 점, 셋째, 윤
동주가 사랑하고 갈고 닦은 순도 높은 우리 모국어라는 점의 세 가지를
들어 제시하고 있다. 특히 윤동주 동시의 원형적 동심상이 그의 시 전편
에 흐르는 시 세계의 특징이 되고 있다는 점에서, 최근 그의 동시에 대
한 본격적인 연구가 진척되고 있음은 고무적인 현상이 아닐 수 없다. 그
러나 수백 편에 이르는 윤동주의 일반 시 연구에 비해 그의 동시를 조명
하려는 본격 연구가 상대적으로 열세를 면치 못하는 것은 사실이다.

본고는 그 동안 주목되지 못했던 윤동주 동시의 놀이모티프에 대해
주목한 연구이다. 아동 생활의 원초적 경험이 되는 '놀이'의 관점을 통
해 윤동주 동시에 나타난 놀이 세계의 심층적 의미망을 탐색해 보려고
한다. 먼저, 윤동주 동시에 나타난 놀이모티프의 유형과 그 특징을 살펴
보고 놀이 세계에 투영된 시적 화자의 욕망을 분석해 볼 것이다.

---

14 최동호, 「오늘의 상황에서 윤동주 시읽기」, 『육필 원고 대조 윤동주전집』, 서정시학, 2010,
241~242쪽.

2. 윤동주 동시의 놀이 모티프 유형과 그 특성

'놀이'의 관점으로 윤동주의 동시 세계의 특성을 해명해 보려는 본고의
연구 방법론은 기왕의 '저항시인', '민족시인', '순절시인'으로 평가해
온 윤동주 이미지와는 매우 이질적인 것으로 비칠 수 있다. 그러나 놀이
는 그 자체로 아동의 일상이며 동경 세계이다. 소박·단순하며 직관적 사
고를 바탕으로 하는 동심은 매우 천진하고 자율적이기 때문에, 어른의 강
제된 이데올로기에 종속되지 않는 특징을 갖는다. 그렇기 때문에 윤동주
시 해석의 준거 역할을 해왔던 '저항시' 담론을 넘어, 그의 동시 세계의
분석은 아동의 관점에 의한 동심의 시각으로 접근할 필요가 있다.

윤동주의 동시는 전반적으로 아동의 생활을 밑바탕에 두고 있으며,
정적인 내향화(內向化)보다는 동적인 외향화(外向化)의 길을 추구한다. 그
가 남긴 일반 시편에 비해서 밝고 낙천적이며 해학적인 경향을 보여 준
다. 궁극적으로 윤동주의 동시 세계는 부정의 현실을 극복하는 긍정의
동심 세계로 나아가며, 그것은 곧 강한 빛 지향의 이미지로 표출되어 나
타난다. 윤동주 동시의 이러한 특징적 경향들은 무엇보다 어린이의 눈
으로 세계를 파악하는 동심(童心)을 중요한 창작 원리로 삼고 있기 때문
이며, 그러한 세계로 인도하는 매개적 역할을 하고 있는 것이 바로 그의
동시에 나타난 놀이 모티프이다.

놀이 모티프가 직접적으로 드러나 있는 동시를 예로 들더라도, 「조개
껍질」, 「빗자루」, 「해비」, 「굴뚝」, 「참새」, 「반딧불」, 「호주머니」, 「둘
다」, 「만돌이」, 「못 자는 밤」 등 다수에 이른다.

「조개껍질」에서 화자는 언니가 바닷가에서 주워 온 조개껍데기를 장
난감 삼아 굴리며 소꿉놀이를 하고 있다. 「빗자루」에서는 화자가 누나
하고 가위로 종이 오리기를 하며 저고리도 만들고 큰 총도 만든다. 이
일로 그만 방바닥이 어지러워져 화자는 어머니한테 빗자루로 볼기짝을

맞게 된다. 「굴뚝」에서는 산골짝 아이들이 모여 감자를 구워 먹는 구수한 장면을 그려 보여 준다. 「둘 다」는 바다를 향해 돌을 던지기, 하늘을 향해 침 뱉기 등, 천진한 어린 화자의 혼자놀이가 나타나며, 「만돌이」에서는 전봇대를 겨누고 그것을 몇 개까지 맞추나 스스로 내기를 하는 아이가 등장한다. 자연으로 확장된 놀이 공간으로는 「반딧불」과 「해비」가 대표적인데, 「반딧불」에서는 숲 속으로 달 조각을 주우러 가는 아이들의 흥겨운 행렬이 묘사되며, 「해비」에 이르면 하늘다리(무지개)를 만들어 동무들을 불러 모아 함께 춤을 추는 한 바탕 축제가 펼쳐진다.

윤동주 동시를 살펴보면 그 절반 이상의 편수에서 직·간접적인 놀이 모티프가 변주되고 있다. 그의 동시에 나타난 놀이 모티프를 도표로 정리해 보면 다음과 같다.

〔표〕 윤동주의 동시에 나타난 놀이 모티프의 분석 도표[15]

순번	창작 연도	제목	놀이 모티프	공간	구성	도구	시간
1	1935. 12.	조개껍질	소꿉놀이	바닷가	1	조개	낮
2	1936. 1. 6.	고향집					
3	1936. 1. 6.	병아리	말놀이	마당	2		낮
4	1936	오줌싸개지도	지도그리기	담요 위	1	오줌	낮
5	1936	창구멍	창구멍내기	집안	1	손가락	새벽
6	1936	기와장 내외					
7	1936. 9. 9	빗자루	종이놀이	집안	3	종이,가위	전날~아침
8	1936. 9. 9.	해비	하늘다리축제	들	다수	춤	비그친 낮
9	1936. 10. 초	비행기					
10	1936. 10. 23.	가을밤	오줌 싸기	마루	1	오줌	가을밤
11	1936. 가을	굴뚝	감자 구워먹기	산골	다수	감자	낮
12	1936.10.	무얼 먹구 사나					
13	1936. 10	봄					

15 본고는 윤동주의 본격 동시 37편 외에 넓은 의미의 동시 범주로 볼 수 있는 6편의 시(순번 38~43)를 포함하여 43편을 연구 대상으로 삼았다.

14	1936. 12	참새	말(글씨) 놀이	앞마당	1		낮
15	1936	개1	눈밭에서 뛰기	앞마당	1		겨울/낮
16	1936	편지	편지놀이	집	1	편지봉투	겨울/낮
17	1936. 12. 초	버선본	버선본 만들기	집안	1		
18	1936.12.	이불					
19	1936	사과	사과 나눠먹기		다수	사과	
20	1936	눈					
21	1936	닭2					
22	1936. 겨울	겨울					
23	1936	호주머니	손놀이	주머니속	1	손	겨울/낮
24	1937	거짓부리	거짓놀이	집마당	1		겨울 밤/낮
25	1937	둘 다	돌던지기/ 침뱉기		1	돌, 침	
26	1937	반딧불	줍기놀이	숲	다수		그믐밤
27	1937. 3	밤					
28	1937.3.10.	할아버지					
29	1937	만돌이	전봇대맞추기 공차기	거리	1	돌	낮
30	1937	개2	개후쫓기	마당	1		낮
31	1937	나무					
32	1937	비뒤					
33	1938. 5	산울림	메아리	산골	1		낮
34	1938	해빛 바람	문풍지 뚫기	집안	1	손가락	새벽
35	1938	해바라기 얼굴					
36	1938	애기의 새벽					
37	1938	귀뚜라미와 나와	비밀놀이	잔디밭	1		달밝은밤
38	1936	빨래	귓속이야기	빨래줄	1		낮/7월
39	1936. 3. 25	가슴 1					
40	1936. 2. 10	비둘기					
41	1938	새로운 길					
42	1941. 5. 31	눈감고 간다					
43	1941	못 자는 밤	셈놀이	집	1		별밤

본고가 동시로 분류한 43편의 동시 가운데 놀이 모티프가 나타난 것은 24편으로 50%를 상회하는 것으로 분석된다. 장난감이 풍족하지 않았던 시대였던 만큼 놀이의 도구가 되는 것들은 주로 침·오줌·주먹 같은 신체의 일부, 길거리의 돌멩이, 빗자루·종이·버선본 같은 생활 속 소품 같은 것들이다. 이러한 놀이의 도구는 친자연적이다. 때로는 놀이 공간이 '숲 속에 떨어진 달 조각을 줍는다'는「반디불」에서와 같이 천체적 상상력으로 확장되기도 한다. 놀이 구성원을 보면, 매우 내성적인 성향을 보여 준다. 대부분 혼자 놀이로 이루어져 있으며 2인 이상이 참여한 경우는 20% 정도에 지나지 않는다.

　윤동주 동시의 놀이 모티프는 크게 보아 세 가지 유형으로 분류해 볼 수 있다.

　첫째, 언어와 감각 놀이 유형으로, 주로 말놀이나 글씨 쓰기, 숫자 놀이, 신체의 일부를 활용한 놀이 등이 여기에 속한다. 청각적 체험에 의한 '메아리 듣기'의「산울림」, 주머니 속에 손을 넣고 손감각을 즐기는「호주머니」, 밤하늘의 별을 세는「못 자는 밤」, 의성어와 의태어 활용을 통해 말 재미를 살린「병아리」·「참새」·「거짓부리」등의 시편을 들 수 있다.

　둘째, 경험적 생활 놀이 유형으로, 대체로 집안이나 마당, 거리 위에서 아동 화자의 행동을 통해 나타나며, 집안의 식구들과의 관계 속에서 생생하게 체험되는 특징을 보인다. 윤동주 동시에 있어 가장 분포도가 높은 놀이 유형이라고 할 수 있다. 조개껍데기를 굴리며 소꿉놀이를 하는「조개껍질」, 장날 새벽에 엄마 아빠와 떨어져 혼자 방안에 남아 창에 구멍 내기 놀이를 하는「창구멍」·「햇빛 바람」, 하늘과 바다, 또는 전봇대를 대상으로 침 뱉기나 돌을 던져 맞추기 놀이를 하는「둘 다」·「만돌이」, 누나와의 종이 오리기 놀이와 그로 인한 소동이 해학적으로 그려진「빗자루」, 국토에 대한 열망을 지도 그리기로 나타낸「오줌싸개

지도」 등의 시편이 여기에 속한다.

셋째, 자연 공동체 놀이 유형으로, 산이나 들을 배경으로 하는 자연 놀이나 다수의 아이들이 함께 어울려 노는 특징을 보여준다. 동네 아이들이 모여 감자 구워먹기를 하는 「굴뚝」, 숲속으로 열을 지어 달 조각을 주우러 가는 「반디불」, 비가 온 뒤 무지개가 뜬 들판에서 춤을 추는 「해비」 등은 대표적인 예이다. 윤동주 전체 동시에서 볼 때, 공동체적 놀이 성격이 크게 나타난다고 보기는 어렵다. 그러나 암울한 시공간 속에서 그의 동시가 빛을 지향하는 동심적 화자의 동경 세계를 추구한 사실은 새롭게 주목할 필요가 있다.

3. 놀이 모티프에 나타난 화자의 욕망 분석

1) 내면의 지도와 식민 주체의 욕망

놀이는 아동의 총체적 성장 과정에서 필수적인 요소이다. '놀이'는 곧 아동의 생활 자체이면서 그 자신의 감추어진 욕망의 실현 과정이기도 하다. 윤동주는 놀이 모티프를 그의 동시에 적극적으로 채용함으로써 관념적 대상으로서의 아동이 아니라 구체적 아동의 현실적 감각을 형상화하였다. 「조개껍질」은 윤동주가 평양의 숭실학교에 재학 중인 1935년 12월에 쓴 작품으로 최초의 본격 동시이다.

아롱아롱 조개껍데기
울 언니 바닷가에서
주워 온 조개껍데기

여긴여긴 북쪽나라요
조개는 귀여운 선물
장난감 조개껍데기.

데굴데굴 굴리며 놀다
짝잃은 조개껍대기
한짝을 그리워하네

아롱아롱 조개껍데기
나처럼 그리워하네
물소리 바닷물소리.

—「조개껍질-바닷물 듣고 싶어」 전문

  4연 12행으로 이루어진 이 동시는 잃어버린 관계의 회복을 간절히 희구하는 화자의 욕망을 소꿉놀이 속에 투사시키고 있다. 놀이에 열중한 화자의 상상 공간은 넓은 바닷가 모래밭으로 펼쳐진다. 그곳에서 언니는 "아롱아롱"한 조개껍데기를 주워 왔다. 그러나 그 조개껍데기는 "짝잃은 조개껍데기"로 표현된다. 나머지 한쪽을 잃어버린 조개껍데기의 형상은 파괴된 공간에 대한 자각과 운명적 결손 의식을 드러내고 있다. 그렇기에 조개껍데기를 "데굴데굴 굴리며" 노는 소꿉놀이의 행동은 "짝잃은 조개껍데기"가 관계를 회복하기 위해 원상으로 돌아가고자 하는 욕망의 무의식적 발현이 되고 있다.

  윤동주 동시에는 화자를 가족 구성원으로 '언니', '누나', '어머니', '고향', '고향집', '아빠', '아버지' 시어가 자주 출현한다. 아동의 시기에 가족이라는 공간은 각별히 소중한 의미를 갖는다. 아직 미성숙한 단계에서 성숙으로 나아가는 성장기의 과정에 놓여 있기 때문에, 그들에

게 가족이라는 공동체는 더욱 불가결한 정신적 지주가 될 수밖에 없다. 그렇기에 어린 화자가 느끼는 엄마 아빠의 부재 의식은 성인이 받아들이는 깊이와 비견되지 못한다.

바람부는 새벽에 장터 가시는
우리 아빠 뒷자취 보구 싶어서
침을 발라 뚫어 논 작은 창구멍
아롱아롱 아침해 비치웁니다.

눈 내리는 저녁에 나무 팔러 간
우리 아빠 오시나 기다리다가
혀끝으로 뚫어 논 작은 창구멍
살랑살랑 찬바람 날아듭니다.

—「창구멍」(1936년) 전문

손가락에 침 발라
쏘—ㄱ, 쏙, 쏙
장에 가는 엄마 내다보려
문풍지를
쏘—ㄱ, 쏙, 쏙

아침에 햇빛이 빤짝.

손가락에 침 발라
쏘—ㄱ, 쏙, 쏙
장에 가신 엄마 돌아오나

문풍지를

쏘―ㄱ, 쏙, 쏙

저녁에 바람이 솔솔.

—「해빛 · 바람」(1938년) 전문

이 두 시편은 시상 전개로 보아 「창구멍」을 후에 「해빛 · 바람」으로 개작한 것으로 추정된다. 특히, 첫 번째 동시의 '창구멍'이라는 제목을 버리고 개작된 동시에서는 '해빛 · 바람'으로 붙인 것이 눈길을 끈다. 「창구멍」에서는 유난히 뚫려 있는 '창구멍'이라는 어휘가 강조된 데 비해, 「해빛 · 바람」에서는 '창구멍'이라는 어휘가 종적을 감추고 "쏘―ㄱ, 쏙, 쏙" 하고 창구멍을 내는 화자의 행동이 동적으로 묘사되고 있다. 2년 사이에 윤동주의 동시 창작 기법이 이만큼 달라질 수 있었던 데는 동시를 완성하기 위한 윤동주 자신의 정려한 열의가 바탕이 되어 있었기 때문으로 보인다. 비록 기다리는 대상이 '아빠'에서 '엄마'로 바뀌었지만, 두 편의 동시가 형상화하고자 하는 핵심 주제와 그 성취 방법은 크게 달라지지 않았다는 점에서 두 시는 좋은 비교 대상이 된다.

즉, 손가락으로 구멍을 뚫는 화자의 행위는 「창구멍」보다는 「해빛 · 바람」이라는 동시에서 보다 더 놀이답게 그려진다. 손가락에 침을 발라 뚫는 '창구멍'이나 '문풍지'는 어린 화자의 심리를 대변하는 놀이 공간이다. 저를 남겨 놓고 혼자 장에 가시는 엄마 아빠에 대한 야속함과 그리움이라는 화자의 복합적 심리는 구멍을 뚫는 행위로 표출된다. 즉, 이 동시에서 창이나 문풍지의 '구멍 뚫기' 행위는 그리움을 감추려는 화자의 은폐 심리와 그것을 이루고자 하는 적극적 표현이 역설적으로 결합되는 것이다. "쏘-ㄱ, 쏙, 쏙" 하고 몇 차례나 이어지는 반복적인 연속 행동은 이미 소리의 맛을 즐기는 놀이로 발전되었음을 보여 준다. 처음

에는 주저하듯 "쏘-ㄱ" 머뭇거리며 뚫다가 이내 급한 마음에 "쏙, 쏙" 거침없이 뚫어버리는 화자의 행동을 통해 심리 변화를 감지할 수 있다.

프로이드에 의하면 놀이는 카타르시스의 정화 작용으로 갈등과 긴장을 해소시키는 기능을 한다. 그는 'fort/da'(없다/있다) 놀이가 어린이에게 대상의 사라짐과 되돌아옴을 상징적으로 받아들일 수 있게 하기 때문에, 어린이가 사라진 엄마에 대한 불안을 이 놀이를 통해 해소할 수 있다고 본다.[16] 이 동시에서 화자가 뚫어 놓은 소통의 구멍 역시 엄마와 아빠의 부재를 확인하는 '없다/있다' 놀이 유형으로 변주된다. 두 시편의 구도는 모두 '가고/옴'이라는 이원적 순환 구조를 띠고 있으며, 이 같은 동일 구조의 반복은 기다리고 있는 어린 화자의 마음이 갈 때나 올 때나 변하지 않고 그대로라는 것을 형식미를 통해 구현해 보여 주고 있다. 그리고 침 발라 뚫어 놓은 구멍에서 "아롱아롱 아침해", "햇빛이 반짝" 비친다는 표현에서 엄마 아빠의 부재를 긍정하고 받아들이는 밝은 동심의 화자를 확인하게 된다.

윤동주의 동시 「오줌싸개 지도」는 피식민지 주체의 국토에 대한 억압된 욕망을 '지도 그리기'라는 놀이 세계로 구현하고자 한다. 먼저, 1936년작 윤동주의 동시 「오줌싸개 지도」의 창작과 퇴고 과정을 통해 욕망의 표층과 심층을 들여다볼 필요가 있다.

〔가〕
빨줄에 걸어 논
요에다 그린 지도는
간밤에 내 동생
오줌 싸서 그린 지도

---

16 프로이드, 『쾌락 원칙을 넘어서』, 박찬부 역, 민음사, 1997.

우에 큰 것은

꿈에 본 만주 땅

그 아래

길고도 가는 건 우리 땅

—「오줌싸개 지도」(퇴고 전)

[나]

빨래줄에 걸어 논

요에다 그린 지도는

지난 밤에 내 동생

오줌 싸서 그린 지도

꿈에 가본 어머님 계신

별나라 지돈가

돈벌러 간 아버지 계신

만주땅 지돈가

—「오줌싸개 지도」(퇴고 후)

오늘날 윤동주의 동시 「오줌싸개 지도」는 [가]와 [나]유형이 함께 유통되고 있다.[17] 윤동주의 자필 시고집인 『나의 習作期의 詩 아닌 詩』에 보면, [가]의 내용이 윤동주가 처음 창작하여 기록한 것으로 되어 있다. 그러나 그 위에 파란색 잉크로 1연의 일부 어휘를 바꾸고, 2연의 내용

---

17 가령, 『100년 후에도 읽고 싶은 한국명작동시』(한국명작동시선정위원회 엮음, 예림당, 2005)에서는 [가]를 수록하였으며, 『정본 윤동주 전집』(홍장학 엮음, 문학과 지성사, 2004) 역시 [가]를 수록했다. 그 뒤, 『육필 원고 대조 윤동주전집』(최동호 엮음, 서정시학, 2010)은 [나]를 수록하였다.

전부를 두 줄로 긋고 〔나〕와같이 퇴고해 놓은 것을 알 수 있다. 윤동주는 〔나〕와 같이 퇴고한 내용을 『카톨릭 소년』 1937년 1월호에 발표할 때 다시 조금 손을 보게 된다.[18] 한 가지 흥미로운 사실은, 신문·잡지에 발표된 윤동주의 동시 가

퇴고 전 자필 시 「오줌싸개 지도」

운데 이 「오줌싸개 지도」만이 유일하게 첫 시고(詩稿) 내용의 절반 이상을 퇴고하였다는 것이다. 〔가〕에 담겨 있던 "우리 땅"에 대한 국토 의식은 상당 부분 탈색되고, 〔나〕에서는 "어머님 계신", "아버님 계신" 육친적 현실 공간으로 변용된다. 아마도 〔가〕의 원고 형태로는 일제 강점기에 작품 발표를 할 수 없었을 것이다.

윤동주 어머니가 당시 생존해 있었다는 전기적 사실에 비추어 볼 때, 우리는 〔나〕의 "꿈에 가 본 어머님 계신/ 별나라 지도"가 〔가〕에서 서술된 "우리 땅"의 암시적 상징일 것이라는 추정을 해 볼 수 있다. 그러나 여기서 우리가 새롭게 주목해야 할 부분은 〔가〕의 지도가 "별나라"라는 추상적 관념 지도 밑에 억눌려 있는 화자의 무의식적 욕망 지도라는 점

---

18 『카톨릭 소년』 1937년 1월호에 실린 작품의 원본을 보면 '어머님', '아버지'를 '엄마', '아빠'로 바꾸고, 1연의 시행을 7·7·7·7로 "빨래줄에 걸어논/요에다 그린지도/지난밤에 내동생/오줌싸 그린지도"와 같이 맞추고 있다.

이다.

'오줌 싸기'는 우리 몸속에서 이루어지는 배뇨 행위의 자연스런 현상이다. 신체의 내부 기관은 곧 욕망의 원천으로써, 그 욕망이 분출되기 위해서는 출구가 필요하다. 수잔나 밀라에 의하면, 놀이는 반드시 출구를

퇴고 후의 「오줌싸개 지도」, 가톨릭 소년 수록본

찾아야 하며 그것은 물줄기의 속성과 같다. 만일 놀이가 억제된다면 알려지지 않은 코스 즉, 지하로 흐를 것이며, 적합하지 않은 곳에서 분출될 수밖에 없다.[19] 동시 「오줌싸개 지도」에서 화자는 놀이와 욕망을 유기적으로 결합시켜 식민지 주체의 국토 상실 의식을 오줌 지도라는 심층에 환원시켜 놓고 있다. "우리"로 표현된 화자의 언표는 곧 영토의 회복을 갈망하는 식민 주체의 강한 저항의 몸짓에 다름 아닐 것이다.

2) 주체의 자기 인식과 해학적 동심

앞마당을 백로지인 것처럼
참새들이 글씨 공부하지요

---

19 수잔나 밀라, 『놀이의 심리』, 형설출판사, 1986, 26쪽.

짹, 짹, 입으론 부르면서,

두 발로는 글씨 공부하지요.

하루종일 글씨 공부하여도

짹 자 한 자밖에 더 못 쓰는 걸

—「참새」(1936. 12) 전문

　「참새」는 윤동주의 미완성·삭제 시편 가운데 하나이다. 그러나 시인의 의지와는 무관하게 이 동시는 오늘날 가장 사랑받는 윤동주의 대표 동시 가운데 한 편으로 꼽히고 있다.[20] 여기서 참새는 시적 화자의 객관적 상관물로 활용되고 있다. 입으로는 "짹 짹" 부르면서 두 발로는 그것을 받아쓰는 "글씨 공부"를 한다는 독특한 상상력을 펼친다. 반복되는 "짹"의 청각적 자질은 이 동시의 밝고 경쾌한 느낌을 발산시킨다. "공부"라고 표현되어 있지만, 하루 종일 해도 "짹 자 한 자"밖에 못 쓴다는 해학적인 정경이 결부되어 참새의 글씨공부는 사실상 놀이에 가깝게 그려지고 있다. "하루 종일"이라는 시간의 길이와 "짹 자 한 자"라는 어휘 공간이 반어적으로 결합되어 표출되는 동심의 성격은 매우 해학적이다. 백로지를 펼친 듯한 하얀 앞마당은 참새들의 놀이 공간인 셈이다.

　하지만 "앞마당을 백로지인 것처럼" 펼쳐놓고 모였다 흩어졌다를 반복하는 참새의 모습을 '글씨 공부'와 연계시킨 것은 무엇 때문일까? 참새의 글씨 공부는 "짹 자 한 자"에서 조금도 나아가지 못한다. 그러나 이 때 "짹"한 자가 참새의 입에서 터져 나오는 자기 정체성을 상기시켜

---

20 2010년 6월 27일, 중국 연길에서 연변작가협회, 연변청소년문화진흥회, 한국청소년운동연합은 '윤동주 옥사 65주년'을 기념하는 행사가 열고, 연길시 연길공원 동시동네에 윤동주 시비를 제막했다. 이 시비에 새겨진 윤동주의 동시가 「참새」이다.

명동에서 나온 『가톨릭소년』. 이상 김해경의 표지화

준다는 사실은 결코 예사롭지 않다. 우리의 말과 글을 빼앗긴 식민지 상황에서 부지런히 제 소리를 받아쓰는 참새의 행위 는 곧 우리말과 글을 연습하고 있는 시적 화자의 모습에 다름 아닌 것이다. 윤동주의 시 「별 헤는 밤」에서 "내 이름자를 써 보고/흙으로 덮어" 버리거나 "밤을 새워 우는 벌레는/부끄러 운 이름"이라고 묘사되었던 부 정성이 그의 동시 「참새」에서는 부단한 자기 이름의 확인과 긍 정으로 전환되어 나타나고 있

음을 볼 수 있다. 그리고 이 동시는 하루 종일 "쩩 한 자"밖에 못 쓰는 참새의 글씨 공부라는 해학적 동심의 이면에 강한 저항 의식을 결연하 게 드러내고 있다.

요-리조리 베면 저고리 되고
이-렇게 베면 큰 총 되지.
　　누나하고 나하구
　　가위로 종이 쏠았더니
　　어머니가 빗자루 들고
　　누나 하나 나 하나
　　볼기짝을 때렸소
　　땅바닥이 어지럽다고-

아니 아니

고놈의 빗자루가

방바닥 쓸기 싫으니

그랬지 그랬어

괘씸하여 벽장 속에 감췄더니

이튿날 아침 빗자루가 없다고

어머니가 야단이지요

―「빗자루」(1936. 9. 9) 전문

『카톨릭소년』 1936년 12월호에 발표된 「빗자루」에서는 누나와 가위로 종이를 쏠면서 노는 놀이 공간이 묘사되어 있다. 종이와 가위만 있으면 무엇이든 만들 수 있는 시간이다. "요-리조리 베면 저고리도 되고 이-렇게 베면 큰 총"도 되는 종이 놀이는 의식주의 일상에서 전쟁까지 표현 가능 영역이 넓다. 그러나 어른들에게 이이들의 상상 세계는 쉽사리 용인되지 못한다. "방바닥이 어지럽다"는 하나의 이유로 누나와 함께 어머니한테 볼기짝을 얻어맞게 된다. 상황의 전이는 다음 연에서 이루어진다. 볼기짝은 어머니한테 얻어맞았으면서 화자의 분풀이가 "고놈의 빗자루"로 전가되어 어머니를 골탕먹이게 된다.

여기서 '빗자루'는 아이들의 종이 놀이를 알아주지 못하는 어머니의 심미적 등가물로 인 어 종이 놀이를 계속 하고 싶은 아이들의 세계와 정면으로 배치된다. 이 때 "괘씸하여 벽장 속에" 빗자루를 숨기는 행위는 아이들이 놀이를 받아들여 주지 않는 어머니의 마음속으로 들어가고 싶은 욕망의 표현으로 해석할 수 있다. 그렇기 때문에 어머니 역시 빗자루를 숨긴 화자의 의도를 눈치 채지 못하고 빗자루를 찾아 야단인 익살스런 상황이 연출된다. 이제 누나와 화자의 종이 놀이는, 빗자루를 매개로

하는 화자와 어머니의 감추기-찾기 놀이로 확대되고 있다.

　이렇게 해학적 동심 세계는 「빗자루」 외에도, 「둘 다」, 「사과」, 「닭2」, 「호주머니」, 「거짓부리」, 「만돌이」, 「참새」, 「할아버지」, 「개2」 등 다수의 시편에서 발견되는 전반적 특징이다. 또한 이들 동시가 발산하는 해학적 웃음이 놀이적 요소가 연계되어 있다는 사실은 이제 그다지 우연적인 것이 못된다. 「둘 다」에는 끝없는 세계로 표현되는 바다와 하늘을 향해 돌을 던지고 침을 뱉는 화자의 행동이 그려지고 있다. 그러나 화자자가 받은 수신호는 "바다는 벙글/하늘은 잠잠"일 뿐이다. "벙글"이라는 것은 파도치는 형상에서 유추된 것을 짐작할 수 있다.

　　넣을 것 없어
　　걱정이던
　　호주머니는

　　겨울만 되면
　　주먹 두 개가 갑북갑북.

—「호주머니」 전문

　불과 28글자로 이루어진 매우 짧은 단시(短詩) 형태를 띠는 이 동시는 호주머니와 주먹 두개가 만들어 내는 해학적인 동심의 세계를 그린다. 「호주머니」는 겨울이 되어서야 비로소 불룩해지는 포만감을 느끼고 있다. 1연의 "넣을 것 없어 걱정"이던 호주머니가 2연에서 "주먹 두 개"로 꽉 차도록 매개적 역할을 하는 것은 다름 아닌 "겨울"이라는 추위이다. 이 때 호주머니는 주먹 두 개가 리듬에 맞춰 갑북거리는 놀이 공간으로 변주되어 나타난다. 궁핍한 현실 속에서도 이 동시가 퍽 따뜻한 정감으로 그려지는 이유 역시 여기에 있다. 불룩해진 바지 양쪽의 호주머니는

신체의 양쪽에 달려 있는 폐와 같은 형태를 보이는데, 두 주먹이 "갑북
갑북" 움직거리는 모양은 호흡에 맞춰 박자를 맞추고 있는 화자의 모습
이라고 할 수 있다.

다음의 윤동주 동시 「만돌이」는 전봇대를 겨냥하여 돌을 던져 맞추는
놀이 공간의 묘사와 화자의 억눌린 심리를 결합시켜 해학적 동심 세계
를 극대화시키고 있다.

> 만돌이가 학교에서 돌아오다가
> 전봇대 있는 데서
> 돌재기 다섯 개를 주웠습니다.
>
> 전봇대를 겨누고
> 돌 첫 개를 뿌렸습니다.
> ─딱─
> 두 개째 뿌렸습니다.
> ─아뿔싸─
> 세 개째 뿌렸습니다.
> ─딱─
> 네 개째 뿌렸습니다.
> ─아뿔싸─
> 다섯 개째 뿌렸습니다.
> ─딱─

─「만돌이」(1937. 3 추정) 부분

학교에서 돌아오던 만돌이는 전봇대 앞에서 돌 다섯 개를 줍는다. 내
일 있을 시험에서 얼마의 점수를 받을지 전봇대를 빌어 점쳐 보려는 것

이다. 시험에 억눌려 있는 이대로의 심리로는 마음 놓고 공을 차러 놀러 갈 수도 없다. 그러나 전봇대를 겨누고 차례차례 돌을 맞춰 나가면서 화자의 심리는 미묘한 변화를 겪게 된다. '-딱-'과 '-아뿔사-'가 교대로 반복되는 것은 '돌'을 매개로 전봇대와 만돌이 사이에 대화가 이루어지고 있음을 잘 보여 준다. 만돌이는 다섯 개의 돌 가운데 세 개를 맞추고 "허양 육십 점"이라고 자신의 예상 점수를 매긴다. 절반의 점수는 넘은 셈이니, 일단 심리적 위로를 찾은 셈이다.

이 동시에서 만돌이가 겨누고 있는 '전봇대'라는 존재는 공연히 애꿎은 과녁이 된 것이 아니다. 일단 전봇대는 학교를 벗어나 있다. 그리고 그것은 거리의 한 지점 위에 돌출하여 서 있는 팔루스(Phallus, 남근상) 형태로 위압적인 욕망 기호를 이루고 있다. 그 전봇대를 놀이 공간으로 변용시켜 돌을 겨누는 만돌이의 행위는 아동의 생활에 절대적으로 군림하는 학교사회와 시험에 대한 일종의 풍자 행위이기도 하다. 이렇듯 윤동주의 동시는 놀이 모티프를 변주하여 화자의 해학적 동심을 묘파하는 데서 한 걸음 나아가, 어린 화자의 억압되어 있는 욕망을 실현시켜 주는 지점까지 밀고 간다.

3) 따뜻한 동심의 상상력과 원형적 상상 공간

이와 같은 윤동주 동시의 놀이 모티프는 대체적으로 강한 빛 지향성과 밝고 따뜻한 정조를 추구하고 있다.

놀이 모티프가 변주되고 있는 윤동주의 동시는 대부분 대낮이거나 아침, 이른 새벽이 시간적 배경을 이루고 있다. 밤인 경우는 「귀뚜라미와 나와」, 「못 자는 밤」, 「반디불」, 「가을밤」 등 5편 정도로 나타나지만, 이들 동시류에서조차 빛 지향성을 보인다. 그믐을 배경으로 하고 있는 「반딧불」에서는 아이들이 숲 속으로 달 조각을 찾으러 가고, 「못 자는

밤」에서 화자가 밤하늘의 별을 세는 셈놀이를 통해 빛을 호명하고 있다. 「귀뚜라미와 나와」에서도 화자는 귀뚜라미와 둘만 알자고 그들만의 비밀 공간을 만든다. "달 밝은 밤에 이야기했다"는 마지막 행 속에는, 아무에게도 들키지 않을 그들만의 비밀놀이가 매우 밝고 떳떳한 것임을 암시해 주고 있는 것이다.

계절 감각이 부각되는 시편은 5편 정도인데, 「개1」·「편지」·「호주머니」·「거짓부리」의 4편이 모두 겨울을 배경으로 하고 있지만 흰색의 '눈'을 핵심 심상으로 취하거나 따뜻한 정조를 지향하고 있음이 주목된다. 「개1」은 눈밭에서 뛰어노는 개의 모습을, 「편지」는 편지 봉투에 눈을 한 줌 넣어 누나에게 마음의 전송을 하는 화자의 모습을, 「호주머니」에서는 곤궁한 빈 주머니 속에서 느껴보는 따뜻한 체감을 보여 주고 있다.

윤동주는 그의 시 「돌아와 보는 밤」에서 "세상으로부터 돌아오듯이 이제 내 좁은 방에 돌아와 불을 끄옵니다. 불을 켜두는 것은 너무나 피로롭은 일이옵니다. 그것은 낮의 延長이옵기에ー"하고 빛의 차단 의식을 보인 바 있다. 그러나 그의 동시에서는 보다 의식적으로 어둠보다는 빛의 공간 창출에 힘을 기울이고 있음을 볼 수 있다.

먼저, 「반딧불」을 보자.

　가자, 가자, 가자.
　숲으로 가자.
　달 조각을 주우러
　숲으로 가자

　그믐밤 반딧불은
　부서진 달 조각

가자, 가자, 가자,

숲으로 가자.

달 조각을 주우러

　숲으로 가자.

―「반딧불」(1937년 초 추정) 전문

　이 동시는 반딧불이라는 작은 곤충의 세계를 천체의 상상력으로 확장
해서 펼치고 있다. 하늘의 그믐달이 숲에 떨어져 반딧불이 되었다는 동
심적 발상은 숲의 이미지를 신화적 공간으로 만든다. 예나 지금이나 숲
은 아이들의 훌륭한 놀이 공간이 된다. '보물찾기', '줍기', '캐기', '뽑
기' 등, 온갖 탐색 놀이가 이곳에서 이루어진다. 「반딧불」의 화자는 첫
행부터 참여 의식을 고조시키는데, "가자, 가자, 가자"하고 동사를 반
복하여 역동적인 움직임을 유발시킨다. 글씨의 모형에서도 팔을 휘저으
며 발걸음을 내딛는 아이들의 행렬이 연상된다.

　달빛이 없는 그믐밤이기 때문에 숲으로 가서 "달 조각"을 줍자는 아
이들의 놀이 발상은 강한 호소력을 지니게 된다. 그런데 이 시에서 "부
서진 달 조각=반딧불"은 '잡는' 대상이 아니라 '줍는' 대상이다. "잡는
다"는 강제된 침략의 과정을 동반하지만, "줍는다"는 자연의 질서에 따
라 스스로 떨어진 것을 거두어들인다는 순응적 비폭력성을 상징한다.
"부서진 달 조각"을 줍는 행위는 암울한 현실에 의해 부서져 버린 한 가
닥 빛을 밝은 동심으로 건져 올리겠다는 은유적 표현이라 하겠다.

하늘 다리 놓였다.

알롱달롱 무지개

노래하자, 즐겁게

동무들아 이리오나.

다 같이 춤을 추자.

해님이 웃는다.

즐거워 웃는다.

—「해비」부분

　「해비」는 "해"와 "비"라는 얼핏 상충되는 이미지를 "하늘다리＝무지
개"로 결합시켜 이어놓는다. 하늘다리를 배경으로 펼쳐지는 놀이 공간
은 동무들과 함께 모여 춤을 추고 해님도 즐거워 웃는 축제 한마당을 이
룬다. 춤을 출 수 없는 식민지 현실이었기 때문에, 화자가 펼치는 비온
뒤의 하늘 풍경은 "하늘 다리", "알롱알롱 무지개"와 같은 이상적인 천
상 세계로 그려진다. 「해비」는 「반딧불」과 아울러, 동무들을 초대하여
이루는 공동체적 놀이 공간을 보여 주는 대표적인 동시이다. 이 동시들
은 극적으로 이상화된 공간 속에서 오히려 현실과 유리된 공허감마저
남기고 있다. 그러나 현실 세계의 경험으로부터 분리되어 온갖 상상과
가상의 요소로 가득찬 내면의 욕망을 투사시켜 현실을 왜곡시키는 것
또한 놀이의 한 측면이라고 할 때, 이 「해비」가 묘사하고 있는 빛으로
충만한 원형적 상상공간 속에서 우리는 식민지 현실을 견뎌 나가야 하
는 시적 화자의 놀이 의식을 발견할 수 있다.

4. 맺음말

　이상으로 본고는 윤동주 동시에 나타난 놀이 모티프와 그 심층에 깔
려 있는 화자의 욕망에 대한 탐색을 ①내면의 지도와 식민 주체의 욕망,
②주체의 자기 인식과 해학적 동심, ③따뜻한 동심의 상상력과 원형적
상상 공간으로 나누어 살펴보았다.

그에 따라, 「조개껍데기」는 소꿉놀이의 행동을 통해 잃어버린 관계의 회복을 희구하는 화자의 욕망이 투사된 것으로, 「오줌싸개 지도」는 놀이와 욕망을 유기적으로 결합시켜 식민지 주체의 국토 상실 의식이 '오줌 지도'라는 심층에 투사되어 나타난 것으로, 「전봇대」는 권위적이고 위압적인 전봇대를 놀이 공간으로 변용시켜 돌을 겨누는 화자의 행위를 시험에 억압된 화자의 욕망으로 분석할 수 있었다.

윤동주 동시는 놀이적 요소와 연계하여 나타나는 경우가 많으며, 그로 인해 따뜻하고 해학적인 동심이 표출되는 것이 특징적이다. 무엇보다 그의 동시에 나타난 놀이 모티프는 승부의 개념보다는 조화롭고 평화로운 원융의 세계를 지향하는 중요한 특징이 있음을 지적할 수 있다. 대개의 놀이는 '내기', '시합', '승부'의 개념으로 타자에 대한 굴복 심리를 전제하게 마련이다. 그러나 윤동주 동시의 놀이 공간은 타자에 대한 승부 개념보다는 화자의 억눌려 있는 심리를 보상 받고 억압된 자아를 해방시킴으로써 거기서 내적인 쾌감을 맛보는 데 더욱 집중하고 있음을 확인할 수 있었다.

윤동주가 이처럼 아동의 실생활 체험과 심리적 변화를 민감하게 포착하여 동시 창작에 적극적으로 원용할 수 있었던 것은 무엇보다 그가 동시문학의 근간을 이루는 동심의 원리를 체득하고 있었기 때문이다. 그러나 우리가 간과하지 말아야 할 것은 윤동주의 동시에 나타난 놀이 체험이 단순한 유희로 끝나는 것이 아니라, 현실의 무게를 견디며 살아야 했던 당시 아동의 심리 변화와 욕망의 지도를 체현시켜 놓았다는 점에 있다.

(『Journal of Korean Culture』 22호, 한국어문학국제학술포럼, 2013)

참고문헌

1. 기본 자료

왕신영, 심원섭, 大村益夫, 윤인석, 『사진판 윤동주 자필 시고전집』, 민음사, 1999.

홍장학, 『정본 윤동주 전집』, 문학과 지성사 2004

최동호, 『육필원고 대조 윤동주 전집』, 서정시학, 2010.

2. 논문 및 평론

김흥규, 「윤동주론」, 『창작과 비평』 33호, 1974, 가을호.

김수복, 「윤동주 연구」, 단국대학교대학원 석사논문, 1979.

_____, 「윤동주의 동시 연구」, 『한국아동문학연구』, 일지사, 1980.

_____, 「윤동주 시의 원형상징 연구」, 『국문학논집』 12집, 1985.

이재철, 「한국아동문학가연구(3)—윤동주·권태응론」, 『단국대 국문학논집』 15집, 1984.

김열규, 「윤동주론」, 『국어국문학』 27집, 1964.

고형진, 「윤동주의 동시 연구」, 『어문학연구』 5집, 1997.

최명표, 「윤동주론—원시적 평화의 훼절과 심리적 대응」, 『아동문학평론』 1992. 3~9쪽.

김용희, 「윤동주 동요시의 한국 동시문학사적 의미」, 『아동문학평론』 35권 3호, 2010.9

김효중, 「윤동주의 동시세계」, 『국어국문학』 108호, 1992.

윤삼현, 「윤동주 시에 나타난 동심적 세계관」, 『현대문학이론연구』 27집, 2006.

김재홍, 「윤동주, 운명애와 부활 정신」, 『현대시와 삶의 진실』, 문학수첩, 2002.

박종은, 「전래동요의 관점에서 본 윤동주의 시세계」, 『한국문학연구』 4집, 1995.

곽춘옥, 「윤동주의 동시에 관한 고찰」, 『청람어문학』, 1989.

최동호, 「오늘의 상황에서 윤동주 시읽기」, 『육필 원고 대조 윤동주전집』, 서정시학, 2010.

프로이드, 『쾌락 원칙을 넘어서』, 박찬부 역, 민음사, 1997.

수잔나 밀라, 『놀이의 심리』, 형설출판사, 1986.

제3부 백석·강승한과 북한 아동문학

白石의 아동문학 사상에 대한 논고

1. 들어가며

백석은 북한에서 유독 아동문학에 대해 열정적인 활동을 보였다. 「동화문학의 발전을 위하여」(조선문학, 1956. 5), 「나의 항의, 나의 제의」(조선문학, 1956. 9), 「큰 문제, 작은 고찰」(조선문학, 1957. 6), 「아동문학의 협소화를 반대하는 위치에서」(문학신문, 1957. 6. 20)와 같은 평문을 잇달아 발표하면서 그는 아동문학의 도식주의를 비판하고, 아동문학이 예술로 형상되어야 할 본질을 역설했다. 또 아동문학이 총체적으로 나아갈 방향을 제시하기도 했을 만큼 백석은 아동문학 창작에서뿐만 아니라 이론의 면에서도 상당한 인식을 갖추고 있었다.

백석의 아동문학에 대한 이론적 접근은 1954년 『조선문학』에 고리끼의 「아동문학론 초」를 번역·소개하는 것으로 처음 시작되었다. 1945년 해방 이후부터 1950년대 초반, 전후 북한의 체제 정비가 이루어지는 동안 백석의 문학적 활동을 살펴보면 창작보다는 주로 번역 쪽에 더 무게가 실리고 있었다.[1] 본업으로 매달리고 있던 러시아 문학의 번역 과정에서 고리끼·푸시킨·마르샤크 등 선진 아동문학의 이론과 작품을 자연

정현웅이 그린 백석의 초상

스럽게 접하여 그것을 소개하기 위해 번역하게 되었을 것으로 추정된다.

그러나 이 우연적인 하나의 사건이 정치적으로든 문학적으로든 미래가 불투명했던 백석에게는 자신의 문학과 정치를 이상적으로 타협시킬 수 있는 최선의 카드로 제시되었을 가능성도 없지는 않다. 전후 새로운 사회를 건설해야 할 북한의 정치적 상황 속에서 백석은 어떤 방식으로든 자신의 문학적 노선을 결정하지 않을 수 없었으며, 혁명기 아동문학의 역할에 대해 그 나름의 사명 의식을 느꼈을 것으로 판단된다.

백석의 아동문학 출발 시점[2]에 대해서는 논의가 진전되어야 하겠지만, 1936년에 발간된 그의 첫 시집 『사슴』에서부터 이미 그의 아동문학가적 기질이 발아되었다고 보아야 한다. 『사슴』에 대해 최초로 단평한 김기림은 "시집 『사슴』의 세계는 그 詩人의 記憶 속에 쭈구리고 잇는 童話와 傳說의 나라다."[3]라고 언급하며 『사슴』 시집의 동화적 세계를 이미 평가했다. 이후 이준관[4]은 백석 시세계를 아동문학의 주요 테제가 되

---

1 『조선문학』 2호(1947. 12)에 실려 있는 북조선 문예총 명단에는 백석이 이름이 시분과에 있지 않고 외국문학 분과위원으로 올라가 있다.
2 김재용은 백석의 북한 자료를 발굴하여 실은 『백석 전집』을 내면서 백석의 아동문학 출발 시점을 「동화문학의 발전을 위하여」(『조선문학』, 1956. 5)부터로 밝혔다. 그러나 그 이전에 백석은 1956년 『아동문학』지 1월호에 두 편의 동화시 「까치와 물까치」 「지게게네 네 형제」가 발표한 바 있고, 1954년 3월 『조선문학』지에 고리끼의 「아동문학론 초」를 번역해 싣기도 한다. 그래서 김제곤은 적어도 북한에서 백석 아동문학의 활동 시점에 대해 1954년 이전으로 소급해 볼 수 있다고 했다.(김제곤, 「백석의 아동문학 연구—미 발굴 작품을 중심으로」, 『창비 어린이』, 2007. 겨울.)
3 김기림, 「백석시 독후감」, 『조선일보』, 1936. 1. 29.

는 동심의식으로 특징을 집약시킨 바 있다.

현재까지 발굴된 백석의 북한 아동문학 활동 내용을 정리하면 도표와 같다.

〔표〕 북한에서 백석의 아동문학 활동[5]

장르	제목	발표지
평론	「동화문학의 발전을 위하여」	『조선문학』 1956. 5.
	「나의 항의 나의 제의」	『조선문학』 1956. 9.
	「큰 문제 작은 고찰」	『조선문학』 1957. 6.
	「아동문학의 협소화를 반대하는 위치에서」	『문학신문』 1957. 6. 20.
정론	「사회주의적 도덕에 대한 단상」	『조선문학』 1958. 8.
동화시	「까치와 물까치」, 「지게게네 네 형제」	『아동문학』 1956. 1.
동화시집	『집게네 네 형제』 출간	조선작가동맹출판, 1957.
동시	「메'돼지」 「강가루」 「산양」 「기린」	『아동문학』 1957. 4.
	「감자」	『평양신문』 1957. 7. 25.
동시*	「나루터」	『아동문학』 1962. 5.
	「석탄이 하는 말」 「강철장수」 「사회주의 바다」	『새날의 노래』(아동도서출판사, 1962) 합동시집
소개*	「이소프와 그의 우화」	『아동문학』 1962. 6
번역	「아동문학론 초」(고리끼)	『조선문학』 1954. 3.
	「동화론」(드미뜨리 나기쉬)	『아동과 문학』 1955. 12.
	「막씸 고리끼」	『아동문학』 1956. 3.
	「마르샤크의 생애와 문학」	『아동문학』 1957. 11.
번역*	「손자와의 이야기」(마르샤크)	『문학신문』 1957. 11. 21
번역**	「1914년 8월의 레닌」(쎕계예브첸스키)	『문학신문』 1957. 11. 7

---

4 이준관은 「한국 현대시의 동심의식 연구」(고려대 석사논문, 1989)에서 백석 시의 동심의식을 살피면서 시세계를 '동화와 놀이의 평화로운 세계' '친족과 식생활의 안온하고 풍요로운 세계' '사랑과 연민의 세계'로 보고, 비유와 심상의 특징에 대해서는 '범상하고 천진한 세계 지향' '유년과 모성 지향의 감각적 이미지'로 파악했다.
5 이 도표는 박명옥의 연구(「백석의 동화시 연구」, 고려대석사논문, 2004)를 바탕으로 김제곤이 발굴한 * 표시의 동시 작품과 필자가 발굴한 ** 표시 번역 작품을 추가해서 작성한 것이다.

지금까지의 백석 연구는 대부분 해방 전 발표된 시집 『사슴』에 집중되어 온 것이 사실이다. 그러나 백석의 시세계 못지않게 그의 아동문학 세계를 해명하는 작업은 그의 문학적 전모를 밝히는 데 중요한 영역이라고 판단된다. 백석의 아동문학 연구는 1990년대 중반 이후 송준[6], 정효구[7], 김재용[8]에 의한 북한 자료의 발굴이 진행되면서 연구가 본격화되었다. 주로 1957년 북한에서 출판된 백석의 동화시집 『집게네 네 형제』가 주요 연구 대상이 되어 왔다.

그 대표적인 연구로는 박명옥 · 신기훈 · 이혜원 · 이지은 · 허영석[9], 최근에 백석의 미 발굴 동시 작품을 분석한 김제곤[10]이 있다. 문숙현[11]은 백석의 동화시와 아동문학의 이론을 아울러 연구하였지만, 백석의 아동문학 사상이 치열하게 표명된 『문학신문』이 논의되지 않아 아쉬움이 있다. 박명옥의 연구는 『문학신문』의 논쟁과 북한의 문예정책을 소개하여 백석 아동문학 연구의 진전을 보여 준 바 있다.

이제 아동문학 논쟁 속에 나타난 백석의 아동문학 사상에 천착하여 백석이 이해한 아동문학의 요체를 보다 구체적으로 해명할 필요가 있다. 본고는 백석이 창간호부터 편집위원으로 활동한 북한 『문학신문』의 논쟁을 통해 백석이 펼친 아동문학 이론의 요체와 아동문학 사상을 살펴보고자 한다. 백석이 남긴 몇 편의 아동문학 평문 역시 검토 대상에 포함할 것이다. 백석의 아동문학 사상을 재조명해 봄으로써 현대 아동

---

6 송준, 『백석 시전집』, 학영사, 1995.
7 정효구, 「백석의 삶과 문학」, 『백석』, 문학세계사, 1996.
8 김재용, 『백석 전집』, 실천문학사, 1997.
9 박명옥, 「백석의 동화시 연구」, 고려대 석사논문, 2004. 12.
  신기훈, 「백석의 동화시 연구」, 『문학과 언어』 20호, 1998. 5.
  이혜원, 「백석 시의 동심 지향성과 그 의미」, 『한국문학연구』 3호, 2004.
  이지은, 「백석 동화시 연구」, 서울여대 석사논문, 2001.
  허영석, 「백석 우화시 연구」, 동아대 석사논문, 1998.
10 김제곤, 「백석의 아동문학 연구—미 발굴 작품을 중심으로」, 『창비 어린이』, 2007. 겨울.
11 문숙현, 「백석의 아동문학 연구」, 한양대 대학원, 2005.

문학에 유의미한 측면을 도출해 보고자 한다.

2. 『문학신문』의 해제[12]

『문학신문』은 1956년 12월 6일 창간된 북한의 문예 관련 주간신문이다. 창간 당시에는 조선작가동맹 중앙위원회 기관지로 출발했다. 1961년 3월 조선문학예술총동맹으로 확대 개편된 이후에는 문예총 중앙지 기관지로 되었다. 이전까지의 문학이 현실의 일면만을 반영하고 창작 방법에서 도

조선작가동맹 중앙위원회 기관지로 발행된 북한의 『문학신문』. 1956. 12. 6. 창간호 발행

식적이었다는 반성을 전제한 위에서 대중의 비판을 적극 받아들이며 창작의 질을 높이겠다는 예술성 제고에 창간 방향을 잡고 있다. 1953년 제1차 작가대회 이후 작가동맹 중앙위원회 기관지로 『조선문학』을 간행한 것처럼, 제2차 작가대회 직후 새로운 기관지로 『문학신문』이 창간된 것이다.

『문학신문』은 '도식주의 극복'이라는 창간 당시의 문예 정세와 맞물

---

12 이 장에서 다루는 『문학신문』의 해제는 한림대 아시아문화연구소에서 발행한 『북한 『문학신문』기사목록(1956~1993)』(1994)의 내용을 요약 발췌한 것이다.

려『조선문학』등 다른 문예 매체와는 비교가 되지 않을 만큼 다양한 성격의 논쟁적 기사를 다룰 수 있었다. 이러한 특성 때문에『문학신문』은 북한 문예계의 내면적 동향을 분석하는 데 유익한 신문 자료가 될 수 있다. 신문이라는 점 때문에 깊이 있는 논문은 싣지 못했으나 다양한 비평적 논쟁과 독자 대중과의 직접적인 연결을 통해 문학 이론의 다양화와 문예 대중화를 동시에 이룩할 수 있었다는 점에서『문학신문』은 남북 문학사에서 특기할 만하다.

3. 문학 논쟁으로 살펴본 백석의 아동문학 사상

1) 도식주의 비판과 사회주의 사실주의

북한에서 백석의 문학 활동은 1956년 10월에 열린 제2차 작가대회와 깊은 연관이 있다. 사회주의 사실주의 창작 방법이 현실 긍정의 일면만을 강조하는 것이 아님에도 당시 북한 문학계는 당 정책을 수용하는 과정에서 삶을 도식화하거나 갈등 요인을 미리 제거해 버리고 이상적 주인공을 마치 혁명적 현실을 반영하는 것으로 간주되는 경향이 빚어졌다.

그래서 제2차 작가대회 때 「현실 연구 및 도식주의 문제」(천세봉), 「도식주의를 반대하며」(한효), 「도식주의와 '무난주의'는 쌍둥이다」(류기홍), 「창작과 편집 사업에서 도식적 틀을 깨뜨리자」(김우철), 「문학 형상의 다양화와 도식주의의 극복을 위하여」(윤시철)[13] 등 도식주의, 무갈등론, 독단주의에 대한 비판이 강력하게 제기되었다. 백석 역시 백석은 제2차 작가대회가 개최되기 네 달 전에 이미 「동화문학의 발전을 위하여」라는

---

13 조선작가동맹, 『2차 조선 작가 대회 문헌집』, 조선작가동맹출판사, 1956.

『문학신문』 14호(1957. 3. 7). 2차 작가대회 이후 레닌적 당성 원칙을 고수하되 도식주의를 반대하는 글을 싣고 있다.

아동문학 평문을 통해 "우리의 많지 않은 동화 작품들 중에서 그 대부분이 동물을 작품에 등장시키는 것들인바, 이런 작품들의 대부분이 천편일률적으로, 약자들의 단결, 협동에 의한 강자에의 승리이거나 권선징악을 내용으로 한 것들이다."[14] 하고 아동문학이 경직되고 도식화되는 것에 대해 비판한 바 있다.

제2차 작가대회 이후 북한 문학계에는 창작의 자유와 작가의 개성과 기호, 예술 활동의 자유로운 분위기가 조성되기 시작했다. 백석의 문학

---

14 백석, 「동화문학의 발전을 위하여」, 『조선문학』, 1956. 6.

적 활동이 재개되는 것도 이 시기와 맞물린다. 제2차 작가대회를 계기로 백석은『문학신문』창간 편집위원으로 발탁되었다.『문학신문』은 조선작가동맹의 활동을 소개하며 그 입장을 대변하는 기관지로 창간된 주간 신문이다. 이로써 백석은 북한 문학계를 주도하는 주류에 편입하여 공개적 활동을 펼치기 시작했다.

우리는 도식주의 비판 자체가 북한의 기본 문예 정책인 사회주의 사실주의 문학의 진전을 위해서 제기되었다는 사실을 상기할 필요가 있다.『문학신문』은 12호(1957. 2. 21)부터 4회에 걸쳐「사회주의 사실주의 문학의 전진을 위하여」라는 제하에 지상 토론을 마련하고, 원진관·박태영·주중곤·강능수·방연승의 논의[15]를 전개시키며 도식주의의 발생 원인과 극복하기 위한 의견들을 다양하게 싣고 있다.

백석의 도식주의 비판 역시 큰 테두리에서는 사회주의 문학으로 나아가기 위한 하나의 과정으로 살펴야 한다. 백석은 아동문학 내부에 잔존하는 무갈등론, 이상적 주인공론, 도식화, 개념화, 독단적 교조주의의 요소를 비판하였다. 그는 도식주의로 인해 문학이 "시사적 해제의 세계"가 되고 "무미건조한 교훈주의의 부대"가 된다고 강하게 비판하면서, 도식의 고질을 "일부 부정적이며 무지한 기도와 경향들"로까지 표현하기도 한다.

백석은 아동문학의 목적을 공산주의적 인격의 형성을 위한 교양에 있다고 보았다.

우리 아동문학은 혁명적인 아동문학이다. 우리 아동문학은 교양과 선전의

---

15 원진관,「도식주의를 극복할 데 대한 몇 가지 문제」,『문학신문』12호, 1957. 2. 21.
박태영,「자신에 대한 더욱 높은 요구성을!」,『문학신문』12호, 1957. 2. 21.
조중곤,「도식주의를 반대하는 길에서」,『문학신문』14호, 1957. 3. 7.
강능수,「도식주의 산생의 원인을 주관주의적 독단에서 찾자」,『문학신문』15호, 1957. 3. 14.
방연승,「도식주의를 극복하기 위한 몇 가지 의견」,『문학신문』18호, 1957. 4. 4.

무기로서 혁명의 한 부분을 담당해야 한다. 우리 아동문학 작가들은 그 작품들을 혁명의 리익에 복종시켜야 하며 또 이렇게 복종시키는 것을 영광으로 여기고 있다.(중략)

우리 아동들은 혁명기의 아동들이다.

우리는 조국의 통일 독립과 공화국 북반부에서의 사회주의 건설을 위한 눈부신 투쟁을 진행하고 있다. 이러한 현상은 우리 아동문학의 성격을 규정하는 조건으로 된다. 우리 아동들은 조국의 력사와 자연을 알아야 하며 봉건 제도와 제국주의의 면모를 알아야 하며 당면한 사회주의 건설을 알아야 하며 장래할 인류 사회의 륜곽을 알아야 한다. 이러한 당위성은 곧 우리 아동문학의 나아갈 길과 그 담당할 과업을 결정하며 지시하게 된다.[16]

그에게 아동문학은 "교양과 선전의 무기"가 되고, "혁명의 리익에 복종"시켜야 하는 대상이 된다. 백석은 아동을 위해 씌어지는 아동문학의 내용이 "조국의 력사와 자연", "봉건제도와 제국주의의 면모", "사회주의 건설"이 되어야 한다고 말한다. 아동문학의 목적을 공산주의적 이상에 둔 백석은 일찍이 "현대 청소년들의 모든 교양, 훈련, 교육은 공산주의 도덕을 가르치는 것으로 되어야 한다."고 한 레닌의 사상을 따른 것이다.

2) 인도주의 아동문학관

『문학신문』 20호(1957. 4. 18)에는 1957년 4월 23, 4일 이틀에 걸쳐 아동문학분과위원회에서 이루어진 유년 동요와 동시 창작의 전반적인 토의 내용이 소개[17]되고 있다. 분과 위원장인 리원우는 「유년층 아동들을

---

16 백석, 「큰 문제, 작은 고찰」, 『조선문학』, 1957. 6.

위한 동요, 동시에서의 빠포쓰 문제와 기타 문제」, 시인 박세영은 「아동문학의 혁명적 전통과 오늘의 학령전 아동문학에 대한 몇 가지 문제」, 시인 김순석은 「유년 동요에서의 사상성 문제」에 대해 보고했다.

이 토론회에서 백석의 일부 작품이 비판의 대상이 되었다. 리원우는 백석의 「메'돼지」는 내용이 명확하지 않아 아동들의 사고에 혼란을 줄 수 있으며, 「산양」·「기린」은 우리 시대의 어떠한 생활의 진실을 반영하려는 것인지 알 수 없다고 비판했다. 백석의 동화시에 대해 "사회주의 건설의 새로운 면모를 자연스럽게 보여 준 점"[18]이라고 극찬을 아끼지 않았던 박세영 역시 「메'돼지」·「강가루」는 너무나 손색이 있는 작품이라고 혹평했다. "메'돼지의 립장에서 흥취를 돋구기 위하여 시도했다 하더라도 이는 옳지 않은 태도"라고 지적하며, 만일 작가가 멧돼지로부터 밭곡식의 피해를 입었던 농민이라면 "이와 같은 노래는 누가 권고를 해도 쓰지 않았으리라 본다."[19]고 주관적인 견해까지 남기고 있다.

백석은 『문학신문』 29호(1957. 6. 20)에 자신의 작품을 옹호하는 입장의 글인 「아동문학의 협소화를 반대하는 위치에서」를 발표하여, 사실상 아동문학 논쟁을 촉발시켰다.

먼저, 토론회에서 비판 받은 백석의 동시 가운데 2편을 살펴보자.

곤히 잠든 나를

깨우지 말라

하루 온 종일

---

17 『문학신문』 20호(1957. 4. 18)에서는 「주제를 확대하자」로 보고하고 있다. 분과 위원장인 리원우는 「유년층 아동들을 위한 동요, 동시에서의 빠포쓰 문제와 기타 문제」, 시인 박세영은 「아동문학의 혁명적 전통과 오늘의 학령전 아동문학에 대한 몇 가지 문제」, 시인 김순석은 「유년 동요에서의 사상성 문제」에 대해 보고했다.
18 박세영, 「학령 전 아동문학에 대하여」, 『조선문학』, 1957. 9
19 박세영, 「학령 전 아동문학에 대하여」, 『조선문학』 1957. 9.

산비탈 감자 밭을
다 쑤셔 놓았다

소 없는 어느 집에서
보습 없는 어느 집에서
나를 데려다가
밭을 갈지 않나?

―「메'돼지」 전문

새끼 강가루는
업어 줘도 싫단다.

새끼 강가루는
안아 줘도 싫단다.

새끼 강가루는
엄마 배에 달린
자루 속에만
들어가 있잔다!

―「강가루」 전문

　「메'돼지」·「강가루」 두 작품은 모두 동물의 생태와 습성을 일차적으로 묘사해서 보여주는 시편들이다. 그러나 좀 더 면밀히 들여다보면, 단순한 암기식 지식의 전달이나 교훈을 목적으로 하지 않는다는 것을 알 수 있다. 「메'돼지」에서는 멧돼지가 제 한 일의 잘못도 모르고 오히려 의기양양해 하는 모습을, 「강가루」에서는 엄마한테 늘 붙어 있고 싶은

아가의 사랑스런 모습을 그리고 있다.

리원우의 입장은 백석이 감자밭을 다 쑤셔 놓고도 장한 척하는 멧돼지를 조소하는 정신을 강하게 보여 주지 못했다는 점에서 그의 작품에 결함이 있다는 것이었다. 백석의 동시에 대해서는 윤복진·리효운·리진화·김명수·김붕 등도 비판에 가세했다. "과학의 현상과 생태만을 배워 주려는 단순히 식물, 동물 과목의 과업을 해결해 주려는 듯한 얄은 느낌"(김붕), "메돼지에 대한 심오한 관찰이며, 과학적인 인식에는 틀림없을 것이나"[20](리진화) 등의 비판이 그 대략이다. 이들 비판의 공통된 특징은 백석이 작품에서 하나의 대상이나 현상을 있는 그대로 묘사했을 뿐, '적극적이고 혁명적인 평가'가 극히 모호하다는 것이다.

그렇다면 백석의 시가 단지 하나의 대상이나 현상을 그대로 묘사한 것에 지나지 않는 것일까? 백석이 굳이 멧돼지의 행동을 조소하는 내용을 표출시키지 않은 의도는 무엇일까? 다시 백석의 작품으로 돌아와 보자.

인간의 농사를 망친 멧돼지를 조소해야 한다는 리원우의 시각은 자못 인간의 입장에서 멧돼지의 습성을 파악한 것이라고 할 수 있다. 그러나 백석은 거꾸로 인간이 아닌 멧돼지의 입장에서 인간 생활의 일면을 보여주는 기법을 취하고 있다. 산밭을 쑤셔 놓는 행위를 보습으로 땅을 가는 농사와 동일시하는 발상과 결부시킴으로써 멧돼지와 같이 아둔하고 어리석은 인간 단면을 풍자해서 보여주려는 것이다.

백석은 유년문학에서 가장 고귀한 감정은 "해학의 감정", 즉 "웃음의 정신"이라고 한 바 있다. 유년층 문학에서는 계몽과 교양, 도덕의 교훈을 쌀 때도 웃음으로 싸고, 교양도 웃음으로 쌀 때 비로소 효과를 보게 된다고 쓰고 있다. 백석은 멧돼지의 행동을 직접적인 노출로써 조롱하기보다는 우스꽝스럽게 만듦으로써 그 이면에 계몽과 교훈이 숨어들 수

---

20 리진화, 「아동문학의 정당한 옹호를 위하여」, 『문학신문』 30호, 1957. 6. 27.

있도록 의도했던 것이다.

또 자기가 어떤 잘못을 저질렀는지도 모른 채 의기양양해 하는 멧돼지의 모습은 아이들이 철없는 장난을 저질러 놓고 깔깔거리고 웃는 모습과도 일맥 통하는 장면이다. 아이들의 장난에는 선악이 개입될 여지가 없는 것이다. 리원우의 시각대로 멧돼지를 조소하는 사상적 내용을 덧붙였다면 이 동시는 해석의 다양성을 얻을 수 없었을 것이다.

백석은 아동문학에서의 사상성과 교양성이 협소하게 해석되는 것을 반대했다. 아동에게 인식의 세계를 넓혀 주고 계몽적 교훈을 줌과 아울러, 휴머니즘에 입각해서 주위 사물을 처리할 수 있는 풍만한 정서를 중요하게 여겼다. 유년문학이 성인문학과 달라져야 하는 이유에 대해 설명하면서, 대상의 특수성으로 인해 직접적인 혁명 투쟁으로 불러일으킬 수 없고 다만 "옳은 것을 옳게 보고 아름다운 것을 아름답게 볼 줄 알도록 인간 정신의 바탕을 닦아 주"[21]어야 한다고 했다.

백석은 소련 시인 에쓰 · 마르샤크의 「바쎄이나 거리의 얼빠진 사람」을 예로 들면서, 이 시에는 아무런 정치적 사상성도 교양성도 없지만, '어린 독자들의 종합적인 형상'을 볼 수 있다고 주장했다.

우리가 오늘 사회주의 사실주의 문학 속에서 행복됨은 진정한 문학이라는 것을 언제나 인도주의적 문학으로서, 언제나 인간의 건강하고 즐겁고 선량한 사상을 주장 옹호하여 오는 문학으로서 인정하는 때문이기도 할 때, 더욱이 이러한 아동 작품의 경향과 세계는 인정되지 않아서는 안 될 것이다.[22]

백석은 아동문학의 목적이 '완전 무결한 공산주의적 인격의 형성'을 위한 교양에 있어야 한다고 하면서도 문학의 참된 본질은 언제나 인도

---

21 「주제를 확대하자」, 『문학신문』 20호, 1957. 4. 18.
22 백석, 「아동문학의 협소화를 반대하는 위치에서」, 『문학신문』 29호, 1957. 6. 20.

주의적 문학에 있는 것이라고 했다. 인도주의 문학은 인간이 정치성의 목적에 예속되는 것을 거부하며 어디까지나 인간의 존엄한 가치를 중심에 두는 문학적 신념이다. 백석이 사상성과 교양성이 협소하게 해석되는 것을 반대하고 보다 높은 사상성, 높은 인도주의를 요구한 것은 이러한 인도주의 문학 정신에 의거한 것이다.

백석에게 공산주의는 이상적 공간이었으며, 인도주의 문학이란 그것에 이르기 위한 실천적 창작 방법이었다. 그러나 백석 자신이 추구한 공산주의 이상과 인도주의 문학으로서의 방법론은 북한의 체제와 문예 기조와 완전히 타협되지는 않았던 것으로 보인다.

3) 낭만적 예술 미학주의 아동문학관

백석이 작품의 해석과 평가를 어떻게 하였는지 살펴보는 일은 아동문학에 대한 그의 미학적 특수성을 탐색하는 일이 될 것이다.

백석은 아동문학분과위원회 연구회의 토론 결과와 정면으로 대응하며 해당 작품에 대해 과감히 옹호의 주장을 펴기도 했다. 예를 들면, 백석은 아동문학분과위원회에서 실패작으로 결정된 리순영의「고양이」, 류연옥의「장미꽃」에 대해서는 정반대의 해석으로 문학적 가치를 역설했다. 또 위원회에서 성공작으로 통과된「기중기」에 대해서는 오히려 실패작이라고 조목조목 강도 높은 비판을 가했다.

왜 이렇게 상반된 작품 해석이 빚어진 것일까? 작품을 분석하고 평가하는 백석의 미적 기준은 무엇이었을까?

리순영의「고양이」를 둘러싼 문학 논쟁의 일면을 살펴보자.

1957년 4월 23, 4일 양일에 걸친 아동문학분과위원회 연구회에서는 미발표작인 리순영의「고양이」라는 작품을 둘러싸고 많은 의견들이 대립되었다. 이 때 논의된 리원우의 글이『문학신문』25호(1957. 5. 23)에

실려 있다. 「유년층 아동들을 위한 시문학에서의 빠포쓰 문제와 기타
문제」라는 글에서, 리원우는 미발표작의 전문을 소개하며 "고양이 생태
를 묘사한 그 이상의 것이 없다", "다만 아름다운 언어로써 사진 한 장
찍었을 뿐인 관조적인 것밖에는 그것을 통하여 주려는 그 어떤 것도 명
백하지 않은 시"[23]라고 비판한다. 실재적 사실에 머물며 남다르게 느낀
새 발견의 경지가 없다는 것이 리원우의 비판 요지였다.

문제가 된 리순영의 「고양이」전문은 다음과 같다.

고양이 야옹/낮잠 깨었네/처마끝 참새 한 놈/조금 흘기고/돌개 바람/팽그르
르/도는 바람을/쪼르르 쫓아가/재롱 피구요/독 뒤에 야옹/쥐잡이 가네.[24]

고양이와 쥐의 생태적 습성이 의성어와 의태어와 어울려 재치있고 생동
감 넘치게 잘 묘사되어 있다. 얼핏 이 시는 리원우의 주장대로 동물의 생
태를 그대로 묘사했을 뿐, 그다지 새로운 발견이 있어 보이지 않는다.

그렇다면 백석은 왜 리원우의 주장에 반하여 「고양이」에 대해 옹호의
주장을 편 것일까? 백석은 아 · 바르또의 「코끼리」와 마르샤크의 「얼룩
말」을 예로 들면서 아동문학의 독자적인 사상 의식적인 역할과 교양적
역할의 중요성을 피력했다.

참된 아동문학이란 협소한 일방적인 '사상성'이나 '교양성'이나 '빠포쓰'에
구애되지 않고 그 독자적인 사상 의식적인 역할과 교양적 역할을 담당해 나가
는 것을 알 수 있다. 우리는 리순영의 「고양이」도 이러한 관점에서 평가하며

---

23 리원우, 「유년층 아동들을 위한 시문학에서의 빠포쓰 문제와 기타 문제」, 『문학신문』25호,
1957. 5. 23.
24 리순영의 「고양이」(미발표작)는 『문학신문』 25호(1957. 5. 23) 리원우의 「유년층 아동들을
위한 시 문학에서의 빠포쓰 문제와 기타문제」의 내용 속에 소개되었다.

이러한 작품적 가치와 의의를 부여함으로써 그것을 긍정적인 것으로 인정하여야 할 것이 아닌가?[25]

백석은 아동문학이 좁은 의미의 사상성과 교양성에 구애되고 협소화되는 것을 반대했다. 백석이 말하고 있는 "독자적인 사상 의식적 역할과 교양적 역할"이란 획일적인 교조주의적 문학이 아닌 작가의 개성적 사상이 인정되는 다양성의 예술을 의미한다.

백석은 "아동문학에서의 사상성이란 반드시 계급의식적인 것만을 의미하지는 않으며, 높은 구마니즘(*인용자 주=휴머니즘), 선과 악에 대한 정확한 인식, 아름다운 것에 대한 지향, 락천성, 애정 등 이 모든 것이 포괄"[26]된다고 강조했다. 사상성의 경직된 문학이 아니라 예술적 다양성을 추구한 백석은 작가의 개성과 충만된 감정을 중시하는 개방적이고 자율적인 문학적 태도를 취한다. 인간의 개별적인 감정에 하나의 예술적 형태를 부여하며 예술의 정신을 찾는 낭만적 예술관은 사회적 윤리에 의해 결정된 미적 개념과 지나치게 목적성을 띠는 사회주의적 예술과 완전한 일치를 이루기 어렵다.

1956년 아동문학분과위원회 1·4분기 작품 회의에서 실패작으로 논의된 류연옥의 「장미꽃」에 대해서도 백석은 "감정과 정서의 아름답고 옳은 성숙"이야말로 아동문학의 사명이라고 주장하며 작품의 가치를 옹호했다. 류연옥의 「장미꽃」은 『아동문학』 1956년 3월호에 발표된 작품이다. 백석은 『조선문학』(1956. 9)에 아동문학 평문 「나의 항의, 나의 제의」를 발표하며, 이 작품이 '벅찬' 현실이 그려지지 않았다는 이유로 유해로운 실패작이 된 것에 강력히 항의했다.

---

25 백석, 「아동문학의 협소화를 반대하는 위치에서」, 『문학신문』 29호, 1957. 6. 20.
26 「주제를 확대하자」, 『문학신문』 20호, 1957. 4. 18.

온실의 화분을/두 손으로 안아 드니/흠뻑 향기롭다/빨간 장미꽃./눈보라 휘몰아치는/오동지 섣달에도/한난계 자주 살폈다./우리들 번갈아 가꾸며…//협동마을 새 학교/아담하게 꾸려야지./3월엔 꽃이 필 거야/ 날마다 세여 보던 꽃망울.//활짝 핀 장미꽃/창가에 놓으니,/봄빛도 반가운 듯/꽃송이를 엿본다.

— 「장미꽃」 부분

「장미꽃」은 한란계를 살피면서 눈보라 휘몰아치는 겨우내 장미꽃을 키워 온 아이의 설렘과 기쁨을 소박한 언어로 노래한 작품이다. 백석은 이 시에서 다루어진 감정과 정서의 품격을 재평가하며 작품의 가치가 외면된 것에 대해 이의를 제기한다.

백석은 기중기와 건설장에서와 마찬가지로 장미꽃에도 교실에도 벅찬 현실과 벅찬 시는 있는 것이라고 주장했다. '벅차다'고 하는 것은, "현실 생활을 감수하는 시인의, 즉 개성의 감도의 문제"인 것이며, "기중기, 뜨락또르… 등으로 상징되는 일련의 현상만을 우리 시대의 전형적인 것으로 한하는 것은 부당하다"고 했다. 백석은 이 글에서 인간 감정의 복잡성을 무시하려는 행위를 "무지한 기도"라고까지 표현했다. 그러나 인식적 단계에서 계급의식을 강요해선 안 되며, 보다 폭 넓은 사상성을 요구한 백석의 논지는 곧이어 반발에 부딪친다. 리진화는 『문학신문』 30호(1957. 6. 27)에 「아동문학의 정당한 옹호를 위하여」를 발표하며, "사물의 생성 발전의 객관적 인식, 다시 말해서 주위 사물과 현상의 있는 그대로의 묘사가 작품이 된다는 것"이냐며, 쥐 잡으러 가는 고양이의 행동에서 어떤 미적 감흥을 느껴야 하며 설사 그것이 "'미적 감흥'이라고 해도 우리 시대 아동과는 상관 없는 일"이라고 강하게 비판했다. 그리고 아동에게 중요한 것은 인식 그 자체를 위한 인식이 아니라 무엇을 어떻게 인식시켜야겠는가에 염두에 두어야 한다고 주장했다.

김명수도 『문학신문』33호(1957. 7. 18)에 「아동문학에 있어서 인식적

인 것과 교양적인 것」를 발표하면서 인식적 단계에서 계급의식을 요구할 수 없다는 백석의 논지에 반박하고, '인식적 단계'에서도 계급의식을 요구할 수 있으며, 요구해야 한다고 주장했다. 리효운은 『문학신문』 38호(1957. 8. 22)에 「최근 아동문학에 관한 론쟁에 대하여」를 발표하며, "백석이나 리순영의 경우에 있어서와 같이 계급적 의식을 떠나서나 사상적 교양자의 태도를 떠나서는 우리의 문학이 있을 수 없다."고 했다.

이상의 논쟁을 통해 백석이 끊임없이 주장한 것은 바로 참된 아동문학, 예술의 다양성이라는 것을 확인할 수 있다. 예술의 다양성은 인간 개성의 다양성, 인간 감정의 다양성과 맥을 같이한다.

그러나 유년문학은 인식적 단계에서 계급의식을 강요해선 안 된다는 백석의 주장은 북한 문학계에 수용되지 않는다. 백석의 논지를 둘러싼 논쟁은 이후 아동문학에 있어서 '인식적인 것'과 '교양적인 것'에 대한 논쟁로 확대되었다. 아동문학 논쟁은 몇 달 동안 계속되었다. 백석의 글이 발표된 이후 『문학신문』에서는 부르죠아 반동 문학과의 투쟁을 전개하자는 논지의 기사가 실리기 시작한다. 백석의 문학적 주장은 점점 힘을 잃어갔다.

백석은 1957년 9월 27, 28일에 걸친 『아동문학』 확대 편집위원회에서 결국 자기비판의 자리에 서게 된다. 이 자리에는 박팔양, 윤두헌, 서민일 부위원장들과 『아동문학』 정서촌 주필, 리원우 아동문학 분과위원장, 그 외 편집위원, 작가, 시인 등 다수가 참가한 것으로 되어 있다.

그 내용이 『문학신문』 44호(1957. 10. 3)에 요약되어 있다.

백석은 자기 토론에서 아동문학에서는 무엇보다도 아동 생활과의 결부 그리고 그 리해가 고려되어야 한다고 전제한 후 아동들의 생활을 떠난 쩨마는 그 교양성의 강압과 주입을 초래한다고 하면서 인식적인 것이라고 해서 교양성이 없다고 말할 수 없다고 주장하였다.

그는 계속하여 자기 작품 「강가루」와 「메'돼지」에 대하여 자기가 노린 의도와는 달리 아이들의 리해력에 맞지 않았으며 독자에게 혼동을 주게 한 데 대하여 자기 비판하였다.[27]

비록 자기 비판의 자세를 취하긴 했지만, 글의 문맥에서 백석이 그의 문학적 신념을 포기하지 않고 끝까지 고수했음을 느낄 수 있다. 이후, 백석은 1958년 10월에 내려진 김일성 교시 「작가 예술인들 속에서 낡은 사상 잔재를 반대하는 투쟁을 힘있게 벌일 데 대하여」에 의해 부르조아적 잔재로 사실상 문학적으로 숙청[28]되었다.

4. 백석 아동문학 이론의 요체

백석은 공산주의 사회를 건설하기 위한 혁명기의 아동문학을 이상으로 상정했다. 그러면서도 진정한 문학, 하나의 예술로서 성립할 수 있는 '높은 사상성의 문학' '높은 인도주의의 문학'을 고민했다. 백석은 러시아의 선진 아동문학론을 나름대로 소화하면서 북한 아동문학계의 도식주의를 비판하고 아동문학의 본질적 예술 미학이 무엇인지 역설하였다. 또, 아동문학이 나아가야 할 전망을 제시했다.

그리하여 우리는 백석이 이해한 아동문학의 특수성과 이론적 요체를 다음과 같이 요약해 볼 수 있을 것이다.

---

27 「아동문학의 전진을 위하여」, 『문학신문』 44호, 1957. 10. 3.
28 지금까지 백석은 1963년 사망한 것으로 알려졌다. 그러나 북쪽 유족들이 전해온 서신과 말년의 사진을 통해 1995년 83세까지 압록강 인근 삼수군에서 농사일을 하면서 문학도를 양성하다가 죽은 것으로 밝혀진 것으로 알려졌다.(한겨레신문, 2001. 5. 1)

① 아동 주체의 문학론

백석은 문학의 창작에서 성인들의 질문을 아이들의 질문으로서 제기하지 말며 성인들의 대답을 그들의 대답으로 해서는 안 된다고 하면서 어디까지나 연령적 특수성과 그들의 생활 감정에 의거해야 한다고 강조했다.

> 유년(학령 전 아동)들의 세계는 고양이와 집토끼를, 헝겊곰과 나무 송아지를 동무로 생각하는 세계이다. 유년의 세계는 셈세기를 배우는 세계이며 주위 사물의 이름을 하나하나 외워 보는 세계이다. 유년들의 세계는 유희에서 시작하여 유희에서 끝나는 세계이며 꿈에서 시작하여 꿈에서 끝나는 세계이다. 이러한 유년층 아동들을 문학의 대상으로 하는 것은 특수한 고려가 필요한 것이다.[29]

아동을 대상으로 하는 만큼 특수한 고려가 필요하다고 본 백석은 어디까지나 성인에 의한 주입의 대상으로서가 아니라 주체로서 아동의 입장에서 아동문학의 창작이 이루어져야 할 것으로 본다.

② 학령 전 아동문학과 계급의식

백석은 아동문학, 특히 학령 전 유년문학에 대해서는 계급의식을 강요할 수 없다고 본다. 유년문학의 사상성은 그 대상의 특수성으로 인해 유년들을 혁명 투쟁에로 직접 불러올 수 없다고 본다. 옳은 것을 옳게 보고 아름다운 것을 아름답게 볼 줄 알도록 인간 정신의 바탕을 닦아 주어야 한다는 점에서 아동문학이 성인문학과 다르다고 강조한다.

아동문학의 사상성과 교양성이 정치성, 사회적 의의로만 협소하게 해석되는 경향을 비판하고, 독자적인 정의를 통해 보다 폭 넓은 사상성과

---

29 백석, 「큰 문제, 작은 고찰」, 『조선문학』, 1957. 6

교양성의 아동문학을 주장했다. 아동문학에서의 사상성과 교양성을 "유년들의 건강한 심미감과 취미를 배양하며 성정의 도야를 꾀함으로써 그들이 생활에서 진실하고 아름다웁게 되는 것"으로 정의하고, "주위 사물과 현상을 과학적으로 인식하는 것", "아름다움을 감득하는 것" 또한 사상성을 띈 일이라고 했다.

③ 생활의 문학

백석이 말하는 생활의 문학이란 생활의 진실한 형상을 말하는 것이고, 교훈주의적 생활 해설을 의미하지는 않는다. 문학은 현실 반영이며 현실의 재창조이며 현실의 선도적 역량이라고 말하며, 인간의 미적 감수의 능력과 관련된, 움직일 수 없는 힘은 곧 현실 재현의 힘이라고 한다. 그리고 현실을 예술로 문학으로 만드는 힘이야말로 높은 예술의 힘이라고 말한다.

④ 시정(詩精)과 철학의 동화

백석은 『조선문학』 1956년 5월호에 발표한 「동화문학의 발전을 위하여」라는 평문에서 "시정으로 충일되지 못한 동화는 감동을 주지 못하며, 철학의 일반화가 결여된 동화는 심각한 인상을 남기지 못한다. 이러한 동화는 벌써 문학이 아니다."라고 자신의 동화론을 피력한다. 시와 철학은 곧 "동화의 생명"이라고 표현한다.

그리고 이 두 가지의 특질은 과장과 환상이라는 두 요소로 요약된다. 과장이나 환상이 없이는 그 어떤 공상도, 지향도, 미래에의 투시도 성립될 수 없다고 했다. 오늘보다 더욱 빛나는 사회가 이르를 것을 예견하며 투시하는 과정을 표현함에 있어서 이 두 요소는 필요 불가결한 것이 된다.

⑤ 시적 언어

백석은 언어의 선택을 중요하게 여겼다. 그리고 아동문학에서의 언어는 한 개의 시어라도, 산문의 한 구절이라도 높은 시정신으로 차야 하며, 많은 관념을 연상시켜야 하고 음악적이어야 한다고 했다. 그리고 순수성이야말로 언어의 생명이라고 보았다.

동화가 창작되며 구성되는 기본적 요소는 무엇인가? 그것은 언어이다. 그것도 높은 시적 언어이다. 언어의 고의성에로의 지향은 언어를 인공적인 것으로 만들며 생명이 없는 것으로 만드는 것인 바, 이것은 동화에서 심히 배격해야 할 현상이다. 시적 언어의 모범은 무엇일가? 그것은 인민의 언어이다. 뿌슈낀이 일찍 가장 본질적인 언어를 인민 언어에서 찾으라고 절규한 것은 우리들에게 큰 교훈으로 된다. 우리 동화 작품에서는 찬란하고 호화로운 많은 조사들을 볼 수 있다. 그러나 이런 언어는 소박하지 못하고, 형상력이 약한 것들로서, 그 대부분이 수식을 위한 언어이며, 동화의 시정과 피로써 통한 언어는 아닌 것이다. 소박하고 투명하고 명확하고 간소한 언어야말로 아동 독자들의 창조적 환상을 풍부히 할 수 있으며, 사회의 도덕-륜리적 법칙을 옳게 가르칠 수 있는 것이다.[30]

인공적으로 조합된 수식을 위한 언어가 아닌 "시정과 피로써 통한 언어"야말로 동화의 언어가 될 수 있다고 한다. 언어의 선택을 중요시한 백석은 시적 언어를 "인민의 언어"에서 찾으라고 주문한다. "소박하고 투명하고 명확하고 간소한 언어"야말로 아동 독자들의 창조적 환상을 풍부히 할 수 있다고 했다.

---

[30] 백석, 「동화문학의 발전을 위하여」, 『조선문학』, 1956. 5.

⑥ 해학과 웃음의 철학

유년들을 위한 문학의 수법상의 한 특징으로 백석은 본질적인 웃음을 지적했다. 유년문학에서 웃음의 정신은 그 정수요, 생명이라고 했다. 유년층 문학에서 이 웃음의 의의를 이해하지 못하고 수법으로 살리지 못할 때 이 문학의 본질과는 인연이 멀어질 것이고, 유년을 위한 문학에서 웃음이 없을 때 계몽성과 교양성은 노출을 면치 못할 것이라고 했다. 그리하여 유년층 문학에서는 계몽도 웃음으로 싸고, 교양도 웃음으로 쌀 때 비로소 효과를 보게 된다고 했다. 이 웃음은 백석이 아동문학에서 중요한 제대로 인식한 과학적 인식 세계와도 밀접하게 연관된다.

⑦ 과학주의 정신

백석은 「큰 문제, 작은 고찰」이라는 평문에서 '과학의 세계로'라는 별도의 소제목을 두었을 만큼, 아동문학의 과학적 관심을 중요하게 다루었다. '아동들에게 과학 기술을 사랑하는 정신과 과학 기술에서 즐거움과 자랑을 느끼는 마음을 길러 주어야 한다.'고 강조하면서, '관찰을 기본으로 한 문학'은 아동을 주위 환경에 예민한 관찰력을 가진 영민한 사람으로 만든다고 했다.

과학의 문학은 자연의 신비성을 해명하는 데 이르는 것으로 된다. 이것은 곧 아동들에게 자연 현상의 신비성을 길러 주는 것이며 아동들에게 황홀한 정서 속에서 자연의 비밀을 관찰하게 하며 이 관찰을 일반화하게 한다. 이것은 곧 과학적 인식 방법의 초보적인 단계로서 그들의 세계관 형성에 지대한 힘을 가지는 것이며 우리의 미래의 리해에 막대한 영향을 미치는 것으로 되지 않을 수 없다.[31]

---

31 백석, 「아동문학의 협소화를 반대하는 위치에서」, 『문학신문』 29호, 1957. 6. 20.

농업 국가에서 공업 국가로 발돋움하던 전후 북한의 시기에 과학적 일꾼과 공업 기술자에 대한 요구는 당연한 것이었다. 농업의 시대에서 과학의 시대로 전이하는 시기에, 백석은 시대적 요구를 아동문학을 통해 실현시키고자 했다. 백석의 동화시집 『집게네 네 형제』는 이와 같은 과학의 세계에 대한 그의 관심이 집중적으로 반영된 것이라 할 것이다.

5. 나오며

이상으로 본고는 북한 『문학신문』의 아동문학 논쟁을 중심으로 백석의 아동문학 사상과 그의 아동문학 이론의 요체를 살펴보았다. 연구를 통해서 본고는 백석의 아동문학 사상을 크게 사회주의적 사실주의, 인도주의적 아동문학관, 낭만적 예술 미학주의의 세 가지로 도출해 낼 수 있었다. 아울러, 백석이 전개한 아동문학 이론의 요체를 아동 주체의 문학, 유년문학의 계급의식, 생활의 문학, 시정과 철학, 시적 언어, 해학과 웃음의 철학, 과학주의 정신 등의 코드로 요약해 보았다.

아동문학에 대해 고민하고 열정을 바쳤던 백석은 미래 아동문학의 발전을 위해 제안을 남기기도 했다. 그는 우리 아동문학에서 풍자문학과 향토문학, 구전문학 분야를 개척하자고 제언했으며, 아동문학의 소재를 현실에서 나아가 '낭만적인 분야'—넓은 바다로, 높은 산으로, 깊은 굴속으로, 또는 달나라로, 별나라로 원자의 세계—로 확대할 것을 주장하기도 했다.

백석은 자신의 아동문학론을 전개하면서 창작 실험을 하고 아동문학속에 사상과 예술의 이상적 결합을 추구했다. 본고는 논문을 진행함에 있어, 『문학신문』의 논쟁적 내용을 주로 다룬 측면으로 인해 그의 동화시집 『집게네 네 형제』의 문학적 성과에 대해서는 제대로 다루지 못했

다. 그러나 백석의 아동문학 사상을 객관적으로 볼 수 있는 하나의 자료 제시는 되었다고 판단된다. 이 연구를 통해 고찰한 백석의 아동문학 사상이 실제의 작품을 통해 어떻게 반영되었는지에 대한 연구는 다음의 과제로 남긴다.

(『한국아동문학연구』17호, 한국아동문학학회, 2009. 12)

참고문헌

1. 기본 자료
북한 자료『문학신문』,『조선문학』,『아동문학』

2. 논문 및 평론

김기림, 「백석시 독후감」,『조선일보』, 1936. 1. 29.

김재용,『백석 전집』, 실천문학사, 1997.

김제곤, 「백석의 아동문학 연구—미 발굴 작품을 중심으로」,『창비 어린이』, 2007. 겨울.

문숙현, 「백석의 아동문학 연구」, 한양대 대학원, 2005.

박명옥, 「백석의 동화시 연구」, 고려대 석사논문, 2004. 12.

신기훈, 「백석의 동화시 연구」,『문학과 언어』20호, 1998. 5.

조선작가동맹,『2차 조선 작가 대회 문헌집』, 조선작가동맹출판사, 1956.

이준관, 「한국 현대시의 동심의식 연구」, 고려대 석사논문, 1989

이지은, 「백석 동화시 연구」, 서울여대 석사논문, 2001.

이혜원, 「백석 시의 동심 지향성과 그 의미」,『한국문학연구』3호, 2004.

한림대 아시아문화연구소,『북한 문학신문기사목록(1956~1993)』(1994)

허영석, 「백석 우화시 연구」, 동아대 석사논문, 1998.

분단 이후 白石 동시론
— '유년 화자' 와 '대상으로서 아동' 의 문제

1. 분단 전후 백석의 장르 이행

북한에서 활동한 백석의 아동문학 현황을 보면, 북한 최초의 동화시
집『집게네 네 형제』발간(1957)[1], 동시집『우리 목장』발간(1961)[2], 그림
책『네 발 가진 멧짐승들』,『물고기네 나라』2권 발간[3], 마르샤크 번역

---

[1] 백석의 동화시집은 북한에서 발행된 최초의 것이다. 출판 당시 북한에서 상당한 호평을 받았
다.『조선문학』1957년 8월호에 보면, 백석의 동화시집『집게네 네 형제』의 저서를 소개하며,
"동화 시집으로서는 우리 나라에서 처음으로 출판되는 책이다." "동화 쟌르가 가지는 환상의
세계에서 아동들에게 조국애와 계급 의식과 호상 협조의 높은 덕성과 생활의 진리를 예술적 형
상을 통하여 보여 주고 있다."고 소개된 것을 볼 수 있다. 1950년대 중반~60년대 초반 북한 동
화시 개척과 그 전개에 있어 백석이 차지하고 있는 위상에 대해 향후 조명이 필요하다.
[2] 이 동시집은 백석이 아동문학 논쟁 이후 삼수군 관평 국영협동농장으로 내려간 뒤 쓴 작품이라
는 점에서 그의 의식 변화를 가장 직접적으로 살필 수 있는 중요한 자료가 될 것으로 판단된다.
1962년 2월 27일자『문학신문』에 리맥이 쓴 백석 동시집『우리 목장』의 독후감이 있어 그 현황
을 짐작할 수 있다. 리맥은 이 동시집을 "시인의 다년간의 현지 생활에서 축적된 고귀한 수확"
으로 평가하며, "마치 산골짝의 맑은 호수를 련상하게 하는 소박한 목소리를 가진 시인 백석은
이 시집에서도 역시 부드러우면서도 생기에 찬 서정의 목소리로 사양공들의 로동에 담겨져 있
는 기쁨의 세계를 아동들에게 보여 주고 있다."라고 쓰고 있다.
최근 이영미는 이러한 사실을「북한의 자료를 통해 재론하는 백석의 생애」(『한국문학이론과 비
평』42집, 한국문학이론과 비평학회, 2009. 3)에서 논의하였다.
[3] 1958년 6월 5일자『문학신문』기사에는「아동들에게 주는 작가의 선물」로 학령 전 아동들을 위
한 그림책으로 백석의 그림책『네 발 가진 멧짐승들』과『물고기네 나라』가 언급되고 있다.

동화시집 발간(1955)[4], 그 외 『아동문학』지 등에 발표한 동화시와 동시, 『조선문학』과 『평양신문』, 『문학신문』 등에 발표한 다종의 번역·아동문학평론·정론·수필 등이 있다. 백석의 이 같은 활동은 10여 년에 걸쳐 매우 집중적인 모습을 보여줄 뿐만 아니라 실로 전방위적인 성격을 보여 준다. 특히, 아동문학평론에서 보이는 백석의 태도와 신념은 그의 본령이었던 시 장르에서는 전혀 만나볼 수 없었던 특이하고도 상반된 풍경이다. 아동문학에 대해 가졌던

1957년 북한에서 출간된 백석의 동화시집 『집게네 네 형제』 표지

백석의 사명 의식과 열정의 크기를 방증하고 있다.

본고는 이처럼 다기한 양상의 백석 아동문학 가운데 '동시' 장르로 연구 범위를 좁혀서 다루고자 한다. 아동문학의 장르 각론을 이론화한 이재철은 동화시를 "형식면에서 시적인 짜임새를 가지고 있으면서 거기에 동화적인 내용을 담은 시", 다시 말하면 "시의 형식과 동화의 내용을 한데 아울은 것"이라고 정의하였다. '동화시'는 그 형식과 내용이 동시와 동화의 양단에 걸쳐 있다는 데에 그 장르적 특수성이 있다고 하

---

4 백석은 아동문학분과위의 논쟁에서 자신의 동시를 옹호하기 위해 마르샤크를 언급하기도 하고, 마르샤크의 생애와 그의 문학에 대해 소개하는 글을 쓰기도 했다. 이 번역 동화시집은 우선 백석의 첫 동화시가 나타나기 직전에 발간되었다는 점에서 백석 동화시 창작에 직접적인 창작 동기와 그 창작의 모방 모델이 되어 주었을 가능성이 크다. 백석 동화시의 형성에 대해서는 소련 동화시 세계와 어떤 계기적 측면이 작용하였는지 그 형식과 내용적 측면에서 어떤 영향을 미쳤는지 여기에 대한 조명이 요구된다.

겠다. 이러한 특성 때문에 동화시는 "형식을 무시하면 동화의 범주", "내용을 무시하면 어느 장형 동시"와 같게 되는 것이다. 이러한 장르 구분의 복잡성을 피해 아동문학의 장르 체계에서는 '동화시'는 편의적으로 아동문학의 운문 분야인 '동시'의 하위 갈래로 포함시키고 있다.⁵ 다만, 북한 아동문학의 경우에는 동시와 동화시의 장르 구분이 이루어지고 그 창작의 형태 또한 남한과는 매우 다른 양상을 띠고 있기 때문에 백석의 아동문학 연구에 있어서 '동시/동화시' 영역은 구분하여 다룰 필요가 있게 된다.

그 동안의 백석 아동문학 연구는 주로 동화시 방면에 집중되어 왔다.⁶ 상대적으로 분량이 적은 동시에 대해서는 북한 아동문학 논쟁과 관련지어 다루거나 동화시 연구의 한켠에 곁들여 있는 정도여서 본격 논의가 이루어졌다고 보기 어렵다. 백석은 1957년 4월 『아동문학』지에 「메'돼지」, 「산양」, 「기린」, 「강가루」 등 네 편의 문제적 동시를 처음 발표하였으며, 현재 백석의 동시 작품 가운데 내용의 일부 또는 전문 확인이 가능한 것은 대략 12편 정도이다.⁷ 그러나 최근 백석이 1961년도에 낸 동시집 『우리 목장』의 존재 사실이 알려지면서 백석의 동시 세계에 대한 인식이 새롭게 제고되고 있다. 그의 동시집이 새롭게 발굴된다면 그의 동시 분야는 동화시에 못지 않은 비중이 될 것으로 기대된다.

---

5 이재철, 「아동문학각론」, 『아동문학개론』, 서문당, 1983, 128면.
6 박명옥, 「백석의 동화시 연구」, 『비교한국학』 14권 2호, 국제비교한국학회, 2006.
　허영식, 「백석 우화시 연구」, 동아대학교 대학원 석사논문, 1998.
　이지은, 「동화시 '집게네 네 형제' 연구」, 서울여자대학교 대학원 석사논문, 2001.
　문숙현, 「백석의 아동문학 연구」, 한양대학교 대학원 석사논문, 2005.
7 현재까지 알려진 백석의 동시 작품 현황은 다음과 같다.
　「메'돼지」, 「강가루」, 「산양」, 「기린」(『아동문학』, 1957. 4.)
　「감자」(『평양신문』, 1957. 7. 19)
　「오리들이 운다」, 「송아지들은 이렇게 잡니다」, 「앞산꿩, 뒷산 꿩」(『아동문학』, 1960. 5)
　「첫 머리에」, 「가즘받장 할아버지」, 「잃어진 새끼양」, 「돌아 와서는 왜 우나?」, 「곡간직이 할아버지」, 「무엇을 먹고 있었나?」(『우리 목장』, 1961)
　「나루터」(『아동문학』, 1962. 5)
　「석탄이 하는 말」, 「강철장수」, 「사회주의 바다」(『새날의 노래』, 1962. 3)

백석의 동시 분야가 새롭게 주목되어야 하는 것은 다음과 같은 이유에서이다. 먼저, 1957년 5월 이후『문학신문』의 지면에서 이루어진 아동문학 논쟁에서 빌미가 된 작품은 한결같이 그의 동시 작품이었다. 다시 말해, 백석이 북한 아동문학계와 달리 했던 지점을 가장 간명하게 파악할 수 있는 분야는 바로 백석의 동시 세계이다. 둘째, 백석의 동시는 아동문학 시작 기점부터 해서 일체의 창작 활동을 중단하는 1962년 무렵까지 발표되고 있다. 그의 동화시가 1957년 이후 나타나지 않는 것과는 대조적인 양상이다. 그만큼 백석의 동시는 분단 이후 백석의 시의식 변화를 가장 여실하게 보여줄 수 있는 분야에 다름 아니다.

본고가 연구의 주안점을 두고자 하는 지점은 분단 이후 백석이 북한에서 발표한 '동시'가 그의 해방 전 시세계와 어떤 점에서 연속성을 보이며, 또 어떤 점에서 변별적 차이를 드러내는가, 하는 것이다. 일반적으로 백석이 아동문학으로 전환하는 계기에 대해서는, 백석이 해방 전후 번역이라는 중간지대를 거쳐 아동문학으로 주력 장르를 옮기게 되었다는 설명으로 대체적인 합의가 이루어졌다.[8] 그런데 흥미로운 점은

---

8 백석 아동문학이 언제부터 시작되었는가 하는 문제는 백석의 전체성을 해명하는 데 있어 중요한 화두 내지는 관심사가 된다.
김재용은 백석이「동화문학의 발전을 위하여」라는 평문을 발표하고 창작 동시를 처음 선 보이는 1956년을 백석 아동문학의 출발 시점으로 제시하였다. 김제곤은 창작을 발표하기 이전에 번역을 통해 아동문학 활동이 촉발되고 있음을 주목하고 고리끼의「아동문학론 초」를 번역해 싣는 1954년 무렵으로 백석 아동문학의 출발 시기를 소급할 수 있다고 보론하였다. 2년의 차이를 보이는 두 견해는 백석 아동문학의 시작을 분단 이후 그의 아동문학 활동과 연관 짓고 있다는 점에서는 공통점을 보인다.
필자는 이에서 나아가 백석이 이미 해방 전부터 아동문학과의 인연이 적지 않았음을 논의하여 단절된 문학 세계로서의 백석 아동문학을 지양해 보고자 했다. 백석이 1937년에 낸 시집『사슴』에서 이미 '동심 지향성'을 보인 점, 1941년 강소천 동요시집『호박꽃 초롱』에 서문을 써 준 일, 조선일보 결작동화선집의 동화를 번역한 사실, 북한에서 재혼한 아내 사이에 실제로 두었음 직한 학령 전 자녀의 영향 가능성 등을 언급하였다.
김재용,「백석 연보」,『백석 전집』3판, 실천문학사, 2011.
김제곤,「백석의 아동문학 연구」,『동화와 번역』14호, 건국대 동화와번역 연구소, 2007.
장정희,「유년화자와 대상으로서 아동의 문제」,『백석 탄생 100주년 기념 학술대회』, 한국비평문학회, 2012.

'아동'이라는 독자 대상을 전제하는 아동문학의 특수성 속에서도 백석의 동시는 여전히 해방 전부터 구사하던 언어 운용 방법을 지속하고 있는 것이다. 그런 한편 이념의 체제와 이데올로기, 아동문학으로의 장르이동을 통해 새롭게 나타나는 시적 면모가 있다. 본고는 이러한 지점에 착안하여 구체적 시 텍스트 분석을 통해 그 연속성과 변별 지점을 '지속과 차이'의 관점으로 살펴본다.

2. 주체와 대상의 문제 : '유년 화자'와 '대상으로서 아동'

1) 지속의 관점 : '동심 지향성'

논자들이 언급한바, 백석 시의 '동심 지향성'은 그의 해방 전 시세계와 북한에서의 아동문학 창작을 단절이 아닌 연속선으로 파악할 수 있는 의미 있는 단초가 되어 준다. 여러 연구자들은 백석의 『사슴』시집에 나타난 동심적 세계관에 대한 논의해 왔다. 이혜원은 백석의 해방 전 시세계와 북한에서의 동화시집을 '동심 지향성'으로 그 연속성을 논의하였으며,[9] 이준관은 백석의 시세계에 나타나는 특징을 '동심 의식'으로 규명하며 '동화와 놀이의 평화로운 세계', '친족과 식생활의 안온하고 풍요로운 세계', '사랑과 연민의 세계'로 파악한 바 있다.[10]

"시심(詩心)의 본질은 동심(童心)에 있는 것"[11]이라는 최동호의 동심 전언은 시가 반드시 논리와 이성으로만 충족될 수 없으며 그 본질적인 밑

---

9 이혜원, 「백석 시의 동심 지향성과 그 의미」, 『한국문학연구』, 고려대학교 한국문학연구소, 2001
10 이준관, 「한국 현대시의 동심의식 연구」, 고려대 석사논문, 1989.
11 최동호, 「시란 무엇인가」, 『시 읽기의 즐거움』, 고려대학교 출판부, 1999, 20쪽.

바탕은 곧 동심의 원리와 다르지 않다는 맥락으로 이해된다. 백석의 경우 '동심 지향성'은 그의 시문학 전반을 지배하는 핵심적인 구성 요소가 되며, 그의 시에는 동심의 이해에 바탕을 둔 동시류의 작품이 적지 않다. 실질적으로 분단 이전에 발표된 백석의 시 가운데는 아동의 시점에서 충분히 수용이 가능한 작품이 적지 않다.[12] 이들 시편들은 단순 소박하며 간명한 이미지를 문학 창조의 본위로 하는 동시적 발상과 흡사한 구조를 보여 준다.

이렇게 볼 때 해방 전부터 배태되어 있던 백석의 '동심 지향성'이 분단 이후 아동문학 창작으로 이어지게 된 것은 결코 우연적인 사건이라고 보기 어렵다. 백석 아동문학의 원형성을 1937년에 낸 첫 시집 『사슴』의 세계에서 환원적으로 모색되어야 할 이유가 여기에 있다. 먼저, 『사슴』의 독후감에서 "시인의 기억 속에 쭈그리고 있는 동화와 전설의 나라"[13]라고 한 김기림의 언급에서 우리는 이미 당대의 평가 가운데 아동문학의 중요한 내질이 발견되었다는 사실을 주목하지 않을 수 없다.[14] 이 '동심 지향성'이 해방 전 그의 『사슴』에서 발현된 모습이 '유년 화자'라고 한다면, 분단 이후 그의 아동문학에서 발현된 방법이 '대상으로서 아동'의 문제이다. '동심 지향성'을 '지속'의 측면으로 상정해 볼 때, '유년 화자'와 '대상으로서 아동'의 문제는 각각 그 '차이'의 측면으로 대별해 볼 수 있을 것이다. 이 두 축—'유년 화자'와 '대상으로서 아동'—은 백석의 '동심 지향성'이 내적 발화와 외적 발화를 서로 견디고 충격한 결과로 나타난 것이다.

---

12 「오리 망아지 토끼」, 「하답」, 「청시」, 「산비」, 「비」, 「노루」, 「연자간」, 「외갓집」, 「멧새 소리」, 「동뇨부」, 「마을은 맨천 구신이 돼서」, 「나와 지렝이」 등. 본고에서는 이들 작품을 동시 분석 대상으로는 포함시키지 않았다.
13 김기림, 「백석 시집 독후감 『사슴』을 안고」, 조선일보, 1. 29.
14 이와 관련하여 필자는 백석의 『사슴』 시집이 백석 아동문학이 발아한 '백석 아동문학의 원류'가 될 수 있음을 지적한 바 있다. (여기에 대해서는 졸고, 「백석의 아동문학 사상에 대한 고찰」, 『한국아동문학연구』 17호, 한국아동문학학회, 2010. 12. 참조.)

따라서 이 지향성의 '지속'과 '차이'를 해명하는 작업은 백석의 해방
전 시세계와 북한에서의 아동문학 사이에 놓여 있는 간극을 연속선상으
로 이해하고 극복할 수 있는 중요한 테제가 된다.

2) 차이의 관점 : '유년 화자'와 '대상으로서 아동'

시집 『사슴』(1937)과 20년이라는 시차를 두고 나타난 동화시집 『집게
네 네 형제』(1957) 사이, 사실상 그 시간의 격차 이상으로 백석의 시적
세계관은 큰 변화를 겪는다.

가장 먼저 문학 텍스트의 독자 대상을 '아동'으로 초점으로 맞추게 된
것이 그것이다. '동심 지향성'은 소위 '어린아이'라고 하는 존재를 공통
적 분모로 갖는다. 그러나 분단 이후 백석의 동심 지향성이 '유년 화자'
에서 '대상으로서 아동'의 문제로 옮겨갈 때 그의 아동문학은 문장의
구조, 패턴의 배열, 어휘와 조사, 접미사의 문제 등 구체적인 언어의 단
위 하나에 이르기까지, 이전 시세계와는 다른 변화를 보여 주게 된다.

우선 그의 시세계의 가장 '유니크한 풍경'이었던 방언이 사라지고 정
연한 언어 운용의 기풍이 강해졌다. 인간 생활의 직핍한 묘사에서 나아
가 의인화된 동물 세계의 우화적이고 상징적인 내용을 주로 다루기 시
작한다. 호흡의 면에서도 긴 문장의 호흡 대신 2음보[15] 위주의 짧고 경
쾌한 리듬감으로 전환하게 된다. 서술 화자는 과거 공간을 재현해 주던
'유년 화자'에서 '동물 화자'를 중심으로 변화해 간다. 그리고 시의 내
용도 과거보다는 경험되어야 할 미래의 가치에 더 힘을 기울이게 된다.

그러면 창작 구성 원리의 측면에서 '유년 화자'와 '대상으로서 아동'

---

[15] 박명옥은 백석의 동화시에서 나타나는 음보율을 분석하여 대부분 2음보의 기조 위에 3음보와
4음보의 변조가 나타난다고 했다.
박명옥, 「백석의 동화시 연구—동화시집 『집게네 네 형제』를 중심으로」, 고려대학교 석사 논문,
2004.

의 문제가 백석의 시세계에서 어떻게 발현되는지 그 구성 방법의 차이에 대해 논의해 보자.

먼저, 해방 전『사슴』시집에 나타난 '유년 화자'의 문제이다. 백석 시의 '유년 화자'에 대해서는 그 동안 여러 연구자들의 관심 대상이 되어 왔다.[16] '유년 화자'의 시에서 도드라지는 것은 대상과 세계가 '어린아이의 시선'으로 경험된다는 것이다. 이 '시선'은 백석의 시세계를 매우 개성적인 형상으로 만들어 주는 핵심 동인이 된다. 어린이의 시선은 성인의 그것에 비해 비논리적이며 비합리적인 것처럼 보일 때가 있다. 그러나 어린이는 성인에게 결핍된 보다 원형적인 사고와 비합리의 논리 세계를 의외의 한 순간에 경이롭게 펼쳐 줄 때가 있다. 어린 화자의 시선이 곧 세계를 새롭게 발견할 수 힘이 된다는 이러한 인식은 이미 새로운 것이 아니다. 정효구는 백석이 어린 화자를 선택한 이유를 지적하며, "어른의 경직된 눈으로는 볼 수 없는 새로운 것들이 어린이의 눈으로 새롭게 발견"될 수 있으며 "어린이가 대수롭지 않게 말한 것이 어른에게는 깊은 의미로 다가올 수 있기 때문"[17]이라고 하였다. 이것은 "화자의 선택은 시점(point of view)의 선택"[18]이 된다는 김준오의 지적과도 상통하는 것이다.

한편, '유년 화자'와 결부하여 아동문학의 특수한 창작 원리의 하나인

---

16 이숭원은 백석 시의 화자와 어조의 관계를 다루며 ①직접 화자, ②극한된 화자, ③복수 화자 (우리), ④중립적 화자 등으로 살피고 있으며, 장도준은 백석 시의 화자와 표현 기법에 관해 주목하면서 ①어린이 화자와 성인 시점의 겹침, ②어린이 화자의 주관화된 시점, ③시인의 시점을 한 화자, ④함축적 시인의 시각, ⑤객관 제시형으로 구분한 바 있으며, 양문규는 시적 화자와 대상과의 관계를 다루면서 ①고향과 유년 화자, ②현실과 익명 화자, ③자의식과 성인 화자 등으로 나누며 백석 시의 화자 논의를 '화해의 양식'과 '불화의 양식'으로 논의하기도 했다.
이숭원, 「백석 시의 화자와 어조」, 『백석 시의 심층적 탐구』, 태학사, 2006.
장도준, 「백석 시의 화자와 표현 기법에 관한 연구」, 『어문학』 58호, 한국어문학회, 1996. 12.
양문규, 「시적 화자와 대상의 관계」, 『백석 시의 창작 방법 연구』, 푸른사상, 2005.
17 정효구, 『백석』, 문학세계사, 1996, 203쪽.
18 김준오, 『시론』 4판, 삼지원, 2005, 284~297쪽 참조.

'대상으로서 아동'의 문제를 보자. '아동문학'은 아동의 존재를 전제할 수 있을 때 비로소 성립할 수 있는 문학이다. 이 때 창작상의 특수성으로 부각되는 것이 '대상으로서 아동'의 문제이다. '유년 화자'와 '대상으로서 아동'은 '어린아이'라는 교집합을 지닌 두 개의 항이다. 이 두 개의 항은 창작 일면에서는 일종의 상호 배타적 성격마저 내포하기도 한다. 가령, 일반 시가 '대상으로서 아동'을 크게 고려하지 않는 것과 마찬가지로, 아동문학은 반드시 '유년 화자'를 시적 화자로 고집하지 않는다는 것이다. 아동문학에서는 시적 화자가 꼭 어린이가 아닌 경우도 많다. 이 때 "시적 화자는 어른이거나 전지적 관점의 제3자"[19]가 된다고 전병호는 지적한 바 있다.

특이하게도 백석의 분단 이후 동시를 보면『사슴』에서 즐겨 사용하던 '유년 화자'가 텍스트 이면으로 모습을 감추게 됨을 볼 수 있다. '유년 화자'의 직접적 목소리 대신 '동물 화자'를 전면에 배치시키며 '대상으로서 아동'을 의식한 '어른 화자'의 목소리가 그의 후반기 동시에서 강하게 개입된다. 이렇게 본다면, '유년 화자'와 '대상으로서 아동'의 문제는 한 측면을 공유하면서 각기 다른 방향을 열어 주는 백석 문학의 '마주 선 모서리'와 같은 역할을 하고 있는 것이다.

다음 장에서는 이러한 두 측면이 구체적인 시 분석에서 어떻게 드러나게 되는지 살펴본다. 백석이 분단 이후 아동문학으로 전환하면서 '대상으로서 아동'의 문제를 어떻게 모색해 나갔는지, 북한 아동문학계와 정면으로 대립하였던 아동문학 논쟁과는 어떻게 관련되어 있는지 살펴본다.

---

19 전병호, 「동시, 어떤 시적 화자를 택할 것인가」, 『아동문학평론』 140호, 2011. 9. 220쪽.

3. '지속과 차이'의 관점에서 본 몇 지점들

1) 반복 기법과 어휘 자질

(가) 분단 이전의 시
오이 밭에 벌 배채 통이 지는 때는
산에 오면 산 소리
벌로 오면 벌 소리

산에 오면
큰 솔 밭에 뻐꾸기 소리
잔 솔 밭에 덜거기 소리

벌로 오면
논두렁에 물닭의 소리
갈 밭에 갈새 소리

산으로 오면 산이 들썩 산 소리 속에 나 홀로
벌로 오면 벌이 들석 벌소리 속에 나 홀로

定州 東林 九十여里 긴긴 하로 길에
산에 오면 산 소리 벌에 오면 벌 소리
적막 강산에 나는 있노라

— 「적막강산」 전문, 『신천지』, 1947. 12

(나) 북한에서 발표한 동시

한종일 개울가에
엄저오리들이 빡빡
새끼오리들이 빡빡.

오늘도 동무들이 많이 왔다고 빡빡
동무들이 모두 낯이 설다고 빡빡,

오늘은 조합 목장에 먼 곳에서
크고 작은 낯선 오리 많이들 왔다.
온몸이 하이얀 북경종 오리도
머리가 새파란 청둥 오리도.

개울가에 빡빡 오리들이 운다.
새 조합원 많이 와서 좋다고 운다.

— 「오리들이 운다」 전문, 『아동문학』 1960. 5.

흥미롭게도 분단 전후에 발표된 두 편의 시에서 우리는 매우 낯익은
하나의 얼굴을 만난다. 분단 이후 북한에서 발표한 (나) 백석의 동시를
보면 백석이 즐겨 구사하던 반복 기법이 자연스럽게 지속되고 있음을
볼 수 있다.[20]

(가)와 (나)의 두 시편은 13년이라는 긴 시차를 두고 있으며 '시-동
시'라는 장르의 차이를 갖고 있다. (가) 시를 보면 "큰 솔 밭에 뻐꾸기

---

[20] 백석 시의 반복 기법에 대해서는 이경수의 연구에서 자세히 밝혀 놓았다.
이경수, 「한국 현대시와 반복의 미학」, 월인, 2005.
_____, 「韓國 現代詩의 反復 技法과 言述 構造」, 고려대학교 박사논문, 2002.

소리/잔 솔 밭에 덜거기 소리"하고 대구의 형식에 동일한 통사 구조를 보여 준다. (나) 동시에서도 "엄저오리들이 빡빡/새끼오리들이 빡빡", "오늘도 동무들이 많이 왔다가 빡빡/동무들이 모두 낯이 설다고 빡빡" 하고 반복 기법을 그대로 적용하고 있다. 이러한 동일 통사 구조의 반복이 조금도 지루해지지 않는 것은 반복 패턴의 변용을 리듬감 있게 연출해 주는 백석의 감각적인 언어 운용 능력에 그 비밀이 있다. 언어가 지닌 독특한 질감을 배열하여 개성적 리듬을 창조해 내는 데 백석 시의 묘미가 있다. 이러한 묘미는 운율과 리듬을 즐기는 아동문학의 특성과 잘 부합하여 백석의 동시 창작에서 유감없이 발휘될 수 있었다고 할 수 있겠다.

그런데 백석의 동시가 새롭게 보여주게 되는 차이의 측면이 있다. '단순 명쾌성'을 특징으로 하는 아동문학의 특성답게 분단 이후 백석의 동시는 의성어·의태어의 활용 빈도가 높게 나타나며, 음성적 자질이 강하게 부각되는 특징을 보인다. 그러면 백석이 어휘의 음성적 자질을 어떻게 시화(詩化)하고 있는지 그 차이를 비교해 보자. (가) 시는 자연과 짐승의 소리를 개별화시키기보다는 스산하게 확산시켜 버린다. 여러 음성적 자질들이 뒤섞여 한꺼번에 발화될 때 그 소리는 어떤 특정한 개성을 발휘하기 어렵다. 또 그 소리들의 울림들이 가까운 곳이 아니라 저 멀리서 발성되어 먼 이편으로 확산되어 오고 있음에랴. 그래서 이 때 7차례나 반복되고 있는 '소리' 기표는 물질성보다는 관념성을 더 강하게 내포하게 된다. 반면, (나) 동시는 각종 오리들이 내지르는 울음소리를 "빡빡", "빡빡" 경쾌하게 발산시킨다. 오리들의 청각적 울음소리는 오리들의 생동하는 모습까지도 연상시켜 주는 기능을 담당하고 있다.

음성 상징어와 관련해서 논의를 좀 더 확장해 보기로 하자.

(가) 분단 이전의 시

손톱을 시뻘하니 기르고 기나긴 창꽈쯔를 즐즐 끌고 싶었다.

만두(饅頭)꼬깔을 눌러쓰고 곰방대를 물고 가고 싶었다

이왕이면 향(香)내 높은 취향리(梨) 돌배 움퍽움퍽 썹으며 머리채

츠렁츠렁 발굽을 차는 꾸냥과 가즈런히 쌍마차 몰아가고 싶었다

—「안동(安東)」 부분, 『조선일보』(1939. 9. 13)

(나) 북한에서 발표한 동시

까치는 긴 꼬리 달싹거리며

깍깍 깍깍깍 하는 말이

"내 꼬리는 새까만 비단 댕기"

물까치는 긴 부리 들먹거리며

삐삐 삐리리 하는 말이

"내 부리는 붉은 산호 동곳"

—「까치와 물까치」 부분, 『아동문학』 1956. 1

아침에는 앞산 꿩이

목장에 와서 꿱꿱,

저녁에는 뒷산 꿩이

목장에 와서 꿱꿱.

아침 저녁 꿩들이 왜 우나?

목장에 내려와서 왜 우나?

—「앞산 꿩, 뒷산 꿩」 부분, 『아동문학』 1960. 5

백석의 시는 전반적으로 의성어·의태어의 사용 빈도가 높게 나타나는 편이다. 한 편의 시에서 음성 상징어가 여러 번 사용되는 경우가 있다. (가)「안동」이라는 시를 보면, "창짜쯔를 즐즐 끌고", "돌배 움퍽움퍽 씹으며", "머리채 츠렁츠렁 발굽을 차는 꾸냥"과 같이 한 연에 3번 사용되고 있다. 이렇게 사용된 음성 상징어를 보면, 백석이 일상적인 모음 습관을 비틀어 전혀 새로운 음성 자질을 만들어내고 있음을 볼 수 있다. "즐즐", "츠렁츠렁"은 "질질", "치렁치렁"의 'ㅣ' 모음이 'ㅡ'로 교체된 결과로, 그 동안 인식되지 못했던 시청각 감각을 일깨워 주고 있는 것이다. 백석의 동화시에도 보면, 매우 개성적인 음성상징어가 사용되고 있는 것을 볼 수 있다. 동화시「개구리네 한솥밥」에서 개구리의 걷는 모습과 우는 소리를 "덥적덥적", "뿌구국"이라고 표현하여 개구리의 듬직한 심성을 실감나게 표현하고 있다.

그런데 백석의 개성적인 음성 상징어는 '대상으로서 아동'의 관점으로 전환되면서 새로운 방법을 취하게 된다. 즉, 백석은 많은 어휘를 다채롭게 구사하기보다는 선택된 몇 개의 어휘를 지속적으로 반복하는 방식을 취하게 된다. 간명하고도 소박한 이미지의 반복과 리드미컬한 운율감으로 인해 동시를 읽는 아동은 즐거움을 얻을 수 있다. 의성어의 경우에 언어는 거의 실제의 울음에 가깝게 표현되고 있다. (나)의 두 편 시를 보자. "깍깍 깍깍깍 까치 말", "삐삐 삐리리 물까치 말"(「까치와 물까치」), "껙껙"(「앞산 꿩, 뒷산 꿩」)은 각각 까치와 꿩의 울음소리를 표현한 것이다.

백석이 분단 이전의 시에서 표현했던 동물 울음소리 표현과는 사뭇 다른 모습이다.

"캥캥 여우가 우는"(「야반—산중음3」)
"당나귀도 오늘밤이 좋아서 응앙응앙 울을 것이다"(「나와 나타샤와 흰 당나

귀」)

　"제비들이 씨굴씨굴 모여서는 쨍쨍쨍쨍 쇳스럽게 울어대고"(「외갓집」)

　여기서 표현된 의성어들은 동물의 실제 울음소리에 화자의 주관적인
정서가 개입되어 나타난 것이다. 가령, 당나귀의 울음이 "응앙응앙"으
로 들리는 것은 좋아서 어쩔 줄 모르는 어린 아이의 비음 섞인 목소리가
여기에 스며들어 된 결과이다. 또 「외갓집」에서는 제비들의 울음소리를
쇠의 질감에 비유하여 "쨍쨍쨍쨍"이라고 표현하고 있다. 1938년 같은
해에 발표한 백석의 또 다른 시 「대산동(大山洞)」에서 "비애고지 비애고
지는/제비야 네 말이다" 하고 표현했던 제비의 그윽하고 부드러운 울음
과는 판이하다. 다시 말해 시의 화자가 제비의 울음을 "쇳스럽게" 듣고
있는 것은 그곳이 바로 "내가 언제나 무서운 외갓집"이라는 주관적 감
정이 끼어들었기 때문인 것이다.
　그러나 유년의 아동에게는 실제의 동물 울음소리를 들려줌으로써 그
동물의 생태적 사실을 정확하게 인지할 수 있도록 도와주는 작업이 필
요하다. 만일 자의적인 의성어를 무분별하게 사용한다면 아동의 인지
능력 형성에 장애를 일으킬 수 있다. 백석은 이와 같은 아동문학의 창작
원리를 잘 알고 있었을 뿐만 아니라 그것을 그의 동시 창작에 적극적으
로 원용하였다.

2) '나' 기표와 '아이들'의 세계

　백석의 시어 연구에서 박순원이 조사한 체언의 고빈도 어휘 양상을
보면,[21] 일반명사·고유명사·의존명사·대명사·수사 가운데 의존명사

---

21 박순원, 「백석 시의 시어 연구—시어 목록의 고빈도 어휘를 중심으로」, 고려대학교 박사 논문,
　2007.

'-것' 다음으로 가장 높은 빈도수를 보이는 것은 바로 "나"이다. 백석이 그의 시세계 속에 끈끈한 민족 설화의 유대와 마을이라는 혈연적 공동체를 그려내면서도 그 한가운데 서 있는 "나"라는 존재를 얼마나 고민하였는지 잘 보여 준다.

그런데 백석이 북한에서 발표한 동시에서 "나"가 시적 화자로 된 작품은 2편밖에 보이지 않는다. 1957년 『아동문학』 4월호에 발표한 4편의 작품 가운데 「멧돼지」·「산양」 2편이다.

곤히 잠든 나를
깨우지 말라.
하루 온종일
산비탈 감자밭을
다 쑤셔 놓았다.

소 없는 어느 집에서
보습 없는 어느 집에서
나를 데려다가
밭을 갈지나 않나!

—「멧돼지」 전문, 『아동문학』 1957. 4

이 동시는 1인칭 시점의 동물 화자를 등장시켜 동물과의 일체감을 높여 주며 보다 주체적인 시각을 드러내는 데 큰 효과를 발휘하고 있다. 동물 화자의 주관성을 크게 확대해 주었으며 장난스럽고 짓궂은 동물의 우스꽝스런 묘사는 백석 동시 전체에서도 압권이다. 이렇게 "나" 기표를 사용하고 있는 백석 동시의 화자는 어디 한 군데 거리낌 없이 당당하다. '슬프고 쓸쓸하고 서럽고 그리울 것'이 많았던 해방 전 시세계의

"나" 화자와는 퍽 다른 인상이다.

백석 류의 이 같은 동시는 당시 북한 아동문학계에서 '새로운 시도'였다. 교훈의 나열이나 교양 노출에 편중된 북한 아동문학계의 도식주의를 배격하기 위해 백석은 「멧돼지」 같은 참신한 동시를 들고 나온 것이다.

1956년에 발간된 『나쥠 히크메트 시선집』에 보면 백석이 번역한 「아이들에게 주는 교훈」이라는 시가 있다.

장난질은—
　　네 권리.
그래 높은 담벽으로
　　기여 올라라.
나무 우로 기여 올라라,
높은 다락에서
　　바라다보라
　　　동이 터 옴을.
　　　(중략)
신학 과목
　　공부 시간에
내 연필은
교사를 그려 놓는다,
　　누가 보아도 우습도록.
자, 그는
　　푸른 머리수건 두른 말라깽이
이 연필로
　　그를 없애버려라

—백석 역, 「아이들에게 주는 교훈」, 『나쥠 히크메트 시선집』, 1956. 6

매우 교훈적일 것 같이 예시된 '아이들에게 주는 교훈'이라는 시의 제목은 상상 밖의 전복적 주제를 전해 주고 있다. 기성의 정형화된 세계를 '지워서 없애는 것'이야말로 아이들이 참으로 배워야 할 교훈이라고 암시하는 듯하다. 이 시의 서두에서 표현된 "장난질은 네 권리"라고 한 대목은 바로 백석이 『조선문학』에 소개한 고리끼의 아동문학평론 내용과 일치하는 것이다.

> 열살 이하 아이는 재미나게 웃는 것을 요구한다. 그리고 이 요구는 생리적으로 정당하다. 그는 장난을 하고 싶어하며 그는 모든 것을 가지고 장난하며 자기를 둘러싸고 있는 세계를 무엇보다도 먼저 무엇보다도 수월하게 장난 속에서, 또는 장난을 통하여 알게 된다. 그는 언어를 가지고도 장난을 한다. 그리고 참으로 언어를 가지고 하는 장난에서 어린 아이들은 모국어의 미묘성을 배우며 그 음악을, 그리고 언어학상에서 '언어의 정신'이라고 이르는 것을 체득한다.[22]

이렇게 "재미나게 웃는 것"을 요구하는 "열살 이하의 아이"에게 있어 장난 자체가 "생리적"이라고 고리끼는 역설하며 아동의 생리적 욕구에 맞는 아동문학 창작이 필요함을 쓰고 있다: 오직 유년에게는 세계에 대한 최초의 인식이 "장난 속에서, 장난감을 통하여" 전수되어야 한다고 하며, 일정 연령에 달하지 않은 어린이에게 "엄중한 것"을 밀어 넣는 것이 심지어 "죄를 범하는 것"이 될 수도 있다고 경고한다.

이러한 고리끼의 사상에 강한 영향을 입은 백석은 특히 학령 전 유년문학이 지녀야 할 특성을 중요하게 고려했다. 『아동문학』 1957년 4월호에 발표한 일련의 동시 4편은 고리끼의 이론을 섭취하여 내놓은 백석

---

22 막심 고리끼, 「귀를 솜으로 틀어막은 사람」, 『뿌라우다』 19호, 1930. 1. 19. : 백석 역, 「아동문학론 초」, 『조선문학』 1954. 3. 145쪽.

의 야심작이었던 것이다. 이 시기에 발표된 백석의 동시는 2~3연이라
는 매우 짧고 응축된 형식미로 활달한 동심 세계를 묘파하는 특징을 보
여 준다. 백석은 그의 동시를 표본으로 하여 낡은 교훈이나 도덕 따위는
던져 버리고 아동문학에서 솟아나야 할 '웃음의 형상화'가 무엇인지 보
여 주고자 했다.

그러나 "문학 예술은 철두 철미 당적 문학 예술이며 계급적 문학 예
술"[23]이어야 하는 북한의 당성 논리 아래에서 백석의 아동문학관은 철
저히 배격되었다. 1957년『아동문학』에 발표된 백석의 동시「메'돼지」,
「산양」,「강가루」,「기린」는 전편이 비판받게 된다.[24] 평양신문에 발표
한「감자」(1957. 7. 19)라는 동시는 "교양적인 것의 결핍", "주위 사물에
대한 유물론적 인식을 강조하려는 목적 밑에 씌어진 작품이라면 다만
식물학과나 동물학적 과목의 보충 교재로 리용되어야만 할 것"[25]이라고
혹평 받기도 했다.

한편, 해방 전 백석의『사슴』에서 "나" 기표와 어울려 있던 것은 언제
나 "아이들"의 존재였다. 그 속에 지천으로 깔려 있던 것은 아이들의 놀
이였다. 그러나 백석이 북한에서 발표한 동시에서는 그 많던 놀이가 보
이지 않게 된다.

(가) 분단 이전의 시

짝새가 밭뿌리에서 날은 논드렁에서 아이들은 개구리의 뒷다리를 구어먹었
다

---

23 홍순철은 이 글에서 이태준 · 임화 · 김남천의 반동성을 강도 높게 비판하기도 한다.
   홍순철,「문학에 있어서의 당성과 계급성」,『조선문학』, 1953. 12.
24 리원우,「유년층 아동들을 위한 시 문학에서의 빠포쓰 문제와 기타 문제」,『문학신문』 25호,
   1957. 5. 23.
   리진화,「아동문학의 정당한 옹호를 위하여」,『문학신문』 30호, 1957. 6. 27.
25 김 봉,「아동들에게 더 친근한 작품을」,『문학신문』 35호, 1957. 8. 1.

개구멍을 쑤시다 물쿤하고 배암을 잡은 늪의 피 같은 물이끼에 햇볕이 따그웠다

돌다리에 앉어 날버들치를 먹고 몸을 말리는 아이들은 물총새가 되었다

—「하답(夏畓)」전문, 『사슴』, 1936. 1.

(나) 북한에서 발표한 동시
이 이른 아침날
이 강기슭에서
살랑 바람에 붉은 넥타이 날리며
나무 심고 꽃 가꾸는 아이들아.
너희들은 시방
정성 들여 공원을 꾸려 가누나

아이들아 너희들의 빨간 볼들엔
웃음이 그냥그냥 피여 나고
너희들의 입에선 멎지 않고
맑고 고운 노래 흘려 나오누나

—「나루터」, 『아동문학』, 1962. 5

(가)·「하답」이라는 시를 보면 자연과 어우러진 아이들의 놀이 세계가 천진하게 묘사되어 있다. 햇볕이 따가운 계곡 물가쯤에서 벌이는 아이들의 놀이는 "물쿤", "피", "날버들치" 등의 꿈틀거리는 생명 이미지들로 육식성의 잔치를 보는 듯하다. 그럼에도 "몸을 말리는 아이들은 물총새가 되었다"는 이 시의 마지막 시구는 잔인성보다는 섭리에 순응하

며 합일을 이룬 인간의 원시성을 새롭게 환기시켜 준다.[26] (나) 동시의 "아이들"은 강기슭의 공원을 꾸미면서 협동하는 모습으로 그려진다. "붉은 넥타이"를 차고 "정성 들여" 공원을 가꾸는 아이들은 '노는 아이들'이기보다 '노동하는 아이들'에 가깝다. "공원"이라고 하는 정형화된 공간 이미지는 그 속에 있는 "아이들"의 태도와 행동마저 격식에 가두는 느낌이다. 어떤 면에서 (가)는 '나쁜 아이들'의 시, (나)는 '착한 아이들'의 동시이다.

그런데 두 동시가 전해 주는 시적 감동에는 현격한 차이가 있다. 그 이유는 무엇일까? 무엇보다 (가)와 (나) 시에서 보여 주는 "아이들"에 대한 화자의 시선 위치에서 그 이유를 찾을 수 있다. 「나루터」에서 보이는 "아이들아", "너희들" 기표는 "아이들"과 분리되어 있는 관찰자의 태도를 보여 준다. 그렇기 때문에 "웃음이 그냥그냥 피여나고", "맑고 고운 노래 흘려 나오누나" 하는 표현 속에서 오히려 독자는 시적 진실을 의심한다. 이때의 "아이들"은 어른의 시선 아래 당부와 보호를 받아야 하는 대상으로 각인될 뿐이다.

백석 동시에서 아동 주체의 시점이 1957년 "나" 기표의 선도적 동시 발표 후 얼마 동안 지속될 수 있었는지는 알 수 없다. 그러나 이미 보듯, 백석이 삼수군 협동농장에 내려간 이후의 동시 작품은 주체로서의 아동 시점보다는 '타자화된 대상'으로서 '아동'을 노래하는 경향이 더 강해졌다. 이것은 백석이 아동문학 논쟁을 촉발케 한 그의 전반기 동시를 의식한 나머지, '대상으로서 아동'의 문제를 과중하게 적용한 결과

---

26 거론한 시편 외에도 백석의 「여우난골족」에도 보면 "아이들"은 형용할 수 없는 많은 놀이들을 꼬리에 꼬리를 물 듯이 이어간다. "외양간섶 밭마당에 달린 배나무동산"이 그 무대이다. 놀이 공간은 좁지만 "아이들"이 펼쳐서 보여주는 놀이 세계는 인간 삶의 파란 곡절을 한바탕 풀어 주고 있다. "쥐잡이" "숨국말질" "꼬리잡이" "가마타고 시집가는 놀음" "말타고 장가가는 놀음" "조아질" "쌈방이 굴리기" "바리깨돌림" "호박떼기" "제비손이구손이" 등 온갖 놀이를 만들어 내다 못해 끝내 "아이들"은 오는 졸음에 붙잡혀서 "허드득거리다 잠이 든다"라고 표현되어 있다. 이때 놀이는 곧 우리 삶의 신산(辛酸)이 그대로 해소되는 과정이기도 했을 것이다.

로 파악된다.

3) 환상성과 의인화의 측면

백석의 분단 전후 시세계는 환상성과 의인화의 측면이 아울러 나타난
다. 그 경중을 따져 본다면 분단 이전 시세계는 '환상성'의 측면이, 분단
이후 아동문학에서는 '의인화'의 측면이 더 강하게 부각되었다. 다시 말
해 해방 전 『사슴』의 시세계에서 지폈던 '환상성'이 분단 이후 아동문학
에서는 '의인화'의 측면으로 변용되었다. 환상성과 의인화의 기법적 차
이를 어떻게 볼 수 있는지, 이러한 차이가 백석 시세계에서 어떻게 나타
나는가?

(가) 분단 이전 백석의 시

아배는 타관 가서 오지 않고 산비탈 외따른 집에 엄매와 나와 단둘이서 누가
죽이는 듯이 무서운 밤 집 뒤로는 어느 산골자기에서 소를 잡어먹는 노나리꾼
들이 도적놈들같이 쿵쿵거리며 다닌다

날기멍석을 져간다는 닭보는 할미를 차 굴린다는 땅 아래 고래 같은 기와집
에는 언제나 니차떡에 청밀에 은금보화가 그득하다는 외발 가진 조마구 뒷산
어느메도 조마구네 나라가 있어서 오줌 누러 깨는 재밤 머리맡의 문살에 대인
유리창으로 조마구 군병의 새까만 대가리 새까만 눈알이 들여다보는 때 나는
이불 속에 자즐어붙어 숨도 쉬지 못한다.

—「고야(古夜)」 부분, 『조광』, 1936. 1

나는 겨우 대문을 삐쳐나
밭 마당귀 연자간 앞을 지나가는데 연자간에는 또 연자당구신

나는 고만 디겁을 하여 큰 행길로 나서서

마음놓고 화리서리 걸어가다 보니

아아 말 마라 내 발뒤축에는 오나가나 묻어다니는 달걀구신

마을은 온데간데 구신이 돼서 나는 아무데도 갈 수 없다

— 「마을은 맨천 구신이 돼서」 부분, 『신세대』, 1948. 5

(나) 북한에서 발표한 동시

송아지들은 캄캄한 밤 깊은 산속도 무섭지 않습니다.

승냥이가 와도 범이 와도 아무 일 없습니다.

송아지들은 모두 한데 모여 한마음으로 자니까요.

송아지들은 어려서부터도 원쑤에게 마음을 놓지 않으니까요.

— 「송아지들은 이렇게 잡니다」 부분, 『아동문학』, 1960.

(가)의 두 시편은 백석 시의 환상성을 엿볼 수 있게 하는 대표적인 시이다. 「고야」에는 "땅 아래 고래 같은 기와집"이며 "뒷산 어느메"에 있다는 "조마구네 나라" 이야기가 나온다. "외발 가진 조마구"가 사는 그곳은 "언제나 니차떡에 청밀에 은금보화가 그득하다"는 곳으로 그려진다. 이현승은 백석 시의 환상성에 대해 주목하여 '유년 화자'가 기억 속의 유년이기보다는 '백석의 결여'와 관련된 문제로 파악하였다. 그리고 이 결여가 환상의 근원지가 되고 있다는 관점을 제시한 바 있다.[27] 그의 관점을 빌자면 「고야」에서 형상화된 "조마구나라"는 결핍된 화자의 "은금보화"에 대한 욕망이 투사된 환상계라고 할 수 있을 것이다. 이러한 암시는 "도적놈들같이 쿵쿵"거리는 "노나리꾼"의 존재로 이미 서두에 복선으로 제시되어 있다.

---

27 이현승, 「백석 시의 환상성 연구」, 『백석과 그의 시대』, 한국시학회 제29차 전국학술발표대회 자료집, 2012. 4. 21.

「마을은 맨천 구신이 돼서」에서 만나는 세계는 약간 다르다. (가)의 "조마구 나라"는 서구적 환상계의 신기스러운 맛이 있다. 환상계의 내적 질서가 구축되어 있는 '-나라'가 있다. 반면 (나) 시는 민간 토속의 질척한 맛이 난다. (나)에서 중요한 것은 '-나라'라고 하는 환상계가 아니라 "구신"으로 통칭되는 환상계 존재들이다. "대문간에는 근력 세인 수문장", "연자간에는 또 연자당 구신", "밭 뒤축에는 오나가나 묻어다니는 달걀 구신"…. 집의 방·토방·부엌·고방·굴통·뒤울·대문간·연자간 등 집의 구석구석과 행길, 급기야 마을 자체가 그들의 영적 공간이 되고 있다.

『아동문학론』을 쓴 릴리언 H. 스미스는 어린이와 환상의 깊은 연관성에 대해 논하기를, 어린이에게 있어서는 현실의 세계와 현실이 아닌 세계 사이에 깊은 심연이 없어서 한 창에서 다른 창으로 옮아가듯 한 세계에서 또 하나의 세계로 옮아갈 수 있으며, 어린이가 환상을 쉽게 받아들이는 까닭은 그들에게 '상상력과 경이의 마음'이 있기 때문이라고 하였다.[28] 이런 견지에서 본다면 환상성이 돌연히 드러나는 백석의 시편에 '유년 화자'가 있다는 것은 우연이 아닌 것이다.

그런데 분단 이후 백석의 아동문학에서는 '의인화'의 성격이 크게 부각된다. 넓은 의미에서 '의인화'는 환상성의 한 영역으로 기법 차원으로 다루어지기도 한다. 그러나 '환상성'이 내적 질서를 갖춘 하나의 세계로서 특성이 중요시된다면, '의인화'는 인간 주체의 '감정 이입' 내지는 '생명화'의 방법과 관련된 태도의 문제에 가깝다. '의인화'는 인간이 아닌 대상을 '인간화'하는 동일화의 기법이 된다. 인간과 비인간이 분리되지 않은 세계관은 유년의 세계와 가장 닮아 있으며 인류의 원시적 심성에 가까이 있다. 이러한 세계관에서 우리는 논리적 사고가 허용할 수 없

---

28 릴리언 H. 스미스, 김요섭 역, 『아동문학론』, 교학연구사, 2000, 204~224쪽.

는 높은 환상의 창조를 볼 때가 있다.

해방 전 시세계에서 환상성과 의인화의 세계를 폭 넓게 보여 주었던 백석은 분단 이후 아동문학에서는 주로 의인화에 기반을 둔 세계에 더 많은 관심을 기울인다. 전자의 무의식적 욕망을 억누르고 백석은 보다 의식적인 방법으로 대상과 세계를 묘사하기 시작하는 것이다. 그런 결과로써 (나)의 동시 「송아지들은 이렇게 잡니다」는 환상적 리얼리티가 (가) 시에 비해 매우 약한 것을 볼 수 있다.

(가)에서 두 어린 화자는 공통적으로 무서운 공포감을 겪고 있다. 이러한 공포를 스스로 제어할 수 없다는 데에 어린 화자의 고통이 있다. "숨도 쉬지 못한다"(「고야」), "나는 아무데도 갈 수 없다"(「마을은 맨천 구신이 돼서」)는 것은 지금 화자가 놓여 있는 극적 상황을 잘 말해 준다. 그런데 (나)의 송아지들을 보면 "캄캄한 밤 깊은 산속"에 처해 있지만 "무섭지 않습니다", "범이 와도 아무 일 없습니다"라고 어른 시늉을 한다. 송아지에게 두려움이 없는 까닭은 "모두 한데 모여 한마음"으로 모여 있기 때문이고 하며, 어려서부터 "원쑤"에 대한 경계심으로 "마음을 놓지 않"기 때문이라고 한다. 그러나 과연 어린 송아지의 입장이 되어보면 어떨까? (나) 동시의 한계는 생동하는 현실을 그대로 묘파하지 못하고 송아지에게 닥칠 위험을 미리 제거해 버렸다는 데 있다. 다시 말해 협동 정신과 원수에 대한 각성을 주입하고자 하는 백석의 강한 의도성이 그대로 노출되어 나타난 것이다. 이러한 태도는 백석이 북한 아동문학의 창작 이론에 따라 '대상으로서 아동'의 문제를 지나치게 의식한 한계로 지적할 수 있다.

4. '학령 전'이라는 대상 아동과 계급 의식

백석은 아동문학의 독자 연령층 가운데서도 '학령 전'이라는 유년층의 문제를 고민하고 그 대상의 특수성에 적합한 동시 창작에 힘을 기울였다. 백석은 아동문학 창작에 있어 '대상으로서 아동'이라는 문제를 편향적으로 해석하지 않고 매우 세분화하였으며 그 발달의 특수성에 따라 아동문학 창작 또한 달라져야 한다는 것을 인식하고 있었다.

그러나 '학령 전'이라는 대상을 바라보는 백석의 입장은 당시 북한의 주류 아동문학계와 정면 대립하는 것이었다.

> 백석은 유년문학에서의 사상성이란 계급 의식적인 것만을 의미하지 않으며 높은 구마니즘, 선과 악에 대한 정확한 인식, 아름다운 것에 대한 지향, 락천성, 애정 등 이 모든 것이 포함된다고 주장하였다.
>
> 또한 유년문학의 사상성은 그 대상의 특수성으로 하여 극히 복잡한 바 유년들을 혁명 투쟁에로 직접 불러 일으킬 수 없으며, 다만 옳은 것을 옳게 보고 아름다운 것을 아름답게 볼 줄 알도록 인간 정신의 바탕을 닦아 주는 것이니만큼 성인문학과 달라져야 한다고 강조하였다.[29]

이 글을 통해 보면 백석은 유년층 아동문학에서는 연령상의 특수성으로 "인식적 단계"인 까닭으로 "계급 의식을 요구할 수 없다"는 입장을 명백히 하고 있다. 백석은 에쓰·마르샤크의 「바쎄이나 거리의 얼 빠진 사람」을 예시 작품으로 들면서 이 작품에는 "아무런 정치적 사회 의의적 〈사상성〉도 〈교양성〉이 없다"고 강변했다. "사회주의 사실주의 문학 속에서 행복됨은 진정한 문학이라는 것을 언제나 인도주의 문학으로서,

---

[29] 「주제를 확대하자」, 『문학신문』 22호, 1957. 5. 2.

언제나 인간의 건강하고 즐겁고 선량한 사상을 주장 옹호하여 오는 문학으로서 인정할 때문"[30]이라며 북한 체제 속에서 인도주의 문학관을 피력하였다. 이로 보면, 아동문학 논쟁에서 백석이 북한 아동문학계와 가장 첨예하게 대치했던 지점은 다름 아닌 '대상으로서 아동'의 문제— 즉, '학령 전'이라는 아동 대상의 특수성과 그에 따른 계급의식의 문제 —였다는 것이 드러나게 된다.

1957년 4월 23일 24일 양일간에 있었던 북한작가동맹 아동문학분과위원회의 토의 내용이 『문학신문』의 22호(1957. 5. 2)에 기록되어 전한다. 이 날 분과 토의에서는 분과위원장 리원우가 「유년층 아동들을 위한 동요 동시에서의 빠포쓰 문제와 기타 문제」, 박세영이 「아동문학과 혁명적 전통과 오늘의 학령 전 아동문학에 대한 몇 가지 문제」, 그리고 김순석이 「유년 동요에서의 사상성 문제」를 보고한 것으로 되어 있다. 토의에 참가한 이로는 이 세 사람 외에 백석, 김우철, 강효순, 김북원, 김정태, 윤복진, 송봉별, 전정순, 우봉준, 윤두헌 등이었다. 이 가운데 백석의 주장과 같은 노선에 있거나 동조를 보낸 이로는 리순영과 강효순, 당시 부위원장이던 윤두헌 세 사람 정도였다.

한 가지, 1957년 4월의 분과 토의 담론에서 눈에 띄는 사실은 백석의 동시 창작과 주장이 당시 북한 아동문학계에 있어 "새로운 시도"로 받아들여지고 있었다는 점이다. 강효순은 "계급적 교양과 과학적인 교양을 혼돈하지 말 것을 강조하면서 과학적인 것으로 교양하려는 유년 동요에서 계급적인 내용을 강요하지 말라", "새로운 시도들에 대해 성급한 단정을 내리지 말" 것을 지적했다. 윤두헌은 "백석의 일련의 작품들이 새 분야를 개척한 새로운 시도인 만큼 조급하게 단정할 것이 아니라 계속 발전시켜야 한다"며 백석의 '새로운 시도'를 인정하였다.

---

30 백석, 「아동문학의 협소화를 반대하는 위치에서」, 『문학신문』 29호, 1957. 6. 20.

그러나 북한 아동문학의 주류에서 '새로운 시도'에 의한 백석의 학령 전 유년문학은 용인되지 못했다. 북한 아동문학계는 유년층 문학의 특수한 성격을 외면하고 '사상성'이라는 이름 아래 '대상으로서 아동'의 문제를 획일적으로 처리해 버렸다. 분과위원장 리원우는 "우리 시대의 관점, 즉 계급적 관점에서 아동들을 교양하려는 정신으로 불타야 할 것"[31]이라고 한결같은 주장을 펼쳤으며, 『문학신문』 25호(1957. 5. 23)에 자신의 논의를 전재하면서 "일부 아동문학 작가들 중에는 아동들의 연령상 특수성을 지나치게 고려하는 나머지 아동들에게는 마치 사상적 교양을 줄 수 없는 듯이 그릇되게 주장하는 경향들이 없지 않다."[32]고 백석을 비판했다. 박세영 역시 "학령 전 아동문학 부문에서만 사회주의적 사실주의 창작 방법의 무기를 놓는다는 것은 부르죠아 문학의 창작 방법인 형식주의, 순수 예술과 상통하는 것이며 나아가서는 부정적 역할을 놀 수 있는 것"[33]이라고 했다.

'유년 동요에서의 사상성 문제'를 보고한 김순석은 "연령적 특수성이 있기는 하나 그것은 대상이 아직 지각이 완전히 발달하지 못한 유년층이라는 거기에 있는 것이지 그 특수성으로 하여 사상성이 제거된 작품을 쓸 수 있다는 것은 절대 아니"[34]라고 했다.

역설적으로 백석은 '학령 전'이라는 유년층의 특수성을 문학적 보루로 지키면서 오히려 그 자신의 문학관을 보존할 수 있었다. 백석은 북한 아동문학계의 도식주의 획일성을 거부하며 문학이 지녀야 할 '높은 사상성의 구마니즘(휴머니즘)'을 추구했다. 그러나 이상적인 백석의 주장은 1958년 이후 '부르조아 잔재 비판'의 소용돌이 속에서 힘을 잃고 만다.

---

31 리원우, 「유년층 아동들을 위한 시 문학에서의 빠포쓰 문제와 기타 문제」, 『문학신문』 25호, 1957. 5. 23.
32 리원우, 위의 글.
33 박세영, 「학령 전 아동문학에 대하여」, 『조선문학』, 1957. 9. 105쪽.
34 「주제를 확대하자」, 『문학신문』 22호, 1957. 5. 2.

삼수군 국영협동농장으로 내려감으로써 사실상 백석은 문학적 숙청과 다름없는 행보를 걷게 된다. 삼수군 협동농장에서 그 체험을 바탕으로 쓴 백석의 동시들에서 1957년 초기에 발표한 그의 동시 면모를 발견할 수 없음은 무척 안타까운 일이다. 당당하고 짓궂고 우습게 된 "나" 기표는 더 이상 나타나지 않는다. 1957년 첫 동시 발표 이후 5년 뒤인 1962년에 발표된 동시 작품인 「나루터」, 『새날의 노래』에 실려 있는 「석탄이 하는 말」, 「강철장수」, 「사회주의 바다」 등에서는 "당이 강조하는 이데올로기에 복무하려는 시인의 모습"[35]까지 보여주면서 시의식 변화의 굴절된 측면을 생경하게 노출시키고 있다. 그러나 후반기 백석 동시가 보여 주는 시의식 변화가 과연 그의 내면에 침윤되어 있던 '안으로부터의 변화'였는지는 여전히 의구심이 남는다.

5. 나오며

이상으로 본고는 분단 이후 백석의 동시에 대한 연구를 진행하였다. 백석의 해방 전 시세계와 견주어 어떤 연속성을 지녔으며 어떤 변별 지점을 드러내고 있는지 그 '지속과 차이'의 측면을 살펴보았다.

먼저, 백석 아동문학의 원형성을 찾기 위해서는 해방 전 첫 시집인 『사슴』으로 환원할 필요성을 제기하였다. 김기림이 지적한바, 백석 시세계의 '동화와 전설의 나라'는 아동문학의 중요한 내질적 요소의 하나로 백석 시세계의 원형인 동심적 세계관의 모태가 되었다. 그리고 백석의 '동심 지향성'은 분단 이후 그를 아동문학으로 이끌어 준 중요한 동인으로 작용하였다.

---

35 김제곤, 「백석의 아동문학 연구─미발굴 작품을 중심으로」, 『동화와 번역』 14호, 건국대 동화와 번역 연구소, 2007. 87~89쪽.

백석의 '동심 지향성'은 해방 전에는 '유년 화자'의 모습으로, 분단 이후에는 '대상으로서 아동'의 문제로 각각 발현되었다. '유년 화자'에서 '대상으로서 아동'의 문제로 '동심 지향성'의 축이 이동할 때 백석의 시 세계는 변화를 겪었다. 본고는 그 변화의 지점을 '지속과 차이'의 관점으로 접근하여 구체적인 시 분석을 시도하였다. 1)반복 기법과 어휘 자질, 2)'나' 기표와 '아이들'의 세계, 3)환상성과 의인화의 측면을 다루었다. 그리고 아동문학 논쟁에서 백석이 북한 아동문학계와 가장 첨예하게 대치했던 지점 역시 다름 아닌 '대상으로서 아동'의 문제—즉, '학령 전'이라는 아동 대상의 특수성과 그에 따른 계급 의식의 문제—였음을 주목하였다.

살펴본바, 분단 이후 백석의 동시 세계는 아동문학의 특징적인 방법론을 상당히 수용하여 창작된 것임을 확인할 수 있었다. 1960년 이후 백석의 후반기 동시는 '대상으로서 아동'의 문제를 과중하게 의식한 결과 교조적 교훈성마저 드러내며 체제 순응적 작품을 생산하는 한계를 보이기도 했다. 그러나 백석은 '대상으로서 아동'의 문제를 섬세하게 인식하고 연령별 발달 단계에 따른 아동문학 창작을 시도했다. 이러한 백석의 태도는 당시 도식주의에 빠져 있던 북한 아동문학계를 흔든 '새로운 시도'였다고 평가할 수 있다. 역설적으로 백석은 '학령 전'이라는 유년층의 문학을 통해 자신이 견지해 온 문학적 보루를 지킬 수 있었다.

(『비평문학』 45호, 한국비평문학회, 2012. 9)

참고 문헌

김기림, 「백석 시집 독후감 『사슴』을 안고」, 조선일보, 1. 29.

김 붕, 「아동들에게 더 친근한 작품을」, 『문학신문』 35호, 1957. 8. 1.

김재용, 「백석 연보」, 『백석 전집』 3판, 실천문학사, 2011.

김제곤, 「백석의 아동문학 연구—미발굴 작품을 중심으로」, 『동화와 번역』 14호, 건국대 동화와 번역 연구소, 2007.

김준오, 『시론』 4판, 삼지원, 2005.

리원우, 「유년층 아동들을 위한 시 문학에서의 빠포쓰 문제와 기타 문제」, 『문학신문』 25호, 1957. 5. 23.

리진화, 「아동문학의 정당한 옹호를 위하여」, 『문학신문』 30호, 1957. 6. 27.

문숙현, 「백석의 아동문학 연구」, 한양대학교 대학원 석사논문, 2005.

박명옥, 「백석의 동화시 연구—동화시집 『집게네 네 형제』를 중심으로」, 고려대학교 석사 논문, 2004.

_____, 「백석의 동화시 연구」, 『비교한국학』 14권 2호, 국제비교한국학회, 2006.

박세영, 「학령 전 아동문학에 대하여」, 『조선문학』 1957. 9.

양문규, 「시적 화자와 대상의 관계」, 『백석 시의 창작 방법 연구』, 푸른사상, 2005.

이숭원, 「백석 시의 화자와 어조」, 『백석 시의 심층적 탐구』, 태학사, 2006.

이영미, 「북한의 자료를 통해 재론하는 백석의 생애」, 『한국문학이론과 비평』 42집, 한국문학이론과 비평학회, 2009. 3.

이준관, 「한국 현대시의 동심의식 연구」, 고려대 석사논문, 1989.

이지은, 「동화시 '집게네 네 형제' 연구」, 서울여자대학교 대학원 석사논문, 2001.

이혜원, 「백석 시의 동심 지향성과 그 의미」, 『한국문학연구』, 고려대학교 한국문학연구소, 2001

이현승, 「백석 시의 환상성 연구」, 『백석과 그의 시대』, 한국시학회 제29차 전국학술발표대회 자료집, 2012. 4. 21.

장도준, 「백석 시의 화자와 표현 기법에 관한 연구」, 『어문학』 58호, 한국어문학회, 1996. 12.

장정희, 「백석의 아동문학 사상에 대한 고찰」, 『한국아동문학연구』 17호, 한국아동문학학회, 2010. 12.

전병호, 「동시, 어떤 시적 화자를 택할 것인가」, 『아동문학평론』 140호, 2011. 9.

정효구, 『백석』, 문학세계사, 1996.

이경수, 「한국 현대시와 반복의 미학」, 월인, 2005.

_____, 「韓國 現代詩의 反復 技法과 言述 構造」, 고려대학교 박사논문, 2002.

박순원, 「백석 시의 시어 연구—시어 목록의 고빈도 어휘를 중심으로」, 고려대학교 박사 논문, 2007.

최동호, 「시란 무엇인가」, 『시 읽기의 즐거움』, 고려대학교 출판부, 1999.

허영식, 「백석 우화시 연구」, 동아대학교 대학원 석사논문, 1998.

홍순철, 「문학에 있어서의 당성과 계급성」, 『조선문학』, 1953. 12.

막심 고리끼, 「귀를 솜으로 틀어막은 사람」, 『뿌라우다』 19호, 1930. 1. 19. : 백백석 역, 「아동문학론 초」, 『조선문학』 1954. 3.

릴리언 H. 스미스, 김요섭 역, 『아동문학론』, 교학연구사, 2000, 204~224쪽.

在北 아동문학가 康承翰의 생애와 동시 세계

1. 북한 아동문학 연구의 과제

오늘날 남과 북의 아동문학은 장르 체계, 창작의 원리와 기법, 구체적으로 다루는 소재와 주제 면에 이르기까지 극심한 이질화의 양상을 보인다. 문학이 사회 의식의 반영체요, 그 사회가 곧 인간 개개인의 집합체라고 한다면 결국 인간의 문제를 다루는 문학에 있어 극단적인 장벽을 느낀다는 것은 그 자체로서 어불성설이 아닐까? 그럼에도 북한 아동문학은 우리와 통합이 불가능한 이질적인 문학처럼 인식되고 있는 실정이다. 이러한 현상을 초래한 제 원인들은 근본적으로 어디에서 연유하고 있으며, 그것을 극복할 대안은 어디서 마련되어야 하는 것인가?

비단 이념과 체제의 차이를 전제하는 배타적 진단을 탈피하여 이제 우리는 흑백 이분법적 사고를 지양해 나가며 남북 아동문학의 통합적 서술을 고민해 볼 때가 되었다. 과연 통일 아동문학사 서술은 가능할까? 가능하다면 어떻게 어떤 방식으로 이루어질 수 있는 것일까? 분단 반세기를 지나는 오늘날 우리에게 남북통일은 그다지 절박한 역사적 과제가 되지도 못하고 있다는 데에 보다 심각한 문제가 있다. 그러나 남북

통일이 분단된 민족이 지향해 나가야 할 목적이 되어야 함은 당위적 과제이다. 최동호는 남북한 현대문학사 서술의 방법에 있어, 그것이 "포괄의 논리", "사실의 논리", "근대성 극복의 논리", "민족문학의 논리"를 통해 남북의 이질화된 변별점들이 역사적 전망으로 통합될 수 있어야 한다고 하였다.[1] 우리의 통일 아동문학사 서술의 기대는 역시 남북통일을 전제로 하는 것이다. 그렇기 때문에 적대적 배제의 논리가 아니라 상호 수용의 포괄적 논리가 더욱 요청되는 시점이기도 하다.

우리 아동문학계에서 북한 아동문학 연구를 통해 남북 아동문학사 서술의 단초를 놓은 결실은 李在徹·金容熙·元鍾贊의 연구에서 대표적으로 그 진전된 성과를 볼 수 있다.

1995년 가장 먼저 북한 아동문학 연구를 시작한 李在徹은 민족문학의 관점에서 크게 '식민지시대(일제강점기), 분단시대, 통일시대'로 통일시대 아동문학에 대한 시기 구분을 일차적으로 시도한 바 있다.[2] 그의 연구는 크게 북한 아동문학의 장르별 분석적 연구와 남북 동화문학 비교 연구로 대별되는데,[3] 아동문학이 다른 문학 장르보다 이데올로기의 문제를 자연스럽게 극복할 수 있는 장르라고 인식하고 동화를 통해 남북 아동문학의 동질성을 모색했다. 그 뒤 金容熙는 1980년대 이후 북한의 아동시가문학을 살펴봄으로써 북한 어린이가 당면한 현실을 이해해보고자 하였다.[4] 그는 남북한 아동시가문학이 이질화된 주된 요인으로 "문학적 인식 방법 이전에 아이들에 대한 인식 태도부터 달라서 파급된 현상"[5], 즉 북한이 '주체 위업의 계승자'라는 특정한 사명을 어린이에게

1 최동호, 『남북한 현대문학사』, 나남출판, 1995, 17~25쪽.
2 이재철, 「통일시대의 아동문학」, 『아동문학평론』 96호, 2000. 9.
3 이재철, 「북한 아동문학 연구」, 『아동문학평론』 89호, 1998. 12.
_____, 「남북 아동문학 비교 연구」, 『아동문학평론』 80호, 1996. 9.
_____, 「남북 동화문학 비교 연구」, 『아동문학사상』 12호, 2005 가을호.
4 김용희, 「북한의 아동시가문학」, 김종회 편, 『북한문학의 이해』, 청동거울, 1999.
5 김용희, 위의 책, 171쪽.

부과하여 그 목적 수행을 시가문학이 담당하도록 했기 때문이라고 파악하였다. 그는 남북한 아동시가문학의 이질화를 초월할 수 있는 민족적 화해 역시 「고향의 봄」, 「우리의 소원」과 같은 동심의 교감을 통해 가능하다고 전망하였다. 元鍾贊의 연구는 북한 아동문학이 어떻게 성립되고 전개·변모되어 갔는지 그 과정을 밀도 있게 복원해 내고자 하였다.[6] 일제 강점기의 카프문학으로부터 북한 아동문학 형성의 기원을 모색한 그의 연구는 북한 아동문학을 북한의 체제 수립 이후의 문학으로 한정한 기존의 관점을 탈피한 것이다. 즉, 일정 부분 북한 아동문학이 이미 우리 아동문학의 한 지맥이라는 설정이 가능하다. 이재철의 연구가 남북 아동문학의 차이를 직시하고 그것을 극복하기 위해 북한의 주체문학을 대상으로 삼았다면, 원종찬의 연구는 오히려 KAPF와 일제 강점기라는 남북 아동문학이 공유한 역사적 동일성을 붙들어 천착하고자 한 것이다.

이제 우리에게 남아 있는 과제는 분단의 이념 장벽으로 각각 배제되었거나 희생된 작가를 복원하여 그들이 남긴 작품 세계를 차례차례 조영하여 남기는 일이다. 우리의 현대 아동문학사 서술은 국가보안법, 검열이라는 이념적 질곡 속에 포괄적 논리에 의한 남북 아동문학사 서술이 불가능했다. 월북 작가는 이름을 복자로 처리해야 했으며, 악의적 서술이 강요되기도 했다. 월북·월남, 납북·재북이라는 명칭은 우리나라에서 특수하게 통용되는 분단 용어이다. 이념적 경계선을 기준으로 그 북쪽이냐 그 남쪽이냐 하는 선택적 이분법이 강요되어 왔던 것이다. 임화, 송영, 송완순, 박세영, 임원호 등에는 '월북'을, 강소천, 김요섭, 장수철 등에는 '월남'이라는 명칭이 부여되었다. 또, 자의에 의하지 않은 월북의 경우에는 '납북', 백석과 같이 월북도 납북도 아닌 경우 '재북'

---

6 원종찬, 『북한의 아동문학』, 청동거울, 2012.

이라는 용어가 요청되었다. 모두 '北'을 타자로 인식한 결과의 용어들이다.

본고는 앞으로 쓰여질 통일 아동문학사 서술에 있어 우리가 기억해야 할 동시 작가의 한 사람으로 강승한을 주목하고 그의 생애와 작품 세계에 대해 살펴보고자 한다. 말하자면 강승한은 '재북' 아동문학가로 분류할 수 있다. 강승한은 1918년 황해도 신천군에서 태어나 1933년『아이생활』로 동요를 발표하기 시작하여,『아이생활』,『아이동무』,『어린이』,『매일신보』,『동아일보』등에 활발한 작품 활동을 하였다. 해방 후에는 시 창작으로 방향을 바꾸어 제주도의 4·3을 다룬 장편 서사시『한나산』을 집필하기도 했다. 1947년『아동문학』창간호에도 그의 동요가 실린 것으로 봐 북한 아동문학의 재건에도 강승한은 얼마간 역할을 했을 것으로 추정할 수 있다. 그리고 그는 한국전쟁의 와중에 1950년 10월 17일 33세의 짧은 생애로 비극적 삶을 마감한 것으로 기록되고 있다.

강승한의 작품 세계가 처음으로 조명된 것은 이재철의『한국현대아동문학사』에서이다. 이재철은 "그의 동요는 풍부한 서정과 전 작품을 일관하는 번득이는 재기로써 독특한 체취를 풍기는 것이 특징", "그의 치밀한 심리묘사는 그의 작품 세계가 갖는 풍요한 서정과 어울려 항상 그의 동요에 탁월한 생명력을 불어넣기도 했다."[7]고 하였다. 강승한에 대한 남한의 평가는 주로 해방 전에 발표한 작품을 중심으로 이루어진 것이다. 반면, 북한에서는 제주도 4·3을 다룬 강승한의 해방 이후 장편 서사시인『한나산』을 극찬한다. 박종원·류만의『조선문학개관 2』에서는 북한문학사의 '평화적 건설 시기(1945. 8~1950. 6)'의 걸작으로 조기천의 장편 서사시『백두산』과 함께 제주도 4·3을 다룬『한나산』을 비

---

7 이재철,『한국현대아동문학사』, 일지사, 1978, 297쪽.

중있게 다루고 있다.[8] 남한에서는 해방
전에 발표한 작품을, 북한에서는 해방
이후에 발표한 작품을 주로 평가하고
있다. 『한나산』은 최근 남한에서도 지
역문학 연구의 차원에서 발굴·연구되
기도 했다.[9] 그러나 재북 아동문학가 강
승한에 대해서는 아직 그의 생애는 물
론이요 작품의 연구가 제대로 이루어지
지 못했다.

강승한(1918~1950)

필자가 현재(2013. 7.)까지 확인한 강
승한의 작품은 해방 전 11년간
(1932~1943), 해방 이후 5년간(1946~ 1950) 약 140여 편에 이른다. 미확
인 자료까지 포함한다면 수치는 이보다 훨씬 상회할 것으로 판단된다.
강승한이 해방 전에 남긴 아동문학은 동요, 동시, 유년동화, 소년소설,
아동극 등 전 장르에 걸쳐 있다. 단연 가장 많은 편수를 차지하고 있는
장르는 동요이다. 그는 「보았대」, 「잠자리」, 「심심한 대낮」, 「산골집의
자장가」, 「셈 없는 개」, 「누나야—버선 한켜레」 등 명편을 남겼다. 동요
외에도 현실 속의 아동 심리를 사실적으로 묘사한 아동 서사문학을 몇
편 남겼는데, 유년소설 「개구리 사냥」, 소년소설 「수영이의 편지」, 「사
진」, 「진실한 동무」, 그리고 장편소년소녀소설 「새벽하눌」이 있다. 특히
『아이생활』에 3년여 연재하며 하층민의 삶과 소년의 입지적 성장 과정
을 그린 「새벽하눌」은 1930년대의 손꼽히는 장편 아동문학으로 새롭게
평가할 필요가 있다.

강승한은 방정환 이후 아동문학 1세대인 1920년대의 이원수, 윤석

8 박종원·류만, 『조선문학개관 2』, 사회과학출판사, 1986, 118~121쪽.
9 김동윤, 「강승한 서사시 「한나산」 연구」, 『지역문학연구』 13호, 경남부산지역문학회, 2006.

중, 서덕출의 세대를 뒤이어 감상적 동요를 극복하며 참신한 기법으로 우리나라 근대 동시단을 발전시킨 1930년대의 대표적 동요작가의 한 사람이다. 강소천, 박영종, 이구조, 목일신, 임원호, 윤복진 등과 동시대에 활동했던 강승한은 작품 활동 초기에 얼마간 감상적 창작 시기를 거치기도 했지만 1930년대 중반에 접어들어 대상에 대한 직관적 묘사와 재기 넘치는 표현으로 시상의 형상화에 성공한 다수의 작품을 남겼다. 향토적 서정에 충일한 그의 작품 세계는 1930년대 프로 아동문학과도 일정한 거리가 있다. 곧, 재북 아동문학가 강승한은 월북한 카프 아동문학가 송영, 박세영, 박효민, 송완순, 박아지, 신고송 등과 또 다른 위치에 있는 작가이다.

어떤 면에서 강승한은 황해도 신천 지역을 중심으로 활동했던 향토 작가였다. 그는 일제 말기에 몇 년간 붓을 꺾었다가 해방이 되자 황해도 지역을 근거로 활동하면서 사회주의 이념에 급격하게 경도된 작품을 남겼다. 북한 정부 수립과 김일성 수령을 찬양하는 작품을 신념에 찬 목소리로 창작했다. 그러나 그가 북한 아동문학가라는 이유로, 김일성 수령 문학을 했다는 이유로, 그의 해방 전 아동문학까지 문학사의 그늘에 묻어둘 필요는 없을 것이다. 강승한의 생애와 작품 세계가 보여 주는 왜곡된 변모 과정은 일제 강점과 8·15 해방, 남북 분단, 한국전쟁이라는 민족사의 굴곡에 맞서 생존해야 했던 우리 현대 아동문학사의 비극성을 그대로 증언해 준다. 그의 이름은 분단된 남북 아동문학사의 아픈 상처이다. 동시에 강승한은 우리—남과 북—가 기억해야 할 남북 아동문학사의 공백을 새삼 일깨우게 한다.

이 논문은 강승한의 생애를 재구하는 한편 그의 작품 세계를 전반적으로 살펴보고 그 특징을 해명해 보는 것을 일차적인 과제로 삼는다. 그의 아동문학은 크게 아동시가문학(동요·동시·시조), 아동서사문학(유년동화·소년소설·장편소년소녀소설), 아동극문학 등으로 그 영역이 매우 포괄적

이지만 이 논문에서는 그의 동요 · 동시를 중점적으로 살펴본다.

2. 강승한의 생애와 문학적 전개

강승한의 생애에 대해서는 알려진 것이 많지 않다. 그의 생애와 남긴 활동에 대한 족적을 알려 주는 대표적인 사료는 북한에서 발행된 『조선대백과사전』(1995), 강승한의 장편 서사시집 『한나산』(1956)에 실려 있는 한설야의 서문, 강승한의 유적을 취재하여 남긴 『천리마』(1994)의 방철림 산문 등이다. 이 가운데 한설야의 글은 강승한이 죽은 뒤 6년 뒤에 작성된 것으로 강승한의 문학적 행보와 변화, 그의 출생과 사망에 대해 비교적 자세하게 서술해 놓고 있어서 그 전문을 인용한다.

시인 고 강승한은 一九一八년 一〇월 一七일 황해도 신천군 북부면 석당리 (일명 돌무지)의 한 빈농의 가정에서 태여났다. 문학적 재질이 풍부한 그는 소학 시절부터 동요, 동시를 즐겨 지었으며 신문과 잡지 들에 발표도 하였다.

가정 형편이 몹시 가난한 그는 상급 학교에 진학할 수 없었다. 그러나 문학에 뜻을 둔 그는 빈곤한 가정 살림을 도와 농사일을 하는 한편 문학 작품들을 널리 탐독하였다.

작기와 같은 형편에서 학교에도 못 다니는 가난한 동무들을 무한히 사랑하는 한편, 그는 그들에게 국문과 노래를 가르쳐 주었으며 손수 지은 동요, 동시를 읊어 주며 그들과 더불어 슬픔과 기쁨을 같이하였다.

해방 전에 남긴 그의 수많은 동요, 동시, 동화 및 소년소설들은 일제의 기반하에 자기의 모든 미래와 리상을 안타까이 짓밟히면서도 앞날의 광명을 내다보는 그런 심정을 아름다운 향토적 언어와 정서로써 반영하였다.

일제의 조선에 대한 식민지 정책이 더욱 악랄해지고 우리의 글과 말까지 박

탈당하게 되자 그는 문학 창작의 붓을 더는 들 수 없었다. 그러나 조선의 아동들을 어디까지나 옳바른 길로 인도하려는 그의 지향은 창작의 붓을 교편과 바꿔 잡고 八·一五 해방까지 교원 생활에 몸바치게 하였다.

해방이 되자 그는 공화국의 행복한 품 속에서 다시금 붓을 들었다. 이 시기 그는 아동문학으로부터 시문학 창작에로 전환하였다.

그는 자기의 천품을 남김없이 발휘하여 인민들을 민주주의 사상으로 교양하는 우수한 작품들을 많이 창작하였다. 특히 제주도 인민들의 항쟁을 형상화한 서사시 「한라산」은 조국의 통일 독립을 염원하는 조선 인민들에게 승리의 신심을 북돋아 주었다.

그는 창작 생활을 계속하는 한편 북조선 로동당 황해도 위원회에서 문학예술 사업을 조직 지도하였으며 또한 문예총 황해도 위원장으로 사업하였다.

一九五〇년 一〇월 一七일 우리의 아끼고 사랑하던 시인 강승한은 미제 침략자들에게 애석하게도 희생당하였다.

그가 우리 대렬에서 없어진 지도 어언간 여섯 돐이 지났다. 우리는 그를 생각할 때마다 미 제국주의자들의 야수적 만행을 잊을 수 없다.

이 책을 내면서 그의 작품들을 널리 수집하였으나 전쟁으로 말미암아 자료들이 인멸되어 이 책에 수록되어야 할 몇 편이 수록되지 못하는 것을 심히 유감으로 생각한다.[10]

우선, 한설야는 그동안 남한에서 '생몰연대 미상'으로 알려져 있었던 강승한의 생몰연대를 연도에서 날짜까지 정확히 기록하고 있다. 이 기록에 의한다면 강승한은 불과 33세의 짧은 생애를 살다 갔다. 기묘하게도 그는 탄생일이 곧 사망일이 되어 버린 기막힌 운명의 인물이었다.

강승한의 창작 활동에 대한 사실로서 한설야의 기록에서 눈길을 끄는

---

10 한설야, 「서문」, 『한나산』, 조선작가동맹출판사, 1956, 5~6쪽.

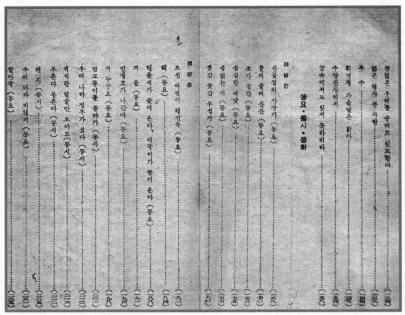

강승한의 사후 북한에서 출간된 그의 작품집 『한나산』 목차 일부

것은 크게 네 가지이다. 첫째, 강승한이 소학시절부터 동요·동시를 즐겨 지어 신문과 잡지에 발표하였다는 것, 둘째, 악랄해진 일제 식민지 말기에 창작의 붓을 꺾고 해방까지 교원 생활을 한 것, 셋째, 해방 이후 북한에서는 시문학 창작으로 주력 장르를 전환하였다는 것, 넷째, 그의 죽음과 관련하여 '1950년 10월 17일' 한국 전쟁의 와중에 희생되었다는 사실이다. 이 기록을 기초로 삼아 재북 아동문학가이자 시인이었던 강승한의 생애를 재구해 본다.

먼저, 필자의 조사에 의하면, 강승한이 문단에 자신의 이름을 당당하게 알리게 된 것은 윤석중의 고선으로 『아이생활』 85호(1933. 5.)에 「내 동생」, 89호(1933. 9.)에 「시냇물」이 입선되어 발표되면서이다. 이 때 강승한은 불과 16세의 소년이었다. 그러나 그 이전에도 작품의 발표는 이

루어지고 있었다. 전해(1932년)부터 강승한이『아이생활』'독자문예란'에 열심히 투고하고 있는 것을 볼 수 있으며,[11] 강신명(姜信明, 1909~1985)의 『강신명 동요 99곡집』에서도 강승한의 동요「댕기」,「조선 어린이」,「봄바다 꽃바다」등이 수록된 것으로 나타난다.[12] 1934년 강승한은『어린이』12권 1호(1934. 1)에 「바지」가 소년문예로 입선되고,『신가정』(1934. 4.)에 「엄마 잃은 병아리」가 당선되기도 한다. 이렇게 그는 1933년『아이생활』의 입선 경험을 바탕으로 여러 잡지에 투고하면서 자신의 창작 영역을 넓혀 나갔다. 그 뒤 강승한은『별건곤』의 '流行小曲' 응모에 「눈물 지어요」(73호. 1934. 6)가 제3회 당선되기도 했다. 응모 가요 2,328편 가운데 "3讀, 4讀회"를 거쳐 당선된 2편 가운데 하나로[13] 일찍부터 기재를 발휘한 그의 시적 재능을 엿볼 수 있다. 1935년부터는 보다 세련된 작법으로『아이생활』,『아이동무』,『매일신보』,『동아일보』등에 작품을 발표하기 시작했다. 동요 외에도 그는『아이생활』에 「새벽하눌」(1937. 10.),『매일신보』에 「사진」(1936. 11. 1~8.),「진실한 동무」(1937. 3. 21~24.), 「요술모자」(1937. 5. 30),『동아일보』에 「수영이의 편지」(1936. 6. 13.),「개고리 사냥」(1937. 10. 24.) 등의 동화 · 소년소설을 남겼다. 해방 전 아동문학가로서 강승한은 1935년에서 1940년까지 활발하게 작품을 발표하였다. 1940년을 기점으로 그의 작품 발표는 사라진다. 2년의 공백 후 1943년 「とぼ(잠자리)」라는 동요가 일본어로 선을 보인 뒤 해방이 될 때까지 더 이상 그의 작품 발표는 지면에서 확인하기 어렵다.

다음으로 한설야의 서술에 의하면, 강승한은 해방까지 교원 생활을

---

11 강승한은『아이생활』의 애독자였다. 6주년 기념호에 보면, "한달 전부터 기다리고 기다리든 6주년 기념호를 맞는 나는 어쩌타고 말할 수 업는 깃븜과 놀내지 안흘 수가 업섯다."라고 쓰고 있다.
  강승한,「기념호를 받은 감상」,『아이생활』72호, 1932. 4, 54쪽.
12 한국예술연구소가 펴낸『한국 작곡가 사전』 '강신명' 항목을 보면,『강신명』이 1932년에 발간된 것으로 조사해 놓았다. 한국예술연구소 편,『한국 작곡가 사전』, 시공사, 1999.
13 개벽사 편집국,「발표를 마치고」,『별건곤』73호, 1934. 6, 25쪽.

박태현 작곡 강승한 동요 「잠자리」(동아일보 1940. 6. 23)

한 것으로 되어 있다. 강승한이 교원의 자격을 얻고 교원 생활을 시작하게 된 것은 1939~1940년 즈음으로 파악된다. 『조선총독부관보』 제3624호(1939. 2)를 보면, 강승한이 '소학교 교원 시험 합격자 및 과목 성적 佳良者 합격자' 명단에 속해 있는 것을 확인할 수 있고,[14] 황해도 공립 용천 심상소학교에 재직한 기록이 있다. 그리고 『아이생활』 15권 8호(1940. 9)에는 '집필자 소식란'에 강승한이 瓮津소학교에서 어린 동무들과 즐거운 날을 보낸다는 사실이 소개되기도 한다.[15] 강승한은 교원이

---

14 「소학교 교원 시험 합격자 및 과목 성적 가량자 합격자」, 『조선총독부관보』 제3624호, 1939. 2. 20.
15 「집필자 소식란」, 『아이생활』 15권 8호, 1940. 9, 49쪽.

되기 전에는 3년여 간 『동아일보』에 재직한 것으로 나타난다. 1935년에 『동아일보』 황해도 신천지국 주재기자로 발령이 난 기사를 볼 수 있다.[16] 그 해에 강승한은 金善汝와 결혼하기도 하였다.[17] 그리고 1937년에는 본인에 의한 사직으로 동아일보를 그만두었다.[18] 이런 인연으로 강승한은 『동아일보』에 다수의 동요와 동시·수필 등을 발표하였다. 방철림의 기록에 의하면, 강승한은 소학교 시절 문학 애호가로 두각을 나타내고 하숙을 하며 서울에서 상업 전문학교를 다닐 때 많은 글을 습작하였다고 한다.[19] 교원이 되기 전 『아이생활』과 『별건곤』, 『매일신보』에 활발하게 작품을 발표하던 1935~37년 무렵으로 파악되지만 정확한 것은 알 수 없다.[20]

그리고 강승한이 해방 이후 아동문학에서 시문학 창작으로 전환하였다는 한설야의 진술은 사실과 다르다. 『조선문단』 속간호(續刊號)를 보면 강승한에 대한 새로운 사실을 볼 수 있다. 창간호에 '조선문단사 본사 사원' 6명 가운데 한 명으로 기록되어 있다. 아울러 이 잡지를 통해 주로 발표한 그의 문학은 아동문학이 아닌 시 장르이다. 즉, 강승한은 해방 이후 아동문학에서 시문학으로 전환한 것이 아니라, 해방 전부터 시문학과 아동문학을 병행한 작가였던 것이다. 『조선문단』에 발표한 강승한의 시는 「사랑하는 이에게」, 「오히려 웃어주구료」, 「봄의 片歌—異邦人의 頌詩」, 「나의 맥박아」 등이다.

일제 말 잠시 주춤했던 강승한의 작품 활동이 재개된 것은 1945년 해방을 맞이한 이후이다. 1945년 해방 당시 강승한은 고향인 신천에 머물면서 북조선문예총 황해도 지부장으로 사회 정치 활동에 깊이 관여하게

---

16 『동아일보』 1935. 9. 22.
17 『동아일보』 1935. 12. 4.
18 『동아일보』 1937. 7. 17.
19 방철림, 「시인 강승한과 그의 창작」, 『천리마』 418호, 천리마사, 1994. 3, 129쪽.
20 다만, 강승한이 『아이생활』에 연재한 장편소설 「새벽하늘」을 보면, 서울로 상경한 주인공이 동아일보 사진부 일을 도우면서 어렵게 야학하는 삶을 그리고 있는 것을 볼 수 있다.

社告

京城府寬勳洞一四二番地

朝鮮文壇社

本社社員

李學仁　洪順仁　咸孝英　金沼葉　崔仁俊　康承翰

本誌贊助員

京城　李光根株
京城　孔仁洙
開城　方鎮恒
開城　金仁葉
安州　金洪沼
龍川　金志洪瓏

（朝鮮文壇社演藝部設置）

『조선문단』 속간 1호에 실린 조선문단사 사원 현황

된다. 그는 북한의 제반 개혁 사업을 지지 선동하고 남한의 반미투쟁을 찬양하는 작품을 발표하였는데, 이러한 문학적 특징은 단막극 「천지개벽」, 「기쁨」, 「토지개혁만세」, 장막극 「덕보의 운명」, 그리고 서정시 「강령은 우리를 승리에서 인도한다」, 「진군」, 동시 「우리나라 정부가 섰다」, 동요 「현물세가 들어온다, 애국미가 들어온다」, 서사시 「한나산」등에 반영되어 있다.

　마지막으로 그의 죽음에 얽힌 몇 가지의 기록을 살펴볼 필요가 있다. 한설야는 위의 글에서 강승한이 "미제 침략자들에게 애석하게도 희생" 되었다고 쓰고 있다. 이와 관련하여 『아동문학』 창간 10주년을 맞으며 쓴 강효순의 글에는 "특히 강승한은 적들에게 학살당하였으며"[21] 라고 하는 대목이 있다. 또 하나의 증언으로 이재철은 그의 『세계아동문학사전』에서 "해방 후 체북. 6·25 때 김영일(金英一)과 재회한 것으로 알려

---

21 「『아동문학』 창간 열돐을 맞으며」, 『문학신문』 33호, 1957. 7. 18.

져 있다."라고 하는 짧은 기록을 남긴다. 한편 방철림은 이와 관련하여 "조국해방전쟁의 어려운 시기 전략적인 일시적 후퇴가 시작"되던 때 강승한이 황해도 구월산으로 가는 길목에서 가족들과 함께 "원쑤들"에게 체포되어 가족들이 보는 앞에서 만행을 당했다고 쓰고 있다.[22] 여러 단편적 기록들을 종합해 볼 때 강승한은 한국 전쟁 당시 북한이 유엔군에 밀려 퇴각하던 1950년 10월~12월에 이루어진 미군의 황해도 신천 양민 학살 사건[23] 때 희생된 것으로 파악된다.

강승한은 생전에 작품집을 발간한 것이 없으며, 그의 사후 1956년 조선작가동맹출판사에서 '강승한 작품집『한나산』'을 발행하게 된다.[24] 이 작품집에는 한설야의 서문과 함께 북한에서 그의 대표작으로 극찬받는 서사시「한나산」외에 서정시 12편, 해방 전 동요 6편, 해방 후 동요·동시 15편, 유년동화「개구리 사냥」등 35편이 수록되어 있다. 특히, 강승한의 해방 전 대표작으로 평가해 온「산골 집의 자장가」,「둘러둘러 산, 산」,「셈 없는 개」등의 동요도 수록되어 있어서 의미가 크다. 무엇보다 해방 이후 그가 북한에서 발표한 동요·동시가 15편이나 수록된 점이요, 이 가운데는 해방 전에 발표한 작품을 개작한 것도 있다. 그 비교 연구를 통해 강승한의 해방 전후 작가 의식의 변모를 살펴볼 수 있을 것으로 판단된다.

---

22 방철림, 「시인 강승한과 그의 창작」, 『천리마』 418호, 천리마사, 1994. 3, 130쪽.

23 황해도 신천의 양민 학살사건은 북한군이 유엔군에 밀려 퇴각하던 1950년 10월 17일, 미군이 황해도 신천 지역을 점령하고 12월 7일까지 52일 동안, 미군들이 신천군 주민의 1/4에 해당하는 3만 5,383명의 양민을 학살했다고 하는, 이른바 한국전쟁의 '신천 사건'이다. 그러나 신천 양민 학살이 미군에 의한 것이라는 북한의 주장과 달리 그 동안 남한에서는 좌우 대립에서 빚어진 우파에 의한 만행으로 보아왔다.

24 필자는 그 동안 강승한의 작품집『한나산』을 찾으려고 애쓰던 중 인하대 도서관에서 어렵게 발견할 수 있었다. 이 작품집을 자료로 제공해 준 인하대학교 한국학연구소와 원종찬 교수의 후의에 감사를 드린다.

3. 강승한의 해방 전 동시 세계

강승한의 아동 시가문학은 크게 해방 전과 해방 후로 나누어 볼 수 있
는데, 시적 소재와 다루는 주제 면에서 확연한 구분이 이루어진다. 해방
전에 비해 해방 후에는 작품 수가 그리 많지 않으며 해방 전 작품을 개
작하여 재록하는 경향이 많다. 따라서 강승한의 동요·동시에서 중요한
부분은 해방 전에 남긴 그의 작품 세계이다. 강승한이 참신하고 다양한
시적 주제로 가장 활발하게 작품을 발표하던 시기는 1937년으로 나타
난다. 1937년 한 해에 강승한이 《매일신보》, 《동아일보》, 『아이생활』,
『가톨릭소년』 등에 발표한 동요·동시는 30여 편을 상회하고 있다.

강승한의 해방 전 아동 시가문학을 크게 세 부류로 구분해 보면, 자연
의 비밀스러운 움직임과 아동의 심리를 결부함으로써 독특한 의외성을
발휘한 것, 친근한 가족애 속에 긍정적 동심 세계를 그린 것, 자연의 현
상이나 생태를 생동감 있게 그린 것 등이다.

1) '바람'의 형상화 : 자연의 비밀스러운 움직임과 아동 심리의
결부

강승한의 동시 미학은 자연의 은밀한 현상과 비밀스러운 세계에 아동
의 생활과 심리를 잘 결부시켜 표현미의 성공을 거둔 작품들에서 돋보
인다.

사각 사각
사각 사각

도둑의 발소릴가 멍, 멍, 멍

눈 큰 도적이 왔나 멍, 멍, 멍.

아―니 아―니
담밑의 숫대잎이 바람에 밀리여

사각 사각
사각 사각

슬금 슬금
슬금 슬금

도적의 그림잘가 멍, 멍, 멍
커다란 도적이 왔나 멍, 멍, 멍.

아―니 아―니
달밤에 갈대잎이 못물에 비치여

슬금 슬금
슬금 슬금

숫대잎은 바람에 사각 사각
갈대잎은 달빛에 슬금 슬금

아무도 아무도 아니 오고
잘 짖는 멍멍개 셈없는 개.

―「셈없는 개」 전문, 『매일신보』, 1937. 6. 1.

이 동요에서 한밤중의 멍멍개는 도둑을 지키느라고 연신 멍멍거린다.
그러나 멍멍개가 도둑의 발소리가 아닌가 하고 여긴 "사각 사각"은 담
밑에서 숫대잎이 바람에 밀리는 소리요, 도둑의 그림자가 아닌가 했던
"슬금 슬금"은 갈대잎이 못물에 비쳐 천천히 옮겨 가는 모습이다. 자연
의 비밀스런 움직임을 전혀 알아채지 못하고 짖기만 하는 멍멍개는 시
의 제목처럼 "셈없는 개"이다. "셈"이란 '수를 세는 일'이라는 일차적
뜻도 있지만 "사물을 분별할 줄 아는 판단력"[25]이라는 뜻도 가지고 있
다. 이렇게 셈이 없이 어리숙하게 짖기만 하는 멍멍개의 행동은 "바람"
과 "달빛" 속에서 비밀스럽게 이루어지는 자연계의 비밀스러운 움직임
을 더욱 극적으로 묘사하는 역할을 한다.

　　바람이 심심하다고
　　하라버지 고담책을
　　한장두장 넘기고

　　꼬박꼬박 하는새
　　석장녁장 넘기고,

　　바람이 심심하다고
　　나루ㅅ배 잔등을
　　슬슬 밀어주고

　　　　　　　　　　　—「바람이 심심하다고」 부분, 『少年』 4권 제10호, 1940. 10.

　　바람은 발두없는데

25 신기철 · 신용철 편저, 『새우리말큰사전』, 삼성출판사, 1989. 1903쪽.

산토끼 집을 뒤지고,
부엉이 집을 뒤지고,

바람은 입두없는데
호오
휘파람을 불고,
나무가지에 불고,

—「바람은 손두없는데」 부분, 『아이생활』 172호, 1940. 12.

1940년에 발표한 「바람이 심심하다고」, 「바람은 손두 없는데」 2편은 '바람'을 의인화하여 그 움직임을 가시적인 형상으로 표현하고 있다. 눈에 보이지 않는 '바람'의 움직임을 눈앞에 보일 듯이 그려내면서 바람의 행위를 빌어 퍽 장난기가 동한 아동의 심심한 모양과 심리를 드러내고 있음을 볼 수 있다.

이 때 '바람'의 존재는 강승한의 동시에서 은밀하게 변화하는 자연의 현상과 아동 생활의 한 단면을 결합시키는 독특한 감응 장치가 되고 있다. 바람은 눈에 보이지 않지만 눈에 보이는 가시적 현상을 초래한다. 이러한 바람의 존재가 강승한의 동시에는 초기 동시부터 시작하여 간헐적으로 변주되는 것은 주목할 만하다. 그의 동시에서 바람은 시적 화자로 등장하는가 하면, 시적 대상이 되기도 한다. '바람'의 존재를 직접 호명하며 불러내기도 하고, 넌지시 의인화하여 대화하는 수법으로 유머스러운 분위기를 연출하기도 한다.

시냇물은 자꾸
늙기가 싫다는걸

실없는 봄바람이
주름지어요

사르르 오며가며
주름지어요

—「봄바람」 전문, 『아이생활』 167호, 1940. 6.

「봄바람」에서 시냇물과 봄바람은 서로 대립적 관계로 설정되어 있다. 시냇물의 물결을 주름살에 비유하여 늙기 싫어하는 사람의 모습으로 형상화시켰다. 이렇게 늙기 싫어하는 시냇물을 오며가며 '주름'을 짓게 하는 것은 바로 "실없는 봄바람"이다. 싱그럽게 새살 돋아나게 하는 "봄바람"의 존재가 오히려 늙음을 거부하는 시냇물에게는 "주름"을 짓게 한다는 설정이 매우 해학적인 분위기를 연출한다.

'바람'으로 촉발된 시상의 전개는 1933년에 발표한 그의 초기 동시 「시냇물」에서도 발견되는 바, 바람의 움직임에 따라 시냇물이 흔들리거나 고요해지는 현상을 1·2연에서 각각 "찰랑찰랑/속삭일때면", "고이고이/잠이들때면"이라고 대조적 이미지로 병치시키는 것을 볼 수 있다. 1937년 발표한 「거 누구요」라는 작품에서도 바람이 오막살이 대문 흔들자 누나가 "거, 누구요 누구요?" 하고 대꾸하는 장면을 그린다. "찌—꾹, 찌—꾹" 하고 대문 흔들리는 소리는 곧 눈에 보이지 않는 '바람'이 인간계의 사물을 빌어 현시되는 순간이기도 하다. 이 과정에서 '바람'은 보이지 않지만 은근히 사물을 변화시키는 '손'의 역할을 한다. 이렇게 '바람'은 자연 현상의 변화를 이끄는 중요한 매개적 힘으로 작용하는 것이다.

이렇게 강승한의 동시는 '바람'의 존재가 개입됨으로써 자연의 은밀한 세계와 아동의 현실적 심리가 잘 결부되는 독특한 서정 감각을 보여

준다. '바람'은 정지된 풍경의 묘사를 뛰어넘어 천진한 동심 세계를 활력 있게 표현하는 데 촉수 역할을 하는 것이다.

2) '부재'의 형상화 : 끈끈한 가족애와 긍정적 동심 세계

강승한의 동시는 끈끈한 가족애 속에 따뜻한 동심 세계를 그린다. 주로 가족 가운데 엄마와 누나, 또는 오빠를 향한 그리움의 정조가 투영되고 있다. 가족애를 다루는 시적 방편에 있어서 강승한의 동시에서 인상적으로 나타나는 시적 태도는 가족의 '부재'를 자심하게 형상화하고 있는 것이다.

> 엄마/엄마/이거봐/빨리 오셔요/삐양/삐양/병아리가/울고 있어요//
> 엄마/없는/병아리/불상도 해요/삐양/삐양/병아리/젖 좀 달래요.//
> ─「엄마 잃은 병아리」 부분, 『신가정』, 1934. 6.

> 밤마다 밤마다 자질안코/밥두 밥두 먹질안코//
> 우리집 강아지 보채는 강아지/엄마잃은지 보름이 넘엇다.//
> 한보름 넘어도 엄마는 오지안코/밤마다 우는 도깨비 꿈이 무서워//
> 강아진 달밤에도 잠을 안자고/제 엄마 내라고 보채기만 한다.
> ─「차저주렴」 부분, 매일신보, 1937. 3. 30.

「엄마 잃은 병아리」는 엄마를 잃고 배고파 우는 병아리에 대한 어린 화자의 측은한 마음이 짧은 시행 속에 잘 표현된 동시이다. "엄마", "없는", "병아리" 등 시행을 어휘 단위로 끊어 나열함으로써 부재의 공간을 더욱 절실하게 만든다. "삐양 삐양"이라는 병아리의 울음소리는 귀여운 맛을 풍김과 동시에 이 병아리가 얼마나 작은 것인지 음성적 효과

로써 드러내고 있다. 병아리가 우는 소리인 "삐양 삐양"과 어린 화자가 엄마를 조르는 시늉인 "얼렁 얼렁"이 대구를 이루어 엄마를 애타게 찾는 병아리와 어린 화자의 모습을 일치시킨다. 「차저주렴」에서도 엄마를 잃은 강아지를 소재로 하고 있다. 잠도 자지 않고 밥도 먹지 않고 보채는 "우리집 강아지"는 엄마를 잃은 지 보름째이다. 그렇게 보채는 강아지의 모습을 화자는 엄마를 찾아내라는 소리로 받아들인다. 시의 마지막 장면에서 화자는 누나에게 "강아지 엄마" 찾아 달라고 부탁하는 것으로 마무리된다.

「공부 간 누나」와 「오빠 편지」는 공부를 위해 가족과 헤어져 있는 누나와 오빠에 대한 그리움을 다룬 동시이다. 「공부 간 누나」에서는 "서울 장안"에 있는 누나의 학교를 그려 보며 누나 찾는 그리움을 노래한다. "솔개 한 마리"가 "고욤나무 숲을/한 박휘 두 박휘/ 물방아깐을/세 박휘 네박휘//비잉비잉 잘 도라간다" 하고 솔개의 행위를 빌어 화자의 심리를 표현하고 있다. 「송아지가 운다 배가 떠난다」에서는 항구를 떠나는 "아버지 똑딱선" 소리를 송아지 울음소리로 대치시켜 화자의 감정을 절제하고 있다. 후반부에서는 둥근달이 솟는 모습을 "고둥"을 불며 돌아오는 "아버지 고갯배"로 치환하여 만선으로 돌아오는 아버지를 형상화한다.

이렇게 강승한의 동시에서는 끈끈한 가족애를 다루는 동시가 많다. 「누나야」에서는 버선 깁는 누나의 모습을 통해 맨발의 바둑이의 것도 한 켤레 지어 주었으면 하는 어린 화자의 따뜻한 마음을 그린다. 가난하지만 함께 사는 동물을 배려하는 넉넉함이 느껴진다.

한편 '부재'를 형상화함으로써 척박한 식민지 현실에 놓여 있는 가족의 비극적 현실을 드러내는 동시도 있다.

검정말 콩을 주자

서러운 게다.

엊그젠 두 아들 집 떠나가고
서리온 아침엔 외딸이 팔려 갔네.

아들 간 물길은 먼 三千里
외딸 간 汽車길은 한 五百里

한낮에 심심한 외양간 저편에
돛단 木船 한종일 드나들어도

언덕위 서러운 외양간엔
汽車 고둥소리 종일 들려도

꿈에나 볼가 멀고 멀다
길은 멀다 멀다.

—「검정말 콩을 주자」 부분, 『아이생활』 155호, 1939. 4.

'해주 용당포'에서 창작한 것으로 되어 있는 이 동시는 세 남매를 떠나 보내고 홀로 남은 늙은 어머니의 서러운 심정을 다루고 있다. 언덕 위 외양간에 있는 검정말에게 콩을 주자 어머니의 서러움은 복받친다. 하나밖에 없는 외딸이 팔려 간 시점은 "서리 온 아침"이다. 그만큼 가난 때문에 견뎌내야 하는 현실은 차갑고 냉혹하다. "돛단 목선"과 "기차 고둥소리"는 소식을 알 길 없는 어머니의 애타는 심정과 하소연을 대변하고 있다. "멀고 멀다", "멀다 멀다" 하고 '멀다'의 반복적 배치로 거리감은 더욱 멀게 느껴진다.

떨, 떨, 떨,
검정말 기운세다
아카시아 흰꽃핀 벼랑고개
잘 넘어 온다.

술렁, 술렁,
푸른 포푸라
그늘진 고갯길로
이삿짐 오늘도 세바리째
강건너 누구네 또 가나.

풀석, 풀석,
몬지나는 길위에
마차가 멀어 간다
누나는 간도간지 네해
왜 편지도 않나.

—「간도 가는 마차」 부분, 『아이생활』 1938. 6.

「간도 가는 마차」에서는 조선인의 유랑과 헤어져서 살아가야 하는 가족의 현실을 다룬다. 어린 화자는 간도에 간 지 네 해나 되는 누나를 생각하며 소식을 궁금해 한다. 이 동시는 척박한 조선을 떠나 간도로 향하는 조선 사람들의 현실을 "간도 가는 마차"의 모습으로 형상화한다. 이삿짐을 싣고 고개를 넘어 떠나는 말과 사람과 자연의 힘겨운 상황이 담겨 있다. "흰꽃핀 벼랑고개"는 조선인이 넘어가고 있는 가파르고 위태한 현실을 암유한다. 벌써 고갯길로 세 번째 마차가 지나갔다. 매 연의 첫 시행은 "떨, 떨, 떨", "술렁, 술렁", "풀석, 풀석"이라는 상징어로 처

리되는데, 그 각각의 시어는 '마차를 끄는 말의 발굽소리', '조선 유민의 술렁거리는 민심', '먼지 앉은 마을의 메마른 정서'를 표출하고 있다. "꿈에보는 간도는 삼백리"는 누나를 만나지 못하는 심적 거리를 나타내지만 화자는 마냥 감상에 젖어 있지만은 않다.

3) '색감'의 형상화 : 자연의 현상과 생태의 강렬한 색채 감각

자연의 현상이나 생태를 생동감 있게 그린 강승한의 동시 가운데 강렬한 색감으로 깊은 인상을 남기는 작품은 「봄비」, 「잠자리」이다.

물깜비 사믈사믈/울타리에 나려서//
노랑빛 노랑단지/단지단지 고이고//
물깜비 사믈사믈/살구낡에 나려서//
분홍빛 분홍주발/열두주발 고이고//
물깜비 사믈사믈/아가신에 나려서//
알락달락 꽃신에/한독두독 고이고//
물깜비 사믈사믈/버드낡에 나려서//
파랑파랑 잎새에/파랑초롱 달었다.

—「봄비」 전문, 『아이생활』 144호, 1938. 4.

노랑노랑 잠자리는/매미잠자리
냉이꽃에 잠들엇다/물이들구요
빨간빨간 잠자리는/무당잠자리
무당집에 놀러갓다/밝애젓대요.//
파랑파랑 잠자리는/풀닢잠자리
청갈닢에 집을짓다/파래지구요

알농달농 잠자리는/알락잠자리

알락꿈을 밤낮꾸고/그래껏대요.

—「잠자리」 전문, 『동아일보』, 1940. 6. 23.

  얼핏 언어적 유희가 돋보이는 듯도 하지만 자연의 현상과 동물 생태를 색감 있는 표현으로 취급한 감각적 동시들이다. 「봄비」는 봄비가 "노랑단지", "분홍주발" "잎새"에 고이고 매달리는 모습을 색채 감각을 통해 선명한 이미지로 드러내고 있다. '봄비'라든가 '보슬보슬'과 같은 표현 대신 토속적 어감을 지닌 "물깜비", "사믈사믈"이라는 시적 언어를 취하여 매우 맑고도 시린 봄비의 정취를 잘 살렸다. 「잠자리」는 잠자리의 다양한 색채를 묘사하여 그 빛깔에 어울리는 그럴 듯한 유래를 창조하였다. 매미잠자리, 무당잠자리, 풀닢잠자리, 알락잠자리 등 제가끔의 빛깔을 가진 잠자리의 생태를 개성적으로 드러낸 것이다. 두 동시는 '노랑 – 분홍 – 파랑'(봄비), '노랑 – 파랑 – 알록달록'(잠자리) 등 세 가지의 색깔을 대비시키는 선명한 색채 표현미와 공통적으로 4 · 3 · 4 · 3조, 7 · 5조라는 정형을 유지하는 형식미를 거두고 있다.

  그런데 이「잠자리」와 관련해서는 해방 전 그의 마지막 동시「とんぼ (잠자리)」와 비교 분석해 볼 필요가 있다.

あかいあかい とんぼは
あかい衣 つけて
てんとうの國で 生れた

あをいあをい とんぼは
波の音聞きながら
日本海で 生れた.

きいろいきいろい とんぼは
きんのお星を見ながら
夢の國で 生れた.

빨간 빨간 잠자리는
빨간옷 걸치고
태양의 나라에서 생겨났다

파란파란 잠자리는
파도소리 들으면서
일본해에서 생겨났다

노란 노란 잠자리는
금의 별 보면서
꿈의 나라에서 생겨났다(필자역)

—「とんぼ」전문, 『아이생활』, 1943. 12.

　이 작품을 제외한다면, 강승한의 동시는 1940년을 끝으로 거의 나타나지 않는다. 그러니까 일본어로 발표한 이 동시는 이전 동시들과 무려 3년이라는 시차를 두고 있다. 해방 이후 1946년부터 강승한의 창작이 다시 시작된 것을 감안해 볼 때, 이 「잠자리」는 소위 일제 암흑기 5년 동안 강승한이 침묵을 지키던 중 유일하게 발표한 동시라고도 볼 수 있다.

　이 동시는 1940년 그가 『동아일보』에 발표한 「잠자리」와 제목이 동일할 뿐만 아니라 잠자리의 빛깔 유래를 형상화한 시적 기교 면에서도 매

우 유사한 측면이 발견된다. 그러나 후자의 「잠자리」를 이전 「잠자리」
의 개작이라고 보기는 어렵다. 두 작품은 각각 동일한 제목의 다른 작품
으로 파악될 만큼 시적 형상화의 면에서 커다란 대조를 보인다. 1940년
발표작 「잠자리」에서는 '노랑 – 매미 – 냉이꽃', '빨강 – 무당 – 무당집',
'파랑 – 풀닢 – 청갈닢' 등에서 보듯 색감과 이미지의 조합이 매우 자유
롭고 풍부하다. 그러나 1943년 발표작 「とんぼ(잠자리)」에서는 '빨강 –
빨간옷 – 태양', '파랑 – 파도 – 일본해', '노랑 – 금별 – 꿈의 나라'로 색
깔의 연상이 매우 경직되어 있는 것을 볼 수 있다. 특히 후자의 「잠자
리」는 잠자리 유래를 묘사한 비유적 형상 속에 "태양의 나라", "일본해"
등 일본을 암유하는 묘사가 패착되어 나타난다. 「とんぼ」는 「잠자리」에
비해 결코 시적 형상화에 성공했다고 보기 어려우며 일제 강점기 말 강
승한의 아동문학이 굴절된 단면을 보여 주고 있다고 하겠다.

4. 강승한의 해방 이후 활동과 동시 세계

1) 체북의 배경과 북한 아동문학의 재건 활동

강승한은 기독교적 배경을 가지고 있었지만 장수철이나 강소천처럼
월남하지 않았다. 소작농이었던 그의 집안은 자식을 상급학교에 보내지
도 못할 만큼 가난하였다. 강승한은 그런 상황에 굴복하지 않고 어렵게
독학하여 전문학교를 다니고 교원 자격 시험에 합격하여 교원이 되었을
만큼 입지에 성공한 인물이었다.[26]

강승한이 월남하지 않은 데에는 여러 가지 상황이 작용되었을 것이

---

26 「상급학교 못 가는 이 위해 독학의 길 있다」, 『동아일보』, 1940. 3. 18~19.

다. 강승한이 동요·동시를 투고하기 시작할 무렵인 1932년에 '신천 통신원' 자격으로『實生活』에 발표한 글들을 보면, 일찍부터 그가 노동자들의 불쌍하고도 부당한 대우, 소작농의 비참한 생활을 목도하면서 사회의 불평등 구조에 대한 현실 인식을 가지고 있었음을 확인할 수 있다.

> 이곳에 特産物은 쌀이지만⋯ 쌀밥은 마음대로 먹지 못합니다 그나마 멧해 전에만해도 좁쌀이나 넉넉히 먹고 살엇지만은=水利組合인지 무엇인지 생겨서 小作人이 水稅도 물게되니 무엇을 먹고 살리오−겨우 生命이나 이여갈 쑨임니다 쌀의 特産地인ㅅ들 무엇하겟슴까? 1年 동안 죽을 힘을 다하여 지은 農作物은 水稅로−小作料로−肥料값으로−옷감으로−다! 없어지고−또는 빗에 졸려서 할수없이 팔아버리고 맘니다 每年 쌀 2萬餘石은 다나나고 쌀의 特産地라는 이곳 農民은 滿洲栗도 먹기 어려우니 불상치 안슴니까?[27]

이러한 글들을 참조해 보면 황해도 해주에 거주하는 가난한 소작농 출신의 강승한이 북에 체류할 수밖에 없었던 배경을 어느 정도 이해할 수 있다. 그리고 그가 북한의 토지 개혁과 새로운 정부 건설에 대해 가졌을 희망과 기대 역시 상당했을 것으로 짐작된다.

강승한이 활동하던 당시 북한은 '평화적 건설 시기'(1945~50)[28]에 해당한다. 이 시기 북한에서는 대부분 북한의 정책적 테마들을 선전하는 작품들이 상당수 창작되었다. 북한 문학계는『응향』사건으로 대대적인 부르조아 문학을 청산하는 문단 정비의 과정을 겪게 되는데, 아동문학에서는 일명 평양 '아동문화사 사건'이 일어나서 사상적 정비 과정을 겪었다.[29] 강승한은 이 '아동문화사 사건'에 연루된『어린 동무』에도 작

---

27 강승한, 「信川富庫는 누구의 것」,『실생활』, 1932. 5. 33쪽.
28 대체적으로 북한 문학사의 전개는 북한에서 구분한 방법을 따르고 있다. 원종찬의 북한 아동문학 연구에서는 '평화적 건설 시기'(1945~50), '조국해방전쟁 시기'(1950~53), '전후 사회주의 건설 시기'(1953~1967), '유일사상 시기'(1967년 이후)로 구분한다.

품을 발표하였다. "부르주아식 아동문학은 해방 직후에도 작용하였던 바 평양 아동문화사에서 발행되던『어린동무』,『어린이신문』및 단행본들에는 사회주의 사실주의에 튼튼히 입각하지 못하고 부르주아 순수문학에 가까운 작품들이 적지 않게 대두하게 되었다."[30]는 사상적 비판 움직임 속에서도 강승한의 작품이 비판된 사실은 현재 확인되지 않는다. 강승한이 해방 이후 월남하지 않음과 동시에 적극적으로 북한의 사회주의 체제에 합당한 창작을 해 나간 것을 알 수 있다.

　해방 직후 북한 아동문학 문단은 매우 열악했다.『아동문학』창간 10주년을 맞이하여 글을 쓴 강효순이 "당시 아동문학 전문 작가는 4~5명 정도에 불과하였고 타부분 작가들로서 아동문학에 동원되는 이들이 10명 내외였다."[31]라고 회고할 정도였다. 강효순은 같은 글에서 "우리는 아동문학 발전에 크게 기여한 강호, 김련호, 강승한, 로량근, 임원호 동무들이 우리 대열에 있지 않는 것을 눈물겨웁게 생각하게 된다."[32] 고 안타까움을 피력하고 있다. 또, 1947년 12월 30일자로 발행된『조선문학』제2집에는 '북조선문학예술총동맹 전문분과 위원 명단'에 강승한이 포함된 것이 확인된다. 북의 문예정책에 입각한 아동 잡지『아동문학』창간호가 창간될 때, 강승한은 이 창간호에「해」를 발표하였다. 1949년 1월호『아동문학』는 '조쏘친선 특집호'로 마련되었는데, 이 때 강승한은 동시 분야 5명 가운데 한 명의 작가로 포함되기도 했다.[33]

　1950년 9월 28일 국군의 서울 수복과 함께 전선이 북쪽으로 이동할

29 '아동문화사 사건'은 해방 직후 아동 문단에 침투한 반동적 작가에 대한 사상적 정비의 일환으로 이루어진 사건이며, 1945년 11월에서 1947년 12월 사이에 발생한 것으로 되어 있다.(58쪽) 평양에서 발행되던『어린 동무』,『어린이신문』및 단행본들의 계급적 성격을 문제 삼아 내부 불순분자를 제거하고 출판사 명칭까지 바꾼 사건을 이른다.(67쪽)
　원종찬,「북한 아동문단 성립기의 '아동문화사 사건'」,『동화와 번역』20집, 2010. 참조.
30 강효순,「『아동문학』창간 열돐을 맞으며,『문학신문』33호, 1957. 7. 18.
31 강효순,「『아동문학』창간 열돐을 맞으며,『문학신문』33호, 1957. 7. 18.
32 강효순,「『아동문학』창간 열돐을 맞으며,『문학신문』33호, 1957. 7. 18.
33『문학예술』, 1949. 1. 원종찬,『북한의 아동문학』, 청동거울, 2012, 65쪽.

때 당시 남한에서 활동하던 현덕·송완순·윤복진·임원호·임서하 등이 월북하고, 반대로 북한의 아동문학 분야에서 활동하던 양명문·박남수·장수철·강소천 등은 전쟁 중에 월남하게 된다.[34] 이러한 와중에서 강승한은 월북도 월남도 아닌, 재북 아동문학 작가로서 북한 아동문학 문단의 건설에 핵심적 인물로 활약했던 것이다.

2) 이념과 동심의 결합 : 북한 체제의 찬양과 획일적 동심 세계

해방 직후 많은 북한 작가들은 "수령에 대한 인민들의 걷잡을 길 없는 존경과 사랑의 마음을 표현하는 데 솔선 동원"되었다.[35] 강승한 역시 그 흐름의 일부로 편입되었다. 강승한은 북한의 공화국 건설과 토지 개혁, 김일성의 업적을 직접적으로 찬양한 작품들을 창작했다. 「현물세가 들어온다, 애국미가 들어온다」, 「민청호가 나간다」, 「우리나라 정부가 섰다」, 「부른다 부른다」 등은 그 일련의 동시 작품이다.

> 황주목에 가보자/은파목에 가보자//
>
> 풍악잡이 멋있구나/날라리가 돌아간다//
>
> 아롱다롱 오색 깃발/수풀처럼 앞세우고//
>
> 현물세가 들어온다/애국미가 들어온다//
>
> 안악록에 가보자/재령목에 가보자//
>
> 김일성장군 노래/하늘 땅이 울리고//
>
> —「현물세가 들어온다 애국미가 들어온다」 부분, 『한나산』, 조선작가동맹출판사, 1957.

---

34 원종찬, 원종찬, 『북한의 아동문학』, 청동거울, 2012, 143쪽.

35 강훈의 「김일성 장군을 맞던 날」, 송창일의 「김일성 장군이 학교에 오시던 날」, 리원우의 「부운물 싸움과 김일성 장군」등의 작품 예를 볼 수 있다.

김명수, 「해방 후 아동문학의 발전」, 『해방 후 10년간의 조선문학』, 조선작가동맹출판사, 1955, 370쪽.

「지난 가을 추수에는 두둑이 남아/현물세 드리고서 낟알이 남아//

새집 짓고 전등 달고 울타리 틀어/라지오도 축음기도 더욱 즐거워//

아빠 엄마 얼굴에는 웃음꽃 피고/내천자 주름살이 간데 없구나.」//

뒷산엔 뒷산엔 싱싱한 수풀/강변엔 한종일 맑은 물소리//

새로 사온 송아지 꼴을 베면서/언놈이 부른다 높이 부른다//

「토지 개혁 하고 현물세 정한/우리 나라 만세」//

저 하늘끝까지 울펴 퍼져라/부른다 부른다 높이 부른다.

—「부른다 부른다」 부분, 『한나산』, 조선작가동맹출판사, 1957.

  북한의 토지 개혁은 1946년 사회주의 체제로의 전환에 제약이 되는
지주계급을 제거하고, 생산 수단의 사회화를 목적으로 실시되었다. 북
한의 토지 개혁은 토지 몰수와 무상 분배라는 목표를 가지고 있었으며,
북한의 토지 개혁은 불과 1개월이 되지 않는 단기간에 완료되었다. 위
의 두 작품은 당시 북한의 상황을 잘 보여 주고 있다. 실제로 「현물세
…」는 1947년, 「부른다 부른다」는 1948년에 발표된 작품이다.

  이렇게 해방 직후 강승한의 동시는 북한의 토지 개혁과 현물세 등 북
한 정책에 열렬히 환영하는 농민의 관점을 대변하고 있다. 반복적 언술
을 통해 격앙된 감정을 노출시키며 환호에 휩싸인 군중의 심리를 고양
시킨다. 표현 방식에 있어서도 극단적 비유와 반복적 서술이 구사되어
있는데 구호적 성격마저 보인다.

  「현물세…」에서는 "가보자"는 언술이 반복 서술되고 있으며, 「부른다
부른다」에서도 "부른다"는 언술이 몇 차례나 반복되고 있다. 기쁨에 찬
농민의 "노래"와 "만세", "웃음꽃"을 그려내는 데에 집중한 나머지, 결
과적으로 음영을 풍요롭게 거느려야 할 서정시의 추구를 버리고 그늘이
존재하지 않는 동시를 선택한 것이다. 두 작품은 공통적으로 "하늘 땅
이 울리고"(현물세), "저 하늘 끝까지 울려 퍼져라"(부른다)와 같이 '하

늘', '땅'과 같은 극대화된 표현을 쓰고 있다. 그 크기를 가늠할 수 없을
만큼 크다는 비유로서 우리는 종종 '하늘 땅만큼'이라는 표현을 종종
쓴다. 그만큼 이러한 극단적 표현은 오히려 대상의 진실을 가리어 현실
성이 소거된 추상적 성격으로 이끈다.

> 봉투 편지/ 엽서 편지/편지들이 다정하게/
> 이마를 마주 대고/이야기가 한창일세/이야기가 한창일세//
> ─너는 너는 어디 가니?/─나는 나는 공장 간다//
> ─너는 너는 어디 가니?/─나는 나는 기관구 간다//
> ─너는 또 어디 가니?/─나는 나는 인문 군대에게 간다//
>
> ─「편지」 부분, 『한라산』, 조선작가동맹출판사, 1957.

> 송아지 매-매-/우는 언덕에/ 터 닦고 새로 지은/ 기와집은요/
> 일 잘하고 잘 사는 우리들의 집//
> 낮닭이 꼬끼요-/우는 마당에/ 낟가리 우둑우둑/ 쌓은 것은요/
> 아빠 엄마 농사 짓는/자랑찬 솜씨//
> 오빠랑 누나랑/모두 모여서/전등 밑에 씨앗을/고르면서요/
> 토지 개혁 하던 얘기/꽃피웁니다.
>
> ─「송아지 매매 우는 언덕에」 전문, 『한라산』, 조선작가동맹출판사, 1957.

「편지」는 『아동문학』 1949년 6월호에 수록된 것이다. 우체통 속에 담
겨 있는 편지들이 서로 대화하는 의인화 기법을 쓰고 있다. 주로 "어디
가니?", "어디 간다"는 식의 문답으로 구성되어 있는데, '어디'에 해당
하는 장소 곧 "공장", "기관구", "인민 군대", "방직 공장" 등은 북한 인
민을 대상으로 하는 대중 교양적 성격마저 보여 준다. 편지들이 이야기
를 주고받은 이 동시에서도 "아유 기뻐!", "아유 즐거워!", "아유 어서

가고 싶어!" 하고 다소 의도된 기쁨이 과장되어 나타나고 있다.

강승한이 북한에서 발표한 동시는 해방 전에 주로 묘사하였던 가족과 헤어져 살아가는 '부재'의 공간이 잘 나타나지 않는 특징을 보여 준다. 「송아지 매-매 우는 언덕에」에는 그 단적인 예가 될 수 있는 동시이다. 공부하러 간 오빠와 누나, 세 남매를 떠나 보낸 늙은 어머니, 마을을 떠나는 사람들, 엄마가 없는 병아리와 강아지 등 주로 '부재'를 시적 소재로 취하던 강승한의 태도는 화합과 공동 선의 추구로 방향을 선회하기 시작한 것이다. 여러 가지 이유로 서로 떠나고 보내야만 했던 식민 치하의 현실과 가난, 그로 인한 심적 고통을 제거하고, "일 잘하고 잘 사는 우리들의 집", "오빠랑 누나랑/모두 모여서" "얘기꽃"을 피우는 동시 세계로 나아가게 된 것이다.

강승한의 시적 방법은 이제 이념과 동심의 결합으로 태도를 달리하게 된다. 자연의 현상과 생태의 관찰에 관심을 갖던 한 작가가 사회의 변화에 투지를 보이면서 당의 정책과 아동문학 창작을 밀접하게 일치시켜 나간 결과이다. 그의 동시는 인공적 이념 색채가 크게 두드러지게 되었으며, 결과적으로 천진스러움과 해학스러움이 담겨 있던 그의 해방 전 동시는 상당 부분 가공된 획일적 세계로 구획되어 갔다.

3) 동시 개작을 통해 살펴본 의식 세계의 변모

강승한의 시적 의식의 변모는 그가 해방 전에 발표한 동시를 북의 이념에 맞게 개작한 데서 구체적으로 확인할 수 있다. 살펴보면, 강승한의 동요 「해」, 「거 누구요」, 「공부 간 누나」, 그 밖에 유년소설 「개구리 사냥」 등은 개작하여 북한에서 다시 발표한 것이다.

해방 이후 발표한 동요 「해」(1947. 7.)는 『아이생활』에 발표한 「보았대」(1937. 4.)의 개작이다.

[개작 전]

뒷집 하라버진 한 개라고 욱이네
해는 왼통 한개라고 아침부터 고집이네.//
산꼴동리 김첨지 해뜨는걸 보았대
굴메봉 우에서 해뜨는걸 보았대.//
바다가의 마나님 해뜨는걸 보았대
물나라 앵두섬에서 해뜨는걸 보았대.//
세살먹은 아가도 해뜨는걸 보았대
엄마 등넘어서 해뜨는걸 보았대.//
그래도 하라버진 한개라고 욱이네
암만 세개래도 한개라고 고집이네.

─「보았대」, 『아이생활』, 1937. 4월호

[개작 후]

해는 해는 몇 개냐/해는 해는 몇 개냐//
아빠한테 물어 보자/엄마한테 물어 보자//
해는 해는 한 개지/해는 해는 한 개지//
산골 동리 나무 장사/해뜨는 걸 보았대//
굴메봉 우에서/해뜨는 걸 보았대//
바닷가의 마나님/해뜨는 걸 보았대//
물나라 앵두섬에/해뜨는 걸 보았대//
세살난 우리 아가/해뜨는 걸 보았대//
공장 굴뚝 저편에/해뜨는 걸 보았대//
해는 해는 몇 개냐/해는 해는 몇 개냐//
해는 해는 세 개지/해는 해는 세 개지//
오빠한테 물어 보자/누나한테 물어 보자//

아니아니 하나란다/세 사람이 보았단다

―「해」, 『아동문학』 창간호, 1947. 7.

　두 작품은 우선 10년의 격차를 두고 있다. 우선 개작 전에 불과 5연으로 이루어졌던 작품이 개작을 통해 13연으로 길어진 것이 눈에 띈다. 「보았대」는 해가 한 개라고 '우기는' 뒷집 할아버지와 해가 세 개라고 '고집'하는 화자를 대비적으로 드러낸다. 반면, 「해」는 해가 세 개라고 알고 있는 아기가 가족들의 도움을 받아 해가 한 개라는 사실을 순차적으로 알아가는 과정에 치중한 동시이다. 비슷한 소재를 비슷한 방법으로 서술하고 있지만 매우 다른 주제 의식으로 발전해 갔다는 점을 주목할 필요가 있다. 서술의 면에서도 「보았대」가 '보았대'라고 하는 서술부가 집중적으로 강조된 반면, 개작된 「해」는 '보았대'의 행위에 못지않게 "몇 개냐?" 하는 질문법이 많이 첨가되었다. 「해」는 보다 유년이 쉽게 읽을 수 있도록 어휘를 반복적으로 배치하여 훨씬 리듬감을 살렸다. 그러나 솔직히 단순 어휘의 나열로 인해 시적 긴장과 맛이 가벼워진 것 또한 사실이다.
　세부의 어휘 변화에서는 산골 동네에 사는 "김첨지"가 "나무 장사"로, 세 살 먹은 아기가 해를 보는 장소인 "엄마 등 넘어"가 "공장 굴뚝 저편"으로 바뀐 것이 눈에 띈다. 가장 큰 변화는 무엇보다 시의 제목이 '보았대'에서 '해'로 된 것이라고 할 수 있겠는데, 제목의 변화에 따라 시상의 전개 또한 상이해질 수밖에 없게 된다. 「보았대」는 '보았대'— 즉, 간접 경험의 결과로서 아동이 해를 세 개로 인식하는 과정을 형상화한다. 「해」는 '보았대'로서만 그치지 않고 '물어 보자'—즉, 직접 경험의 결과로서 아동이 해를 한 개로 인식하게 되는 과정을 형상화한다. 자연히 개작 전의 작품에서는 볼 수 없었던 '물어 보자'의 대상으로 엄마, 아빠, 오빠, 누나 등 온 가족이 동원되었다.

「보았대」는 불변의 자연적 현상이라 하더라도 그것이 아동의 시선에 비쳤을 때 전혀 다르게 인식될 수 있다는 다소 엉뚱한 면을 포착하였다. 이 점에서 강승한 동시가 갖고 있는 천진스러움과 해학적인 면모가 살아나는 것이다. 그러나 「해」는 아동의 잘못된 과학적 인식을 바로 잡아 주는 과정에 보다 치중되어 있다.

그것은 특히 마지막 연에서 확연히 볼 수 있다. 화자는 「보았대」에서와 마찬가지로 "산골 동리 나무장사", "바닷가의 마나님", "세살난 우리 아가"가 각각 다른 장소에서 해 뜨는 걸 보았기 때문에 해가 "세 개"라고 여긴다. 그러나 누나와 오빠는 해가 "세 개"인 것이 아니라 "세 사람"이 "한 개"의 해를 본 것이라고 어린 화자의 인식 오류를 바로잡아 준다. 즉, 「해」는 「보았대」에서 유년에게 잘못 심어 줄 수 있는 과학적 인식의 오류를 시정한 것이다. 그러나 그것은 매우 기우일 것이다.

무엇보다 「보았대」는 아무리 어른들이 하나라고 우겨도 해가 세 개라고 보는 아동의 주체적 관점이 잘 살아나 있다. 반면, 「해」는 "해"가 "세 개"라고 우기는 어린 화자의 엉뚱한 호기심보다는 "해"가 "한 개"라고 하는 불변의 사실을 알려 주는 가족 공동체의 목소리가 더 강하게 나타나 있다. 「해」는 "해"를 "세 개"라고 볼 수 있는 「보았대」의 다의성이 제거되는 과정에 다름 아니다.

이렇게 강승한의 아동 시가문학은 일제 암흑기를 거쳐 분단 이후 북의 체제에 협력하면서 많은 의식 세계의 변화를 겪었다. 해방 이후 창작한 그의 성인 시는 「김일성장군 빛나는 그 이름」이라는 작품에서 보듯 수령 찬양의 성격이 매우 강하다. 비교적 그의 동요·동시는 정치색이 덜한 편이지만 당성에 입각하여 창작된 그의 동시세계는 1930년대 그의 해방 전 동시 세계에 비해 아동 세계의 천진스러운 감각을 잘 살려내지 못하였다.

「별 하나 나 하나」는 현재 지면으로 확인할 수 있는 강승한의 마지막

동시이다. 『한나산』에 수록된 마지막 작품이기도 한 이 동시에는 '1950
년 6월'이라고 창작 또는 발표 시기가 밝혀져 있다.

> 별 하나 나 하나/별 둘 나 둘.//
> 이제 또 몇 밤을/몇 밤을 더 자야//
> 2학년에 올라가나/2학년에 올라가나//
> 별 셋 나 셋/별 넷 나 넷/누나는 좋겠네/누나는 벌써//
> 4학년이 된다누/4학년이 된다누//
>
> ―「별 하나 나 하나」 부분, 『한나산』, 조선작가동맹출판사, 1957.

이 동시는 하늘의 별을 세면서 새로운 학년에 올라가게 될 날을 기다
리는 어린 화자의 설레임을 담고 있다. "별 하나 나 하나", "별 둘 나
둘" 하고 "별"과 "나"의 대응시키며 점차 숫자를 늘려가며 어린 화자의
성장 욕망을 표현하였다. 이 작품은 아동의 성장 심리를 유년의 단계에
맞게 단조롭고도 리듬감 있게 형상화한 것이다.

밝고 긍정적인 동심의 추구는 해방 전부터 이어져 온 강승한 동시 세
계의 특징이었다. 그러나 그가 북에 체류하면서 급변하는 체제 변화에
경도되어 이념 지향을 생경하게 노출시킨 동요·동시들은 남북 아동의
보편 정서에 호소할 만한 서정성이 부족하다는 점에서 일정한 한계가
있다. 그러나 위에 인용한 「별 하나 나 하나」, 「거울」, 개작한 「거 누구
요」, 「발자국」, 「송아지 매-매- 우는 언덕에」 등의 작품은 남북 어린이
모두에게 충분히 수용될 수 있는 작품이라고 할 수 있다.

5. 나오며

이상으로 본고는 재북 아동문학가 강승한의 생애와 그의 동시 세계를 살펴보았다.

강승한은 1933년 『아이생활』에 「내 동생」·「시냇물」이, 1934년 『신가정』에 「엄마 잃은 병아리」가 입선되어 본격적으로 동요를 쓰기 시작했다. 그의 아동 시가문학은 1933년에 시작되어 1937~38년에 그 창작의 정점을 이루었다.

본고는 그 동안 흩어져 있던 1930년대 아동문학 작가 강승한의 동요·동시를 일차적으로 조사하여 정리하고자 했다. 『아이생활』, 『매일신보』, 『가톨릭소년』, 『조선문단』, 『별건곤』, 『實生活』, 『한나산』에 수록된 작품을 발굴하여 서지적 사항을 정리해 두었다.

해방 전의 강승한 동시는 자연의 현상과 아동의 심리를 잘 결부하여 천진한 동심 세계를 독특한 감각으로 표출시켰다. 이러한 그의 시적 성취는 세계에 대한 세밀한 관찰과 아동에 대한 깊은 배려 속에서 이루어진 결과라고 할 수 있다. 본고는 1930년대 강승한의 동시 세계를 '바람의 형상화 : 자연의 비밀스러운 움직임과 아동 심리의 결부', '부재의 형상화 : 끈끈한 가족애와 긍정적 동심 세계', '색감의 형상화 : 자연의 현상과 생태의 강렬한 색채 감각' 등으로 구분하여 살펴보았다. 해방 이후 북의 체제에 경도되어 창작된 강승한의 동요·동시는 남북 아동의 보편 정서에 호소할 만한 서정성이 부족하다고 할 수 있으며, 1930년대에 이룬 그의 아동문학사적 위치는 분단 이후 북의 체제 속에서 유지되지 못했다.

북한에서는 "애국렬사 강승한의 사진과 투쟁기록"[36]이 선전되고 있

---

36 방철림, 「시인 강승한과 그의 창작」, 『천리마』 418호, 1994. 3.

다. 그 내용에는 강승한이 사형 직전에 장편서사시 『민족의 태양』을 썼으며, 현재 "조선민주주의인민공화국//김일성장군 만세!//조선로동당 만세!"를 외치는 마지막 일곱 줄만이 남아서 전한다고 한다. 강승한은 남한 아동문학사에서 잊혀진 것과는 대조적으로 북한에서는 그의 죽음마저 수령 숭배의 신화로 미화되어 체제 유지에 활용되고 있어 극명한 대조를 보여 준다. 이 역시 남북 분단이 낳은 비극이 아닐 수 없다.

끝으로 본고는 지면 관계상 강승한의 아동 서사문학에 대해 다루지 못했다. 그의 아동서사문학은 수적으로는 몇 편 되지 않지만 주목할 만한 것은 그가 1930년 후반에 하층민의 애환과 소년의 삶을 그린 장편소년소설을 남긴 사실이다. 여기에 대한 차후의 연구도 기대해 볼 만하다고 하겠다.

(『아동청소년문학연구』 13호, 한국아동청소년문학학회, 2013)

[부록] 강승한의 작품 목록

1. 해방 전 작품

	제목	발표지	발표일	장르	비고
1	아 그대여!	아이생활	1932 .2.	작문	
2	내 동생	아이생활	1933. 5.	동요	윤석중 선 입선동요
3	시냇물	아이생활	1933. 9.	동요	
4	거울	아이생활	1933. 10.	동요	*선외가작수록되지않음.
5	구름	아이생활	1933. 11.	동요	신천 康流星'
6	가을	아이생활	1933. 12.	동요	
7	동생아	아이생활	1934. 1	작문	
8	바지	어린이	1934. 1.	동요	입선동요
9	봄	아이생활	1934. 4.	동요	박용철 선 독자문예
10	엄마 잃은 병아리	신가정	1934. 6.	동요	
11	별세던 밤	아이생활	1934. 8.	동시	독자문예
12	가을밤생각 (오빠를 그리며)	아이생활	1934. 11.	동요	
13	귀분이의 가을일기	아이생활	1934. 11.	작문	
14	동정의 크리쓰마쓰	아이생활	1934. 12.	아동극 (소녀극)	전1막
15	마음씨 고운 처녀	아이생활	1935. 2.	아동소설	'조선문단사 강승한'
16	사랑하는 이에게	조선문단	1935. 2.	시	
17	오히려 웃어주구료	조선문단	1935. 2.	시	
18	봄의 片歌	조선문단	1935. 5.	시	
19	나의 맥박아	조선문단	1935. 5.	시	
20	떠나신 님	아이생활	1935. 5.	시조	
21	조선 어린이 노래	아이생활	1935. 6.	동요	
22	어머니	아이생활	1935. 8.	동요	
23	꽃과 새(1)	아이동무	1935. 10.	동요	〈노래〉로 표기 9월 18일 창작일
24	꽃과 새(2)	아이동무	1935. 10.	동요	〈노래〉로 표기
25	비들기집	아이동무	1935. 10.	동요	〈노래〉로 표기
26	싹	아이동무	1935. 10.	동요	〈노래〉로 표기, 4월 29일 창작일

27	우리 송아지	아이동무	1935. 10.	동요	〈노래〉로 표기
28	체조	아이동무	1935. 10.	동요	〈노래〉로 표기
29	구름배	아이동무	1935. 10.	동요	〈노래〉로 표기
30	느티나무	아이동무	1935. 10.	동요	〈노래〉로 표기
31	저녁	아이동무	1935. 10.	동요	〈노래〉로 표기
32	성탄전날밤 새벽	아이생활	1935. 12.	소년콩트	
33	새해 새날	아이생활	1936. 1.	동요	
34	새벽하늘	아이생활	1936. 3-38. ?	장편소년소녀소설	
35	꿀내 나는 내고향	아이생활	1936. 11.	수필	
36	사진	매일신보	1936. 11. 1.	소년소설	
37	사진	매일신보	1936. 11. 8.	소년소설	
38	잠꾸러기	동화	1936. 5.	동요	
39	반딧불	동아일보	1936. 6. 13.	소년소설	
40	수영이의 편지(상중하)	동아일보	1936. 6. 13.	동화아동소설	
41	쩌러진 돈지갑	동아일보	1936. 12. 20.	미담	
42	누나야―(버선한켜레)	아이생활	1937. 1.	동요	〈꽃동산〉(조선편 5)〉, 문예출판사, 1988
43	가만가만	매일신보	1937. 1. 21.	동요	
44	세모난 보름날	매일신보	1937. 1. 23.	동시	
45	인형	매일신보	1937. 2. 22.	동시	
46	경주	매일신보	1937. 2. 28.	동요	
47	연기	매일신보	1937. 3. 4.	동시	
48	진실한 동무(1)	매일신보	1937. 3. 21.	소년소설	
49	진실한 동무(2)	매일신보	1937. 3. 22.	소년소설	
50	진실한 동무(3)	매일신보	1937. 3. 23.	소년소설	
51	진실한 동무(4)	매일신보	1937. 3. 24.	소년소설	
52	문―안	매일신보	1937. 3. 25.	동시	
53	차저주렴	매일신보	1937. 3. 30.	동시	
54	보았대	아이생활	1937. 4.	동요	
55	도뒤라	매일신보	1937. 5. 1.	동요	
56	달녁석장	매일신보	1937. 5. 3.	동요	

57	초저녁	매일신보	1937. 5. 8.	동요	
58	강아지무덤	매일신보	1937. 5. 13.	동요	
59	요술모자 (1)	매일신보	1937. 5. 29.	동화(번역)	
60	요술모자 (2)	매일신보	1937. 5. 30.	동화(번역)	
61	셈업는 개	매일신보	1937. 6. 1.	동요	
62	아가 아가	매일신보	1937. 6. 16.	동요	
63	누가 직히노	매일신보	1937. 6. 26.	동요	
64	나무리가을이 그립다	아이생활	1937. 9.	수필	
65	거 누구요 *	동아일보	1937. 10. 17.	동요	
66	개고리 사냥	동아일보	1937. 10. 24.	동화아동소설	
67	경주	동화	1937. 6.	동요	
68	자랑	동아일보	1937. 7. 4.	동요	
69	늙어질라	아이생활	1937. 8.	동요	
70	걱정	가톨릭소년	1937. 9.	동요	
71	다람쥐	가톨릭소년	1937. 9.	동요	
72	이거저거	가톨릭소년	1937. 9.	동요	
73	힌구름피는언덕	가톨릭소년	1937. 10.~ 1938. 3	장편소년소설	
74	조그만 풍경	아이생활	1938. 12.	아동극	
75	봄비	아이생활	1938. 4.	동요	〈노래〉로 표기
76	간도 가는 마차	아이생활	1938. 6.		5월 열하루 창작일
77	현철이와 산토끼	아이생활	1939. 1.	이야기	
78	검정말 콩을 주자	아이생활	1939. 4.	동요	
79	가자 가자	아이생활	1939. 8.		
80	송아지가 운다 배가 떠난다	아이생활	1940. 2.	동요	
81	상급학교 못 가는 이 위해 독학의 길이 잇다 (1)	동아일보	1940. 3. 18.	수필	
82	상급학교 못 가는 이 위해 독학의 길이 잇다 (2)	동아일보	1940. 3. 19.	수필	
83	집나간 도야지	아이생활	1940. 4.	동요	

84	공부 간 누나	소년	1940. 6.	동요	〈어린동무〉1권9호(1946. 11)*김일성대학자랑
85	봄바람	아이생활	1940. 6.	동요	
86	안개	아이생활	1940. 6.	동요	
87	잠자리	동아일보	1940. 6. 23.	동요	
88	심심한 대낮	동아일보	1940. 7. 14.	동요(朴泰鉉 곡)	〈한라산〉, 조선작가동맹출판사, 1957.
89	발을 도둬라	동아일보	1940. 7. 22.	동요(朴泰鉉 곡)	
90	바람이 심심하다고	소년	1940. 10.	동요	
91	잠자리 사공	아이생활	1940. 10.	동요	
92	바람은 손두없는데	아이생활	1940. 12.	동요	
93	돈보(잠자리)	아이생활	1943. 12.	동요	일본어 시
94	꽃감 꽃감 무섭지		1945 해방 전	동요	〈한라산〉, 조선작가동맹출판사, 1957. 〈꽃동산〉(조선편5)〉, 문예출판사, 1988
95	봄바다		1945 해방 전	동요	〈꽃동산〉(조선편 5)〉, 문예출판사, 1988
96	산골집의 자장가		1945 해방 전	동요	
97	둘러 둘러 산산		1945 해방 전	동요	〈한라산〉, 조선작가동맹출판사, 1957.
98	초가 삼간		1945 해방 전	동요	

2. 분단 이후 작품 목록

	제목	발표지	발표일	장르	비고
1	북방에서 온 편지		1948	시	〈창작집〉, 국립인민출판사, 1948.
2	려사에서		1946. 9.	시	〈창작집〉, 국립인민출판사, 1948. 〈서정시선집〉, 조선작가동맹출판사, 1955 〈한라산〉, 조선작가동맹출판사, 1957.
3	고향에서		1946. 10.	시	〈1940년대시선〉, 문학예술출판사, 2011 〈한라산〉, 조선작가동맹출판사, 1957.
4	공작의 밤		1947. 12.	시	〈한라산〉, 조선작가동맹출판사, 1957.
5	나무릿벌의 증산보-5.1절 기념 돌격전을 보고		1947. 4	시	〈한라산〉, 조선작가동맹출판사, 1957.
6	진군-조선 인민군 창설을 경축하는 노래		1947. 5.	시	〈한라산〉, 조선작가동맹출판사, 1957.

7	조선 어린이 행진곡		1947. 6	동요	〈한라산〉, 조선작가동맹출판사, 1957.
8	해		1947. 7.	동요	〈아동문학〉, 1947년 7월호(창간호) 〈한라산〉, 조선작가동맹출판사, 1957.
9	현물세가 들어온다, 애국미가 들어온다		1947. 7.	동요	〈어린동무〉, 1947. 〈영광스러운우리조국〉, 1947. 7. 〈한라산〉, 조선작가동맹출판사, 1957.*1947.7.표기 〈꽃동산〉(조선편5)〉,문예출판사,1988
10	김일성 장군 빛나는 그 이름		1947. 7.	시	〈1940년대 시선〉, 문학예술출판사, 2011
11	거울		1947. 8.	동요	〈한라산〉, 조선작가동맹출판사, 1957.
12	니꼴라이 나의 마음의 형제야		1948. 1.	시	〈서정시선집〉, 조선작가동맹출판사, 1955 〈한라산〉, 조선작가동맹출판사, 1957.
13	강령은 우리를 승리로 인도한다-북조선로동당 제2차 황해도당대표회의에		1948. 2.	시	〈한라산〉, 조선작가동맹출판사, 1957. 〈1940년대시선〉, 문학예술출판사, 2011
14	젊은 병사 두 사람		1948. 3.	시	〈한라산〉, 조선작가동맹출판사, 1957.
15	민청호가 나간다	어린 동무	1948. 5	동요	〈한라산〉, 조선작가동맹출판사, 1957.
16	거 누구요		1948. 6.		〈한라산〉, 조선작가동맹출판사, 1957.
17	담 모퉁이를 돌아가다가		1948. 7.	동시	〈한라산〉, 조선작가동맹출판사, 1957.
18	개구리 사냥		1948. 8.	유년 소설	〈한라산〉, 조선작가동맹출판사, 1957.
19	우리나라 정부가 섰다		1948. 9.	동시	〈조선아동문학문고15〉, 1947 〈한라산〉, 조선작가동맹출판사, 1957.*1948.9.표기 〈꽃동산〉(조선편5)〉, 문예출판사, 1988 〈사랑하는 우리조국〉(김정회편), 금성청년출판사, 1985
20	한나산		1948. 9.	장편 서사 시	〈한라산〉, 조선작가동맹출판사, 1957.
21	휘영청 가을달은 밝아		1948. 9.	시	〈한라산〉, 조선작가동맹출판사, 1957 〈1940년대시선〉,문학예술출판사, 2011
22	추수		1948. 9.	시	〈한라산〉, 조선작가동맹출판사, 1957 〈1940년대시선〉,문학예술출판사, 2011
23	부른다 부른다		1948.	동시	〈영광스러운 우리조국〉, 1948. 〈한라산〉, 조선작가동맹출판사, 1957. *1949.5.표기

24	수양산장에서		1949. 1.	시	〈한라산〉, 조선작가동맹출판사, 1957. 〈서정시선집〉, 조선작가동맹출판사, 1955 〈1940년대시선〉, 문학예술출판사, 2011
25	꿈속에서도 잊지 못하리라		1949. 2.	시	〈한라산〉, 조선작가동맹출판사,1957. 〈1940년대시선〉, 문학예술출판사,2011
26	씩씩한 얼굴만 보아도		1949. 3.	동시	〈한라산〉, 조선작가동맹출판사, 1957.
27	편지	아동 문학	1949. 6	동시 (소년 시)	〈아동문학〉 4집, 1949. 6. 〈영광스러운 우리조국〉, 1949. 7. 〈한라산〉, 조선작가동맹출판사, 1957. *1949. 7. 표기
28	우리나라 비행기	아동 문학	1949. 12.	동요	〈한라산〉, 조선작가동맹출판사, 1957. *1949. 8. 표기
29	송아지 매매 우는 언덕에	어린 동무	1950. 1.	동요	〈한라산〉, 조선작가동맹출판사, 1957. *1950.3.표기 〈사랑하는 우리조국〉(김정회편), 금성청년 출판사,1985
30	발자국	아동 문학 집	1950. 6.	동시	〈아동문학집〉1집, 문화전선사, 1950. 6. 10. 〈한라산〉, 조선작가동맹출판사, 1957.
31	별 하나 나 하나			동요	〈한라산〉, 조선작가동맹출판사, 1957.
32	몇알 여물고				
33	쏘련군대 아저씨				
34	천지개벽	미 확 인		단 막 극	
35	기쁨				
36	토지개혁 만세				
37	덕보의 운명			장막 극	
38	민족의 태양			장편 서사 시	마지막 7줄만 전하는 김일성 찬양시

참고문헌

1. 기본 자료

『아이생활』, 《매일신보》, 『가톨릭소년』, 『조선문단』, 『별건곤』, 《문학신문》, 『實生活』, 『조선총독부관보』, 『한나산』(조선작가동맹출판사, 1957)

2. 논문 및 평론

권영민, 『한국현대문학대사전』, 서울대학교출판부, 2004.

김동윤, 「강승한 서사시 「한나산」 연구」, 『지역문학연구』 13호, 경남부산지역문학회, 2006.

김명수, 「해방 후 아동문학의 발전」, 『해방 후 10년간의 조선문학』, 조선작가동맹출판사, 1955.

김용희, 「북한의 아동시가문학」, 김종회 편, 『북한문학의 이해』, 청동거울, 1999.

박종원 · 류만, 『조선문학개관 2』, 사회과학출판사, 1986.

방철림, 「시인 강승한과 그의 창작」, 『천리마』 418호, 천리마사, 1994. 3.

신기철 · 신용철 편저, 『새우리말큰사전』, 삼성출판사, 1989. 1903면.

이재철, 「통일시대의 아동문학」, 『아동문학평론』 96호, 2000. 9.

이재철, 『한국현대아동문학사』, 일지사, 1978.

이재철, 「북한 아동문학 연구」, 『아동문학평론』 89호, 1998. 12.

_____, 「남북 아동문학 비교 연구」, 『아동문학평론』 80호, 1996. 9.

_____, 「남북 동화문학 비교 연구」, 『아동문학사상』 12호, 2005 가을호.

원종찬, 「북한 아동문단 성립기의 '아동문화사 사건'」, 『동화와 번역』 20집, 2010. 참조.

_____, 『북한의 아동문학』, 청동거울, 2012.

최동호, 『남북한 현대문학사』, 나남출판, 1995.

한국예술연구소 편, 『한국 작곡가 사전』, 시공사, 1999.

康承翰의 아동 서사문학 연구

—발굴 장편 『힌구름 피는 언덕』과 『새벽하눌』을 중심으로

1. 강승한과 현대 아동문학사의 비극

이 논문은 재북 아동문학가 강승한의 아동 시가문학에 대한 본인의
연구[1] 이후 미처 수습하지 못했던 그의 서사문학[2] 분야에 대한 연구를
그 후속으로 내놓는 것이다. 일차적으로 강승한의 아동 서사문학의 현
황을 전반적으로 살피고 그 구체적인 작품의 분석으로 나아가고자 한
다. 특히 본고는 1930년대 중후반에 걸쳐 집중적으로 창작한 강승한의
장편 소년소설에 주목하고 우리나라 근대 아동문학사에서 그의 장편 아
동문학이 놓여 있는 위치를 확인하고 그 문학사적 위상을 부여해 볼 것
이다.

---

1 필자는 한국아동청소년문학학회 2013년 여름 학술대회(2013. 8. 24.) 때 「재북 아동문학가 강
 승한론—아동 시가문학을 중심으로」를 발표하면서, 강승한의 해방 전과 분단 이후 북한에서 발
 표한 동요 · 동시의 작품을 발굴 보고함과 아울러 그의 작품 세계가 가진 특징과 분단으로 인한
 굴절된 동시의 양상을 살폈다.(『평화 · 공존 · 상호이해—남북한 아동문학』, 한국아동청소년문
 학학회, 2013, 76~94쪽.)

2 '동화'라는 용어는 그 내포된 의미가 매우 넓을 뿐만 아니라 사용자의 주관에 따라 그 설정 범
 주가 달라지는 개별성이 표출되기도 한다. 특히 오늘날 '동화'라는 용어는 '아동소설'의 의미
 를 포괄하는 추세로 나아가고 있기 때문에 본고에서는 두 장르간의 영역을 분리하지 않음과 동
 시에 또한 그 차이를 뚜렷하게 구분하기 위해 '서사문학'이라는 명칭을 사용하기로 한다.

강승한은 오늘날 한국 아동문학사에서 매우 생소하게 다가오는 이름이지만, 그는 해방 전 우리나라 근대 아동문학을 일구는 데 열심히 활약했던 시인이요, 아동문학가였다. 강승한은 황해도 해주 신천의 향토 작가로 윤석중의 고선으로 『아이생활』에 동요 「내 동생」(1933. 5.), 「시냇물」(1933. 9.), 『신가정』에 동요 「엄마 잃은 병아리」(1934. 4.)를 발표함으로써 동요 작가로 활동하기 시작했다. 그는 방정환의 사후 『어린이』에도 작품을 투고하여 독자 문예에 짧은 단시 「바지」(1934. 1.)가 입선되기도 했다. 이렇게 1933년 동요로부터 출발한 강승한은 1935년부터 보다 세련된 작법의 동요와 동시를 『아이생활』, 『아이동무』, 《매일신보》, 《동아일보》 등에 발표하기 시작하였다. 그가 남긴 대표적 동요·동시는 「셈 없는 개」, 「심심한 대낮」, 「잠자리」, 「보았대」, 「간도 가는 마차」 등을 거론할 수 있겠다.

강승한의 삶과 문학적 전개는 일제 강점과 남북 분단, 6·25전쟁이라는 한국 현대사의 비극과 분리하여 생각할 수 없을 만큼 매우 민감하며 결코 단순하지 않다. 그러나 우리가 기억할 것은 그가 우리나라 1920년대 동요 황금기를 지나 동시의 시적 인식이 확장되기 시작했던 1930년대에 강소천·박영종·권오순 등과 활동하며 동시단을 풍부하게 가꾸고 발전시킨 동요·동시 작가의 한 사람이었다고 하는 점이다. 다만 강승한이 자신의 문학적 위의를 끝까지 지켜내지 못하고 분단 이후 재북 작가로 활동하며 당성에 입각한 이념과 목적 문학으로 빠르게 매몰되어 간 것은 동시대의 강소천·박영종(목월)과 견주어 상대적으로 대비될 수밖에 없는 한계로 지적할 수 있다.

그러나 본고가 강승한을 근대 아동문학사에서 다시 재론해 보고자 하는 것은 우리나라 장편 아동문학의 계보에서 그의 장편 소년소설이 놓여 있는 문학사적 위치 때문이다. 강승한은 동요·동시 외에도 다양한 아동 서사문학을 남겼다. 그는 '유년동화', '유년소설', '전설동화',

'소년소설', '장편 소년소녀소설' 등
의 서사 장르 명칭을 사용하였는데,[3]
무엇보다 특기할 것은 그가 장편 소
년소설로서 1936년 3월부터 『아이생
활』에 발표하기 시작하여 18회 이상
연재한 「새벽하눌」을 우리 아동문학
사에 남긴 사실이다. 「새벽하눌」은
『아이생활』이 창간 10주년을 맞이하
여 마련한 기획 연재로 해방 전 아동
잡지사상 최고 연재 회수를 기록하
는 최장의 장편 소년소설이다. 최근
발굴된 1930년대 『가톨릭소년』[4]에도
강승한의 장편 소년소설 「힌구름 피
는 언덕」(1937. 10~1938. 3. 6회)이 연재

『가톨릭소년』에 수록된 강승한의 장편소년소
설 「힌구름 피는 언덕」 표지화격의 그림.(1937.
10)

된 사실이 추가적으로 확인되고 있다.

따라서 본고는 강승한의 장편 소년소설 두 작품을 발굴 보고함과 아
울러 그의 아동 서사문학을 지배하고 있는 전반적 작품 세계를 살펴보
고자 한다. 먼저, 우리 근대 아동문학사에 있어서 장편 아동문학의 흐름
과 강승한의 문학사적 위치를 짚어보고, 그의 전반기 유년동화과 소년
소설, 후반기의 장편 소년소설을 구분하여 논의해 보고자 한다.

---

3 유년동화 「수영이의 편지」(1936. 6. 13~18, 3회)의 발표를 시작으로, 유년소설 「개고리 사냥」
(1937. 10.), 소년소설 「사진」(1936. 11, 2회), 「진실한 동무」(1937. 3, 4회), 창작동화 「암탉
의 편지」(1936. 8.), 「메뚜이」(1936. 9.), 「닭알도적」(1936. 11.), 번역동화 「요술모자」와 신문
에 연재한 다수의 전설동화 시리즈가 있다.
4 최기영, 「1930년대 『가톨릭소년』의 발간과 운영」, 『교회사연구』 33호, 한국교회사연구소,
2009.

2. 근대 장편 아동문학의 흐름과 강승한의 위치

　일반문학에서 1917년 李光洙가 최초의 근대 장편소설 「無情」을 발표하고, 1931년 廉想涉의 「三代」, 1937년 蔡萬植의 「濁流」가 이어지는 동안, 아동문학에서는 약 8년 정도 늦어진 1925년에 방정환의 소년탐정소설 「동생을 차즈려」, 이듬해 1926년에 「칠칠단의 비밀」이 장편 아동문학으로서 처음 출현한다. 방정환으로부터 한국 아동문학의 창작 장편 서사의 시대가 열리게 된다. 그러나 방정환 이후 장편 서사문학은 꾸준히 발전하지 못하고 일시 주춤한 상태를 거친다.

　우선, 『어린이』를 살펴보면, 7권 6호(1929. 7.)에 '장편동화'라는 이름으로 金浚相이 번역한 「크레테의 미궁」이 실리기 시작하고, 9권 7호(1931. 7.)에 朴涙月의 '장편영화소설' 「북국의 봄이 오면」과 번역 장편 명작 「집 없는 아해」가 수록되기도 했다. 그러나 장편영화소설은 작품이 2회 정도의 연재로 끝나버려서 진정한 의미의 '장편'이라고 보기는 어려웠다. 초창기 장편 서사문학은 주로 해외 장편 명작을 소개하는 정도에서 그 공백을 메우고 있었다. 『어린이』에서 볼 수 있는 장편의 실험적 모색은 '5인 연작소설' 「5인 동무」(1927. 3~1927. 10. 5회) 등에서 볼 수 있는데, 高漢承부터 시작해 5명의 작가가 차례로 작품을 의욕적으로 연재하다가 정병기의 글에서 미완으로 마무리되고 만다. 그 뒤 江南春의 '소년장편소설' 「凱旋歌」(1933. 2~?), 崔秉化의 '장편학교소설' 「우리 학교」(1933. 2~?)는 『어린이』에서 선보인 의욕적인 기획으로 눈길을 끌지만 이 역시 연재 기간이 1년도 채 못된다.[5]

　『新少年』과 『별나라』에서도 비슷한 사정이 포착된다. 잡지의 낙호로

---

5 다만 11권 5호(1933. 5.)에도 두 작품이 연재되고 있음을 볼 수 있는데, 12권 1호(1934. 1.)에서는 두 작품의 연재를 모두 볼 수 없다. 두 작품이 연재된 기간이 1년에 채 미치지 못한 것을 알 수 있다.

그 전체상을 확인하는 데는 어려움이 있지만, 『별나라』의 예를 들어보면, '장편'을 표방하며 연재되는 작품들이 간헐적으로 확인되고 있다.

『별나라』6호(1926. 11.)에 전래 설화를 재화한 廉根守의 「어밀내 鐘」은 '장편'이라는 명칭을 사용하였지만 2회 연재된 것이다. 그 뒤의 사정도 별반 다르지 않아서 梁在應의 「쇠돌이의 事業」(42호. 1930. 7.)이 5회,[6] 安俊植의 '장편동화' 「바보 吉童」(67호. 1933. 5.)가 4회,[7] 朴一·嚴興燮·李箕永·朴世永 등이 참여한 '연작소설' 「老先生」(75호. 1934. 2.)이 4~5회 정도,[8] 卞相權의 '모험탐정소설' 「毒藥博士」(76호. 1934. 4.)가 5회[9] 연재되었을 뿐이다. 그 뒤 세계적 문호의 명작이 집중 연재되고 있다. 괴테의 「파우스트」(77호. 1934. 9.~?), 고리끼 원작의 「거지」(79호. 1934. 12.~?), 유-고 원작의 「噫無情」(80호. 1935. 1·2.~?) 등이 그 예이다.

이로 볼 때 당시의 '장편' 서사문학이란 주로 해외 명작에서 창작의 공백을 벌충하거나 비록 창작이라고 하더라도 5~6회 정도의 연재로 끝나는 경우가 많았으며, 1년 이상 연재되는 경우는 찾아보기 어려웠다. 신문 연재의 사정을 보면 다소 이채스러운 면도 발견되는데, 『조선일보』에 발표된 연성흠의 '연작 소년소설' 「少年旗手」(1930. 10. 10.~)과 田榮澤의 「새벽별」(1934. 1.~), 秋湖의 「새 주인」(1934. 4. 3.~)이 그 대표적 예이다. '秋湖'는 전영택의 호로 추정되는바, 우리나라 장편 아동문학의 성장에 기여한 연성흠·전영택의 역할을 볼 수 있다. 1920년대 방

---

6 「쇠돌이의 事業」은 언제부터 연재부터 연재가 시작되었는지 확인하기 어렵다. 42호(1930. 7.)에 5회 연재된 이후, 45호(1930. 10.)와 46호(1930. 11.)에 연재가 되지 않은 것으로 보면 6회 또는 7회로 연재가 마무리된 것을 알 수 있다.
7 「바보 길동」은 64호(1933. 1.)에 처음 연재되기 시작한 것으로 현재 65호(1933. 2.)에서 2회, 67호(1933. 4·5.)에서 4회 연재된 것이 확인될 뿐이다. 70호(1933. 8.)에 보이지 않는 것으로 미루어볼 때, 이 작품 역시 5~6회로 마무리된 것을 알 수 있다.
8 「老先生」은 70호(1933. 8.)에 3회 '家庭'(朴一)와 4회 '大掃除'(嚴興燮), 74호(1934. 1.)에 民村生(李箕永)이 5회를, 75호(1934. 2.)에 朴世永이 6회를 끝으로 종편한 것이 확인된다.
9 「毒藥博士」는 73호(1933. 12.)에 2회, 74호(1934. 1.)에 3회, 75호(1934. 2.)에 4회, 76호(1934. 4.)에 5회로 연재된 것이 확인된다.

정환에 이어, 1930년대 들어 최병화 · 연성흠 · 전영택으로 이어지는 장편 서사문학의 점진적 전개 과정을 주목할 필요가 있다.

여러 모로 1930년대 전반기는 한국 아동문학이 '서사의 장편화'를 욕망하며 다양한 실험과 모색의 과정을 거치는 시기이다. 그러다가 30년대 중후반에 이르면 장편 아동문학이 본격적으로 전개되는 양상을 볼 수 있는데, 이 시기는 우리나라 장편 서사문학이 첫 결실을 맺는 소중한 시기라고 평가하기에 부족함이 없다. 『아이생활』에 연재된 강승한의 「새벽하눌」(1936. 3.), 《동아일보》에 연재된 노양근의 「열세 동무」(1936. 7.), 한 해 뒤 『소년』에 연재된 주요섭의 「웅철이의 모험」(1937. 4.)과 김내성의 「백가면」(1937. 6.)¹⁰ 등 잇따른 장편 아동문학의 배출이 이를 증명한다.

이러한 우리나라 장편 아동문학의 사적 흐름 속에서 강승한의 「새벽하눌」은 비교적 선두에 서 있는 격이다. 『아이생활』 창간 10주년을 기념하는 "특이한 선물"¹¹ 삼아 기획된 이 장편은 현재 발굴된 자료만으로도 18회 이상 연재가 확인되고 있다. 해방 전 아동 잡지에 연재된 최고 기간의 최장 작품으로 파악된다. 마지막 18회가 수록된 것은 『아이생활』 1937년 10월호이다.¹² 특히 이 작품은 『아이생활』에 인기리에 연재되어 많은 독자를 확보하게 됨으로써,¹³ 이후 우리나라 장편 아동문학이 활발하게 전개될 수 있도록 이끈 기폭제 역할을 담당했다고 평가할 수 있다.

---

10 이들 작품의 연재 상황은 다음과 같다.
　강승한, 「새벽하눌」: 1936. 3.~1937. 10.~?), 『아이생활』
　노양근, 「열세 동무」: 1936. 7. 2.~47회), 《동아일보》
　주요섭, 「웅철이의 모험」: 1937. 4.~1938. 3, 『少年』
　김내성, 「백가면」: 1937. 6.~1938. 5, 『少年』
11 「예고 새벽하눌」, 『아이생활』, 1936. 2.
12 이후 몇 회 더 연재되었을 것으로 추정되지만 낙호로 확인하기 어렵다. 「새벽하눌」의 결말 부분이 낙호로 결국 확인하지 못하는 점은 안타까운 일이다.
13 이재철, 「1930년대의 중요작가들」, 『한국현대아동문학사』, 일지사, 1978, 297쪽.

3. 강승한의 아동 서사문학에 나타난 양상과 특징

강승한이 주로 아동 서사문학을 창작하던 시기는 1936년부터 1938년으로 3년 정도이다. 그는 '유년동화', '전설동화', '창작동화', '유년소설', '소년소설', '장편 소년소녀소설' 등이라는 장르 명칭을 사용하여 다양한 서사문학을 발표하였다. 강승한의 기량은 아동의 심리적 묘사와 디테일한 생활의 단면을 묘파한 소년소설에 잘 나타나 있다. 그의 단편으로서 거론할 수 있는 대표작은 유년동화 「수영이의 편지」과 유년소설 「개고리의 사냥」, 소년소설 「사진」과 「진실한 동무」 등이다.

1) 단편 서사문학의 분석

(1) 생태의 발견과 체험 : 「수영이의 편지」, 「개고리의 사냥」

유년동화 「수영이의 편지」는 《동아일보》에 3회 연재한 작품이다. 수영이가 절에 가 있는 아버지에게 쓰는 편지 형식의 작품으로 온화한 문체로 아기자기하게 꾸린 소품이다. 각각 '까치집', '숫닭쌈', '작문'이라는 소제목을 달고 있다. 병에 걸려 절에 가 있는 아버지에게 집과 학교에서 일어난 소식을 소박하고도 따뜻한 언술로 전해 준다. 주로 유년기에 관심 가질 만한 자연 생태의 비밀과 아동 생활의 단면이 재치 있게 그려지고 있다.

그런데 산우의 풀밭에서 노새가 잔디를 맛잇게 뜯어먹으며 돌아다니겟지요. 그리고 그 노새 잔등에는 까치 두 마리가 앉고 노새의 털을 입으로 뽑고 잇겟지요 까치 두 마리가 노새털을 한 입씩 물고 다라나도록 노새는 까딱하지 안코 착하게 서 잇어요. 그러케 사나운 노새가 점찬케 털을 뽑히고 잇을 땐 아무 무

슨 뜻이 잇나 봐요.

「어머니, 어머니!」 하고 바삐 어머니를 붓들고 그 얘기를 햇더니 어머니는 빙그레 웃고

「까치는 노새털을 물어다가 푹신푹신한 집을 짓는단다. 또 봄이 되면 짐승들의 털이 빠지고 낡은 털 대신에 조흔 새털이 나니까 까치가 노새털을 뽑아가도 노새는 아모러치도 안는단다. 도리혀 시언해서 노새는 조타고 하겟지!」

하시겠지요. 얼마나 시언하게 가르처 주시는지 몰라요.

혹시 아버지도 까치들이 노새털을 뽑아가는 것을 보시면 까치집을 짓는 줄 아세요.

—「수영이의 편지—까치집」, 『동아일보』, 1936. 6. 13.

'까치집'에서는 까치가 노새털을 뽑아 집을 짓는 자연의 비밀스러운 생태가 그려지고, '숫닭쌈'에서는 집에 기르는 수탉이 거울에 비친 제 모습을 쪼아대는 우스운 장면이 그려진다. 이렇게 「수영이의 편지」는 유년 화자가 겪은 생활 속 관찰 내용을 새로운 발견과 깨달음으로 발전시켜 나가며 연작으로서 가능성을 보여 주고 있다. 아버지가 병이 나아서 돌아올 전보를 기다린다는 내용으로 3회로 마무리된 점은 퍽 아쉽다.

「개고리의 사냥」은 '유년소설'로 발표한 작품이다. 「수영이의 편지」에서 주인공은 자연 생태를 관조하며 즐거움을 찾는다. 그러나 「개고리의 사냥」은 자연 생태를 악용하여 짓궂은 장난을 일삼는 아동 심리를 리얼하게 다루면서 생명에 대한 윤리적 책임을 주제로 남긴다. 천하에 몹쓸 장난꾼인 억쇠는 낚싯대를 메고 들판으로 나가 누나 때굴이한테 '재미있는 낚시질'을 보여준다. '재미있는 낚시질'이란 메뚜기를 미끼로 달아 풀숲에 있는 개구리를 유인해 잡는 것이다. 누나가 가여워서 두 손으로 눈을 가리는데도 억쇠는 재미있어 하며 실컷 장난질을 한 뒤에야 돌아선다. 이러한 서사는 '아동의 행동과 심리를 가능한 범위 내에

서 충실하게 재현
시키려는 의도'[14]의
이구조식 신동심주
의적 경향과 맞닿
아 있다. 그러나 순
수한 아동에 대한
관념에서 탈피하여
현실 생활의 아동
을 리얼하게 드러
내고 있는 점까지

「개고리 사냥」 삽화(《동아일보》 1937. 10. 24)

는 좋으나 그 결말 처리는 여전히 교육적 방법을 택하고 있다. 작품의
후반부는 억쇠가 꾸는 꿈 속에 낮에 콧등을 꿰인 수많은 개구리들이 한
꺼번에 나타나 억쇠를 야단 치고 혼을 내주는 장면으로 마무리된다. 개
구리가 억쇠의 코를 떼어 가려고 하자 억쇠는 놀라서 깨는데, 그 뒤로
억쇠가 이런 몹쓸 장난을 하지 않게 되었다는 내용이다.

이 작품은 흥미롭게도 강승한이 분단 이후 개작하여 재발표한 유일한
단편 서사문학이다.[15] 현실과 꿈이라는 전후반의 구성은 동일하지만 주
인공 이름이 억쇠 대신에 '돌쇠'로 바뀌고 때굴이도 누나가 아닌 또래
친구로 바뀌었다. 각 문장마다 조금씩 손을 본 것이 확인되는 점으로 미
루어 개작에 공을 들인 것을 알 수 있다. 구조적으로 전후반부를 대립적
으로 설정하여 2분법적인 도식을 보여 준다. 선명한 주제의식은 유년문
학의 장점이 될 수 있다.

주인공 돌쇠가 개구리들에게 용서를 빌고 개구리들이 용서를 받아 주

---

14 이구조, 「사실동화와 교육동화」, 《동아일보》, 1940. 5. 30.
15 발표 날짜가 '1948. 8.'로 되어 있으며, 『한라산』(조선작가동맹출판사, 1957)에 수록되어 있
다.

지 않는 장면이 추가된 것은 중요한 변화의 하나로 파악된다.

　「이놈 돌쇠란 놈. 어서 상처를 고쳐주지 못하겠니. 잘못했다는 말도 하지 않
고… ①마음대로 한다면 밤으로 너를 꽁꽁 묶어서 개구리 나라로 잡아다가 벌
을 줄 것이지마는 이번만은 네 코만 떼어 가기로 하겠다.」
　하고 대장 개구리는 앞발을 번쩍 들어 돌쇠의 코를 꽉 쥐었습니다. 돌쇠는
코를 떼간다는 데 겁이 나서
　「②제발 용서해 주십시오. 코만은 떼어가지 마십시오.」하고 비니까
　「③용서는 무슨 용서야.」
　하고 크게 웃는 소리가 들렸습니다.
―「개구리의 사냥」, 『한나산』, 1957.

　「으악!」
　④용서해 준다는 바람에 가만히 개고리 대장과 수백 마리 개고리가 어서 물
러가기만 기다리고 있는 억쇠는 제 코를 떼려 덥치는데 정신이 앗질하였습니
다.
　「개고리 대장님 코만은 떼지 마서요!」
　이러케 큰소리로 비니까
　「하하― 개고리 대장은 누구가 개고리 대장이야?」
　하고 누구같이 큰소리로 대꾸하며 우섯습니다.
―「개고리의 사냥」, 《동아일보》, 1937. 10. 24.

　개작 전의 원작에서는 "너를 잡아가면은 애꾸즌 너이 아버지 박도김
이 울겟기에 이번만은 용서해 준다."하는 내용이 포함되어 있다. 그러
나 개작 후의 작품에서는 용서를 해 주었는데 코를 떼어간다는 설정이
대치될 수 있기 때문에 "개구리 나라로 잡아다가 벌을 줄 것이지마는"
이라고 고쳐진다. 개작판에서는 개구리들의 징벌 의식이 강하게 드러나

기 때문에 ②와 ③에서처럼 주인공이 개구리들에게 용서를 빌고, 개구리들이 용서하지 않으려는 태도가 강한 대조를 이룬다. 그러나 이 과정에서 원작의 ④와 같이 개구리들의 돌발적인 태도 변화와 미처 대처하지 못하는 주인공의 해학적인 모습이 제거되었다고 할 수 있다. 개작판에 나타난 문장 호응의 변화는 권선징악의 주제와 도덕 의식을 강하게 부각시키는 한편, 자기 재판의 의식이 강하게 투영되어 나타난 결과로 파악된다.

(2) 빈궁의 조건과 휴먼의 초계급성 :「사진」, 「진실한 동무」

단편 소년소설 「사진」과 「진실한 동무」는 비슷한 체험을 지닌 두 동무에 대한 서사가 포함되어 있다는 점에서 연속선상에 있는 작품이다. 주인공 소년은 물에 빠지게 된 동무를 건져주려고 하다가 저까지 죽을 뻔하였으나 다행히 어른들이 와서 구해 주게 되는데, 그 뒤부터 두 동무는 한집에 사는 형제와 같이 절친한 사이가 된다. 「사진」에서는 이러한 서사가 과거의 내용으로 서술되고, 「진실한 동무」에서는 이 작품을 떠받치는 현재의 서사로 서술된다. 내용상으로는 「사진」이 먼저이지만 작품 발표는 「진실한 동무」가 몇 달 앞서 있다.

「사진」은 사진 한 장 찍지 못할 만큼 가난한 농

「사진」 삽화(李用雨 畵, 《매일신보》 1937. 11. 1)

가에서 자라나는 소년의 처지와 갈등을 다루고 있다. 영호는 보통학교를 같이 졸업하고 멀리 읍내에 일자리를 얻어 간 만길이가 사진을 보내달라는 부탁 때문에 사진관에서 사진을 한 장 찍었다가 아버지와 갈등이 빚어진다.

「엑기 이 망할 놈 우리집에서 썩썩 나가거라! 너가치 부모가 속 태우는 사정을 조곰두 모르고 사진이나 백이는 자식은 우리집에 안부친다. 일이 없다. 어서 나가!」

아버지는 쑤중 샅에 영호의 등덜미를 움켜쥐고 문 밧그로 영호를 쓰러내었다. 그째 아버지에게서는 고약한 술내음새가 훅 끼첫다.

「응 아버지가 술을 마섯구나!」

영호는 이러케 생각하엿스나 한편으로 생각하면 어려울 탓으로이나 웃학교에도 못 보내고 일만 식히면서 사진 한 장 찍지 못하게 구는 아버지가 밉기도 하엿다. 영호는 박그로 쓸려 나와서

「그래 아버진 내게 무엇을 어태 잘해 주었소? 사진 한 장 백여 준 일이 잇소? 네 아버지!」

하며 우름통을 터쓰렷다.

「아 이놈의 자식 봐라. 그래 네가 애비 대답을 한단 말이냐? 응 이 고연놈 가트니라구… 어 목구녕에까지 맹통이 가득찬 놈아!」

「그럼 어쩐단 말이요? 맹솧지 안흐문 어쩌케 해요? 어쩌케 하란 말이요? 자꾸만 만길이가 여섯 번씩 사진을 보내라니 무심하게 어쩌케 잇스란 말이요?」

—「사진 2」, 《매일신보》, 1937. 11. 8.

사진 때문에 생전 처음으로 아버지에게 말대답을 하고 영호는 속이 상해서 울음이 복받친다. 어머니는 꾸어온 돈을 영호의 손에 쥐어 준다. 영호는 가난한 소작농 집안의 아들이다. 보통학교를 졸업하고 읍내 상

점에 심부름꾼
으로 들어 간
만길이가 여섯
차례나 편지로
그립다면서 사
진을 보내라고
하니 영호도 어
쩔 수 없이 사
진관에 가서 사
진을 찍은 것이

「진실한 동무」의 삽화(《매일신보》 1937. 3. 22)

다. 남들은 젖먹을 때부터 사진을 찍어 대는데, 지금까지 영호는 사진
한 장도 없는 자신의 처지가 부끄럽기도 하다. 상급 학교에 진학하지도
못하고 집에서 아버지 일을 돕고 있는 영호의 고민과 설움이 현장감 있
게 서술되고 있다.

「진실한 동무」에서 한반 동무인 영식이와 창수는 늘 사이가 좋지 못
하다. 작품의 서두부터 두 소년은 대립적 인물 관계로 서술된다. 영식이
는 첫째 손가락에 꼽히는 부자집이고 창수는 꼭 반대로 동네에서 제일
가난한 집이다. 영식이는 집이 넉넉하지만 꼴지를 하고, 반대로 창수는
집은 가난하지만 학기마다 첫째를 차지하니 영식이는 그것이 심술나서
창수를 괴롭힌다. 학교의 마지막 수업 시간에 선생님이 졸업하고 무엇
들을 하겠느냐는 질문에, 남들은 웃학교로 시험을 보러 가고 어디어디
로 붙을 자리가 있어서 떠나는데 창수는 집에서 농사나 지을 생각을 하
니 서러운 마음도 든다.

그러나 이 작품이 주로 그리는 것은 부자와 가난한 자의 계급적 대립
이 아니라 빈부를 초월하여 가질 수 있는 진정한 우정에 대해서이다.

뒤에 따라오는 영식이와 춘만이는 어깨가 웃쓱하여 중학교 시험보러 가는 이야기를 주고밧으며 째째로 크게 쩌들고 웃으면서 어름판길로 걸어왓습니다. 창수는 영식이와 춘만이에게 말을 부칠까 하다가 더 저를 비웃어주는 것 갓허서 그냥 말업시 가다가 갑작이 뒤에서

「으악!」

하는 영식의 목소리에 놀내여 뒤를 돌아다보니 어름판길로 걸어오는 영식이가 어름장이 쩌지는 바람에 어름 구멍 속으로 쌔저 들어갓습니다. 춘만은 날래게 강까로 쒹처나와 아모러치 안헛지만 영식이는 그만 깁고 넓은 강물 속으로 텀벙 들어갓습니다.

「어푸푸 어푸푸!」

쌔저 들어갓든 영식이는 물 위로 고개를 처들면서 구해내 달라는 듯이 손을 한 번 내젓고는 다시 어름 구멍으로 들어갓습니다. 춘만이와 창수는 이 모양을 보고 어쩔 줄을 몰랏습니다. 춘만이는 금방 저까지 죽게 된 것처럼 무서워 벌벌 쩔기만 하기만 하엿습니다. 그째 창수의 머리 속에는 영식이가 빠진 후 물속으로 쩌나려 가기 전에 어서 밧쌔 구해내야 되겟다는 생각이 번개처럼 쩌올랏습니다.

학교를 마치고 동리로 오는 길에 창수가 넘어지자 영식이는 춘만이와 함께 뒤따라오면서 떠들며 비웃는다. 그러다가 영식이는 얼음이 깨져서 얼음 구멍으로 빠져 버린다. 같이 오던 춘만이는 겁이 나서 쩔쩔 매지만 창수는 제가 죽을 줄도 모르는 위험을 무릅쓰고 영식이가 물 속으로 떠내려가기 전에 구해야겠다고 생각하며 물에 뛰어 든다.

이 작품은 자기를 괴롭히고 놀린 영식이를 구해 내고 강물에 뛰어드는 창수의 행동을 통해 빈궁의 조건 속에서도 계층의 대립을 초월하여 존중되어야 할 생명 의식을 강하게 표출시킨다. 이렇듯 강승한은 가난의 문제를 주요 제재로 삼고 있으면서도 그것을 계급주의적 관점으로

서사를 전개시키지 않는 초계급성을 추구한다.

2) 장편 서사문학의 분석

(1) 근대와 전근대의 공존과 갈등 : 「흰구름 피는 언덕」

「흰구름 피는 언덕」은 연길 교구에서 발행한 『가톨릭소년』 2권 8호 (1937. 10.)부터 3권 2호(1938. 2.)까지 5회 연재한 후 미완에 그친 장편 소년소설이다. 발표할 당시에는 '장편 소년소녀소설'이라는 장르 명칭을 사용하였다.

이 작품은 민간 유습이 남아 있는 전근대적 공간과 실증적이고 합리적인 사고가 지배하는 근대적 공간이 서로 충돌하며 화해로 이르는 과정을 다루고 있다.

우선, 이 작품의 배경이 되고 있는 '가재동'이라는 마을은 "강원도 설봉산", "조그만 낮은 산", "지도에는 그려지지 않은 산", "이 산 아래 역시 조고만 동리"로 묘사되고 있다. 이렇게 산으로 가려져 있고 지도에 잘 나타나지도 않는 숨은 동네에 대한 서술은 아직 근대가 침입하지 않은 토속적이며 민간 유습이 상존하는 이 마을에 대한 그럴 듯한 분위기를 제공해 준다. 「흰구름 피는 언덕」은 세 어린동무—최동, 홍길이, 금쇠—의 모험 추리 서사를 통해 마을에 떠도는 속설, 풍문, 소문이 지배하는 속악한 미신의 세계를 파헤쳐 적나라하게 그 실상을 파헤쳐 나가는 것이 중심 내용으로 되어 있다.

어느 날 추석 명절을 맞이한 가재동에는 최동이 집 뒤에서 상제귀신이 출현하는 사건이 일어난다. 소문은 일시에 퍼지고, 그 다음 날부터 누구 한 사람 그곳을 지나지 않게 된다. 몇 해 전에 그 집 뒤 버드나무 고목에 이름 모를 총각이 목을 매고 죽은 터라, 최동이의 집 담밖에 총

각 귀신이 운다고 하는 흉흉한 소문까지 돈다. 최동이네 머슴꾼인 박총각만은 귀신이 뭐냐며 해바라기 밭에 앉아 담배를 피기도 한다. 그러나 어느 날 낡은 삿갓을 쓰고 흰 베옷을 입은 채 몹시 슬피 우는 상제귀신이 눈앞에 나타나자 박총각 역시 달아나고 만다. 상제귀신이 두 번째 나타나자 이번에는 마을의 최첨지 증조가 대단히 나쁘다는 소문이 퍼진다. 최첨지는 최동이의 아버지인데, 사람들은 최첨지네 집에 드나들기를 싫어하게 된다. 최첨지는 상제 귀신을 잡아 없애려고 하지만 상제귀신은 나타나지 않는다.

이렇게 이 작품은 해바라기 밭에서 슬피 울다가 사라지는 상제귀신의 정체를 밝히는 데 주력한다. 어느 날 최동이와 길동이는 무서운 것을 꾹 참고 상제귀신을 쫓아가게 되는데, 설봉산으로 올라가는 상제귀신이 사람인 것을 알아낸다.

「왜 그러니 대관절 너희들 어대 갓다오냐?」 최첨지는 놀라 물으니 최동이와 홍길이는 「상제귀신을 보앗서요. 아까 동이 트기 전부텀 우리 두 아이서 해바라기밭을 날아낫겟지요. 그래 무서운 것을 꾹 참고 가만히 보니 상제귀신은 아모래도 사람같겟지요. 그래 자세히 보니 상제귀신은 해바라기밭으로 들어가서 슳히 울다가 이러나서 넘은 동리ㅅ길로 걸어가겟지요. 그래서 그 뒤를 따라갓다옵니다.」 하는 그 소리에 최첨지는 귀가 번쩍띄워 「그래 상제귀신이 어디로 가디?」 하고 두 아이에게 물어보앗다. 「저 넘은동리로 들어서지 않고 넘은동리 밖앝길을 돌아서 설봉산으로 올라갓습니다.」 홍길이와 최동이는 이렇게 대답하고 설봉산을 손가락질하엿다.[16]

최동이와 홍길이는 상제귀신의 정체를 밝히는 일의 주체가 된다. 홍

---

16 강승한, 「흰구름 피는 언덕」, 『가톨릭소년』, 2권 9호, 1937. 11, 21쪽.

길이는 재조가 많고 별의별 꾀가 비상한 최동이의 동무이다. 홍길이는 상제귀신 사건 때문에 최첨지네가 별의별 소리를 다 듣는 것을 알고 그 아들이자 동무인 최동이를 돕기 위해 문제 해결에 나서게 된 것이다. 최 첨지는 "어서 상제귀신을 잡아다우. 그래서 동리 사람들의 헛튼소리를 없새다오."[17]라고 눈물까지 흘리며 홍길에게 부탁한다.

이 작품에서 상제귀신 사건의 핵심은 바로 근거 없는 미신, "헛튼소리"와의 싸움에 다름 아니다. 그런데 상제귀신 소문이 퍼지는 와중에 최첨지네 대문 밖에 있는 우물 속에서 사람의 두개골이 나오는 사건이 새로 발생한다. 이렇게 되자 최첨지네 집터는 옛날에 무덤이 많던 집이라는 등 더 흉흉한 소문이 퍼지고 끝내 최첨지는 병이 들어 자리에 눕고 만다. 어린 두 소년은 북간도에서 온 키다리 금쇠와 의기 투합하여 "상제귀신을 잡고 두개골의 비밀을 알어내자."[18]고 굳게 결심한다.

그 뒤 금쇠는 해바라기 밭에서 상제귀신을 붙잡고 그 정체를 밝히는 중요한 역할을 하게 된다.

「으악!」

상제귀신의 얼굴을 드려다 본 최동이와 금쇠는 뒤로 넘어질 듯이 놀래엇다. 그 상제귀신은 다름 사람이 아니라 최동이와 홍길이가 지금보다 더 어렷슬 때 미친사람이 되어 달아난 홍길네 머슴꾼 홍서방이엿다.

「아 홍서방 홍서방!」

홍길이는 달려들어 홍서방을 연방 불럿스나 상제귀신은 그 소리를 들엇는지 못 들엇는지 아모 대답도 하지않고 금쇠의 몸에서 어서 벗어나려고 가진 애를 다 쓰며 버둥거릴 뿐이엿다.

「야 상제귀신 잡엇다! 상제귀신 잡엇서!」

---

17 같은 글, 21쪽.
18 같은 글, 29쪽.

동리 사람들은 금쇠가 타눌은 상제귀신을 보고 정신없이 떠들었다. 그 축에 한목 끼엇든 최첨지네 머슴꾼은 굵은 밧줄을 들고나와 눈깜짝할 새 상제귀신을 꽁꽁 묶엇다. 상제귀신을 꼼짝 못하게 밧줄로 묶은 뒤에야 동리사람들은 상제귀신이 홍길이네 머슴꾼이든 홍서방인 것을 비로소 알어내엇다.

「아 이게 홍서방이 아닌가?」

동리사람들 축에서 영감님이 한 사람 나와서 홍서방에게 말을 붙엿스나 홍서방은 이렇다 저렇다 종시 입을 떼지 않엇다. 아마 아직도 미친것이 낫지 못한 모양이엇다. 그래 동리사람들은 꽁꽁 묶엇든 밧줄을 글으로 홍서방을 놓아주고 말엇다. 그리니까 홍서방은 아모일도 없엇다는 듯이 울지도 않고 웃지도 않는 얼골로 그 자리를 떠나고 말엇다.[19]

상제귀신의 정체가 홍길이네 머슴꾼이었던 홍서방으로 밝혀지자 동리사람들은 놀라면서 지금까지의 두려움에서 벗어나게 된다. 상제귀신이 홍서방의 존재로 대체되는 순간 미신의 무지와 몽매 속에 있던 진실이 백일하에 드러난다.

그러나 미신 타파에 대한 계몽주의적 시각에 편중되어 홍길이네 머슴으로 살다가 미쳐서 돌아다니는 홍서방에 대한 개인 서사를 살려내지 못한 것은 이 작품의 서사성을 결격시키는 한 요소가 된다. 홍서방이 왜 미치게 되었는지, 왜 하필 최첨지네 똑같은 장소—최첨지네 고목나무 근처 해바라기밭—에 와서 울어야 했는지, 여기에 대한 서사는 공백으로 남아 있다. "홍서방은 이렇다 저렇다 종시 입을 떼지 않엇다.", "홍서방은 아모일 없엇다는 듯이 울지도 않고 웃지도 않는 얼골로 그 자리를 떠나고 말엇다." 하는 홍서방의 묘사는 사회적 발화 주체로서 홍서방이라는 인격을 살리지 못한 결과가 되었다. 홍서방은 그 시대 민중의

---

19 강승한, 「헌구름 피는 언덕」, 2권 10호, 1937. 12. 19~20쪽.

설움을 보여 주는 인물로 형상화되지 못하고 계몽주의 서사를 위한 소재적 인물로 머물고 만 것이다.

최첨지를 끝내 병들게 하여 자리눕게 한 해골 사건의 비밀은 최동이의 새로 온 담임 선생님으로 인해 두개골이 사기로 만든 모형 두개골인 것이 백일하에 밝혀진다.

> 방선생님은 여전히 생글생글 우슴을 얼골에 가득히 띠우시고 조고만 쇠망치를 옳은편 손에 가만히 들더니 갑자기 두개골을 힘꿋 갈겼다.
> 「딱」
> 소리를 내며, 두개골은 찌그러지나 햇더니 웬걸 뜻밖에도 두개골은 조각조각 흐터졋다. 두개골은 결국 유리로 만든 가짜 두개골이였든 것이다.
> 「자 이것들을 보아라 이게 유리알이지?」
> 부서진 조각을 주어들고 방선생님은 최동이와 금쇠앞에 내밀엇다. 최동이와 금쇠는 깜짝 놀랫다.
> 놀래는 한편 몹시 기뻣다.
> 아버지를 괴롭히고 온 집안을 성가시게 하는 이 두개골은 아모 것도 아닌 유리조각이엇든가![20]

"두개골은 결국 유리로 만든 가짜 두개골이였든 것"으로 밝혀지는 순간은 곧 미신의 비합리성에 대한 과학적 세계관의 승리라고 말할 수 있다. 최첨지의 집안을 괴롭히고 마을로부터 고립되게 하여 끝내 병들게 했던 미신의 실체가 끝내 "아모 것도 아닌 유리조각"으로 드러남으로써 서사는 파국으로 나아간다. 이러한 서사의 전개는 비과학적이요 미개한 미신을 근대화의 적으로 규정하고 전개되었던 당시 식민지 당국과 사회

---

20 강승한, 「흰구름 피는 언덕」, 3권 1호, 1938. 1. 74쪽.

전반에 퍼져 있던 미신 타파 운동과 궤를 같이 하고 있다. 개화기부터 나타나기 시작한 미신타파에 관한 소설들이 모두 근대적 세계관 확립을 위한 표현 수단이 되었던 것처럼 「힌구름 피는 언덕」 역시 당시에 산간 마을에 광범위하게 유포되어 있던 미신 유습의 실태를 고발하고 실증주의적 근대를 지향하고 있다.

이러한 미신 타파는 일제의 종교 정책의 기조였다. 미신 타파의 기치는 기독교와 사회주의 이념의 호응을 얻는 한편 우파적 민족주의자를 비롯하여 일반 지식인과 청년의 광범한 공감도 얻고 있었다. 이들은 단순히 미신 타파에 대하여 뜻을 같이 하는 수준이 아니라 모두 미신 타파의 주체 세력이었다. 식민지 당국은 말할 것도 없고 기독교 세력, 민족 진영의 좌·우파, 일반 지식인 및 청년과 그들과 관련된 여러 사회 단체 기관 등에 의하여 미신 타파는 '광기'라 할 만한 위세를 보였다.[21] 1920, 30년대 당시의 매체를 보면 미신 타파에 관한 논설이나 기사가 지속적으로 실리고 있다. 수록된 기사의 표제만 보더라도 사회 전반에 걸쳐 미신의 풍습이 얼마나 만연해 있었는지 극명하게 확인된다.[22]

미신의 폐습을 계몽주의적 시각으로 서사화한 「힌구름 피는 언덕」의 주제의식은 강승한 자신이 크리스챤 작가이면서 발표지인 『가톨릭소년』 역시 기독교 잡지였다는 사실과도 관련된다. 전근대적이며 비과학적 미신이 어떻게 사람을 병들게 할 수 있는지, 미신을 타파하고 실증주의적 세계관에 입각했을 때 어떻게 사람이 무지몽매의 병에서 깨어날

---

21 이필영, 「일제하 민간 신앙의 지속과 변화」, 『일제 식민 지배와 일상 상황』, 헤인, 2004, 355쪽.
22 그 대표적 사례를 보면, 「미신으로 人肉을 구어 먹고 경찰서에 잡힌 어리석은 자 맹장병에 좋다는 말을 듣고 분묘를 파고 시체를 훔쳐다가 병자에게 먹여」, 「太乙 교도가 미신으로 살인 개 아미 닷말을 살마먹고 종처에 양재물을 발라서 병자는 치료중 사망」, 「信川에는 桃枝打殺-정신병 고친다고 일주일 간을 복숭아나무로 따려 죽이엇다」, 「미신으로 강도 점쟁이말 듯고 돈 훔치고 징역」, 「可恐할 것은 迷信—혼인집에 와서 아해를 나으면 그 집이나 아해에게 불길하다는 말을 듯고 변소에서 사내아이를 나아 목을 눌러 죽여」 등 상당수가 나타나고 있다.

수 있는지 이 작품은 그 실례로서 잘 보여주고 있다.

(2) 근대 공간 '서울'에 대한 열망과 좌절 : 「새벽 하눌」

강승한의 장편 소년소설에서는, 마을 사람들 속에서 미신과 같은 속설들이 쉽사리 퍼지고 여기에 대한 정체를 밝히려는 서사소가 작품 내에서 중요한 위치를 차지한다. 「새벽하눌」에서도 「힌구름이 피는 언덕」과 마찬가지로 전근대적 요소인 미신에 대한 저항 의식이 강하게 나타난다. 「새벽하눌」에서는 마을에 화재가 반복해서 일어나자 마을사람들이 화재의 원인을 '불 놓은 귀신'의 소행으로 돌리는 것이 그 대표적인 서사소이다.

두 작품이 공통적으로 미신적 사고에 지배된 인물의 서사를 다루는 것은 이들 작품의 공간적 특성과도 관련되어 있다. 두 작품은 모두 산간지방을 배경으로 하고 있다. 근대 문명과 접촉이 적은, 비교적 외부 세계와 절연되어 있는 산간 지방은 아직 공동체 의식이 강하게 지배하고 있는 공간이다. 이러한 공간에서는 한 집안이나 개인의 문제가 곧 마을의 문제로 공유되는 경향이 있으며, 문제의 해결 역시 마을 공동체의 협력에 의해 완성된다.

마을사람들의 미신적 사고에 대항해 합리적 실천으로 사건의 원인을 찾아보려고 하는 것은 주인공 상봉이다. 상봉이는 '불 놓은 귀신'의 정체를 확인하기 위해 밤을 새워 범인이 나타나기를 기다린다. 그래서 마침내 '불 놓는 귀신'의 정체가 미친 여자의 행위임을 추적해서 밝혀내고 만다. 상봉이는 전근대적 공간에서 근대적 공간을 추구하는 대표적 인물이다. 상봉이에게 근대적 공간은 바로 '서울'이다. 그는 전근대 공간인 산간을 벗어나 끊임없이 상경을 열망하며 근대 도시 '서울'을 지향한다.

식민 치하 근대를 기획한 공간 '서울'은 민중들에게 가능성과 희망을 줄 수 있는 공간으로 학교를 다닐 수 있고 직장을 얻고 돈을 벌 수 있고 성공할 수 있는 기회의 도시로 인식되었다. 겨우 가진 것이라고는 50전 뿐이요 그마저도 수해를 입은 동포를 위해 희사한 삼봉이의 열망은 바로 '서울'이라는 근대 공간에 입성하는 것이다. '서울'은 삼봉이에게 '전근대의 길에서 근대의 길로의 길찾기'[23]의 지향점에 다름 아니다.

「글세요. 어서 바삐 떠나야 서울로 냉큼 갈 터인데요. 이렇게 비가 자꾸 와서 참 딱한 일이올시다」

「서울은 뭘하러 가려구 하니」

「어제밤에도 잠간 말슴드렸지만 밭은 친척도 별로 없구 있는 것이라구는 밤톨만한 내 몸 한쪽 뿐이니 훌륭한 사람들도 많이 살고 높은 학교도 많이 있다는 서울로 가서 밑질 것은 조금도 없을 줄 알아요. 촌구석에 묻혀 있댔자 무슨 소용이 있어야지요. 아무런 곳엘 간들 손달린 사람이 설마 굶어죽을 법이 없고요. 더구나 높은 학교에 가서 공부를 하고 싶은 생각이 간절해서 서울을 향해 떠났지오」

순이 아버지는 고개를 끄덕거리다가

「그렇지만 서울이라는 곳은 눈알 빼먹는 무서운 곳이래! 사람을 나쁘게 버려주는 곳이라는걸」

「아무리 무서운 곳이라 한들 정신이 똑똑한 사람의 눈알이야 뺄라구요. 속는 사람이 바보구, 나쁜데 물드는 사람이 글르지오. 서울 사람은 영악하다지만 정신만 차리면야……」

삼봉이의 하는 말이 어른보다도 엄청나서 순이 아버지는 「고놈 꽤 똘똘하구나!」 속마음으로 칭찬하며

---

23 禹燦濟, 「한국 소설의 전근대와 근대―'길'의 主題論을 中心으로」, 『한중인문학연구』 4호, 한중인문과학연구회, 2004.

「하여튼 몇일 동안은 강물 때문에 떠나지 못하겟으니 우리집에 있어라. 우리
집에도 너같은 아이가 있단다」 하였다.[24]

삼봉이에게 '서울'이라는 도시가 특별히 매력을 갖는 이유는 "훌륭한 사
람", "높은 학교"가 있는 곳이기 때문이다. 여기서 반복되는 '높은'이라는
기표 속에는 삼봉이의 신분 상승에 대한 욕망이 내재되어 있다. 삼봉이에
게 '서울'은 "있는 것이라구는 밤톨만한 내 몸 한쪽 뿐"인 절박한 자신의
처지에서 "밋질 것은 조금도 없"는 희망의 도시이다. 그렇기에 삼봉이는
'서울'이라는 공간을 통해 근대적 주체로 거듭나고나 한다. '서울'은 새로
운 근대 주체로서 새로운 삶에 대한 새로운 방식의 개척을 뜻한다.

그러나 '서울'로 떠나려는 삼봉이의 시도는 몇 차례 지연되었다. 갑자
기 비가 쏟아져 강물이 불어나는 바람에 순이 아버지가 만류한 것이요,
두 번째는 산간 마을에 찾아온 신문사 사람들을 따라가려고 했으나 순
이네 어머니가 함께 살자고 해서 포기한 것이다. 순이 어머니가 죽은 뒤
계모가 들어와 삼봉이는 금가락지를 훔쳤다는 억울한 누명을 쓰게 된
다. 삼봉이는 계모의 악랄한 간계를 밝힌 뒤 누명을 벗고 마침내 서울로
떠나게 된다.

「새벽하눌」의 서사 공간은 크게 전반부의 봉래골과 후반부의 서울로
나누어진다. 12장 '떠남'에 와서야 삼봉이는 출가할 때부터 열망했던
'서울'에 대한 욕망을 실현하게 된다. '서울'이라는 낯선 공간은 오히려
삼봉이에게 낯익은 공간처럼 친숙하게 다가온다. 봉래골에서 순이 아버
지를 산적에서 구해내서 마을의 영웅이 되었던 것처럼, 삼봉이는 서울
가는 길에서도 철로에서 장난하는 어린아이를 구해내어 또다시 영웅적
소년이 된다.

---

24 강승한, 「새벽하눌」, 『아이생활』 11권 4호, 1936. 4. 55쪽.

서울의 낮은 요란한 소리에 뒤끓고 밤은 왼통 불천지였다. 밤의 불천지도 여간 요란스럽지 않았다.

그렇다. 삼봉에게는 이것이 시끄럽게 보이거나 귀숭숭하게 역여지지 않고 모든 것이 처음이라 진기하게 보이고 자미나게 생각되었다.

큰길을 가로 세로 전차가 달리고 자동차가 줄줄이 열을 지어 밤낮없이 왔다 갔다 하는 것과 길거리에 바쁜 듯이 수십 명 수백 명 저벅저벅 걸어가는 사람의 물결을 볼 때 그속에 한목을 낄 수 있는 제가 됨이 끝없이 기뻐고 말할 수 없는 큰 희망이 가슴을 두근두근 뛰게 하였다.[25]

삼봉이는 '서울'이라는 낯선 근대 도시 속에서 "말할 수 없는 큰 희망"을 느낀다. 그러나 막상 '서울'에서 겪게 되는 현실은 그다지 녹록하지 않다.

삼봉이는 시골집이 있던 봉래골 동리에서 이웃으로 살다가 서울로 이사와 살고 있는 박첨지네 집을 찾아간다. 그곳에서 삼봉이는 박첨지네가 서울로 올라온 뒤 집에 불이 나서 공부 시키려던 막둥이가 공장 직공으로 들어가 기계 옆에서 졸다가 거꾸러져 몸을 다치고 세상을 떠났다는 이야기를 듣는다. 삼봉이는 불량꾼 패를 만나 옆구리를 세차게 맞아 쓰러지기도 한다. 마침 개똥이의 등장으로 구조되고 새로운 동무를 사귀기도 한다. 그렇게 만난 개똥이로부터 삼봉이는 순이네 집에 큰 불이 붙어서 순이네가 살 길이 막막해 멀리 떠났다는 소식을 듣게 된다. 짙게 다가오는 순이의 불행은 삼봉이의 마음을 더욱 무겁게 짓누른다. 그러던 어느 날 삼봉이의 월급날에 찾아온 개똥이는 5만원을 빌려 달라며 월사금을 이틀 안으로 안 내면 학교에서 쫓아낸다는 '월사금 독촉장'을 삼봉이에게 보여준다.

---

25 강승한, 「새벽하늘」, 『아이생활』 12권 5호, 1937. 5. 57쪽.

이렇듯 희망을 가지고 올라온 '서울'이라는 공간은 하층민의 개인 열망만으로 성취할 수 없는 절망적인 공간이기도 하다. 서울이라는 공간은 삼봉에게 "말할 수 없는 큰 희망"의 도시였지만, 또 언제 자신에게 그늘을 드리우게 될지도 모르는 야누스적인 공간이기도 했다.

「새벽하늘」이 3회째 연재될 때 민병균(閔丙均)이 발표한 '농촌소년극' 「서울?」은 서울에 대한 열망 이면에 가리워진 끔찍한 상처를 극화하고 있다. 이 극에서 학교를 졸업하고 서울로 뛰쳐 나간 성철이와 덕삼이는 절름발이, 외팔이가 되어 고향으로 돌아온 신세가 된다. 작가는 극중 화자인 인환의 말을 빌어 이렇게 토로한다.

"자 보아라! 이것을 보아라! 이 산 교훈을 너희들의 눈으로 보아라! 그래도 너희들은 서울이 좋은 곳이라고 다시금 말을 하겠느냐? 자 이 끔찍한 상채기에 남긴 산 사실을 보아라! 덕삼이와 성칠이의 이 한 다리와 한 팔을 잘러 먹고 또는 보기 좋던 덕삼이와 성칠의 저 두 볼살을 저렇게도 여워 먹은 것이 누구냐? 서울이다. 서울이다! 너희들이 동경하고 있는 그 서울이다! 아니 농촌의 소년들이 맹목적으로 동경하고들 있는 서울! 그곳이다! 그래도 너희들은 아직까지 그 원수의 서울을 동경하려고들 하느냐? 그 무서운 서울을!"

이 농촌 소년극은 오히려 「새벽하늘」이 그린 농촌 소년의 서울에 대한 열망을 비판적으로 극화하고 있다. 「새벽하늘」에서 삼봉이에게 동경과 희망을 주었던 '서울'이 이 소년극에서는 "원수의 서울", "무서운 서울"로 표현되고 있다. 식민 치하 '서울'의 음영이 극명하게 드러나고 있다.

「새벽하늘」은 근대 공간 '서울'에 대한 열망과 좌절을 겪는 하층민의 애환을 사실적으로 재현해 나간다. 서민의 평범한 일상 속에서 한 개인이 겪는 파란 만장한 삶을 밀도 있게 그려 나간다. 등장하는 주인공들은

가난한 밑바닥 생활을 낙천적으로 희망으로 극복해 나가며 미래를 위해 부단한 자기 갱신의 의지를 피력한다.

「새벽하눌」은 고난 속에서도 미래에 대한 희망을 간직한 소년 소녀들에게 능동적이고 주체적인 의지를 심어주는 희망의 서사이다. 삼봉이는 신문사 사진반의 급사 생활을 하며 야학교에 다니게 된다. 낮에는 신문사에서 일하고 밤이면 공부하자니 그의 몸은 고달프다. 그러나 일이 뼈에 사무치도록 힘든 것이라 해도 삼봉이는 배우기 위해 좌절하지 않는다. 그의 아동상은 1920년대 애상적 인물을 뛰어 넘어 현실의 문제에 과감하게 뛰어들어 일종의 성취를 달

「새벽하눌」의 삽화(『아이생활』 1937. 10)

성해 낸다. 현실에서 고통 받으며 살아가는 아동이지만, 더 이상 1920년대 아동문학에 나타나는 고아형, 가련형, 애상형 아동상은 아니다.

강승한의 장편 서사문학에 나타난 아동상이 공통적으로 모험 추리 서사를 통해 구현된 전형이라는 점 또한 주목할 필요가 있다. 「힌구름 피는 언덕」에서 세 동무는 모험 탐정 주체로 활약하며 상제귀신의 소문과 해골의 실체를 추적해 진실을 밝혀 낸다. 「새벽하눌」에서 삼봉이는 마을에 불을 놓는다는 귀신의 정체를 추적해 그 귀신이 산속 오막살이 집에 숨어 사는 미친 여자인 사실을 알게 된다. 이러한 아동상은 방정환의

초기 눈물주의를 극복하고 1920년대 중반 탐정소년소설이 창조한 '현실에 굴하지 않고 굳세고 씩씩한' 아동상을 계승하여 형성된 모험과 추리의 인물 유형이다.

아무리 힘들고 고통스럽더라도 그 속에서 희망의 불씨를 지피고 이겨 나갈 수 있도록 힘을 내고 씩씩하게 일어서는 '의지적 아동'이야말로 강승한의 아동 서사문학에서 볼 수 있는 강렬한 주제라고 할 수 있다. 「새벽하눌」이 연재되기 전 예고편에 보면, 강승한이 "오늘의 훌륭한 기와 참다운 사람된 이에겐 전날 남모르는 괴로움이 있었다는 것을 알어야 합니다. 그러므로 고진감래(苦盡甘來)는 괴롬이 있은 후 우연히 오는 것이야요. 힘차게 남다른 환경을 싸워 이긴 투사가 받는 당연한 복일 것입니다."[26]라고 쓰고 있는 것을 볼 수 있다. 또, 1937년 1월 3일자 『매일신보』에 강승한이 쓴 새해 부탁 내용 가운데, "슲허하고 사내답지 못하게 씩씩한 맛이 업게 눈물을 흘리면 여러분 압헤는 히망이라는 것이 하나도 업서집니다. 슲허하는 눈물은 히망과 온갓 힘을 좀먹게 합니다." 하는 내용이 있다. 이와 같은 작가의 염원은 「새벽하눌」에서 그가 그리고자 했던 아동상과 일정한 일치를 보여 주고 있다. "하여튼 답답하든 마음은 새벽하눌이 찬란한 햇빛에 밝아지듯 시원하기 그지없고 비할 데가 없었다."[27]고 썼던 「새벽하눌」의 한 구절처럼, 강승한은 어둠과 빛이 혼재되어 있는 터널 속에서도 현실에 굴하지 않고 씩씩하게 이겨 나가는 아동상을 작품 속에 보여주고자 하는 것이다.

14세로 등장하는 삼봉이는 비현실적일 만큼 어른스러우며 좌절이 없는 기계적인 면모까지도 드러내는 영웅적 아동상이다. 궁핍한 현실을 다루면서도 비현실적 서사가 많이 개입되는 것은 그만큼 인물에 대한 작가의 의도가 과도하게 부여된 결과인 것이며, 작품 속에 생생하게 파

---

26 작가의 말, 「예고 새벽하눌」, 『아이생활』 11권 2호, 1936. 2.
27 강승한, 「새벽하눌」, 『아이생활』 12권 10호, 1937. 10. 58쪽.

동치는 핍진한 인물 묘사를 체득하지 못했기 때문이다.

그러나 속악한 세계의 불쌍한 민중상을 리얼하게 표현해 내며 당대의 사회상을 고발하고자 시도한 점은 긍정적 일면으로 평가할 수 있다.

「개똥아 난 이런 일이 있을 줄은 몰랐다. 글세 개똥아 저 여자가 무얼 아가 아가 하더니 참말 아기가 있기는 있어! 하지만 죽은 아기의 시체를 안고 있구나! 죽은 아기를!」

삼봉이는 이러나서도 무서워 견딜 수 없다는 듯이 몸을 부르르 떨며 토막토막 떼여 이렇게 겨우 말하고는 또 무서움에 떨었다. 개똥이도 삼봉이의 한편 팔을 붙잡고 부르르 떨었다. 니빨까지 딱딱딱 소리나게 떨렸다. 그 죽은 아기의 모양을 무어라고 형용하랴! 아기다운 새빨안 피빛은 온 얼굴에 한 점 없고 검도록 푸르게 변한 조그만 얼굴에는 힘없이 감은 두 눈이 어떻게 무서운지 알 수 없었다. 어머니(그 여자)가 부더안고 흔들어도 꼼짝하지 않는 그 시체는 세상에서 처음 당하는 무서운 것이었다.

그러나 이까짓 것에 겁내이고 사내답지 않게 뒤로 물러설 삼봉이가 아니고 개똥이가 아니다. 더구나 제 동리에 불 놓고 제 아버지가 잡혀가게 된 그 일의 비밀이 모두 여기에 있는 것으로 알게 된 그들은 전보다 더 용기를 내여 그곳을 물러서지 않았다. 개똥이의 뱀장어눈같이 가느스름한 눈만을 보더라도 겁이 없어 뵈였다. 개똥이도 손까락자리에 눈을 대이고 놀래지 않으려다가 저도 모르게 흠칫 놀래이며 뒤로 물러섰다.

그 여자아이의 시체도 무섭거니와 매눈처럼 사나운 것같으면서도 어딘지 모르게 광채가 없는 그 여자의 눈빛이나 빼빼 말라붙은 얼굴은 컴컴한 아주까리 기름 불빛에 빛이는 것이 무서웁기 끝이 없었다. 참으로 그 여자의 모양은 사람답지 않았다.

「에그 무서워라. 저런 사람이 세상에 있다니. 저런 변도 있을까. 어디 또 있을가?」

「나도 저런 무섭고 끔찍한 모양은 세상에서 처음 본다.」

「웨 죽은 아이를 산에 묻지 않고 저렇게 품에 안고 있을까?」

「글세 말이다. 무섭기도 하지만 한 번 알아볼 만한 일이다.」

「그래 무슨 까닭이 꼭 있겠지!」

하고 개똥이가 말을 마치자 방안에서 몹시 구슬픈 곡성이 들려 나왔다. 도까비나 귀신의 우름소리 같은 그 여자의 흐득이며 우는 곡성은 몹시 지나치게 무서운 느낌만을 주지 않고 모든 억만 사람의 눈물을 자아내고 가슴을 두드려주는 구슬픔이 감초여 있었다.

그 여자는 아기를 꼭 부시저라 하고 부더안고 구슬 같은 눈물을 점점 흘리며 끝모르게 울었다.

「돈이 무엔지? 이놈의 돈 때문에 우리 아기를 죽이다니……. 우리 아기를 죽이다니……. 돈 없는 놈의 병은 고쳐주지 않어 이렇게 다 죽어야 하나?」

이렇게 부르짖으며 슬피우는 그 여자의 얼굴에는 금시 악마처럼 무섭든 두려운 느낌을 주는 빛이 사라지고 어린 아기를 극진히 사랑하는 어머니의 사랑의 빛이 온 얼굴을 감도는 듯하였다.[28]

이 내용은 마을에서 흉흉한 소문으로 떠돌던 '불 놓는 귀신' 사건의 전모가 리얼하게 드러나는 순간의 장면이다. 동리에 두 차례나 연이어 불이 나자 동리 사람들은 두려운 생각을 가지게 된다. 어떤 늙은이는 당나무귀신에 늘 제사를 드리던 것을 몇 해째 안 드려서 귀신이 노한 끝에 불을 놓은 것이라고 하고, 어떤 사람은 산도적들이 놓은 불이라고 떠든다. 그러던 차에 동리 가게집에 불이 붙는 사건이 일어나자 개똥이 아버지는 동리집에 세 번이나 불을 질렀다고 순사한테 잡혀가게 된다. 삼봉이와 개똥이는 누가 불을 놓나 밤을 새워서라도 지켜보기로 한다. 그러

---

28 강승한, 「새벽하눌」, 『아이생활』 11권 12호, 1936. 12. 52~53쪽.

다가 그들은 어둠 속에서 머리를 풀고 누더기 옷을 입은 채 나타나 헤헤거리며 웃고 다니는 여자를 쫓아 이곳 솔마을고개 뒷산 오막살이까지 오게 된 것이다.

미친 여자는 죽은 아기를 껴안고 "돈 없는 놈의 병은 고쳐주지 않아 이렇게 다 죽어야 하나?" 하고 오열한다. 죽은 아기 시체를 부둥켜안고 산속 오막살이 집에서 우는 미친 여자의 모습은 이 작품 속에서 가장 섬뜩하면서도 비극적인 모성의 사랑을 역설적으로 보여주고 있다. 보호받지 못하는 하층민의 발화를 통해 자본의 불평등 구조에 대한 작가의 비판 의식을 엿볼 수 있는 대목이다. 여인의 발화를 통해 왜 여자가 미치게 되었는지 그 이유를 말하게 하는 점은, 「힌구름이 피는 언덕」에서 홍서방이 상제귀신이 되어 해바라기 밭에 찾아와 울고 가는 이유가 간과되어 버린 것과는 큰 차이가 있다. 반면에, 미친 여자의 애환을 '불을 놓는 귀신' 사건과 대치시킴으로써 결국 여자가 범법자로 순사에게 잡힐 수밖에 없도록 한 서사구조는 하층민에 대한 작가의 문제 의식이 대안의 제시로 나아가지 못하는 구조적 결함을 초래한다.

그러나 이 작품은 하층민의 삶에 대한 작가의 연민 의식과 그 시대 사회상에 대한 고발적 태도, 당대의 사회를 관찰해 내는 작가의 사실주의 정신이 일정하게 반영되어 있다. 휴머니즘을 바탕에 깔고 하층민의 궁핍한 삶의 애환과 고통을 사실주의 기법으로 그려낸 장편 서사문학의 한 성과로 강승한의 「새벽하눌」을 평가할 수 있는 이유 가운데 하나이다.

강승한의 서사문학은 빈궁을 서사의 핵심으로 삼으면서도 계급적 문제의식으로 발전해 나가지는 않는다. 앞서 논의하였던 그의 소년소설 「사진」과 「진실한 동무」의 주제의식을 감안해 보더라도 장편 「새벽하눌」이 계급주의 아동문학으로 발전했을 가능성은 적어 보인다. 사실주의 정신을 기반으로 하는 소설이라는 장르적 위치 속에서 강승한의 서사문학은 카프를 지나온 계급주의 아동문학과 어떤 면에서 분명한 선을

그리고 있다고도 볼 수 있다. 「새별하눌」에 대한 보다 객관적인 평가는 현재 낙호로 되어 있는 결말 부분의 연재가 최종적으로 복원되어야 가능해질 수 있다.

4. 나오며

이상으로 본고는 강승한의 아동 서사문학을 전반적으로 다루었다. 단편에 속하는 유년동화와 소년소설, 그리고 장편 소년소녀소설에 나타난 작품 세계를 논의하였다.

강승한은 해방 이후 체북하면서 북한 체제에 흡수되어 간 재북 아동문학가이지만 해방 전에 남긴 그의 1930년대 아동문학은 여러 면에서 한국 아동문학이 챙겨야 할 자산이다. 우리나라 장편 서사문학이 첫 결실을 맺는 소중한 시기인 1930년대 중후반에 강승한의 「새벽하눌」은 비교적 선두에 서 있는 작품이다. 그의 장편 소년소녀소설 「새벽하눌」은 해방 전 아동 잡지에 연재된 '최고 기간 연재 최장의 작품'으로 이후 우리나라 장편 아동문학이 활발하게 전개될 수 있도록 촉진한 기폭제 역할을 담당하였다.

본고는 강승한의 아동 서사문학을 다룸에 있어 단편 서사문학의 대표작으로 유년문학 「수영이의 편지」·「개고리 사냥」, 소년소설 「사진」·「진실한 동무」를 거론하였다. 그의 유년문학에 대해서는 '생태의 발견과 체험'으로, 소년소설에 대해서는 '빈궁의 조건과 휴먼의 초계급성'으로 작품 세계를 파악하였다.

강승한이 남긴 장편 서사문학 「힌구름 피는 언덕」과 「새벽하눌」은 전근대에서 근대로 이행되는 시기 조선의 사회적 풍습과 개인의 욕망, 사회상의 궁핍한 이면들이 잘 표출되어 나타난 작품들이다. 모험 추리 서

사를 통해 1930년대 사회상을 치밀하게 그려내었다. 본고는 두 작품을 각각 '근대와 전근대의 공존과 갈등', '근대 공간 서울에 대한 열망과 좌절'로 해석하였다. 이 가운데 본고는 휴머니즘을 바탕에 깔고 하층민의 궁핍한 삶의 애환과 고통을 사실주의 기법으로 그려낸 장편 서사문학의 한 성과로 강승한의 「새벽하눌」을 평가하고자 했다.

해방 전의 우리나라 장편 아동문학은 손에 꼽을 만큼 편수가 적다. 그나마 「열세 동무」, 「웅철이의 모험」, 「광명을 찾아서」 등은 출간된 사례가 있었지만, 강승한의 장편 「새벽하눌」은 출간되지 못했다. 강승한의 해방 전 문학은 북에서도 남에서도 잊혀진 공간으로 남아 있다. 『아이생활』에 연재된 「새벽하눌」의 결말 부분은 현재 낙호로 확인할 길이 없다. 여기에 대한 후속 발굴과 작품의 결말 부분이 복원된다면 「새벽하눌」에 대한 보다 온전한 평가가 가능해질 것이다.

[부록] 강승한의 해방 전 아동 서사문학 작품 목록

장르	제목	발표지	발행일	비고
동화	암탉의 편지	조선일보	1936. 8. 4.	
동화	거미 -명주실 짜든 처녀의 넋(1)	조선일보	1936. 8. 13.	여름전설 동화
	거미 -명주실 짜든 처녀의 넋(2)	조선일보	1936. 8. 14.	여름전설 동화
동화	뻐꾸기 형제 -아들 찾든 영감님의 얘기	조선일보	1936. 8. 15.	여름전설 동화
동화	박연폭포 -룡왕의 딸과 박진사의 피리	조선일보	1936. 8. 16.	여름전설 동화
동화	칠월칠석날 -견우직녀가 만나는 날 (1)	조선일보	1936. 8. 18.	여름전설 동화
	칠월칠석날 -견우직녀가 만나는 날 (2)	조선일보	1936. 8. 19.	여름전설 동화
동화	북두칠성 -별이 된 어머니와 아들 (1)	조선일보	1936. 9. 1.	여름전설 동화
	북두칠성 -별이 된 어머니와 아들 (2)	조선일보	1936. 9. 2.	여름전설 동화
동화	메뚜이-메뚜이 이마는 왜 번번하나?	조선일보	1936. 9. 3.	
동화	닭알 도적	조선일보	1936. 11. 9.	창작동화
유년동화	수영이의 편지-까치집	동아일보	1936. 6. 13.	
	수영이의 편지-숫닭쌈	동아일보	1936. 6. 16.	
	수영이의 편지-작문	동아일보	1936. 6. 18.	
전설동화	청개고리의 우름	동아일보	1936. 6. 21.	
유년소설	개고리 사냥	동아일보	1937. 10. 24.	
소년소설	사진 (1)	매일신보	1936. 11. 1.	
	사진 (2)	매일신보	1936. 11. 2.	
소년소설	진실한 동무 (1)	매일신보	1937. 3. 21.	
	진실한 동무 (2)	매일신보	1937. 3. 22.	
	진실한 동무 (3)	매일신보	1937. 3. 23.	
	진실한 동무 (4)	매일신보	1937. 3. 24.	
동화(번역)	요술모자 (1)	매일신보	1937. 5. 29.	
	요술모자 (2)	매일신보	1937. 5. 30.	

장편소년소설	흰구름 피는 언덕 (1)	가톨릭소년 2권 8호	1937. 10.	
	흰구름 피는 언덕 (2)	가톨릭소년 2권 9호	1937. 11.	
	흰구름 피는 언덕 (3)	가톨릭소년 2권 10호	1937. 12.	
	흰구름 피는 언덕 (4)	가톨릭소년 3권 1호	1938. 1.	
	흰구름 피는 언덕 (5)	가톨릭소년 3권 2호	1938. 2.	
	흰구름 피는 언덕 (6)	가톨릭소년 3권 3호	1938. 3.	낙호
장편소년소설	새벽하눌 (1) -1장 무서운 아버지	아이생활 11권 3호	1936. 3.	
	새벽하눌 (2) -2장 산적	아이생활 11권 4호	1936. 4.	
	새벽하눌 (3) -3장 서울	아이생활 11권 5호	1936. 5.	
	새벽하눌 (4) -4장 산적	아이생활 11권 6호	1936. 6.	
	새벽하눌 (5) -5장 네식구	아이생활 11권 7호	1936. 7.	
	새벽하눌 (6) -6장 큰걱정	아이생활 11권 8호	1936. 8.	
	새벽하눌 (7) -7장 손가락	아이생활 11권 9,10호	1936. 10.	
	새벽하눌 (8) -8장 불 놓는 귀신	아이생활 11권 11호	1936. 11.	
	새벽하눌 (9) -9장 수수꺼끼	아이생활 11권 12호	1936. 12.	
	새벽하눌 (10) -9장 수수께끼(계속)	아이생활 12권 1호	1937. 1.	
	새벽하눌 (11) -10장 금가락지	아이생활 12권 2호	1937. 2.	
	새벽하눌 (12) -11장 떠남	아이생활 12권 3호	1937. 3.	
	새벽하눌 (13) -12장 고생의 시작	아이생활 12권 4호	1937. 4.	
	새벽하눌 (14) -13장 서울 가는 길	아이생활 12권 5호	1937. 5.	

	새벽하눌 (15) -13장 서울가는길(계속) -14장 첫거름	아이생활 12권 6호	1937. 6.	
	새벽하눌 (16) -14장 첫거름 -15장 대전쟁	아이생활 12권 7, 8호	1937. 8.	
	새벽하눌 (17) -16장 이사람 저사람	아이생활 12권 10호	1937. 10.	
	새벽하눌 (18~?)			낙호
유년소설	개고리 사냥	『한라산』(조선 작가동맹 출판 사, 1957)	1948. 8. 개작	

참고문헌

1. 기본 자료

『아이생활』,『동아일보』,『매일신보』,『가톨릭 소년』

『한라산』(강승한, 조선작가동맹출판사, 1957)

2. 논문 및 평론

우찬제, 「한국 소설의 전근대와 근대-'길'의 主題論을 中心으로」, 『한중인문학연
　　　구』 4호, 한중인문과학연구회, 2004.

이구조, 「사실동화와 교육동화」, 『동아일보』, 1940. 5. 30.

이재철, 「1930년대의 중요작가들」, 『한국현대아동문학사』, 일지사, 1978.

이필영, 「일제하 민간 신앙의 지속과 변화」, 『일제 식민 지배와 일상 상활』, 혜인,
　　　2004.

최기영, 「1930년대 『가톨릭소년』의 발간과 운영」, 『교회사연구』 33호, 한국교회
　　　사연구소, 2009.

찾아보기

KB026403